Scrittori italiani e stranieri

Mary Beth Keane

Piccoli momenti che contano

ROMANZO

Traduzione di Maria Carla Dallavalle

MONDADORI

mondadori.it

ISBN 978-88-04-76446-5

Titolo dell'opera originale
The Half Moon
I edizione giugno 2024

Piccoli momenti che contano

Ai miei primi amori,
Annette e Catherine

Giusto e sbagliato erano sfumature di significato,
non facce di una medaglia.

LOUISE ERDRICH, *Medicina d'amore*

1

Malcolm Gephardt era in grado di valutare se il bar era affollato già da un isolato di distanza, perfino da dietro il parabrezza sporco della sua Honda. La serata era umida, i marciapiedi del centro erano coperti da uno strato di neve sudicia che si rifiutava di sciogliersi da quasi una settimana. Molti gestori delle attività della zona avevano dato retta alle previsioni meteo e avevano chiuso in anticipo, prima dell'arrivo della bufera, ma quando Malcolm si avvicinò al semaforo e vide l'edificio basso con le tegole marroni ai piedi della collina, avvertì una sensazione di leggerezza nel petto e si piegò sul volante.

«Oh» disse ad alta voce nell'auto vuota. C'era qualcosa di diverso nel suo locale quella sera. Sentì una sferzata di energia, quella confusione tanto allegra quanto singolare che si può trovare soltanto all'interno di un bar affollato quando c'è buona musica, i clienti incontrano gli amici e si respira un'atmosfera calorosa nonostante fuori faccia un freddo che penetra nelle ossa. Cercò di immaginare di essere uno straniero, di vedere il locale come lo avrebbe visto uno sconosciuto. Il suo locale. *Suo*. Aveva un'aria accogliente? Era solo la sua immaginazione o la luce che si riversava sulla strada conferiva alla facciata un debole bagliore dorato? Sì, decise mentre si infilava perfettamente nel parcheggio, e sentì un brivido di speranza, di fiducia, per la prima volta da settimane: fiducia in se stesso, nella sua città, in queste persone, nella vita, nel destino, nel seguire la propria intuizione. Era una bella città, un bel bar, e lui stava bene, si disse in silenzio, come se recitasse una preghiera. "Half Moon" diceva la vecchia insegna di legno sopra la porta, con l'incisione di una falce di luna (la gente amava far notare l'errore) che si era annerita e ammuffita negli anni e che Malcolm aveva provveduto a smerigliare e ritoccare, con una mano di vernice bianca smagliante, il giorno dopo essere subentrato come proprietario.

Quella sera c'erano due persone fuori che fumavano, e una donna poco più in là, che rabbrividiva per il freddo. Buon segno. Ma significava anche che non poteva entrare dall'ingresso laterale, perché ormai l'avevano visto e stavano già alzando il mento per salutarlo, e che ora, avvicinandosi, avrebbe dovuto dire le solite cose di rito: come va come stai ti vedo bene sì nevicherà di nuovo che inverno penso che nessuno andrà fuori città per il weekend speriamo solo che non ci sia un blackout come faremo senza la tv ah ah ah. Avrebbe dovuto scambiare strette di mano, salutare le donne con un bacio, fingere di non sapere di cosa stavano parlando quando, con aria contrita, gli chiedevano come se la passava. E quando rispondeva che stava bene, che era tutto a posto, come se non sapesse a cosa si riferivano, doveva essere ancora più bravo a fingere quando gli rifacevano le stesse domande neanche dieci secondi dopo.

Tutto ciò era molto più difficile senza un bancone largo una sessantina di centimetri fra lui e la persona che gli rivolgeva quelle domande. Era più difficile di un tempo, questo era certo. Ma perché? Perché credeva di conoscere se stesso, supponeva. Perché credeva di conoscere Jess. Restò aggrappato alla sensazione positiva di poco prima e si impose di tenere duro, di superare la serata, nella timida convinzione che ce ne sarebbe stata un'altra, proprio come quella. Ultimamente aveva riflettuto. La settimana prima, mentre era fermo a un semaforo in Wappinger, con un tramonto screziato di violetto sopra il monte Tallman e, nascosto dietro, l'ampio Hudson, Malcolm aveva pensato: "Potrei continuare a guidare. Svoltare a destra e puntare verso il Messico. Girare a sinistra e dirigermi verso il Canada". Non doveva fare altro che continuare a riempire il serbatoio. Era un tipo estroverso e di bell'aspetto e risultava subito simpatico a tutti. Era una caratteristica di cui era consapevole da sempre e che gli avrebbe dato un vantaggio qualora si fosse ritrovato in qualche villaggio del Québec in cerca di un lavoro. Si lambiccò il cervello provando a ricordare quanto denaro ci fosse in cassaforte, quanto gliene fosse rimasto sulle carte di credito. Fece l'inventario di tutti gli oggetti che considerava cari in casa sua, ma a quali teneva davvero? La caffettiera? La poltrona rivestita in pelle? Poi era scattato il verde, il pensiero era evaporato senza mettere radici nella sua mente e Malcolm era arrivato al bar sentendosi sfasato, come se fosse stato sul punto di dire qualcosa di importante, ma non riuscisse a ricordare cosa.

Ora, mentre scambiava quattro chiacchiere con i clienti che stazionavano fuori dal locale, si concesse di sperare che all'interno ci fossero una ventina di persone. Venti era un numero discreto, e se davvero ce n'erano venti, si impose di non desiderare immediatamente che fossero quaranta. Si rifiutò di sbirciare dalla finestra, come se farlo potesse portare sfortuna. Trenta, magari. Sì, potevano essere trenta. Era perché stava per arrivare una tempesta di neve. Gallagher's e The Parlor non si erano nemmeno dati la pena di aprire. Primavera, il locale vicino, aveva occupato l'ultimo tavolo alle sette in punto. Lui non sapeva come si erano regolati Tia Anna o il nuovo ristorante thai. Se fosse stato costretto a chiudere, avrebbe chiuso, ma nel frattempo avrebbe continuato a servire pinte.

«È qui» disse Roddy non appena Malcolm mise piede

nel bar, e per un attimo lui sentì vacillare il proprio ottimismo. Come sempre, c'era una nota di ansiosa tensione nella voce di Roddy, qualcosa nel suo timbro che trovava una frequenza più alta, rispetto al tono generale delle conversazioni, e che raggiungeva Malcolm come se qualcuno lo tirasse per la manica. Quaranta persone. Di più, forse. C'era il suo amico Patrick. E anche Siobhán, che – Dio la perdoni – si stava dimenando al ritmo di qualsiasi brano uscisse dal jukebox. Gli amici di Malcolm lo chiamavano o passavano a casa sua molto più spesso da quando Jess se n'era andata, e anche se la loro allegria era una recita, lui la apprezzava al punto che un sabato mattina, svegliandosi e trovando Patrick, e Toby che si aggirava in cucina alla ricerca di filtri per il caffè, si era drizzato sul letto e aveva avvertito un nodo in gola, come se fosse sul punto di piangere. Lui e Patrick prendevano bonariamente in giro Toby da quasi quarant'anni, eppure eccolo là che annusava il latte che aveva trovato nel frigorifero e controllava la data di scadenza. Andavano a trovare anche Jess? Siobhán sì, probabilmente. Forse anche qualcun altro. Ma nessuno toccava l'argomento, nessuno voleva parlare esplicitamente di nulla. Se c'era da schierarsi, preferivano fargli sapere in piccoli modi da quale parte stavano.

«Malcolm!» urlò Roddy. «Ehi!»

Malcolm fece un cenno di saluto a Patrick e Siobhán e alzò un dito per segnalare che sarebbe tornato tra un minuto. Roddy gli dava sui nervi praticamente dal primo istante in cui aveva iniziato a lavorare per lui all'Half Moon, ma sembrava un tipo a posto, suo zio aveva garantito per lui, e Malcolm ricordò a se stesso che l'onestà era ciò che gli serviva di più dopo il disastro dell'anno precedente, quando aveva scoperto che John gli rubava i soldi, probabilmente fin dal primissimo giorno in cui Malcolm aveva rilevato il locale: semplicemente piegava fasci di banconote e se li ficcava in tasca, registrando alla cassa solo i conti pagati con la carta di credito. E questo, dopo tutte le volte in cui Malcolm lo aveva coperto quando entrambi dipendevano da Hugh Lydon. Dopo tutta la coca che John aveva sniffato. Sua moglie che lo chiamava sul fisso domandandosi dove fosse, anche se lo sapeva già, e poi riversava la sua rabbia su Malcolm perché era stato così stupido da rispondere al telefono. Lui non ci aveva pensato due volte se continuare a tenere John quando la gestione era passata a lui, e John lo aveva ripagato sottraendogli parte dell'incasso.

Era stata Emma, la sua barista migliore, a riferirgli quello che succedeva. Erano le undici del mattino e avevano un centinaio di palloncini da gonfiare per una festa privata. Lo aveva preso per il braccio e lo aveva trascinato nel bagno delle donne. Per un attimo, quando lei gli aveva posato la mano calda sul tricipite e aveva chiuso la porta a chiave, tutte le sinapsi di Malcolm si erano attivate. Non voleva pensare a cosa dovesse averle rivelato la sua espressione quando se l'era ritrovata così vicina perché, qualunque cosa vi avesse letto, l'aveva indotta ad alzare le mani come per invitarlo a rilassarsi, come per dirgli "Nei tuoi sogni, forse", di ripigliarsi, che avrebbe riservato quella conversazione per un'altra volta, prima aveva bisogno di dirgli una cosa. Si era posata un dito sulle labbra e aveva teso l'orecchio per assicurarsi che nessuno stesse passando in corridoio, ma gli altri erano alle prese con la bombola dell'elio. André stava tagliando lunghe strisce di nastro, le sedie erano ancora capovolte sui tavoli come una foresta di gambe di mogano.

Emma gli aveva detto che non intendeva fare la spia, ma aveva iniziato a tenere d'occhio John perché non metteva le mance nella caraffa, e pensando ad André, che si giostrava tra due lavori, e a Scotty, con una nidiata di bambini – non ricordava mai quanti... Lei non aveva certo intenzione di sacrificare ogni weekend della sua gioventù per permettere a quel pagliaccio di prenderle i soldi di tasca. Aveva riferito a Malcolm che quando lei lo aveva accusato, John le aveva offerto trecento dollari sull'unghia.

«Faceva la cresta anche quando c'era Hugh?» chiese Malcolm.

«Ne dubito!» disse Emma. Nessuno avrebbe osato fare il furbo con Hugh Lydon. Con Malcolm, invece, i semi cattivi avevano trovato terreno fertile.

John se n'era andato senza discutere, un chiaro segnale di colpevolezza, e Malcolm aveva dovuto coprire i suoi turni. Lo zio di Roddy era un cliente abituale del bar, un pezzo grosso dei sindacati, Federazione Lavoratori Edili. Un tipo corpulento, con la faccia del colore di una bistecca di manzo cruda. Jess lo incrociava ogni tanto quando era appena uscita dalla facoltà di Giurisprudenza e lavorava per l'Unione Internazionale dei Lavoratori. Ogni volta che la vedeva, lui la salutava mimando il gesto della pistola e urlava: «Ecco la ragazza di Malcolm!». Jess gli perdonava di non essersi mai preso la briga di imparare il suo nome, perché si divertiva troppo quando gli altri avvocati la guardavano come a dire: "Non posso credere che conosci davvero quel tipo". Roddy era un bravo ragazzo, aveva assicurato lo zio a Malcolm, molto in gamba quando si applicava, ma aveva mollato l'università dopo soli due semestri. Non era un bevitore, aveva aggiunto lo zio. Per quanto ne sapeva, non faceva uso di droghe. Bastava tenerlo lontano dal computer ed era un ottimo elemento. Suo padre se n'era andato anni prima e Roddy aveva bisogno di più modelli maschili nella sua vita. Malcolm poteva fargli un favore e dare una possibilità a questo giovanotto?

«Malcolm!» urlò di nuovo Roddy. Quello che lo zio aveva omesso di dire mentre sponsorizzava il nipote era che Roddy poteva essere molto irritante. Emanava un nervosismo contagioso che, provenendo da un barista, era capace di infettare tutto il locale. Malcolm pensava che Roddy avrebbe perso quell'energia nervosa una volta che si fosse ambientato, ma non era successo, anzi, ultimamente la situazione era addirittura peggiorata. Quella sera se ne stava dietro la spillatrice con indosso una T-shirt sbrindellata con la scritta "Byte Me", accompagnata dall'immagine di un vecchio floppy disk degli anni Ottanta. C'era un dress code da rispettare, gli aveva detto Malcolm quando l'aveva assunto. Indossare colori scuri. Radersi. Pettinarsi. Santo cielo!

Malcolm non era disposto a dargli retta in quel momento, anche se per un attimo era stato sfiorato dall'idea che, qualunque cosa volesse Roddy, potesse avere a che fare con Jess. Forse aveva chiamato sul fisso. Forse era ancora in linea, in attesa che lui si presentasse. Ma chi ricorreva ancora al fisso tranne la madre di Malcolm, che aveva memorizzato il numero fin da quando lui aveva iniziato a lavorare al locale ventisei anni prima, oppure, nel periodo del Super Bowl, gli anziani, che erano costretti a letto dopo un intervento all'anca ma volevano acquistare un biglietto della lotteria? Malcolm sarebbe stato disposto a fargli credito? Certo. Certo che sì. Ma prova a farti pagare dopo che hanno perso.

Magari lei era lì da qualche parte. Malcolm si guardò intorno.

Non c'era traccia di Jess al bancone. Né al suo sgabello preferito. Né vicino al jukebox, a bullizzare i clienti. Aveva memorizzato i codici delle canzoni che detestava, e un tempo, prima dell'aggiornamento del sistema, si piazzava là e si assicurava che nessuno premesse la combinazione di numeri che avrebbe riprodotto *Piano Man*.

Ma a Malcolm bastò guardare la faccia di Roddy per capire che c'era un problema con un cliente. Diede una rapida occhiata intorno ai vari gruppetti di avventori. La maggior parte di loro stava ridendo. Alcuni giocavano a freccette. «Gephardt!» urlò qualcuno, e quando Malcolm si voltò vide due suoi compagni di palestra. Notò un vecchio vicino di casa che abitava nello stesso isolato di sua madre. Un tizio che vedeva abitualmente dal barbiere. Riconobbe il suo amico della rosticceria con una nuova fidanzata. Carina. Sembrava tutto a posto. Anzi, più che a posto, per la verità. Distribuì qualche pacca sulle spalle mentre attraversava la stanza, e qualcuno gli batté sulla schiena a sua volta. Si respirava un'atmosfera allegra. La gente si sentiva a casa. Il gruppo vicino alla finestra non sembrava un po' troppo turbolento? Li osservò per un attimo. Si sarebbero trattenuti mentre lui valutava la situazione.

E poi vide lo scagnozzo di Hugh, Billy, seduto da solo a un tavolino da due, che sorseggiava un whiskey. Quando i loro sguardi si incrociarono, Billy alzò il bicchiere come per fare un brindisi. Brindisi ai clienti che affollavano il locale, all'incasso che senza dubbio avrebbero procurato quella sera. Il petto di Malcolm si alzò in un sospiro. "Ignoralo" si disse. "Vai avanti e fai finta di niente."

Salutò Emma con un cenno del capo mentre gettava le chiavi nel solito cassetto. La ragazza aveva i capelli raccolti in una coda di cavallo alta, e Malcolm, per quanto si sforzasse di non badare a certi dettagli, notò che aveva un bellissimo collo. Nella frazione di secondo che si concesse per osservarla, seguì con lo sguardo una sottile ciocca di capelli che era sfuggita dalla coda a sfiorarle l'orecchio.

«Da quanto tempo è...» chiese Malcolm indicando il tavolo di Billy con il mento.

«Da un bel po'» disse Emma. «Aspettava che arrivassi, penso.»

Malcolm stirò la spalla per sciogliere la tensione, e poi gli venne in mente Jess, che sosteneva che lui assumeva sempre quell'atteggiamento quando era preoccupato. Non sopportava di arrivare al bar così tardi, ma sua madre si era presentata a casa con un polpettone di carne. Aveva ispezionato il frigorifero come se il figlio avesse ancora ventidue anni e vivesse nel suo primo appartamento da solo. Dopo aver mangiato, mentre lei avvolgeva gli avanzi per Malcolm, lui aveva avuto una visione di Jess che alzava gli occhi al cielo.

«Devo andare, mamma» aveva detto alla fine. «Te la senti di tornare a casa da sola?»

«Cosa diavolo significa se me la sento di tornare a casa da sola? Che domanda è?» aveva chiesto lei.

Tempo addietro, il venerdì, i muratori iniziavano ad arrivare verso le quattro. Se ne andavano intorno alle sei, lasciando il posto ai pendolari appena scesi dal treno. Verso le sette, di solito, Malcolm cominciava a cercare Jess, nel caso volesse passare per una birra e un panino, prima di augurargli una buona serata con un bacio, proponendosi di vederlo più tardi a casa. Jess lo aveva messo in guardia dal fare cambiamenti, ma Malcolm come avrebbe potuto prevedere fino a che punto i clienti erano affezionati ai vecchi sgabelli appiccicosi? Chi mai avrebbe creduto che volessero continuare ad ascoltare le stesse canzoni dal jukebox più e più volte, come se la musica si fosse fermata al 1996? E non aveva realizzato nemmeno la metà dei progetti che aveva in mente. Si atteneva a innovazioni relativamente poco costose e facili da introdurre, ma era saltato fuori che la clientela non voleva che le cose fossero belle, voleva solo che fossero familiari.

L'unico segmento di clientela cresciuto da quando Malcolm aveva rilevato il locale era quello dei minorenni. Da quel momento i più giovani avevano iniziato a cercare di entrare dopo le dieci imitando i coetanei di New York, dell'Ohio e della Florida. Ma un bar pieno di ragazzini non aiutava a far crescere gli utili, perché ordinavano bibite gassate da un dollaro, salvo poi portarsele nei bagni, dove le correggevano con qualche superalcolico che tiravano fuori di tasca. Funzionavano con istinti animali, questi ragazzi. Era come se fosse stato lanciato un passaparola al momento del passaggio di proprietà, e di lì a breve avevano iniziato a presentarsi con delle bottigliette di alcolici che tintinnavano negli zainetti.

"Sono sicura che ogni generazione pensa di aver inventato quella mossa così astuta" aveva commentato Jess quando lui le aveva riferito ciò che succedeva al locale negli ultimi tempi.

Dov'era lei in quel preciso istante? Ogni volta che ci pensava e si rendeva conto di non avere una risposta, aveva l'impressione di essersi lanciato da un cornicione senza avere la minima idea di dove sarebbe atterrato. Questo fino alla settimana in cui era andata a stare dalla sua amica Cobie, che viveva nella West 23rd Street con sua moglie e i loro due figli. Cobie appariva una scelta sensata come persona per andarci a vivere: compagna di università, una delle poche amiche solo di Jess, senza alcun collegamento con la loro città natale. Ma qualche giorno prima Malcolm l'aveva contattata perché Jess non rispondeva alle sue chiamate né ai suoi messaggi, e Cobie gli aveva detto che in realtà Jess era tornata a Gillam.

"Ma guarda un po'" aveva pensato Malcolm. "Piano piano si sta riavvicinando a casa."

Alle orecchie di Malcolm, Cobie pronunciava Gillam come se si tappasse il naso. L'unica volta in cui era venuta a Gillam, a parte il loro matrimonio, era stato per conoscere Malcolm, quindici anni prima, e in quell'occasione aveva continuato a far notare cose che riteneva interessanti. Per esempio, c'erano sette chiese cattoliche nel raggio di neanche dieci chilometri, e un gran numero di negozi aveva nomi irlandesi. Aveva trovato curioso anche che molte auto esibissero l'adesivo di un sindacato sul paraurti, e mentre passeggiavano in città, ripeteva ad alta voce i nomi delle varie attività – carpentieri, minatori, ponteggiatori, fabbri, installatori di impianti di riscaldamento –, come se fino a quel momento fosse stata all'oscuro dell'esistenza di quei mestieri. Quanto venivano pagate quelle prestazioni?, voleva sapere. Quali erano i vantaggi? Per quanto tempo una persona poteva fare un lavoro del genere?

"Perché?" aveva chiesto Malcolm. "Hai intenzione di metterti a scavare gallerie?" Jess gli aveva lanciato un'occhiata ammonitrice, ma lui ne aveva abbastanza delle osservazioni di Cobie. La giudicava una snob.

Ma era *interessante* che Jess fosse tornata a Gillam. Probabilmente voleva ristabilire un contatto, ma era troppo testarda per farlo. Bene, ora che aveva avuto modo di riflettere, lui aveva qualcosina da dire. Non l'avrebbe riaccolta senza prima farle un bel discorso, ne era certo. Gli tornò in mente una Jess poco più che ventenne, quando si erano appena messi insieme, che stava con le amiche ma non lo perdeva di vista un attimo mentre lui lavorava. Ricordava come si era sentito elettrizzato dalla sua attenzione, stupito, in realtà, dato che tutti erano orgogliosi che frequentasse quell'ottima scuola, e quanto brillava con quei capelli lucidi che le ricadevano lungo la schiena, la perfezione mozzafiato del suo profilo quando si voltava a chiacchierare con la persona che aveva di fianco. Malcolm sentiva in maniera più intensa ogni azione – shakerare, servire, protendersi sul bancone – sapendo che lei avrebbe potuto posare lo sguardo su di lui per un attimo.

Da quando Cobie gli aveva detto che Jess era tornata a Gillam, se l'era immaginata sullo sfondo della tappezzeria floreale del soggiorno di sua madre, mentre tutte e due si accomodavano per seguire un episodio di *Dateline*. Se la figurava intenta a rimuginare su come riavvicinarsi, su come chiedere scusa. Gli tornò in mente la prima volta che l'aveva riaccompagnata a casa in auto. Non aveva ancora compiuto ventiquattro anni, e lui ne aveva ventotto. Non era ancora successo nulla fra loro, anche se quella sera, a un certo punto, lui aveva deciso che doveva baciarla e non si spiegava perché non l'avesse ancora fatto. C'erano quasi cinque anni di differenza fra loro, abbastanza per non aver avuto modo di conoscersi al liceo. Malcolm aveva incrociato Mickey, il fratello maggiore di Jess, ma Mickey aveva due anni in meno di lui, giocava a calcio e frequentava corsi avanzati. Il suo nome gli diceva qualcosa, ma niente di più. Jess era bellissima e spiritosa, un po' diversa dalle altre ragazze. Quando si avvicinava al bancone, qualcosa vacillava dentro di lui; diventava timido e impacciato quando normalmente era sicuro e disinvolto, come se i suoi movimenti fossero stati coreografati per adattarsi perfettamente all'angusto spazio di lavoro, il suo palcoscenico. Non ricordava di essersi mai sentito così in imbarazzo prima di conoscerla.

Jess gli aveva raccontato di avere un appartamento a Manhattan, ma veniva a Gillam un paio di volte al mese per vedere i genitori e uscire con le ex compagne del liceo. La sera in cui l'aveva riaccompagnata a casa per la prima volta, lei si era seduta al bancone a chiacchierare. Quando le sue amiche si erano alzate per andarsene, lui le aveva chiesto di rimanere, di tenergli compagnia.

La cosa che gli era rimasta più impressa, quando l'aveva riaccompagnata a casa dei suoi genitori alle quattro del mattino, non era il bacio, comunque fosse stato, ma il fatto che era scesa dall'auto con un saltello ed era corsa verso la porta d'ingresso come una bambina. Aveva affrontato i gradini di cemento due alla volta, dandosi la spinta con le braccia come una specialista nella corsa a ostacoli. Arrivata alla porta, si era voltata e l'aveva salutato con la mano per poi sparire dentro. Non un cenno malizioso. E nemmeno un lezioso sventolio della mano da Miss America. Era un cenno goffo: vigoroso, con il palmo aperto, avanti e indietro. In macchina da solo, la puzza del bar sulla pelle come sempre, Malcolm era scoppiato a ridere. Che tipa stramba.

Probabilmente Jess passava davanti alla loro casa ogni giorno da quando era tornata, magari cercando l'auto di Malcolm e sforzandosi di trovare un modo per avvicinarlo. Bene, che sudasse un po', si disse lui. Non sarò certo io a fare il primo passo. Escluso.

La musica era trascinante. Altre persone cominciavano a ondeggiare seguendone il ritmo. Malcolm si diresse verso Patrick e Siobhán.

«Guarda questo locale» disse Patrick mentre Siobhán salutava Malcolm con un lungo, tenero abbraccio come quello che, immaginò lui, dava ai suoi bambini quando si svegliavano da un brutto sogno. «Pieno come un uovo.»

Malcolm ignorò il commento, sperando che il suo silenzio implicasse che il locale era sempre pieno, ma poi ricordò che Patrick sapeva, naturalmente. Era il suo amico storico, in grado di capirlo con una semplice occhiata, ed era consapevole quasi fin dall'inizio che le cose non andavano come Malcolm si era aspettato. Qualche mese prima lui e Siobhán avevano festeggiato lì il sesto compleanno del loro bambino: avevano ingaggiato un mago e avevano detto a Malcolm che la scelta era ricaduta sul suo locale perché Eamon andava pazzo per le mozzarelline fritte dell'Half Moon, e di certo i suoi piccoli amici altrettanto. Avevano invitato anche i genitori dei bambini, sicuramente in modo che il conto fosse sostanzioso. Malcolm non aveva voluto farsi pagare da Patrick, ma poi aveva trovato il denaro in una busta in macchina, nel vano dove teneva le pasticche alla nicotina per smettere di fumare.

Spostò lo sguardo verso il tavolo dove si era seduto Billy e notò che era vuoto. Voleva soltanto farsi vedere, e questo Malcolm lo aveva capito. Voleva soltanto fargli sapere che lo teneva sotto controllo.

«Serata romantica?» chiese Malcolm facendo cenno a Bridget, la cameriera, di portare un altro giro ai suoi amici.

Siobhán lanciò un'occhiata a Patrick, e Malcolm avvertì un sentore di panico.

«Sì, più o meno» disse Siobhán, ma quando Malcolm guardò Patrick, questi evitò di incrociare il suo sguardo. Malcolm indicò i bicchieri vuoti davanti a loro. «Scusate» disse raccogliendoli, e aggiunse che avrebbe mandato qualcuno a pulire il tavolino.

«Oh, non preoccuparti» disse Siobhán.

«Sì, non preoccuparti, Mal.»

«Di solito arrivo prima, ma è passata mia madre a portarmi qualcosa da mangiare.»

«Fai pure quello che devi fare» disse Patrick. «Possiamo parlare dopo. Quando hai tempo.»

«Sì? Okay, bene.»

Erano passati più di quattro mesi da quando Jess se n'era andata. Diciassette settimane, per essere precisi. Malcolm aveva trascorso il giorno del Ringraziamento con la madre, la sorella, il cognato, che aveva appena smesso di bere, e quei selvaggi dei suoi tre nipotini. Aveva preso una sbronza epocale, e la madre, che di solito gli rinfrescava la memoria a proposito della genetica e del suo ambito di lavoro, si era limitata ad accompagnarlo di sopra nel suo letto di quando era studente e a rimboccargli le coperte. La mattina dopo gli aveva preparato un caffè e un piatto di uova senza dire una parola.

Il Natale lo aveva passato con Patrick e Siobhán perché sua madre era andata da sua sorella a Boston. Il Capodanno al bar. Quando era a casa, teneva la tv accesa non-stop per avere compagnia. Quando gli amici passavano a trovarlo, entravano dalla porta sul retro, cosa che non avrebbero mai fatto se ci fosse stata Jess. In un primo momento era stato uno shock. Con l'età adulta e il matrimonio c'era stata una svolta verso il proprio nucleo familiare, ma ora sembrava che lui fosse la preoccupazione di tutti, e una parte di lui sospettava che questi amici, uomini fatti e finiti, tutti intorno ai quarantacinque anni, si avvalessero volentieri della scusa di fare un salto da Malcolm per lasciare la propria famiglia il sabato pomeriggio.

«Malcolm» ripeté Roddy mentre il suo titolare si avvicinava al bancone. «Ehi.»

Il locale era pieno zeppo in quel momento, e da un gruppo di clienti si levò un'improvvisa esplosione canora. Dall'altra parte della stanza altri avventori si unirono al coro, e vi fu un botta e risposta su un brano che conoscevano tutti. Quel brano poteva anche non farti né caldo né freddo se eri da solo in macchina, ma cantato in un locale pubblico? Con un drink in mano? Insieme a degli sconosciuti? Magia pura. Il problema era che, se Malcolm desiderava che accadesse la stessa cosa la sera dopo, e quella dopo ancora, già solo avere quel pensiero in mente e cercare il momento giusto l'avrebbe reso impossibile. Il calore, il cameratismo, perfino quel cielo notturno gonfio di neve: era come la chimica fra le persone, sorprendente, impossibile da prevedere, ma una volta che l'aria era carica, non c'era forza più potente.

Avrebbe voluto fare un video e mandarlo a Jess. Vedi?, avrebbe scritto. Cosa ti avevo detto?

Roddy sembrava preoccupato, ma Malcolm rifiutò di farsi rovinare il momento. Nel mese di gennaio qualcuno aveva divelto un orinatoio dalla sua sede e l'aveva gettato fuori dalla porta della cucina, dove si era rotto in una decina di pezzi. Da quando Malcolm si occupava del bar, era la terza volta che qualcuno staccava un orinatoio dal muro. Questa volta, se non altro, il vandalo aveva chiuso l'acqua. Malcolm non era ancora riuscito a capire chi fosse il responsabile. Qualcuno che sapeva come azionare una valvola di arresto e che si portava una chiave inglese in tasca. Quella sera, quando Roddy era andato a dirgli che l'orinatoio non c'era più, semplicemente *sparito*, era così sconvolto che Malcolm aveva capito che, se avesse detto la cosa sbagliata, il ragazzo sarebbe scoppiato a piangere. Ne era certo.

"Ma perché lo fanno?" aveva chiesto Roddy seguendo Malcolm verso il bagno degli uomini. "Non capisco."

"In che senso? Non c'è niente da capire" aveva risposto Malcolm. Si era voltato a studiare il ragazzo. "Quando la gente è ubriaca, fa delle cazzate. Devi darti una calmata."

Ma quell'incidente parve rendere Roddy ancora più ansioso, più teso durante i suoi turni. Ora, mentre Roddy si affannava di nuovo a fargli segno di fermarsi e di starlo a sentire, Malcolm si girò e gli rivolse uno sguardo rassicurante.

«Quel tipo è qui. Era qui.»

«L'ho visto.»

«E ha anche...»

«Roddy, dammi un minuto» disse Malcolm, e poi si guardò intorno come a dire: "Non mi pare stia succedendo qualcosa che non puoi controllare". Aprì la porta del magazzino nel seminterrato e scese le scale a tastoni nel buio. C'erano muffa e umidità là sotto, il soffitto basso, una fila di barilotti contro una parete, torri di scatoloni con loghi e marche ben in vista contro la parete opposta. Tirò il cordino per accendere la luce e alzò le mani fino a toccare la traversa sopra la testa. Si mise in ascolto e avvertì una sensazione di sollievo sbocciare e crescere dentro di sé. Sarebbe andato tutto bene, si disse. Il rumore dei tacchi che battevano sul parquet, le sedie che venivano trascinate sul pavimento. Fece scorrere la mano su una pila di tovaglie avvolte in una busta di plastica, guardò i vasetti di ciliegie e di olive, le confezioni di frutta secca sottovuoto che non sarebbero scaduti prima di due anni. Un bar ben fornito. Aveva bisogno di un attimo ancora per assorbire tutto, per ricordare.

Lavorava all'Half Moon da ventiquattro anni, da quando aveva rilevato quel locale che conosceva meglio della casa in cui era nato e cresciuto. Ne conosceva l'odore, il modo in cui la luce cambiava nei diversi periodi dell'anno, a seconda delle condizioni atmosferiche. Era stato all'Half Moon che aveva imparato come riparare un sanitario che perdeva, come saldare un tubo. Si era fatto i muscoli portando su dal seminterrato casse e casse di Bud Light e Ultra perché Hugh non voleva aggiungere una birra leggera alla lista delle opzioni alla spina. Aveva imparato a gestire la cassa, come accettare i contanti, come rifiutarli. Aveva imparato a trattare con i rappresentanti, soprattutto quelli che gli avrebbero offerto in omaggio bicchieri e tovaglioli con il logo della ditta fornitrice e qualche pacchetto di cannucce, solo perché amavano sparare cazzate per dieci minuti. Aveva imparato che, anche se poteva bere gratis in qualsiasi bar della città, in questi posti ci avrebbe lasciato più soldi in mance che se fosse entrato come un normale cliente e avesse pagato. Aveva imparato a chiacchierare con chiunque, a trovare un terreno comune. Aveva imparato a essere un contenitore per le preoccupazioni della gente, le loro lamentele, e aveva concluso che era meglio non avere preoccupazioni o lamentele proprie. Aveva imparato a essere disponibile con le donne senza superare il limite, sapeva come farle sentire bellissime senza essere volgare, e aveva imparato ad accompagnare a casa quelle stesse donne quando erano state loro a superare il limite, senza mancar loro di rispetto né metterle in imbarazzo. Aveva imparato a nascondere il proprio sgomento nel sentire cosa gli dicevano quelle donne all'apparenza perfettamente normali, con le giacche di finta pelle quasi identiche e le zeppe, i ricci definiti come se fossero tutte dirette a un concorso di bellezza per signore di mezza età; le cose che uscivano dalle loro bocche quando avevano bevuto troppo, o se avevano subito un torto dal fidanzato o dal marito. Aveva imparato che era possibile apparire al mondo come una persona comune e noiosa, ma in realtà custodire pensieri che normalmente gli estranei non si scambiano fra loro, finché non si ritrovano seduti al bancone di un bar troppo a lungo un venerdì sera e non si imbattono in un barista che considerano attraente.

"Voglio dire, sono *madri*, la maggior parte almeno" raccontava poi a Jess. "Hanno dei bambini piccoli che le aspettano a casa." Malcolm riservava tutti i suoi commenti per dopo, per condividerli con lei.

Ma Jess non approvava che lui pensasse male di quelle donne. Non doveva giudicare negativamente il loro desiderio di tornare a essere giovani per un po', la disperata ricerca di un fugace attimo di evasione. Quando lei prendeva questa posizione, Malcolm si sentiva frastornato. Desiderava forse dire cose del genere a un estraneo? Non era quello il punto, ribatteva lei; il punto era cercare di capire il bisogno di reintrodurre parte di quella inebriante energia nelle loro vite per trenta secondi – che male c'era, in fondo? –, perché la verità era che la maggior parte di loro il giorno dopo si sarebbe svegliata con una montagna di panni da lavare e il dovere di badare ai figli che pretendevano uno spuntino. Jess aveva visto tutto questo annientare le sue amiche in un modo che a Malcolm era stato risparmiato. Aveva un'amica che, quando Jess le chiedeva come riuscisse a tener dietro a tutto – i bambini, la casa, un lavoro, i tovaglioli di stoffa nei giorni di festa, e così via –, si posava un dito sulle labbra, apriva un cassetto del comò e le mostrava una scorta di confezioni di un oppioide recuperate da alcune amiche che, reduci da un cesareo, avevano avuto paura di completare il ciclo di terapia consigliato dal medico.

"Ma desideri comunque un bambino" aveva osservato Malcolm una volta. "Pur sapendo come stanno le cose."

"Sì" aveva ribattuto lei senza esitazione. "Moltissimo."

Che cosa aveva detto lui? Non lo ricordava.

La neve stava arrivando davvero. Fuori, l'aria era pesante e immobile.

"Potrebbe mandare un messaggio, se è preoccupata" pensò Malcolm. Il maltempo la metteva in agitazione.

Udì il cigolio della porta del magazzino, un passo esitante che scendeva.

«Malcolm?» La voce di Emma. La guardò dal fondo delle scale. Indossava la solita divisa da lavoro: jeans e camicia neri, stivali neri che le arrivavano a metà polpaccio.

«Sì?» rispose lui.

«Vieni.»

Emma informò Malcolm mentre percorrevano la breve distanza fra la porta del magazzino e la centralina elettrica vicino alla finestra. «Si tratta di Tripp» disse Emma. «Non l'ho mai visto così.» Tripp era sulla sessantina, supponeva Malcolm. Era piccoletto ma ben piazzato. Frequentava l'Half Moon da anni, pagava in contanti, non aveva mai aperto un conto. Sedeva sempre accanto alla finestra, posava qualche pezzo da venti sul bancone e se ne andava non appena aveva raggiunto la somma prevista. Ma quella sera era diverso. Una volta esaurito il mucchietto di banconote, ne aveva aggiunte altre. Mentre Malcolm ed Emma si avvicinavano, lo videro agitare le braccia e inveire contro qualcuno, e dalla pesantezza dei suoi movimenti Malcolm dedusse che era ubriaco fradicio.

Emma riferì a Malcolm di averlo sentito chiedere a Roddy ogni quanto tempo venivano pulite le spillatrici della birra. Quali detergenti usavano per lavare i bicchieri. Disse, a nessuno in particolare, che avrebbe potuto chiamare l'ufficio di igiene, dove conosceva un tizio che non ci avrebbe messo niente a ritirare la licenza per la vendita di alcolici. Quando lo aveva sentito ordinare un Jameson a Roddy, Emma era intervenuta e gli aveva posato davanti un bicchiere d'acqua ghiacciata.

Poi sospirò, al che Malcolm capì che stavano per arrivare al problema più urgente. «Non so di cosa stessero parlando, so solo che un attimo dopo Tripp aveva apostrofato quel tipo alto laggiù definendolo un "pallone gonfiato, e pure stronzo".»

Una parte di Malcolm avrebbe voluto scoppiare a ridere – ogni venticinquenne era un pallone gonfiato, e pure stronzo – finché la folla non si divise e lui notò quanto era arrabbiato il giovanotto che era stato insultato.

«Ragazzi» disse Malcolm. «Ehi.» Si fece strada verso il centro della scena. Ma era tardi. Un'esplosione di pura energia serpeggiò nell'aria. La subodorò chiaramente, come l'imminente bufera di neve: qualcuno stava per ricevere un pugno in pieno viso.

Posò la mano sul braccio di Tripp per tenerlo a bada. Era troppo vecchio per cacciarsi in una situazione così assurda. Di solito arrivava al bar direttamente dal lavoro il venerdì pomeriggio, a bordo di un'auto con autista, e subito dopo aver ordinato si toglieva la cravatta e la stendeva su un ginocchio. Ma era entrato da un bel po' ormai, constatò Malcolm. Non era un attaccabrighe. Il massimo che avesse mai fatto, una volta bevuto qualche drink, era stato lasciarsi andare a un vaneggiamento su come un giorno si sarebbe comprato venti ettari di terreno in Perú e si sarebbe trasferito là, un paese bellissimo e poco costoso. Sarebbe uscito dalla sua vita ed entrato in un'altra. Avrebbe staccato da tutto e si sarebbe avvicinato alla natura. Avrebbe condotto un'esistenza più sana, più equilibrata – una condizione impossibile da raggiungere nell'area metropolitana di New York. Sosteneva che la maggior parte degli appezzamenti di terreno vicino alla Valle Sacra degli Incas avevano alberi da frutto che producevano fichi, guaiava, mele. Il bacino formato dallo scioglimento della neve sulle Ande forniva acqua potabile. Avrebbe installato dei pannelli solari e fatto attività fisica svolgendo un lavoro vero, a contatto con la terra.

Molte persone avevano un tema ricorrente nei loro sproloqui da ubriachi, un punto di riferimento – una ex moglie, una carriera musicale fallita –, e ritirarsi lontano da tutto era il chiodo fisso di Tripp.

"Se fosse così facile, lo farebbero tutti" Malcolm ricordò di avergli detto una volta, quando Tripp si era lanciato nel suo tema preferito.

"Tu lo faresti?"

Malcolm era scoppiato a ridere. "No, io no di certo. Cosa dovrei farmene di venti ettari di alberi di guaiava? Sto solo dicendo che molte persone si sentono esattamente come ti senti tu."

Non ricordava che cosa avesse risposto Tripp. Diede un'occhiata a Patrick e Siobhán, per controllare se stavano guardando. E poi, in un attimo, la bolla magica scoppiò.

Il giovanotto si mise a gambe divaricate, accartocciò il viso in una smorfia e tirò indietro il gomito. «Fermo!» urlò Malcolm, ma il ragazzo prese lo slancio e subito dopo si udì il suono della carne sulla carne. L'ondata di energia si alzò e solleticò la nuca di Malcolm. Tripp si accasciò.

Nick, il buttafuori, bloccò il secondo pugno del giovanotto a mezz'aria mentre Malcolm cercava di trascinare Tripp fuori dalla mischia. Ma Tripp non ne voleva sapere di muoversi.

«Roddy» disse Malcolm. «Dammi una mano.» Nick stava cercando di calmare il gruppetto di giovani, esortandoli a raccogliere le loro cose e ad andarsene.

Insieme Malcolm e Roddy riuscirono a trascinare Tripp fino alla porta a vento della cucina, dove lo fecero sedere su una sedia pieghevole. André stava immergendo un cestello nell'olio bollente della friggitrice. Scotty era intento ad appiattire degli scatoloni nell'angolo. «Niente da fare» disse André lanciando un'occhiata. «Fatelo sbattere fuori da Nick.»

Malcolm controllò l'orologio. «Sono solo le nove e mezzo. Gli chiamerò un taxi, ma prima voglio che si riprenda e smaltisca un po' la sbornia. Dio, spero che nessuno chiami la polizia.»

«Io non sono una babysitter» disse Scotty. «Devo andarmene di qui prima di rimanere bloccato dalla neve.»

«Anch'io» gli fece eco André.

Emma, che osservava dalla soglia, non disse nulla.

«Ehi, Tripp» disse Malcolm a voce alta, proprio davanti alla faccia dell'uomo. «Dove abiti?» Tripp aveva un'attività in proprio, perciò i soldi non gli mancavano. Malcolm era quasi certo che vivesse in una delle case vittoriane in fondo ad Acorn Drive, ma voleva che l'uomo glielo confermasse prima di metterlo su un taxi e mandarlo là.

Tripp invece si limitò a premere la guancia contro il fresco acciaio inox della cella frigorifera e a chiudere gli occhi.

«Roddy» disse Malcolm sentendo arrivare il mal di testa. «Se vedi un cliente conciato in questo modo, non puoi versargli qualunque cosa ti chieda.»

«È quello che stavo cercando di dirti.»

«Dirmi cosa? Che c'è un tizio ubriaco al tavolo? Gestire le persone ubriache fa parte del tuo lavoro.»

Malcolm sospirò. «A che punto siamo con il suo conto?»

«Contante appena arrivato, come sempre.»

«E gli altri? Il gruppo di giovani?» Capì dalla faccia di Roddy che non avevano pagato. Lanciò un'occhiata a Emma e non ci fu bisogno di dire nulla. Lei spinse immediatamente la porta a vento per rientrare in sala e bloccarli prima che tagliassero la corda.

Roddy rimase in silenzio per qualche istante. «Non sapevo che avevi intenzione di buttarli fuori.»

«Ora vai» disse Malcolm. «Inizia a pulire i tavoli.»

Nel bar il clima festoso della serata si era spento. Erano arrivate nuovi clienti, ma evidentemente avevano avuto la sensazione di essersi persi qualcosa e non si erano messi a loro agio come gli avventori precedenti. Molti stavano già pagando il conto e si infilavano il cappotto. Non ci sarebbero state altre canzoni da cantare insieme. Niente più danze. La serata era stata stravolta. Tutto ciò che di solito sarebbe avvenuto tra le otto di sera e le quattro del mattino era stato compresso in un lasso di tempo molto più breve a causa della nevicata incombente. Nel giro di tre quarti d'ora gli unici clienti rimasti erano Patrick e Siobhán. Malcolm abbassò drasticamente il volume della musica.

«Ehi» disse avvicinandosi ai suoi amici. Vide che avevano già saldato il conto.

«Quel tipo ha rischiato di essere preso a calci in culo» osservò Patrick. «Deve ringraziarti se l'ha scampata.»

Malcolm sospirò. «Sono sicuro che sarà il suo primo pensiero quando si sveglierà.» Si sedette al tavolo con loro. «Era da un po' che non sedavo una rissa.»

Il campanello sopra la porta suonò, ma Emma gridò prontamente che erano chiusi.

«Allora, Malcolm» iniziò Patrick con l'espressione di chi si stava preparando a qualcosa.

«Che avete voi due stasera?»

Patrick e Siobhán si scambiarono una sorta di messaggio silenzioso e poi lei si voltò per trovarsi faccia a faccia con Malcolm. Lui la conosceva da quando avevano quindici anni, quando Siobhán, avendo una cotta per Patrick, aveva iniziato a frequentare la sua compagnia.

«Mal» disse. «Quand'è stata l'ultima volta che hai parlato con Jess?»

«Perché?»

«Volevamo essere sicuri che lo sapessi. Prima che la notizia ti arrivasse all'orecchio.»

Malcolm restò in attesa. Sentì il sangue scorrere più lentamente nelle vene e il cuore pulsargli nelle orecchie. Alle sue spalle, Emma stava distribuendo le mance. La nuova cameriera se ne andò urlando un saluto dalla porta. Lavorava lì da Natale, eppure Malcolm la trovava ancora in lacrime nel locale dispensa. Lui doveva occuparsi di Tripp. Doveva pulire la sala. E la neve ormai aveva iniziato a scendere più forte. Pensò a quanto avrebbe dovuto dedurre dall'incasso per un paio di giorni, quali equilibrismi avrebbe dovuto fare per superare un altro mese. Ma mentre stava lì a guardare le facce imbarazzate dei suoi amici, che cercavano il modo migliore per dirgli qualcosa di difficile, tutto ciò che succedeva nel bar in quel momento sembrava aver luogo molto lontano, e qualcosa di sfocato nella sua visione periferica si presentò chiaramente davanti ai suoi occhi. Sentiva un gran calore nel petto. Sentiva ogni centimetro del suo metro e novanta, l'ampiezza delle spalle. E poi, neanche un attimo dopo, era così esausto che accarezzò l'idea di sdraiarsi sul pavimento appiccicoso e scivolare nel sonno.

«Tu e Jess» disse Siobhán, «non vi parlate, vero?»

Malcolm non si diede la pena di rispondere perché era chiaro che lei sapeva molto più di lui. Non si sentiva più le gambe, come se avesse appena salito di corsa parecchi piani di scale.

«Sai che è qui? A Gillam?»

«Sì, l'ho saputo» disse lui rendendosi conto di aver supposto che fosse a casa di sua madre. Cobie, per la verità, non aveva mai detto questo.

«Meg Whelan l'ha vista passare in Madison Street ieri sera. Ma non era al volante. Cioè, non era sulla sua macchina.»

«Okay.»

Nessuno aggiunse altro per qualche istante.

«Parlate» li esortò Malcolm.

Patrick si schiarì la gola. «Hai presente quel mio vecchio compagno di università? Quello che si è trasferito qui più o meno quando tu hai acquistato il locale?»

«Neil» disse Malcolm.

«Esatto.»

«Brutto divorzio» aggiunse Malcolm. Il pavimento gli sembrava meno solido rispetto a qualche minuto prima.

Un tipo anonimo con una polo. Niente di speciale, per quanto ricordava Malcolm. Si era presentato all'Half Moon con Patrick una volta, entrambi già un po' su di giri. Li aveva raggiunti anche Toby. Avevano fatto un giro per dare a Neil un'idea di ciò che poteva offrire la città, e Patrick aveva tenuto l'Half Moon come ultima tappa, in modo da concludere la giornata sentendosi a loro agio, come a casa. Malcolm però aveva altro a cui pensare quel giorno, aveva discusso con un fornitore e non si sentiva perfettamente a suo agio. In seguito ricordò di aver pensato che si sarebbe dovuto mostrare più accogliente.

«Lo sapevo» disse, anche se non lo sapeva affatto, per niente. Quello che i suoi amici erano andati a dirgli – a quel punto era ovvio che la loro puntatina al bar aveva uno scopo ben preciso – sarebbe stato il primo sospetto di chiunque altro, ma non di Malcolm. Aveva preso in considerazione l'idea qualche volta, ma solo per ricordare a se stesso che non era un babbeo, che aveva tenuto conto di tutte le possibilità. Ma era semplicemente inconcepibile. Lui e Jess avevano dei problemi, d'accordo, ma erano una coppia. Il viso di Jess, il suo corpo, i suoi stati d'animo gli erano familiari, li conosceva più di quanto conoscesse se stesso.

Malcolm cercò di rievocare il viso di Neil, in modo da poterlo studiare, questo semisconosciuto, ma la possibilità che una persona che non conosceva affatto avesse qualcosa a che fare con la persona che conosceva meglio di chiunque altro era troppo remota.

«Chi te l'ha detto?»

«Lui. Neil.» Patrick distolse lo sguardo.

«L'ha detto a te? Non a lei?» Malcolm studiò Siobhán. «Ne ha parlato con te?»

«Non risponde ai miei messaggi.»

«Quindi potrebbe non essere vero.»

Né Patrick né Siobhán furono in grado di ribattere.

«È vero» disse Patrick alla fine.

«Non volevamo che ci rimanessi male» disse Siobhán. «Abbiamo pensato che fosse meglio venirlo a sapere da noi. Ma credo che dovremmo pensare a quello che ha passato Jess, e...»

«Come fa a conoscerlo?»

Siobhán si guardò le mani. «Si sono incontrati a casa nostra...»

«Tipo a qualche barbecue o cose del genere? Anch'io l'ho conosciuto lì. Dev'esserci stata qualche altra occasione.»

«Sai com'è. Di solito ci incontriamo il sabato e tu sei sempre qui al bar. Jess viene da noi. E altrettanto fa Neil da un anno o giù di lì.» I tre si guardarono intorno come se vedessero quel posto per la prima volta.

«Ma hanno parlato? Non capisco.»

«Anche Neil è avvocato» disse Patrick. «In un grande studio legale. Si è laureato in Legge più o meno nello stesso periodo di Jess. Credo che abbiano degli amici in comune.»

«Questo lo sapevo» disse Malcolm. «Me lo ricordo. Uno dei compagni di università di Jess lavora nello stesso studio dove lavora lui.» Custodiva qualche brandello di informazione su ciascuno dei suoi conoscenti. Non dicerie – non amava i pettegolezzi – ma argomenti di conversazione utili qualora una persona si fosse presentata all'Half Moon sentendosi un po' giù. «E con questo? Mi state dicendo che è una cosa seria?»

«Be'» iniziò Siobhán, ma Patrick scosse la testa in maniera quasi impercettibile, così lei ingoiò qualsiasi cosa stesse per dire. Malcolm ne fu sollevato. Quale delle due possibilità sarebbe stata la peggiore? Che la relazione fra Jess e Neil fosse seria o che non lo fosse? Che domanda strana. Malcolm non voleva conoscere i dettagli. Non sarebbe stato in grado di sopportarli. Tutte quelle settimane passate a riesaminare le cose che aveva fatto, come avrebbe potuto farle meglio, quando in realtà Jess si era lasciata coinvolgere in una storia che la allontanava completamente da lui. Riusciva a sentire le pulsazioni del proprio cuore che pompava il sangue nelle vene.

«Sta attraversando un brutto momento» disse Siobhán quasi in un sussurro. «È quello che continuo a ripetermi. Sta provando qualcosa che nessuno di noi può capire.»

«Io non posso capirlo? Stai includendo anche me in questo?»

Roddy stava passando uno straccio sul bancone. Che serata era stata. Se Malcolm fosse riuscito a fare l'impossibile, a fermare ogni volta la bomba che stava per esplodere, se la sarebbe cavata. Ma se non ci fosse riuscito, che cosa sarebbe successo? Non poteva gestire un locale che era mezzo pieno tre sere alla settimana. Aveva quarantacinque anni e non aveva mai fatto un altro lavoro. Ed era bravo in questo. Ma la mezza età incombeva e lui poteva già intravedere la conclusione a cui sarebbe arrivato: che una persona poteva essere straordinariamente brava a fare qualcosa eppure fallire proprio in quella.

«È colpa mia» disse Siobhán. «Non mi piaceva pensare che le sue figlie non conoscessero nessuno a scuola. Così chiedevo sempre a Patrick di invitarlo alle nostre feste.»

Malcolm si alzò in piedi. «Sapete una cosa? Non posso occuparmene in questo momento.»

L'ultima volta che aveva parlato con Jess risaliva a più di un mese prima. Stava portando in casa la spesa quando aveva visto il suo nome comparire sul display del cellulare, così aveva lasciato cadere la borsa sul bancone della cucina e ne erano uscite due mele che erano finite sul pavimento. Aveva premuto il tasto per accettare la chiamata. Lei gli aveva chiesto come stava, come andava il locale, come se la cavava sua madre. Le sue risposte dovevano essere state sbrigative, e Jess doveva aver colto la frustrazione nel suo tono di voce, perché aveva tagliato corto su qualunque fosse la ragione per cui aveva chiamato dicendo che doveva andare. "Jess!" aveva urlato lui nel telefono, ma lei aveva già chiuso la chiamata. Quando mai si era trattenuta dal dire qualcosa? E poi lui aveva capito che Jess aveva pianto. Malcolm poteva contare sulle dita di una mano il numero di volte in cui, durante la loro relazione, l'aveva vista piangere, e ogni volta aveva avuto a che fare con il loro pezzo di giardino, che rimaneva sterile mentre quello di tutti gli altri fioriva con una facilità e un'abbondanza tali che dovevano faticare per contenerlo. Numero di follicoli insufficiente. Numeri troppo bassi. Cicli di trattamento annullati. Requisiti assicurativi assurdi. Aspettare che i livelli di HCG si azzerassero. Aspettare ancora un po'. Impianto non riuscito. Annidamento non avvenuto. Sperare che le mestruazioni arrivassero presto. Sperare che non arrivassero affatto. Fin dall'inizio lui aveva avuto paura di parlarne per non sbagliare su qualche dettaglio. Confezioni color pastello di farmaci e integratori appoggiati sul bancone della cucina, o che occupavano un intero ripiano del frigorifero. Jess al telefono con l'assicuratore, le cartelline di diversi colori a seconda del contenuto sparse sul tavolo della cucina, la sua insistenza nel chiarire che la clinica aveva già inviato una lettera, l'elencare i nomi delle medicine come se avesse un dottorato in Farmacologia, come se parlasse fluentemente una lingua che lui non capiva. Ascoltarla origliando ogni sabato mattina – il tempo dedicato al "disbrigo pratiche", come lo definiva lei –, quando diceva che sì, certo, sarebbe rimasta in attesa, per poi far notare che era in attesa da un'ora e infine vederla abbassare la testa e prendersela fra le mani.

Jess che urlava a Malcolm che non le importava un cazzo di cosa ci fosse per cena, perché era stata al telefono tutto il santo giorno, salvo scusarsi subito dopo, dicendo che le dispiaceva, era soltanto frustrata. Malcolm, in piedi accanto alla sedia di Jess con la sensazione di essere escluso da qualcosa. Come se, allungando la mano per toccarla, trovasse un ostacolo che gli impediva di farlo.

Quando aveva provato quella sensazione per la prima volta? Nel bagno di uno yacht club di Hyannis, la sera in cui avevano festeggiato il matrimonio della sua amica Rachel. Gli capitava spesso di ripensare a quella sera da quando lei se n'era andata di casa. Jess gli aveva chiesto di accompagnarla per tenerle il vestito. Aveva abbassato la zip, se l'era sfilato dalla testa, glielo aveva passato e poi aveva aperto il piccolo sacchetto refrigerante che aveva tenuto nascosto al guardaroba. Lui aveva piegato il vestito sul braccio e aveva sentito il calore della pelle della moglie sotto la stoffa. Una volta svestita, Jess era stata colta dal panico. Il bordo del lavabo era troppo stretto. Mancava il tappo. E se fosse finito tutto nello scarico? Prima che lui potesse pensare a una soluzione, lei si era già inginocchiata per terra, aveva srotolato un triplo strato di salviette di carta sulle piastrelle del pavimento, e quando le era parso che fossero sufficienti, vi aveva sistemato sopra le sue fiale di polvere e solvente insieme all'ago e allo stantuffo. "Vuoi una mano?" aveva chiesto Malcolm mentre lei mischiava il contenuto di due flaconcini.

"Ce la faccio" aveva replicato Jess, e gli aveva sorriso, senz'altro ricordando lo stesso episodio che ricordava lui in quel momento; quell'unica volta in cui, sudato nella sua T-shirt, aveva provato a farle un'iniezione in un punto della schiena che lei non riusciva a raggiungere da sola. Una volta fatto, Malcolm era rimasto seduto sul coperchio del water del loro bagno al piano di sopra finché il suo cuore non aveva smesso di battere all'impazzata, mentre Jess teneva premuto il palmo aperto sulla schiena contando fino a trenta. "Non sarebbe meglio che se ne occupasse un dottore?" aveva obiettato lui quella sera.

Quel matrimonio a Hyannis era stata la prima volta in cui Jess si era dovuta fare un'iniezione fuori dalle mura domestiche. Lei e Malcolm non avevano ancora affrontato il doloroso iter che li aspettava. Erano solo all'inizio, anche se all'epoca non lo sapevano. Jess aveva annullato delle cene, si era liberata dalle trasferte di lavoro, ma la data del matrimonio dei loro amici non si poteva cambiare né ignorare. Quando era arrivato l'invito, Jess aveva pensato che per quel giorno si sarebbe scoperta già incinta.

Guardandola accovacciata a terra, con quell'aria così determinata, Malcolm aveva provato uno slancio d'amore nei suoi confronti, perché si stava impegnando così tanto. L'aveva osservata attentamente mentre si infilava l'ago nella pancia con decisione. C'era una band di nove elementi nell'altra stanza. Le pareti rimbombavano per la musica. Il lembo di carne che spuntava sopra l'elastico delle mutandine appariva pallido e vulnerabile. Jess si preoccupava che tutte quelle medicine potessero renderla un po' cicciottella, ma quella sera Malcolm aveva pensato che non era mai stata così carina.

"Ho impostato un promemoria per la prossima" aveva detto Jess senza alzare lo sguardo. Le sarebbero servite tre iniezioni in tutto, con un'ora di intervallo tra una e l'altra. "Ma posso farcela, ora che ho trovato il sistema." Aveva raccolto gli asciugamani di carta e lo aveva esortato a tornare a divertirsi.

"Potrei aiutarti di nuovo con il vestito."

"No, va bene così" aveva detto lei, e si era alzata in punta di piedi per scoccargli un bacio prima di rimettersi le scarpe con il tacco.

Un'ora dopo Malcolm stava ordinando un drink al bancone del bar quando, alzando gli occhi, aveva visto Jess dirigersi verso il bagno con il suo sacchettino infilato con discrezione sotto il braccio.

Era stato in quell'occasione che, per la prima volta, aveva dato un nome alla preoccupazione che lo turbava, a quel vago senso di panico per il timore di dimenticarsi qualcosa, qualcosa che toccava a lui fare.

Ma alla fine avevano interrotto quel processo così laborioso. Gli ematomi sulla pancia di Jess erano sbiaditi. Il faldone che stava sul davanzale da quasi sette anni era stato messo in un cassetto della scrivania. Malcolm non avrebbe più dovuto eiaculare in un contenitore di plastica in una stanza illuminata da luci al neon. Non avrebbe più dovuto percorrere il corridoio per informare l'infermiera (sempre donna, sempre giovane) che il contenitore era pronto ed etichettato.

In un primo tempo aveva pensato che lui e Jess sarebbero tornati a essere quelli di prima. Aveva pensato che lei avrebbe ripreso a passare dal bar per fargli una sorpresa. Aveva sperato che avrebbe ricominciato a sorridergli, a guardarlo come se custodisse un ghiotto segreto. Ci sarebbe voluto un po' di tempo, si era detto, bastava avere pazienza. Ma poi lei se n'era andata.

«Mi dispiace, Mal» disse Patrick mentre Malcolm rimuginava. «Speravo che lo sapessi già, e mi dispiace di avertelo detto qui. Credevo che dirtelo nel tuo locale sarebbe stato meglio, ma ora temo non sia stata una buona idea.»

«Te l'avevo detto» gli rinfacciò Siobhán.

«Sì, Siobhán mi aveva avvertito. Io pensavo che qui ti sentissi... come dire, più protetto – casa tua è un mortorio in questo periodo, amico mio – ma Siobhán non era d'accordo. Comunque, mi dispiace davvero, credimi.»

«Non importa.»

«Sì che importa, invece. Vuoi che ti dia una mano a sistemare le sedie o a fare qualcosa? La neve cade sempre più fitta.»

«Mi arrangio da solo» disse Malcolm, ma non si mosse. C'erano delle domande che si formavano dentro di lui, ma non voleva farle. Per quanto si sentisse confuso, provava una certa calma per la prima volta da settimane, un puntino di luce che lo avrebbe aiutato a leggere tutto con più facilità, una volta trovata l'energia sufficiente per riflettere su quello che i suoi amici gli avevano rivelato. Nelle diciassette settimane trascorse da quando Jess se n'era andata, aveva imparato che aspettare che accadesse qualcosa era estenuante, come se una porta sbattuta quattro mesi prima stesse ancora sbattendo, e lui fosse ancora là con il cuore in gola e il corpo teso, in attesa di scoprire che cosa sarebbe venuto dopo. Ora lo sapeva, si disse. In un certo senso era un sollievo.

Siobhán e Patrick furono gli ultimi clienti ad andarsene, e quando aprirono la porta, la neve entrò prepotentemente invadendo parte della sala.

«Come sta il nostro amico?» Malcolm chiese a Roddy.

«Se n'è andato. Dev'essere uscito dalla porta sul retro.»

«Davvero? È tutto ghiacciato là dietro.»

Malcolm attraversò la cucina, aprì la porta che dava sul vicolo laterale e sbirciò nel buio per accertarsi che Tripp non fosse disteso a terra con una gamba rotta. Accese la torcia del cellulare e uscì con passo esitante. Puntò la luce in ogni direzione. Jess, pensò. Jess e Neil? Chi aveva iniziato? Si era mostrata disponibile, facendogli capire che non lo avrebbe rifiutato? O era stato lui a coglierla nel momento in cui era più vulnerabile e lei non aveva saputo tirarsi indietro? Il sensore di movimento si attivò. Attraverso il cono di luce, Malcolm osservò la neve che continuava a cadere e per un attimo dimenticò il motivo per cui si trovava là fuori e quello che avrebbe dovuto fare. Il vicolo era deserto a parte il cassonetto dell'immondizia, qualche decina di scatoloni appiattiti e legati con uno spago, e una pila di casse da imballaggio rotte abbandonate lì da almeno un anno.

«Sei ancora qui» disse a Emma quando rientrò in sala. La serata si era conclusa in anticipo per tutti, ma ora che la nevicata si era intensificata all'improvviso, Malcolm cominciava a pensare che avrebbero dovuto chiudere ore prima. Emma doveva guidare fino a Yonkers. Il cavalcavia sarebbe stato intasato dal traffico. Roddy stava contando le mance, e tutti gli altri se n'erano già andati. Malcolm tirò leggermente in dentro la pancia, preoccupato di aver messo su peso. Jess sosteneva che avrebbe retto bene la pancetta quando fosse arrivato il momento, perché aveva quel tipo di struttura. Lo diceva come se fosse inevitabile, dal momento che il padre di Malcolm aveva avuto la pancia, così come suo zio, entrambi morti ormai, colpiti da un infarto a poco più di quarant'anni. Si aggrappò al bordo del bancone e si resse saldamente. Emma era concentrata sul cellulare, le sue dita volavano sul display come se stesse suonando uno strumento musicale. Poteva offrirle una sistemazione per la notte, se era preoccupata di dover guidare con la bufera di neve. Lei sapeva che la casa di Malcolm era vuota. Non doveva fare complimenti. Sarebbero arrivati a casa presto. Avrebbero anche potuto vedere un film, se avesse voluto.

«Te la senti di guidare con questo tempo? Puoi dormire

da me, se vuoi.» Si sforzò di apparire disinvolto, come se l'idea gli fosse venuta sul momento.

Per un attimo, quando Emma alzò gli occhi e incrociò il suo sguardo, le passarono sul viso almeno cento considerazioni, ma alla fine disse che sarebbe andata piano e che aveva le gomme nuove.

«Ottimo» disse lui, non sapendo se essere deluso o sollevato. «Bene. Sii prudente.»

Lo spartineve passò proprio mentre Emma si accingeva a partire. Malcolm diede un'ultima occhiata intorno. «Tutto a posto?» chiese a Roddy infilandosi il cappotto. Tenne la porta aperta per farlo passare per primo, e mentre si voltava per chiudere a chiave, gli venne in mente che avrebbe dovuto offrire un passaggio a quel ragazzo.

«Buonanotte» disse invece.

«Sì, buonanotte» rispose Roddy, e poi aggiunse: «Ehi, volevo dirtelo prima, ma meglio tardi che mai: mi dispiace per Jess. Era la sua amica, vero, quella signora con cui parlavi stasera?».

«Roddy» disse Malcolm, «io e te non dobbiamo parlare di Jess.»

«Oh» disse Roddy, le guance immediatamente in fiamme. «Scusami.»

E poi, guardandolo avviarsi lungo la strada con indosso soltanto la giacca a vento, ingobbito sotto la neve, con un paio di scarpe da ginnastica logore, Malcolm si sentì un mostro. Quel ragazzino non aveva nemmeno la metà dei suoi anni ed era incapace di scegliere perfino una playlist, quando Malcolm glielo aveva chiesto la settimana prima. Teneva i suoi risparmi arrotolati nella tasca dei jeans. Suo zio sosteneva che era intelligente, che era un mago dei computer, e allora cosa cavolo stava facendo della sua vita? Malcolm aveva promesso di prendersi cura di lui.

Qualche istante dopo lo raggiunse. «Vuoi uno strappo?» chiese.

«Sono a posto così» disse Roddy, senza rallentare il passo. «Preferisco andare a piedi.»

Fu una risposta così inaspettata che Malcolm scoppiò a ridere.

"Preferisco andare a piedi" ripeté a se stesso mentre metteva in moto e si allontanava.

2

Nel maggio 2004 Jess e Malcolm avevano rispettivamente venticinque e trent'anni, il che significava che non erano più tanto giovani, nemmeno un po'. La serie *Friends* era giunta al suo ultimo episodio, e i volti dei personaggi erano sugli autobus di tutta la città. Il bambino sarebbe venuto al mondo quando Jess avrebbe avuto ventisei anni, ormai una donna adulta e con una solida istruzione alle spalle. Cobie aveva invitato degli amici ed era intenta a preparare degli stuzzichini e a riordinare l'appartamento, mentre Jess aspettava di veder arrivare l'auto di Malcolm dalla finestra della sua stanza. «Torno subito» gridò Jess all'amica quando riconobbe la Nissan nera del suo ragazzo, corse giù dalle scale e, una volta scesa in strada, svoltò l'angolo dove lui di solito era abbastanza fortunato con il parcheggio. Dopo aver trovato un posto, raggiunsero a piedi una farmacia e, scioccati dai prezzi, scelsero il test meno costoso. Ma poi, mentre erano in coda e Malcolm leggeva la scritta in caratteri minuscoli sulla confezione, Jess capì che, qualunque fosse stato il risultato, non si sarebbe fidata perché il test costava la metà rispetto agli altri, così gli disse di tenerle il posto e corse a prendere il più costoso. Quando tornò in coda, lui la strinse a sé e le posò un bacio sulla scriminatura dei capelli. "Non preoccuparti" disse.

"Non preoccuparti nemmeno tu" ribatté lei allacciandogli le braccia intorno alla vita.

In attesa davanti a loro c'erano altri dieci newyorkesi che si procuravano scampoli di quotidianità: mascara e antistaminici e preservativi e biglietti di auguri e dentifricio. Era una bellissima sera primaverile.

Jess non voleva fare il test nell'appartamento che condivideva con Cobie perché l'amica era in casa e le avrebbe fatto delle domande. Malcolm era sorpreso che lei non avesse confidato i suoi sospetti a nessuno, né a Cobie, né a nessun altro, e si sentì quasi commosso dal fatto che quel segreto riguardava soltanto loro. Così vagarono per la città per più di un'ora con la scatolina in fondo alla borsa di Jess finché, non potendo resistere oltre, lei suggerì di ritirarsi nel bagno di un Pizza Hut davanti al quale erano passati mentre attraversavano Times Square. "Vengo anch'io" disse Malcolm tallonandola. "Ti pare che io possa aspettare qui fuori?"

Quando si erano sentiti al telefono qualche ora prima, Jess gli aveva detto che, su una scala da uno a dieci, la sua sicurezza si attestava su un livello otto, ma ora che stava per fare veramente il test, un otto sembrava esagerato. "A che livello sei ora?" chiese lui. "Cinque?"

"Direi tre, piuttosto" disse lei. Lo fece voltare di spalle e gli chiese di tapparsi le orecchie perché non voleva essere vista mentre faceva la pipì e nemmeno sentita.

Malcolm scoppiò a ridere. "Ti ho visto in posizioni più compromettenti."

"Non mi interessa!" disse lei.

Aveva un ritardo di due settimane. Si sentiva insolitamente fiacca. Le davano fastidio gli odori, ma a Manhattan ultimamente c'erano state giornate piuttosto afose.

"E adesso?" chiese Malcolm mentre se ne stavano stretti uno all'altra osservando lo stick.

"Le istruzioni dicono che possono volerci anche due minuti." Fuori, nel locale affollato, la radio trasmetteva una canzone che Malcolm amava e che sovrastava il chiasso. Agganciò le dita ai due passanti dei pantaloni di Jess e la attirò a sé. Una volta era sbucato da dietro il bancone dell'Half Moon per ballare sulle note di quella stessa canzone. Una donna aveva fatto un commento spontaneo: non c'era niente di meglio di un giovanotto robusto che si muoveva con grazia, e Malcolm aveva chiesto ai presenti se c'era qualcuno che desiderava vedere come si faceva. Si era sistemato la cravatta e, dopo un attimo di esitazione, aveva raddrizzato le ampie spalle e si era lanciato in pista.

La folla si era disposta a cerchio intorno a lui, battendo il ritmo con le mani. Malcolm ballava sempre più veloce, in un crescendo avvincente. "Mi piace questo ragazzo" aveva pensato Jess quella sera. Dopo il ritornello, lui era tornato al lavoro dietro il bancone come se nulla fosse. Ricordando quell'episodio, Jess capì che prima che finisse quella canzone avrebbero avuto la risposta che attendevano. Qualcuno bussò alla porta e Malcolm gridò di aspettare un minuto.

Jess sbirciò per prima, poi gli mostrò il test, ma riservarono le loro reazioni finché furono fuori, lontano dalle code di turisti che ordinavano pizze da asporto. Si era fatto buio nel breve tempo in cui erano stati dentro.

"Dovrei essere sconvolta, giusto?" disse Jess. "Dovresti essere sconvolto anche tu. Dovremmo chiederci a vicenda come sia potuto succedere. Al che io dovrei dirti che non devi sentirti obbligato. Sei sconvolto?"

Lo studiò sotto le luci abbaglianti di Times Square che trasformavano la notte in pieno giorno. Malcolm non sembrava sconvolto. Era impassibile. Lei lo aveva constatato nel locale e ne riceveva la conferma in quel momento.

"No" rispose lui. "E tu?"

"No."

Lui aveva la struttura adatta a incassare un colpo, magari barcollare per un attimo sui talloni, ma non cadere mai. "Possiamo farcela" pensò Jess, ed era sicura che Malcolm stesse pensando la stessa cosa. Non sapeva come, senz'altro sarebbe stato complicato, ma in cuor suo sentiva che potevano farcela. Il marciapiede brulicava di gente. Sul mega schermo c'era Usher che, sulle note di *Yeah!*, diceva quanto amava New York. Non c'era nessun mistero; entrambi sapevano perfettamente com'era potuto accadere. Jess aveva dimenticato di farsi rinnovare la prescrizione della pillola anticoncezionale. Per procurarsene una confezione nuova prima di recarsi a Gillam per il weekend, avrebbe dovuto fare una coda di oltre un'ora al consultorio perché non aveva un appuntamento. Se avesse deciso di aspettare, avrebbe perso il treno più comodo, e voleva arrivare a Gillam il prima possibile per incontrare Malcolm. Qualche ora dopo, quando lei glielo aveva raccontato, Malcolm aveva detto che non importava, si sarebbe procurato dei preservativi, oppure avrebbero potuto saltare per quella volta, la scelta stava a lei.

Ma lei non voleva saltare. Che cosa poteva succedere? Per una sola volta... Ma poi le volte erano diventate di più, perché Jess si era trattenuta per tutto il weekend, lui non era mai uscito per comprare i preservativi, e lei non era riuscita a farsi prescrivere le pillole fino al lunedì successivo.

"Voglio sposarti, Jessie" disse lui. "Non per questo. L'avrei fatto comunque, ma stavo pensando a come chiedertelo." Fece una pausa. "Tu sei..."

"Cosa?"

Jess sapeva perché lo amava, ma non perché lui amasse lei. Malcolm sembrava lottare per cercare la parola giusta, per definire con precisione un pensiero, e perfino vederlo in difficoltà aprì qualcosa dentro di lei e le fece capire che era di quell'uomo il nome inciso nella propria anima, non importava che cosa sarebbe venuto dopo. "Sei dolce e spiritosa, ma ci sono milioni di donne così. Sei molto in gamba, ovvio, ma non è nemmeno questo. Tu sei diversa. Vedi le cose con occhi diversi. È come se avessi capito come sei fatta fin dal primo istante. Non mi capita mai di sentirmi così me stesso come quando sto con te. Non so come altro spiegarlo."

"Malcolm" disse Jess. "Ti sposerei anche domani."

"Allora facciamolo" disse lui sollevandola in aria con slancio.

"Attento! Il bambino!" Jess scoppiò a ridere e lui fissò il suo ventre stringendosi la testa fra le mani.

"Oh, cazzo."

"Non ho mai desiderato un matrimonio tradizionale. Tipo un rinfresco con tanto di centrotavola, addobbi e cose simili. Non è da me. Non ho mai nemmeno fantasticato su un abito da sposa."

"Lo so."

"Il municipio mi sembra la soluzione perfetta. Facile e rapido. E poi a pranzo, a piedi."

"Be', magari una festicciola al pub, no? Qualcosa di basso profilo?"

Jess scoppiò a ridere. "Certo!" E poi la sua espressione cambiò. "Oddio. Dovrai accompagnarmi a dare la notizia ai miei genitori."

"Vorranno una cerimonia in chiesa? Mia madre vorrà di certo dire la sua al riguardo, ma alla fine ci lascerà fare, credo."

"Be', sì, ma..." Jess si posò una mano sul ventre. "Penso che quel treno sia già passato."

"E i tuoi studi? Dobbiamo trovare un posto dove vivere."

"Dopo gli esami avrò finito. Accetterò quel posto all'Unione Internazionale dei Lavoratori. A luglio darò l'esame di Stato. Abbiamo nove mesi per prepararci. Anzi, otto ormai. Credo che mia madre ci aiuterà se rimarremo nei paraggi. Possiamo farcela."

"E Hugh ha già detto di voler andare in pensione. Mi ha chiesto se sono interessato a rilevare il locale."

"E tu sei interessato, giusto? Adori quel bar."

"Sì" disse Malcolm. "Sarà bellissimo."

Dodici anni dopo, quando Hugh finalmente annunciò che voleva acquistare una casa nel South Carolina e che non poteva più sopportare gli inverni a New York, per l'anca che gli dava il tormento o la progressiva neuropatia, Malcolm immaginò che fosse finita, che il suo datore di lavoro avesse dimenticato tutte le allusioni fatte nel corso degli anni, e avrebbe lasciato l'Half Moon a uno di quegli imbecilli dei suoi figli. Per la prima volta in ventiquattro anni, Malcolm si sarebbe dovuto trovare un lavoro. Ma una mattina, prima di aprire, quando stava controllando gli scontrini, arrivò Hugh, evitò la sua solita sedia e andò a sedersi su uno sgabello come un normale cliente.

"Malcolm" disse posando la mano grassoccia sul bancone. La fede si era conficcata nel dito a tal punto che Malcolm si domandò come facesse a non bloccargli la circolazione. "Ecco cosa vorrei che accadesse." La sua faccia rossa e gonfia era quella di un bevitore, anche se Malcolm non l'aveva mai visto ubriaco.

Tirò fuori una penna dalla tasca e scrisse due cifre su un tovagliolo di carta. Il primo era il prezzo per l'attività, e il secondo era il prezzo dell'attività compresi i muri. A dire il vero, l'edificio in cui si trovava il bar non era granché e necessitava di pesanti interventi di ristrutturazione, ma era situato a un tiro di schioppo dal centro, e questo aumentava il suo valore in maniera considerevole. Poi Hugh tossì nel pugno per trenta secondi buoni, rantolando e ansimando. Quando l'accesso di tosse si placò, si posò la mano sul pancione e disse a Malcolm che gli avrebbe dato del tempo per pensarci su.

"Tutto a posto, Hugh? Stai bene?" Malcolm gli mise davanti un bicchiere d'acqua.

"Sì, sì, sto bene."

Hugh non avrebbe mai ammesso il contrario, nemmeno se avesse saputo che quella sarebbe stata la sua ultima ora, ma avevano il loro copione da recitare. Hugh conosceva Malcolm da quando era un ragazzino, aveva conosciuto il padre, anche se non voleva mai parlare di Darren Gephardt quando Malcolm sollevava l'argomento. Disse che se Malcolm non aveva i soldi, o se la banca non l'avesse sostenuto, avrebbero trovato una soluzione.

Più tardi, mentre osservava Hugh infilarsi a fatica nella sua Cadillac, il volante simile a un giocattolo nelle sue mani enormi, Malcolm si chiese che cosa sarebbe successo se suo padre non fosse morto a soli quarantatré anni. Alla fine lui avrebbe gestito il Gephardt's, il bar del padre? Lo avrebbe ereditato, a quel punto della sua vita? Si trovava a un isolato di distanza dalla Penn Station, e Malcolm sentiva ancora l'energia che emanava il locale, la gente e le personalità che lo frequentavano. Poliziotti e delinquenti che bevevano fianco a fianco, donne che sedevano al bancone con una disinvoltura che rasentava la sfrontatezza e da cui il padre gli raccomandava di stare lontano, una volta compiuti i sedici anni, perché avrebbero iniziato a mettergli gli occhi addosso.

Quando il locale non era troppo affollato, suo padre era solito tenere riunioni a un tavolino da due posti sul retro, e una volta, durante una grande ristrutturazione che aveva comportato la chiusura per qualche settimana, un uomo che Malcolm non aveva mai visto prima aveva scostato lo spesso telo di plastica antipolvere davanti alla porta d'ingresso e si era avvicinato a suo padre con cautela, come se avesse bisogno del permesso. Era il giorno dopo il nono compleanno di Malcolm, e lui si era appena cacciato nei guai per aver giocato con una pistola sparachiodi che aveva trovato abbandonata su un davanzale. Approfittando di un attimo di distrazione degli adulti, aveva premuto il grilletto tre volte – tre colpi forti – e, come per magia, tre teste di chiodo brillanti come pietre preziose si erano conficcate in una parete di cartongesso appena montata. La sua punizione consisteva nello stare seduto in un angolo senza fare nulla per un'ora, ma un tizio di nome Truck che lavorava per suo padre gli aveva passato di nascosto un maxi sacchetto di patatine. Dal suo angolino, Malcolm si era intrattenuto osservando tutti quelli che passavano fuori.

"Guarda quel ragazzino" aveva detto suo padre a Truck scuotendo la testa. "Si sta divertendo."

L'uomo appena arrivato si era avvicinato a suo padre e a Truck proprio come faceva Lucky, il loro vecchio Jack Russell, quando voleva che gli grattassero la pancia ma non osava avvicinarsi troppo per timore di ricevere un calcio. Malcolm non riusciva a sentire quello che dicevano, ma la voce di suo padre sembrava diversa, fredda. Si era preoccupato abbastanza da posare il sacchetto di patatine, passarsi le dita unte sui pantaloni della tuta e lanciare un'occhiata lungo la strada per vedere se spuntava la madre di ritorno dalle sue commissioni. Non poteva accadere nulla di brutto se c'era lei. Quell'uomo odiava suo padre, era evidente. E sembrava più nervoso di quanto fossero di solito gli adulti. Aveva la camicia fuori dai pantaloni e la cravatta di sghimbescio. Suo padre non aveva fatto nulla per farlo sentire a suo agio, come faceva di solito quando un cliente entrava nel locale. Malcolm aveva avvertito una sensazione di panico nelle viscere. Aveva pensato che forse avrebbe dovuto gridare. Fare qualcosa. Ma poi il padre lo aveva indicato con un cenno del capo, e i tre uomini avevano guardato il ragazzino coperto di segatura nell'angolo e, senza discutere, erano entrati nell'ufficio del padre e avevano chiuso la porta. Erano ancora dentro quando sua madre era tornata.

"Darren?" aveva chiamato Gail quando Malcolm le aveva riferito dov'erano. Aveva picchiettato con le unghie la porta dell'ufficio, la testa piegata di lato, in ascolto.

"Ci vediamo a casa" le aveva detto Darren senza aprire la porta.

"Cosa stavano facendo?" le aveva chiesto Malcolm lungo il tragitto in auto verso casa. "Cosa dicevano?" Aveva cercato di spiegare quello che aveva visto, che brutta faccia aveva fatto papà a quel tizio, brutta soprattutto perché Malcolm non gliel'aveva mai vista prima, quindi per un attimo gli era sembrato che suo padre fosse un estraneo, ma la madre gli aveva assicurato che non era nulla, soltanto affari, che papà era sempre papà e gli voleva bene.

Hugh aveva tre figli, nessuno dei quali aveva mai lavorato all'Half Moon. Nessuno di loro aveva mai organizzato una festa di famiglia, né si era mai presentato lì mezzo ubriaco. Nessuno aveva mai chiesto alle figlie di salire sul bancone a ballare un *reel* come Mary, la sorella di Malcolm, era stata invitata a fare dal padre diverse volte quando il Gephardt's era in piena espansione. Una storia di successo proprio lì, all'ombra della stazione ferroviaria più congestionata del mondo, così congestionata che la madre di Malcolm aveva imparato a guidare sulle superstrade e a parcheggiare in parallelo per poter andare a trovarlo in città. Altrimenti non lo avrebbero mai fatto.

"Dove sono finiti tutti quei soldi?" aveva chiesto ripetutamente Malcolm nel corso degli anni, dapprima esitante ma poi con maggiore decisione. Aveva visto le foto. Aveva sentito le storie. Muhammad Ali aveva consumato un pasto al Gephardt's una settimana dopo essere tornato dall'Irlanda, dove aveva battuto con fatica Al Lewis all'undicesimo round. Un attore famoso era entrato nel locale del padre e, stanco di aspettare, aveva bevuto una birra calda lasciata da uno sconosciuto. Gail viveva facendo così tanta attenzione alle spese, da quando Malcolm aveva diciotto anni, che ovviamente non era stato previsto nessun surplus, nessun piano pensionistico, nessuna disposizione speciale per una carriera così precaria che uno era sempre costretto ad arrangiarsi tamponando i debiti alla meglio.

"Ma stiamo parlando di Muhammad Ali!" Malcolm aveva detto una volta alla madre. "Doveva essere un locale molto popolare per indurre un personaggio del suo calibro a farci un salto."

Gail aveva risposto con un'alzata di spalle. "Tuo padre conosceva il suo autista! Erano cresciuti insieme. Ma con gli aneddoti non puoi pagare i debiti."

"Ma io pensavo che..."

"E l'affitto stava salendo alle stelle. Non avremmo potuto sostenerlo, se è questo che mi stai chiedendo, era impossibile. Se tuo padre non avesse..." Si interruppe, come se non sapesse come formulare la frase.

"Che cosa?"

"Be', era un allibratore, naturalmente."

"Davvero?"

Lei lo aveva guardato. "Questo lo sapevi."

"Hai sempre detto che quel bar era una miniera."

"Be', lo era. Ma quella parte?" Aveva agitato una mano davanti al viso come per scacciare il fumo di una sigaretta. "Non potevo stare dietro anche a quell'aspetto della sua attività."

Una volta ogni tanto, Little Hughie passava all'Half Moon su richiesta del padre, ma si muoveva nel locale come uno straniero in una terra sconosciuta. Malcolm lo salutava calorosamente, gli chiedeva come stava, ma Hughie sembrava sempre a disagio, così Malcolm finiva per non badargli più di tanto. Sarebbe stato bello se fosse rimasto a bere qualcosa ricordando qualche episodio divertente del liceo, ma Hughie aveva sempre qualche impegno altrove. Correva voce che quando i figli avevano compiuto diciotto anni, Big Hugh li aveva diffidati dal farsi pescare a bere al bar mettendosi in ridicolo. Voleva che diventassero imprenditori e indossassero giacca e cravatta tutti i giorni. Ma Hugh non era forse un imprenditore?, pensava Malcolm. Non se la passava meglio di tutti quei tipi in abiti eleganti perché non doveva rendere conto a nessuno? Oltre al bere e al compito di far schiodare ogni sera dallo sgabello qualcuno che piangeva o ti insultava, Hugh diceva di non volere che i figli sentissero il peso di dover gestire un mucchio di contanti al termine della serata. Era una tentazione troppo forte per un giovane, e cedervi significava non essere lungimiranti. C'era qualcosa in questa visione che turbava Malcolm. Avendo la stessa età di Little Hughie, gli era capitato di sedere accanto a lui durante le lezioni di storia dell'ultimo anno delle superiori. Malcolm ricordava di averlo sentito fare un discorso di un paio di minuti sulla prima linea ferroviaria che collegava la costa Est alla costa Ovest e di aver visto gocce di sudore imperlargli l'attaccatura dei capelli per poi scendere fino a sfiorargli l'orecchio. Malcolm era passato subito dopo di lui e aveva improvvisato, essendosi completamente dimenticato che doveva fare una presentazione quel giorno, e il leggio era ancora bagnato del sudore di Hughie. Malcolm aveva preso una B e Hughie una C.

Ma poi, dopo il diploma, Hughie aveva seguito un corso di perfezionamento estivo alla Columbia, e quell'estate Big Hugh aveva insegnato a Malcolm a cambiare il fusto della birra, a versare a mano libera, a preparare gli sciroppi se il bar ne rimaneva sfornito. "Strano che tuo padre non te l'abbia mai insegnato" gli aveva detto una volta, e più di vent'anni dopo Malcolm pensava ancora alle parole di Hugh – alla sua espressione e al tono di voce – ogni volta che eseguiva quelle operazioni.

"Era un tipo orgoglioso, tuo padre" disse Hugh un'altra volta, di punto in bianco, o almeno così sembrava, finché Malcolm aveva notato un servizio al telegiornale su una sparatoria davanti alla Penn Station alla tv appesa sopra il bancone. "Alcuni pensavano che era arrogante."

"Cosa intendi dire?"

"Probabilmente perché aveva comprato quel locale in città invece che qui. Credo che non gli importasse molto di questo posto. Sono sicuro che pensava fosse molto provinciale rispetto al Gephardt's."

Malcolm si era voltato a guardarlo, ma Hugh aveva continuato a fissare il televisore. "Il Gephardt's aveva nel menu una bistecca da trenta dollari. E tieni conto che eravamo negli anni '70. Non si sentiva parlare di cose del genere in un pub irlandese."

"Ci sei andato? Non hai mai detto di esserci stato."

"Oh sì, ci sono stato un sacco di volte."

"Quindi conoscevi abbastanza bene mio padre?"

Era sembrato che Hugh riflettesse sulle sue parole. "Lo conoscevo, sì." Si era voltato verso Malcolm. "Ti ha mai parlato di me? O dell'Half Moon?"

"Non mi pare."

"Davvero? Nulla?"

Malcolm si era stretto nelle spalle. "No."

Hugh aveva annuito, e Malcolm aveva sperato di non aver ferito i suoi sentimenti. Forse avrebbe dovuto dirgli che il padre amava l'Half Moon, ma a dire il vero non ricordava che suo padre ne avesse mai riconosciuto l'esistenza. Aveva occhi soltanto per la grande città e spesso diceva che se non fosse stato per Gail, che insisteva per avere una casa con giardino dopo la nascita di Mary, avrebbero vissuto da qualche parte nel centro di New York.

"Quindi lo ricordi? Il locale di tuo padre?"

"Sì, certo che me lo ricordo. Avevo diciotto anni quando è morto." Dopo, il Gephardt's era diventato un più generico bar sport chiamato Over Time. Avevano eliminato le vedute dei paesaggi irlandesi e le avevano sostituite con i poster autografati dei campioni.

"Mi stavo solo chiedendo se andavate a trovarlo, tu e tua sorella. Se ve lo permetteva quando eravate più grandi."

"Sì. Perché?"

"Cavolo, Mal, così. Semplice curiosità."

Ogni tanto, soprattutto quando Malcolm era più giovane, Hugh gli diceva che i propri figli non erano giudiziosi come lui e si picchiettava una narice. Era un complimento, si ripeteva sempre Malcolm, e non riusciva a spiegarsi perché quelle parole lo scombussolassero tanto. In fondo, essere assennati era considerato da tutti una cosa positiva.

Rimasto solo dopo aver ricevuto l'offerta di Hugh, alle 11.30 del mattino, con un mucchio di scontrini infilati nello spillone, Malcolm si versò un goccio di scotch e lo bevve lentamente, mentre osservava il sole giallo far capolino dalle finestre e cadere sui tavoli e sulle sedie sgangherate. La temperatura era rigida, ma le previsioni erano buone per tutta la settimana, e Malcolm pensò a quanto sarebbe stato bello stare seduti all'aperto. Poi, con le parole di Hugh ancora nelle orecchie, lo vide lì davanti a sé: tutto ciò che quel posto poteva diventare. Lavori di muratura, festoni luminosi, ombrelloni, funghi per riscaldare il patio nel mese di novembre, copertine da fornire ai clienti se avessero accusato il freddo, come si faceva in Germania, secondo quanto gli aveva riferito Jess, che c'era stata. Avrebbe fatto applicare delle mezzelune in miniatura negli angoli. Forse anche sugli ombrelloni. Avrebbe potuto mettere in vendita delle T-shirt con il logo del locale, come succedeva nei bar lungo la costa.

Era un rischio che potevano assumersi a stento. Come gestore, Malcolm guadagnava uno stipendio su cui poteva contare. In qualità di titolare, avrebbe dovuto badare agli utili netti ogni mese, reinvestirne una parte nell'attività e considerare quanto rimaneva come guadagno. Per arrivare a questo, avrebbero dovuto attingere a un'altra porzione dei risparmi previdenziali di Jess.

"In realtà è solo una questione di soldi" sosteneva Malcolm. Si era preso la serata libera e aveva preparato la cena in modo che Jess la trovasse pronta al rientro dal lavoro. Era esausta. Aveva fantasticato su un bicchiere di vino fresco dalle tre del pomeriggio. Dopo aver fatto una corsa per prendere il treno delle 5.45, quello si era fermato in una galleria appena prima della stazione di Hackensack per un guasto generale al sistema di segnalazione. Quando il treno era piombato nel buio, la donna seduta accanto a lei aveva iniziato a respirare con affanno, come se le mancasse l'aria. Jess le aveva chiesto se soffrisse di claustrofobia e le aveva offerto la bottiglietta d'acqua da cui aveva bevuto lei stessa, assicurandole di non essere malata o qualcosa del genere. L'uomo seduto dall'altra parte del corridoio le aveva informate che la signora probabilmente era cleitrofobica, non claustrofobica – un errore piuttosto comune. Quando si era voltato dopo l'intromissione, Jess aveva mimato un conato di vomito, strappando un sorriso alla donna in difficoltà.

Quando era arrivata a Gillam, erano ormai le sette passate. Sulle prime aveva pensato che la presenza di Malcolm a casa non fosse altro che una piacevole sorpresa – raramente cenavano insieme il venerdì sera –, ma poi si era resa conto che dipendeva dal fatto che il giorno tanto atteso dal marito era finalmente arrivato, e lui non vedeva l'ora di parlargliene.

"Solo una questione di soldi" ripeté Jess.

"Sai cosa intendo."

No, Jess non sapeva cosa intendesse – i soldi erano *il* problema.

Malcolm aveva preparato la pasta con la panna. Cosce di pollo. Le pentole e le padelle che aveva usato erano già state lavate e messe ad asciugare sulla rastrelliera. Non appena si rese conto che non si era semplicemente fatto passare due porzioni da André dalla porta di servizio dell'Half Moon, Jess si addolcì. La prospettiva che Malcolm subentrasse nel locale sembrava inevitabile, soprattutto dopo che Hugh aveva dichiarato che i suoi figli non erano interessati, ma Malcolm doveva mettersi in testa che l'acquisto dello stabile era decisamente fuori portata. Jess non aveva bisogno di sedersi a tavolino a fare dei calcoli per arrivare a questa conclusione. Era consapevole del potenziale che aveva, sì, ma una grande ristrutturazione avrebbe richiesto un ulteriore esborso di denaro.

"Non so. Hugh mi ha detto che potremmo cercare una soluzione se volessi acquistare entrambi" disse Malcolm. "Un accordo privato."

"Non se ne parla" disse Jess, incredula. "Non ho alcuna intenzione di essere legata a Hugh Lydon. Non so tu."

"Ci conosciamo da una vita! Con me non sarebbe così. Sarebbe una cosa pulita." Jess pensò agli uomini che lavoravano per Hugh a vario titolo. Uomini con vent'anni in più di Malcolm, o forse suoi coetanei, era impossibile stabilirlo. Il tipo di uomini di poche parole ma che piangevano ascoltando le ballate il giorno di san Patrizio. Quando entravano nel bar, Malcolm li serviva senza mai farli pagare ed evitava di fare domande. Facevano servizi per Hugh, riscuotevano gli affitti degli appartamenti di sua proprietà nel Bronx a cui lui non accennava mai, ma André ne era venuto in qualche modo a conoscenza e diceva che erano vere e proprie topaie. Gli stessi uomini venivano all'Half Moon per garantire maggiore sicurezza nelle serate più affollate, e Jess ricordava che uno di loro, detto Grog, ci aveva provato con lei, nonostante si fosse appena sposata con Malcolm, che in quel momento si trovava a pochi metri di distanza. Piacevolmente brilla, era appoggiata alla parete, in attesa che si liberasse il bagno. Aveva chiuso gli occhi per un attimo, e quando li aveva riaperti se l'era trovato in piedi davanti a lei. Le aveva posato una mano sul fianco come se volesse farle una domanda, al che Jess aveva posato la propria mano su quella di lui e gliel'aveva restituita come se volesse scusarsi, come se fosse terribilmente tentata ma no, lei era una brava ragazza.

Era come se Malcolm non l'avesse nemmeno ascoltata. "Il primo piano si ammortizzerebbe da solo abbastanza in fretta. Stavo pensando che potrei chiedere a un architetto di rinforzare il tetto in modo che possa sostenere il peso. Potrei far installare una specie di pannello di legno, qualcosa che nasconda quell'orrenda zona del parcheggio. C'è una bella vista da lassù, se non si guarda a nord. Si respirerebbe un'atmosfera diversa rispetto a quella del pianterreno."

Jess posò la forchetta. "Vuoi assumere un architetto? E come lo paghi? È già un azzardo comprare il locale da solo e mantenerlo esattamente così com'è. E se ti azzardi a cambiare anche solo una minima cosa, quello zoccolo duro di habitué che consumano i soliti venti drink a settimana prenderà qualsiasi cambiamento come un affronto personale. Ricordi quando il Brew Pub ha deciso di rinnovare i menu? La gente ha perso la testa. Ed erano esattamente gli stessi piatti, soltanto stampati con caratteri diversi. E quand'anche tutto rimanesse così com'è, i tuoi profitti non sarebbero come quelli di Hugh, perché saresti ipotecato fino al collo."

"Non dire cazzate, Jess." Malcolm spinse bruscamente indietro la sedia. "Perché non ci sono soldi?" chiese l'espressione stampata sul suo viso. In tema di pessimi investimenti, quasi sette anni di trattamenti per favorire la fertilità non si posizionavano forse in cima alla lista? In un primo tempo erano riusciti a far fronte a qualsiasi spesa non coperta dall'assicurazione sanitaria ricorrendo alla cassetta di sicurezza di Malcolm, da cui prelevare ogni tanto una manciata di contanti. Ma non c'era voluto molto prima che la cassetta si svuotasse. Tutti quei soldi... semplicemente spariti. Si trattenne dal dirlo ad alta voce, ma lui e Jess si conoscevano talmente bene che l'aria fra loro divenne leggibile, e lei capì comunque. Malcolm se ne stava lì con le braccia incrociate, le ampie spalle tese, a fingere di essersi dimenticato quello che stava per dire, ma l'occhio scrupoloso di Jess colse il messaggio, fino all'ultima parola.

Non toccarono la questione per tutto il fine settimana. Preferirono girarci attorno, una voragine a forma di mezzaluna che entrambi facevano attenzione a evitare. La domenica dopo che Hugh aveva sollevato l'argomento con Malcolm e

Malcolm l'aveva sollevato a casa, Jess era andata a correre lasciando sul ripiano della cucina una stampata degli annunci di altri bar in vendita sparsi per la contea. Tutti chiedevano meno di quanto chiedeva Hugh per l'Half Moon, ma guardando meglio le foto in miniatura, Malcolm scoprì che quei locali erano più piccoli o situati in posizioni sfavorevoli, se non vere e proprie bettole bisognose di una trasformazione radicale. Non c'era energia in quei posti, concluse Malcolm. Non c'era magia. E poi, doveva pur significare qualcosa che si trattasse dell'Half Moon, il locale che conosceva meglio. C'era un motivo se Hugh aveva scelto di affidarlo proprio a lui, no? Ci sarebbe stata una storia da raccontare.

"Allora?" chiese Jess domenica sera. Bisognava prendere una decisione.

"Voglio provarci" disse Malcolm. Si voltò verso la finestra, ma fuori era buio, perciò era come stare davanti a uno specchio. "Ho l'impressione che tu abbia avuto la tua occasione e mi dispiace che non sia andata bene, ma ora tocca a me."

"Cosa diamine vuoi dire?"

"Voglio dire che..."

Ma Jess sapeva cosa intendeva dire Malcolm, e sapeva anche che lui non l'avrebbe detto.

"Malcolm" disse avvicinandosi da dietro e posando la guancia sulla sua schiena. "Tu hai diritto di avere tutto quello che desideri. Certo che ce l'hai. Solo che non abbiamo la somma che ci serve in questo momento. So che pensi che sia colpa mia..."

Malcolm sospirò. "No, non penso affatto che sia colpa tua."

"Be', a ogni modo non è questo il punto. Abbiamo già prosciugato tutto quello che potevamo prosciugare. Ma possiamo concludere l'affare. Te lo meriti e te lo sei guadagnato."

"Per ora sì, okay." Malcolm si voltò a guardarla. "Forse possiamo trovare un accordo per comprare i muri più avanti. Magari Hugh può anche metterlo per iscritto. Concedermi il diritto di prelazione."

Jess sollevò un sopracciglio per dire che era colpita, sollevata che quella discussione fosse superata per il momento.

"Mi sono documentato" disse lui.

Malcolm non aveva programmato di fare qualcosa alle sue spalle, ma d'altra parte era certo che Jess alla fine avrebbe capito che negli affari c'erano momenti in cui bisognava cogliere le occasioni che si presentavano. Lei si lagnava delle riunioni tutto il giorno, riunioni su riunioni, ma il lavoro di Malcolm era tutt'altra cosa. Le informazioni arrivavano attraverso eufemismi, tutto era piacevole e cortese finché, d'un tratto, non lo era più. Gli accordi venivano sigillati con una stretta di mano. I giuramenti fatti davanti a un bicchiere. Poco dopo che lui e Jess erano arrivati a un faticoso accordo, Malcolm aveva chiamato Hugh per dirgli che, dopo averci riflettuto a lungo, aveva deciso di acquistare soltanto il locale, allora Hugh passò dall'Half Moon per raccogliere le sue cose e liberare il magazzino. Mancavano dieci giorni alla chiusura. Finirono per parlare ancora una volta dello stabile e di tutto il potenziale che aveva. Hugh disse a Malcolm che poteva tenere aperta l'offerta per un po', ma poi avrebbe dovuto rimetterlo sul mercato. E allora che cosa sarebbe successo? Che conseguenze ci sarebbero state per Malcolm? Pensò a quello che gli aveva detto sua madre a proposito degli affitti del Gephardt's, che alla scadenza del contratto erano schizzati alle stelle. Era un punto che lui aveva fatto presente a Jess, ma lei era stata irremovibile.

"Perché non hai mai sfruttato il piano di sopra?" chiese Malcolm, e Hugh gli ricordò che, quando l'aveva acquistato nel 1973, il locale era una tavola calda fatiscente. Lo aveva già migliorato parecchio. Aveva pensato di ricavare un appartamento al piano superiore, ma il suo interesse era scemato quando si era scontrato con un'intricata trafila per ottenere i permessi, senza contare che non se la sarebbe sentita di discutere con eventuali inquilini che lo avrebbero chiamato nel cuore della notte lamentandosi per la musica troppo alta. Il bar lavorava a pieno ritmo per quattro sere a settimana, più quasi tutto il giorno la domenica. Cos'altro poteva chiedere? Ma un giovanotto come Malcolm... C'era almeno una decina di modi in cui una persona intraprendente come lui poteva dare nuova vita a quel posto. E poi, facendo scorrere il pollice grassoccio lungo una delle sopracciglia folte e ispide, propose un prestito privato, in modo che Malcolm potesse acquistare tutto il pacchetto senza sborsare altri soldi. La banca avrebbe preteso di conoscere la provenienza di un deposito tanto improvviso quanto cospicuo, perciò l'avrebbero definita una donazione, ma fra Malcolm e Hugh, solo loro due, avrebbero trovato una soluzione. Le donazioni di un importo considerevole erano soggette a una tassazione piuttosto elevata, ma Hugh gli assicurò che avrebbero incluso tutto nella restituzione del prestito, non era un grosso problema. Malcolm capì subito che quell'offerta era il motivo per cui Hugh era passato dal bar. Era semplice, in realtà.

"Voglio dire, puoi considerare l'Half Moon davvero tuo se non sei proprietario dei muri, Malcolm? È questo che mi chiederei se fossi in te."

"Jess non è entusiasta dell'idea. Lei..."

"Jess? Pensavo che voi due vi foste... Non so. Non la vedo da parecchio. Non volevo intromettermi."

"Va tutto bene." Malcolm rise, ma in fondo si sentiva un po' scosso. Lui e Jess? "Lavora tanto. Come tutti."

"Credo che dovresti prendere in considerazione la mia proposta."

"Lo farò."

Malcolm non si rivolse a un notaio per la stipula, in segno di rispetto nei confronti di Hugh. Non poteva chiedere a Jess di accompagnarlo, perché avrebbe scoperto il suo accordo parallelo, e poi, che cosa avrebbe potuto fare lui? Restarsene lì a guardarsi le scarpe mentre lei tempestava Hugh di domande? E comunque, ormai non si poteva più tornare indietro, anche se lui avesse cambiato idea, anche se Jess lo avesse costretto a farlo. Dal momento stesso in cui aveva detto a Hugh che intendeva comprare anche lo stabile, aveva messo in moto qualcosa, e quello stesso pomeriggio Bronx Stevie gli aveva consegnato un assegno. "Da parte del boss" si era limitato a dire, e poi aveva chiesto una Guinness. Quando Malcolm aveva aperto la busta, aveva trovato un assegno per un importo ben più alto di quello che aveva emesso quando lui e Jess avevano comprato casa dando fondo a tutti i loro risparmi. Insieme c'era una lettera, indirizzata al responsabile prestiti della banca, che sottolineava il lungo rapporto fra Hugh e Malcolm e confermava che quella somma di denaro era un atto di liberalità, un puro e semplice regalo.

"La lettera è solo un proforma, naturalmente" aveva detto Bronx Stevie, e Malcolm era rimasto sorpreso che ne conoscesse il contenuto. La busta era sigillata.

Attese due giorni prima di depositare il denaro. Jess controllava sempre l'estratto conto mensile, così decise di rimandare l'operazione al mese successivo. Correva voce che Hugh avesse comprato la prima casa a ciascun figlio, e sebbene Malcolm non fosse così ingenuo da pensare che quell'uomo lo vedesse come un altro figlio, ventiquattro anni di lavoro per lui dovevano pur avere un peso.

Dopo, festeggiarono con una bottiglia di bourbon che Hugh aveva conservato per un'occasione speciale. Il legale di Hugh fece un fischio quando la vide, si trattenne giusto il tempo di un brindisi, e quando se ne andò, Hugh andò a prendere in macchina una scatola di sigari che offrì in giro per il bar. Lui e Malcolm rimasero seduti uno di fianco all'altro sugli sgabelli, fumando, bevendo, ricordando i vecchi tempi, le serate più folli. La volta in cui avevano trovato una pistola per terra, semplicemente posata lì, sotto una sedia, accanto a un tovagliolo appallottolato. La volta in cui qualcuno aveva dimenticato un'urna cineraria. La volta in cui una donna si era slacciata il vestito e se l'era tolto, il seno perfetto, una cicatrice argentea a forma di C appena sopra l'elastico delle mutandine, l'espressione impenetrabile sul viso di Malcolm quando aveva semplicemente raccolto il vestito e glielo aveva restituito come se niente fosse, senza scomporsi, dicendole che il pavimento era sporco e forse avrebbe fatto meglio a rimetterselo. E poi, una volta che si era rivestita, lì davanti a tutti, lui aveva aggiunto gentilmente: "Non sarebbe il caso di considerare chiusa la serata?".

C'erano aneddoti che Malcolm aveva dimenticato, ma che balzarono fuori inaspettati, come se fossero avvenuti il giorno prima. Era così felice che avrebbe voluto chiamare subito Jess, dirle di raggiungerlo al bar perché c'era finalmente qualcosa da festeggiare. L'Half Moon era suo! Ufficialmente. Non solo in teoria, ma di nome e di fatto. Un posto che lui amava. Suo. Avrebbe voluto chiederle se ricordava la sera in cui lei aveva vinto il torneo femminile di freccette. Se ricordava quando la band l'aveva chiamata sul palco durante l'esibizione, l'aveva messa alle strette e lei aveva sorpreso tutti con l'interpretazione più limpida di *The Parting Glass*.

"Non sapevo nemmeno che conoscessi la canzone" le aveva detto Malcolm.

"Tutti la conoscono" aveva ribattuto lei. "Cioè, tutti quelli che sono qui."

Aveva una voce forte e sicura, e tutta la sala si era zittita per ascoltarla. "Sei una ragazza piena di sorprese" aveva pensato Malcolm quella sera guardandola. Aveva qualcosa che le altre non avevano. Era totalmente se stessa, non si guardava mai intorno per decidere come porsi. Poteva essere un po' pazza ogni tanto – ballava e rideva come tutte le altre, camminava scalza in città con i sandali dai tacchi alti appesi alle dita – ma poteva anche essere profondamente silenziosa. Se qualcuno le stava dicendo qualcosa di importante, per esempio, o se percepiva che qualcosa lo turbava. Se aveva qualcosa in mente. Malcolm guardò l'angolo dove Jess aveva cantato quella sera, ma al posto della band c'era un tavolo da quattro con tre posti occupati.

Gli amici parlavano ancora del rinfresco nuziale improvvisato al bar. Di quanto fosse stato divertente nonostante il poco preavviso, e di Jess, sposa insolitamente sobria. La festa era iniziata alle due del pomeriggio, e quando anche l'ultimo invitato era tornato a casa, era ormai l'alba del giorno dopo. Jess dormiva su una sedia con la giacca di Malcolm come coperta. Il coinquilino di Malcolm aveva lascito l'appartamento qualche mese prima, perciò Jess si era trasferita da lui con lo stretto necessario per passare la notte, dicendo che avrebbe portato il resto delle sue cose, rimaste nell'alloggio di Cobie, non appena avesse potuto noleggiare un furgone. Hugh si era scusato di non poter partecipare, ma aveva offerto loro il ricevimento come dono di nozze – una tavola imbandita con vassoi di stuzzichini e un notevole sconto sull'open bar. Aveva incaricato John di appendere un cartello alla porta per annunciare che l'Half Moon era chiuso per un evento privato. Cobie aveva riempito il locale di fiori, barattoli di vetro traboccanti di margherite. Le compagne del liceo di Jess avevano contribuito con piccole bottiglie di champagne come bomboniere, e Gail Gephardt aveva portato la torta. I genitori di Jess si erano trattenuti per circa due ore, sorseggiando drink, ancora traumatizzati, suppose Malcolm. Aveva cercato di mettersi nei loro panni, ma aveva concluso che non avevano motivo per sentirsi traumatizzati. La madre di Jess era più delusa, rispetto al marito, per quella figlia così promettente finita intrappolata con un bambino prima di avere la possibilità di trovare la propria strada. Ritrovarsi legata a un barista di provincia per tutta la vita. "Ah, però!" aveva esclamato Malcolm quando Jess gli aveva riferito il pensiero della madre, e lei era sbiancata all'istante. "Oh, Dio mio, perché ti ho detto questo?" Lo aveva abbracciato. "Perché è assurdo e non lo pensa davvero. Quando è preoccupata parla a vanvera."

Gail Gephardt, dal canto suo, aveva continuato a lanciare occhiate ai Ryan per tutto il tempo della cerimonia in municipio, assicurandosi che le loro facce non lasciassero intendere che Jess avrebbe potuto trovare di meglio rispetto a suo figlio. Dopo, i genitori degli sposi avevano convenuto che sarebbe stato opportuno far benedire l'unione da un sacerdote. Gail aveva dichiarato che l'arrivo di un bambino era una buona notizia a prescindere dalle circostanze, mentre Maureen Ryan non aveva aperto bocca sull'argomento.

Tutti sapevano che Jess era incinta, anche se sua madre le aveva consigliato di non farne parola con nessuno finché non avesse raggiunto almeno le dodici settimane.

"Perché no?" aveva chiesto Jess. Lei e Malcolm erano giovani e belli. Avevano tutta la vita davanti.

Malcolm disse che avrebbe voluto che suo padre fosse ancora vivo per festeggiare, e Hugh posò il bicchiere sul bancone, come se sentirlo esprimere quel pensiero ad alta voce gli avesse tolto il respiro. "Tu gli somigli molto" disse dopo un istante. "Tranne..."

"Tranne cosa?" A volte Malcolm aveva l'impressione che i due si conoscessero meglio di quanto Hugh avesse mai lasciato intendere.

"Non lo so."

"Gli eri affezionato?" avrebbe voluto chiedergli Malcolm, ma gli sembrava troppo patetico sperare che suo padre, morto da tempo, fosse una persona che piaceva alla gente. Quando Hugh finalmente se ne andò augurandogli il meglio ancora una volta, Malcolm prese il telefono per chiamare Jess, ma gli venne un colpo quando vide l'ora. La chiusura del contratto era avvenuta intorno alle due, l'avvocato di Hugh se n'era andato alle quattro e si erano già fatte le undici e mezzo. Preferì mandarle un messaggio.

Cosa fai?

Dormicchio. Firmato e controfirmato?

Tutto a posto.

Vieni a casa?

Tra poco.

Festeggiamo questo weekend.

Certo, è d'obbligo.

Prese la bottiglia semivuota che aveva lasciato Hugh e guardò l'etichetta.

"Strano che abbia aperto questa" disse a Emma, che era dietro il bancone. "Con quello che costa..."

"Non è tua, adesso?" disse lei. "Tecnicamente."

"Oh" disse Malcolm, stupito. E quelli intorno a loro, tutti sintonizzati sulla cosa speciale che era avvenuta quella sera, l'incontro di un destino suggellato da una stretta di mano, scoppiarono a ridere.

Come sarebbe andata se non si fossero sposati tanto in fretta? Se il bambino fosse nato? Era come quei libri della collana "Scegli la tua avventura" che gli piacevano tanto da piccolo, dove potevi seguire una decina di percorsi diversi per arrivare a una conclusione diversa, e dove ogni strada si biforcava più volte.

Il medico aveva detto che era perfettamente normale, che succedeva più spesso di quanto si pensasse. Fino al 50 per cento delle gravidanze, spesso addirittura prima che la donna scoprisse di essere incinta. Fra il 15 e il 25 per cento delle gravidanze accertate. E poteva succedere senza nessuna ragione, o almeno senza nessuna ragione che un medico potesse individuare. La cosa importante da sapere era che non c'era nulla di cui preoccuparsi. Jess aveva soltanto venticinque anni ed era il ritratto della salute. Una volta arrivato il momento, se avessero voluto riprovarci, molto probabilmente sarebbe andato tutto bene.

Anche se erano abbattuti, sorpresi da quanto si sentivano tristi, concordavano nel riconoscere che da quell'evento doloroso era venuto fuori qualcosa di buono. Ora erano legati. Si amavano e non avevano rimpianti. Jess si era ripresa abbastanza rapidamente. Aveva iniziato il lavoro al sindacato. Aveva sostenuto l'esame di abilitazione e l'aveva superato a pieni voti. Diceva di non sapere in quale misura potesse permettersi di soffrire, visto che non aveva cercato e nemmeno voluto la gravidanza, e che in fondo era incinta da sole nove settimane. Malcolm le aveva detto che non era questione di poterselo permettere o no: era libera di sentirsi come voleva, non esisteva un manuale con regole precise da rispettare. Nel suo caso il sentimento prevalente era la sorpresa. Entrambi, però, in un certo senso si sentivano in colpa, come se avessero fatto qualcosa di sbagliato – rimanere fuori fino a tardi la sera o cercare di fare troppe cose in poco tempo –, ma Jess aveva detto di sentirsi meglio giorno dopo giorno, ed era stato così anche per lui. Entrambi avevano pensato di trovare un appartamento più grande e in seguito, eventualmente, una casa. Anche se, ne erano sicuri, avrebbero potuto farcela, ora almeno potevano pianificare il loro futuro. Farsi trovare pronti. Ora, se non altro, sapevano cosa aspettarsi.

3

Il sabato successivo alla nevicata Malcolm fu svegliato intorno a mezzogiorno da un forte rumore secco seguito da uno schianto. Con la mente ancora annebbiata, per un attimo pensò che il rumore provenisse dall'interno della casa, ma poi udì un altro colpo e, alzando lo sguardo, fece in tempo a scorgere una grande sagoma scura passare davanti alla finestra della camera da letto. Gli parve l'immagine di un corpo, di qualcuno che piombava giù dal tetto. Da un'altezza sufficiente per rompersi qualche osso, forse, ma non per morire. Inoltre, nessuno sarebbe potuto entrare in casa senza che lui se ne accorgesse. Non Jess, in ogni caso. Se lei si fosse anche solo avvicinata a casa in macchina, lui avrebbe sentito vibrare una corda dentro di sé e avrebbe capito.

E poi si ricordò quello che gli avevano detto Patrick e Siobhán la sera prima. Cercò di rimanere lucido, di analizzare attentamente la situazione, ma era come se tutto ciò che gli avevano detto – riguardo Jess e Neil, l'amico di Patrick – fosse coperto da un vetro spesso. Alla luce del mattino, dal letto che Malcolm considerava più di Jess che suo, poiché era lì che la trovava sempre quando tornava a casa dal bar a notte fonda, il corpo flessuoso rivolto verso il lato dove dormiva lui, gli sembrava assurdo che forse, in quel preciso istante, lei stesse dormendo in un posto che lui non conosceva. Che si stesse facendo una doccia, o che si muovesse in stanze in cui si sentiva a suo agio, mentre lui, se fosse andato a trovarla, non avrebbe saputo quale porta conduceva dove. Per un attimo pensò di aver sognato tutto quanto, ma poi il suo sguardo cadde sugli abiti della sera prima ammucchiati vicino alla porta del bagno, la topografia della loro camera da letto così diversa senza le lozioni, la cipria, i pennelli da trucco e i multivitaminici sparsi sul ripiano riservato a lei. Senza le tracce di almeno sei anni e mezzo di boccette di medicinali e preparazioni ormonali. Senza i suoi braccialetti e gli orecchini a cerchio.

Diede un'occhiata al telefono. Nessun nuovo messaggio. Nessuna chiamata persa. Cercò il suo nome su Google, come faceva quasi tutti i giorni, ed eccola lì, Jessica Gephardt, consulente senior, con indosso un blazer e con i capelli più in ordine rispetto a com'erano nella vita reale.

Rilesse l'ultimo messaggio che gli aveva mandato, risalente a quasi un mese prima.

> Malcolm, ho disdetto i prossimi appuntamenti con il dottor Hanley. Dovremo pagare per intero le ultime due sedute perché si era tenuto libero per noi, ma non ci siamo presentati.

Nessuna abbreviazione. Punteggiatura perfetta. E le sedute terapeutiche precedenti? Si chiese se fosse andata da sola, se fosse eticamente corretto in una terapia di coppia parlare di lui in sua assenza. Era stata lei a volersi rivolgere al dottor Hanley perché pensava che quel percorso l'avrebbe aiutata a sensibilizzare Malcolm sull'obiettivo che stavano cercando di raggiungere con tanto impegno. Invece il dottore voleva partire da lontano. "Non abbiamo abbastanza tempo per fare questo" era sbottata lei durante il loro terzo incontro.

Lo turbava il fatto che nel messaggio Jess avesse usato il suo nome completo, Malcolm, non Mal. Prima dell'ultima sera Patrick gli aveva suggerito di andare da lei, come se lui non ci pensasse ogni giorno. Ma quando si immaginava come sarebbe andata – accostare davanti a casa di Cobie, aspettare sui gradini d'ingresso, come un fattorino, che Jess decidesse se uscire o no... ah, al diavolo. E poi, che cosa avrebbe potuto dirle? Era stata lei a lasciarlo. Se qualcuno doveva fare il primo passo e cercare l'altro, quella era lei.

Mentre indugiava a letto continuando a guardare la foto di Jess su Linkedin, gli si affacciò alla mente il pensiero che, con ogni probabilità, il fatto che nessuno gli avesse chiesto di Jess ultimamente significava che tutti sapevano. Il fatto che nessuno gli avesse più chiesto di lei era la prova schiacciante che ciò che avevano detto Patrick e Siobhán corrispondeva alla verità.

Non appena si alzò dal letto, si accorse che in casa faceva un freddo glaciale, e quando si avvicinò alla finestra vide due enormi rami a terra, semisepolti dalla neve, uno accanto all'altro, come una coppia di amanti che, dopo essere stati insieme, si erano addormentati. Sull'albero erano rimaste due macchie uguali. Malcolm tirò via il piumone dal letto, se lo avvolse intorno alle spalle nude e percorse il corridoio fino alla finestra che dava sulla strada. La cassetta delle lettere dei Bennett era sparita, sepolta dalla neve. La piccola utilitaria a due porte di Gerry Kowalski era una montagnola bianca. Il collie dei Coleman era fuori, ma tutto ciò che Malcolm riusciva a vedere era la sua testa, che ogni tanto emergeva dalla superficie soffice, mentre Jon Coleman era in piedi sulla soglia del suo garage e si soffiava sulle mani strette a pugno. Non c'era nemmeno una traccia di pneumatico lungo la strada, nessun segno del passaggio dello spartineve. I giardini invernali spogli erano sepolti sotto una coltre così fresca e immacolata che perfino il cortile di Mike Dunleavy, un cumulo di rifiuti, sembrava uscito da una cartolina. Il cielo era azzurro, senza nuvole. Le cime del filare di sempreverdi sull'altro lato della strada si piegavano al vento. Le previsioni meteo annunciavano un calo delle temperature di oltre dieci gradi entro sera, destinato a durare per diversi giorni.

Avrebbe voluto chiamarla subito per dirle che era ora di tornare a casa. Si stava rendendo ridicola, le avrebbe detto, tutti sapevano quello che aveva fatto, ma c'era ancora una possibilità di sistemare le cose. C'era stata una bufera di neve e quando era troppo era troppo.

Cercò ancora una volta di figurarsi Neil Bratton. Jess andava a letto con lui? Malcolm si costrinse a immaginare la situazione. Forse era terribilmente ingenuo pensarlo, ma non era possibile che Jess e Neil fossero soltanto buoni amici con un sacco di cose in comune, e che la gente avesse tratto conclusioni affrettate? Elencò i loro interessi comuni sulla punta delle dita. Erano entrambi avvocati. Quello era uno. Passò al secondo dito, ma non gli venne in mente nient'altro. Cercò di stabilire se questo avesse importanza. Malcolm era andato a letto con quello che probabilmente veniva considerato un buon numero di donne. Era indubbio che non tutte significavano qualcosa per lui. E se lo avesse fatto con un'altra, in quel preciso momento o in seguito, quella persona non avrebbe mai significato ciò che Jess significava per lui. Questo non avrebbe voluto dire che la nuova partner lo conoscesse davvero, né che potesse avere la minima voce in capitolo nella sua vita. Di solito era Jess che gli diceva cosa pensare, come vedere le cose, e ora lui stava tentando di capire ciò che aveva fatto sua moglie nel modo in cui avrebbe fatto lei se non fosse stata Jess, e se lui non fosse stato Malcolm, e se Neil Bratton fosse stato una controfigura di chiunque, e se le persone a cui pensavano non fossero state loro.

Magari per Jess era solo una questione meccanica, un'unione di corpi senza che si conoscessero realmente. In tal caso, forse lui avrebbe potuto passarci sopra. Ma se questa cosa con Neil Bratton non significava nulla, Jess non avrebbe fatto così tanta fatica a confessarla. Non era una bugiarda, quindi la serietà di qualunque tipo di legame ci fosse fra lei e quel tizio, quell'estraneo, era l'unico elemento che spiegava il suo silenzio. Davanti a una serie di ginocchia o di gomiti, Malcolm avrebbe saputo distinguere quelli di Jess fra mille. Da cinquanta metri di distanza, era in grado di intuire cosa pensava semplicemente osservando la postura delle sue spalle.

O no, pensò d'un tratto. O no.

Gli balenò un flash nella mente. Una mattina, mentre si stava lavando i denti con la porta del bagno aperta, nello specchio aveva visto Jess prendere dalla cesta della biancheria sporca la camicia che lui indossava al lavoro e portarsela al viso per annusarla. Era sul punto di chiederle che cosa stava facendo quando aveva capito. Malcom cercava di non menzionare mai Emma a casa, ma forse era stata proprio la costante omissione di quel nome a suscitare in lei il sospetto sul reale interesse del marito per la collega di lavoro. Ma l'interesse non era un crimine. Né il modo in cui il suo ventre si contraeva quando lui le passava accanto nello spazio angusto dietro il bancone. Quando Emma gli faceva una domanda, non dubitava immediatamente della sua risposta, e questo era bello. Quando gli riferiva che c'era un problema, lo guardava con un'espressione di totale fiducia nelle sue capacità di risolverlo. Una volta, tempo addietro, Malcolm si era ritrovato così vicino a lei, mentre erano intenti a consultare una fattura, che aveva sentito la lieve peluria del braccio di Emma sfiorare il suo. Lei era rimasta perfettamente immobile, e lui aveva fatto altrettanto. Poi era entrato Roddy e Malcolm si era scostato.

Da quando Cobie gli aveva riferito che Jess era a Gillam, lui era stato tentato di fare un salto a casa della suocera, ma aveva resistito. Ogni volta che passava nei pressi ed evitava di svoltare nella sua strada, sentiva di meritare un applauso per il proprio autocontrollo. Quanto si sentiva stupido in quel momento. Che beffa. Sarebbe rimasto fuori, in strada, immaginando che dietro a ogni finestra illuminata ci fosse lei, quando invece Jess non era nemmeno là. La sera in cui i suoi amici erano andati appositamente al bar per dirgli che Jess, in effetti, non si trovava a casa della madre, era la stessa sera in cui aveva deciso di andare a vedere con i propri occhi.

Le strade diventavano sempre meno praticabili di minuto in minuto, ma lui aveva azionato i tergicristalli alla massima velocità, si era proteso sul volante per sbirciare fra una sventagliata e l'altra e aveva svoltato nella vecchia strada di Jess. Di solito amava il tragitto in macchina dal bar la notte tardi, la sensazione di essere l'unico in giro mentre tutti gli altri dormivano. Era come trovarsi in un tempo fuori dal tempo, ogni volta che attraversava la città dopo la chiusura assaporando la quiete che lo circondava. Ma quella notte la totale immobilità e il silenzio in cui era immerso avevano il sapore di un avvertimento.

Aveva raggiunto il punto della strada dal quale poteva vedere la casa in cui Jess era cresciuta, in cui, la prima volta che si era fermato a dormire da lei – solo poche ore dopo aver fatto l'amore nel suo letto a due piazze con un poster degli INXS sulla parete –, aveva cercato di uscire di casa passando dalla cucina e lanciando soltanto un breve saluto, ma Mr. Ryan lo aveva bloccato invitandolo a sedersi. Malcolm aveva intenzione di tornare a casa prima che i genitori di Jess si svegliassero, ma doveva essersi addormentato, perché d'un tratto si era ritrovato in una stanza inondata di luce, e l'orologio sul comodino segnava le 8.30. Significava che aveva poltrito oltre il dovuto. Era un ospite conclamato, ormai.

Mentre parlavano, Mr. Ryan aveva piegato una crosta di pane e l'aveva intinta in un uovo alla coque. Una goccia gialla gli era finita sulla barba, e Malcolm aveva cercato di trattenere un conato di vomito. Aveva sorseggiato il succo d'arancia preparato da Mrs. Ryan con una lattina di concentrato d'arancia ghiacciato e si era chiesto se la conversazione fosse solo una messinscena, se Mr. e Mrs. Ryan stessero semplicemente recitando la parte dei genitori permissivi fino a quando non si fosse presentata Jess, al che li avrebbero rimproverati entrambi. Era troppo grande per le ramanzine, ma sapeva, perché lo aveva sperimentato in casa sua, che le ragazze non erano mai troppo adulte per essere sgridate, e sarebbe stato brutto andarsene in quel momento lasciando che Jess se la sbrigasse da sola.

E poi Jess era entrata in cucina, fresca di doccia, con indosso i pantaloni della tuta e una T-shirt, le guance leggermente arrossate e gli occhi verdi che brillavano nonostante avesse dormito solo quattro ore. Malcolm aveva capito che era sorpresa di vederlo ancora lì, e timorosa per quello che avrebbe potuto dire suo padre.

"Non ha dormito nel letto di Mickey" aveva detto Mrs. Ryan alla figlia, come se Malcolm non potesse sentirla.

All'epoca il padre di Jess era già molto malato, anche se nessuno lo sapeva. Malcolm lo ricordava mentre si passava le dita sul petto quella mattina, avanti e indietro, quasi sovrappensiero, come se cercasse qualcosa a tastoni. Quando Malcolm aveva ricordato quel dettaglio a Jess parecchi anni dopo, lei aveva detto che si stava inventando tutto.

"Quanti anni hai?" gli aveva chiesto Mr. Ryan a bruciapelo. "Troppi, per ritrovarmi in questa situazione" aveva pensato Malcolm. Una differenza di quattro anni e mezzo sembrava più grande, allora. A ventiquattro anni, Jess aveva ancora un piede nell'adolescenza, nonostante avesse già maturato due anni di Giurisprudenza. Nonostante vivesse in un appartamento in città. La camera di Jess era al pianoterra e quella dei genitori al primo piano, ma la casa non era grande. Si era rifiutata di andare nell'appartamento di Malcolm perché riteneva che il suo coinquilino fosse un tipo strambo, e avrebbero dovuto prendere un taxi dal bar perché l'auto di Malcolm era in officina. Casa sua, invece, era raggiungibile a piedi, aveva detto, anche se poi il tragitto si era rivelato più lungo di quanto lui si aspettasse. "Non avevi detto che era appena in fondo alla strada?" si era lamentato Malcolm, ma lei era scoppiata a ridere. "Sei sicura che i tuoi genitori non si sveglieranno?" aveva chiesto quando lei aveva aperto la porta di servizio e si era fermata ad ascoltare per un attimo. La casa era buia e silenziosa.

"Ieri notte non si sono svegliati" aveva replicato Jess.

"Aspetta" aveva detto Malcolm bloccandosi di colpo. "Che cosa?"

"Sto scherzando!" aveva detto lei alzando gli occhi al cielo.

"Ha dormito sul divano" aveva detto Jess alla madre, in piedi davanti al lavandino. Malcolm aveva intravisto un vecchio divanetto nell'angolo in fondo al corridoio e immaginato che fosse quello il divano a cui si riferiva Jess. Per un attimo era andato in agitazione, per timore che gli chiedessero di fornire delle prove – quale coperta aveva usato? quale cuscino? –, ma la madre di Jess si era limitata ad annuire e aveva accettato quella spiegazione con una tale facilità da fargli pensare che non le importasse realmente se fosse vera o no.

Ma tutto questo succedeva quindici anni prima, si rese conto mentre rallentava per fermarsi davanti alla casa. La macchina di Jess non c'era. Malcolm fissò lo spazio vuoto nel vialetto, come se aspettasse di veder apparire qualcosa, qualche straccio di prova che Patrick e Siobhán avevano torto, qualche segno che Jess era là dentro con la madre e stava pensando a come tornare a casa da lui.

Quando parcheggiò nel proprio vialetto appena tre minuti dopo, l'intero quartiere, l'intera città sembravano più soli di quanto apparissero di giorno. Scese dall'auto, ma voltandosi verso la porta scoprì che non era pronto a entrare, non ancora. Un conto era arrivare a casa alle prime luci dell'alba, stramazzare a letto, svegliarsi e affrettarsi a uscire di nuovo per affrontare un'altra giornata. Ma non era neanche mezzanotte e non sarebbe riuscito a prendere sonno. Si sedette sul gradino d'ingresso, sotto la piccola tettoia che lo riparava dalla neve, e tirò fuori la sigaretta che aveva scroccato a Scotty un'ora prima pensando proprio a questa scena. Non faceva poi così freddo. Non c'era vento, anche se le previsioni dicevano che sarebbe arrivato. Cadendo, la neve produceva un suono cristallino lieve come un sussurro. Malcolm non fumava da anni, ma in quel momento, con la casa vuota che lo aspettava alle sue spalle, si chiese se fosse possibile cambiare, ritrovarsi in una vita completamente diversa da quella che pensava di vivere.

Avrebbe dovuto seguirla quel giorno. Avrebbe dovuto impedirle di salire in macchina, cercare di chiarire le cose, come raccomandava sempre il dottor Hanley. Invece l'aveva semplicemente lasciata andare. Perché era sotto shock. E per quale altro motivo? Perché si sentiva ferito nei suoi sentimenti. E perché altro? Perché non sapeva cosa dire.

Non si era reso conto di quanto dipendesse dalle abitudini di Jess per impostare le giornate finché non gli erano mancate. Non sapeva mai come dovesse impiegare il tempo quando era solo, e si chiedeva che cosa facessero coloro che vivevano da soli per tutta la loro vita adulta. Non aveva consumato un solo pasto a casa da quando Jess se n'era andata. Nei giorni liberi messaggiava con gli amici per chiedere cosa stessero facendo, per vedere se riusciva a farsi invitare a casa loro o a sottrarli alle loro famiglie per qualche ora. Se questo non funzionava, conosceva almeno un barista nella maggior parte dei locali della zona e poteva passare da uno all'altro senza trovarsi mai a corto di posti disponibili. Poteva mangiare un panino al banco; non c'era nemmeno bisogno di parlare con qualcuno. Il suono delle chiacchiere delle persone intorno a lui era una compagnia sufficiente, molto meglio del sottofondo di un canale sportivo nel suo soggiorno deserto.

A Halloween, il giorno in cui Jess se n'era andata, lui si era recato al lavoro come sempre. I clienti erano arrivati all'Half Moon vestiti da rockstar, fantasmi, personaggi di programmi televisivi popolari, e in certi momenti quello che era accaduto qualche ora prima gli sembrava troppo surreale per essere vero. Jess si era presa il giorno libero per organizzare gli armadi, aveva detto. E l'aveva fatto davvero. Malcolm era andato in palestra intorno a mezzogiorno, e quando era rincasato e aveva gettato le chiavi sul tavolino dell'ingresso, aveva subito notato il borsone vicino alla porta. Ma era distratto. Era stata una settimana tosta al bar. Il suo fornitore di generi alimentari aveva dovuto fargli credito per la seconda volta in un mese. Lui aveva già modificato le proposte presentando un menu più ridotto, tipico da bar, senza verdure fresche, solo cibo in grado di resistere nella cella frigorifera fino all'apocalisse. Il passo successivo sarebbe stato eliminare completamente i piatti cucinati e offrire soltanto sacchetti di patatine. E per giunta aveva saltato un pagamento con il fornitore della Guinness – anzi, tre, in realtà –, ma l'ultima volta era stata colpa dell'addetto alle consegne. Non aveva preso l'assegno che Malcolm aveva lasciato vicino alla cassa. Lo avevano denunciato alla State Liquor Authority ed era scattata una segnalazione, sicché da quel momento avrebbe dovuto pagare in contanti alla consegna tutti i fornitori di alcolici. Inoltre, era in debito con il tizio che era venuto con il suo furgone scassato a pulire le linee di spillatura. Era in debito con il ragazzo che consegnava le bibite. Era in debito con gli addetti alla nettezza urbana. Vantava dei crediti per il bancomat e il jukebox, ma i gestori erano così giovani che si sentiva meschino a sollecitarli a regolarizzare la loro posizione.

E poi avevano finito la vodka per uno stupido errore di valutazione da parte sua, così aveva mandato Roddy al negozio per comprare qualsiasi tipo di vodka avessero a disposizione, pagando a prezzo pieno. Invece di prenderne una selezione, Roddy era tornato con sei bottiglie di Absolut, e naturalmente il primo cliente che aveva ordinato una vodka voleva una Ketel One con soda, quello dopo una Stoli, quelli sotto i quarantacinque anni volevano la Tito's, e tutti si comportavano come se la vodka preferita dall'altro fosse una schifezza, anche se nessun essere umano sa effettivamente distinguere un tipo di vodka dall'altro.

Era stato colpito da una sensazione di terrore quando aveva notato il borsone di Jess nell'ingresso? La sentiva muoversi in camera da letto al piano di sopra. Diede una rapida scorsa alla posta e poi la gettò sul tavolino accanto alle chiavi. Non appena salite le scale ed entrato in camera da letto, notò che Jess stava preparando anche il suo vecchio trolley. "Malcolm!" esclamò lei, come se fosse sorpresa di vederlo.

"Vai da qualche parte?" chiese lui. Ma poi capì cosa stava per succedere e fece quello che faceva sempre ogni volta che si sentiva vacillare – e che lei odiava con tutte le sue forze: trasformava il suo corpo in un'armatura di pietra. Incrociò le braccia sul petto e strinse le spalle come se non avesse fatto una domanda, come se non aspettasse una risposta.

Jess prese un respiro profondo, e lui si sentì drizzare i peli sulla nuca.

"Solo per un po'" disse lei. "Per pensare. Mal, ci sono tante cose a cui dobbiamo..."

"Per pensare" ripeté Malcolm, e lei annuì guardandolo negli occhi come se si stesse facendo coraggio, come se fosse pronta a rispondere a qualsiasi domanda lui le avesse fatto. Malcolm vedeva il battito cardiaco nel suo collo esile, i lunghi capelli scuri raccolti come sempre quando girava per casa. Ma era troppo scioccato per fare altre domande.

"Non posso occuparmi di questo" disse. "Non questa settimana. Hai una vaga idea di quello che sta succedendo al bar? Non ce la faccio."

Indicò il mucchietto di vestiti di Jess e scosse la testa, come a dire che quell'atto – andare via – era ciò che si erano promessi di non fare mai. Non ci avevano mai neanche scherzato su. Loro erano una famiglia, nel bene e nel male. E invece.

Jess si voltò di nuovo verso la valigia. L'emicrania che aveva da giorni si era trasformata in una fitta lancinante sopra l'occhio.

Se lui avesse prestato attenzione, avrebbe capito quello che stava per accadere fin dal giorno prima. Jess aveva svuotato i cassetti dei mobiletti del bagno. Aveva preso un enorme sacco nero della spazzatura e vi aveva gettato dentro tutti i prodotti semivuoti per capelli. Stava per liberarsi di tutti i test di gravidanza mai usati, ma qualcosa l'aveva fermata. Anzi, ne aveva aperto uno, aveva seguito la consueta procedura ed era rimasta a fissare il suo viso nello specchio, mentre aspettava che apparisse la lineetta. Erano passati due anni dal suo ultimo test. Si era sforzata di ricordare a cosa aveva pensato in attesa dell'esito, se le fosse mai capitato di pensare alle commissioni da sbrigare o a quello che avrebbe mangiato a cena, o se immaginava sempre, ogni volta, cosa avrebbe provato a partorire una creatura, a udire i suoi primi vagiti, a farsela posare sul petto cercando l'odore familiare del suo corpo, l'unica casa che avesse mai conosciuto. "Questa è l'aria" avrebbe sussurrato. "Quella è la luce. Quelle sono persone, come te." Aveva aperto un altro test e provato di nuovo, anche se era rimasto ben poco nella vescica per saturare lo stick. Aveva immaginato che cosa avrebbe fatto se fossero apparse due lineette. Aveva letto diverse storie di donne che avevano concepito quando meno se lo aspettavano. Centomila dollari spesi in trattamenti per la fertilità ma, guarda un po', ecco che un weekend a Puerto Rico, quando quella donna non era nemmeno in ovulazione, aveva fatto il miracolo. Se quello stick avesse mostrato una seconda linea, di chi sarebbe stato il bambino? Un brivido gelido l'aveva attraversata e costretta ad aggrapparsi al bordo del mobiletto.

Doveva assolutamente dirgli di Neil. Doveva dirglielo prima che lo venisse a sapere da qualcun altro.

"Malcolm" disse alzandosi. "So che non è il momento giusto, ma ho bisogno di fare ordine nella mia testa. Non credo che possiamo andare avanti così ancora a lungo. Prima di andarmene, devo dirti una cosa che avrei dovuto..."

"Quelli sono miei" la interruppe Malcolm guardando gli auricolari che lei aveva in mano.

Il resto della frase non fu mai pronunciato, come se lui le avesse tappato la bocca.

"Questi?" chiese lei alzandoli.

"Sono miei" ripeté lui. Non le avrebbe chiesto dove stava andando o perché, ma Jess capì dalla sua postura che – diamine! – quelle cuffiette sarebbero state la causa per cui avrebbe combattuto.

"Credo che siano miei, invece" ribatté lei. "Vedi?" Gli mostrò la goccia di smalto per le unghie che aveva usato per distinguerli da quelli di Malcolm.

Il fatto che stesse facendo i bagagli poteva tollerarlo. Che se ne andasse di casa pure. Ma quel piccolo puntino di smalto lo mandò fuori di testa. Scese pesantemente le scale, e quando sbatté la porta, tremò tutta la casa.

Dieci minuti dopo fu di ritorno, frugando alla ricerca di qualcosa o forse preparandosi a fare una domanda.

"Non vuoi sapere dove vado?" chiese Jess, visto che lui non diceva nulla.

"No."

"Bene, vado da Cobie" disse con la voce rotta.

"Vai dove cazzo ti pare, anche sulla luna, se vuoi" sbottò Malcolm, e si allontanò di nuovo. Scese al piano terra, e Jess lo immaginò camminare nervosamente su e giù facendo scrocchiare le nocche, cercando di decidere cosa fare e dire. Le parve di sentire il rumore della sua auto che partiva, lui che andava via, invece rimase. "È ferito" si disse. "È arrabbiato e si sente stupido." Esattamente come si sarebbe sentita lei a ruoli invertiti. Come si sarebbe sentito chiunque. Ne avrebbero parlato, senz'altro, dopo un periodo di riflessione. Ne avrebbero parlato dopo essersi abituati a stare separati per un po'. A quel punto gli avrebbe detto tutto.

Mentre Jess finiva di raccogliere le sue cose, i bambini del vicinato iniziarono a suonare il campanello urlando: "Dolcetto o scherzetto?". Ascoltò Malcolm profondersi in complimenti per i costumi e se lo immaginò fare un cenno di saluto ai genitori in attesa sul marciapiede. Era stupefacente come riuscisse a trovare qualcosa di diverso da dire a ogni bambino. Solo lei sapeva quanto dovesse sforzarsi per apparire cordiale come sempre. Ma perché? Era un attributo positivo, o patologico, quel disperato desiderio di proteggere il mondo dalle sue questioni personali? Ascoltandolo, nessuno avrebbe immaginato quello che stava succedendo nella sua vita, in casa sua, in quel preciso istante.

Jess trascinò la valigia giù dalla rampa di scale, e vedere lo sforzo che le richiedeva provocò un sussulto in Malcolm, simile alla sensazione di saltare l'ultimo gradino. La guardò sollevare il trolley per caricarlo nel bagagliaio dell'auto; pensava che non ce l'avrebbe fatta, e poi rimase lì immobile mentre lei tornava a prendere il borsone, anche quello stipato al massimo.

La cosa più assurda, quella a cui non riusciva a smettere di pensare da quando Jess se n'era andata, era che, mentre tornava a casa dalla palestra, sarebbe potuta andare al bar con lui, aiutarlo a giudicare i costumi e ad assegnare i premi, magari avrebbe pure lanciato qualche freccetta, se avesse avuto voglia di svagarsi un po'. Era passato un sacco di tempo dall'ultima volta in cui aveva fatto un salto all'Half Moon solo per distrarsi, senza contare che Halloween le era sempre piaciuto. Non si erano incrociati spesso negli ultimi tempi, ma quella settimana lei gli aveva toccato il braccio mentre passava dietro di lui al lavandino. Lo aveva cercato nel sonno e si era rannicchiata accanto a lui. Malcolm pensava che le cose stessero migliorando, invece, per tutto quel tempo, Jess gli stava dicendo addio.

Che cosa aveva fatto a casa per due ore, da solo, prima di andare al lavoro? A parte rispondere alla porta un'infinità di volte. Era tempo perso. L'ultima volta che lei gli aveva rivolto la parola era stato per raccomandarsi di non lasciare fuori la ciotola delle caramelle, perché qualche bambino dispettoso se le sarebbe potute infilare tutte nella borsa. E poi si erano guardati a una distanza di tre metri, forse – lei nel giardino davanti a casa, lui sulla porta, e Malcolm aveva pensato: "Santo cielo, in un momento come questo sta esercitando le sue manie di controllo perfino sulla ciotola dei dolcetti".

Malcolm non beveva quasi mai sul lavoro, ma quella sera, una volta arrivato al bar, ingollò due shot prima che iniziasse la festa, e poi altri tre, a una distanza di circa mezz'ora uno dall'altro, in modo da non essere proprio ubriaco, ma solo più capace di relegare il pensiero di Jess in un angolo della mente. Distribuì i premi per i migliori costumi, individuali e di gruppo. Pensava di essere normale, perfino divertente, ma poi Emma avvicinò la bocca al suo orecchio per chiedergli se voleva prendersi una pausa.

"Ho avuto un pomeriggio tosto" disse lui, vicinissimo a lei, osservando la curva delicata delle clavicole, il modo in cui la camicetta le fasciava il busto. Stava per dirle cos'era successo, che lui e Jess si erano separati – se quella era la parola giusta –, ma furono interrotti da un gruppo di donne con qualche anno in più di Malcolm, che si erano presentate nel locale vestite come una girl band anni Novanta e volevano una foto con il proprietario. Così Malcolm sorrise, loro si misero in posa accostandosi a lui con i fianchi sculettanti, poi si riunirono intorno a un cellulare per vedere il risultato e un attimo dopo chiesero un'altra foto, ancora una, ma da un'angolazione leggermente diversa. Malcolm si domandò quanti anni avessero i loro figli, ammesso che avessero dei figli. Si domandò se fossero divorziate. Era in grado di stabilire quali dovevano essere state sexy da giovani e quali erano sbocciate più tardi, dopo il matrimonio, dopo la maternità, magari, per quanto fosse una traiettoria rara.

Pensò di dire loro che avevano ancora qualche anno buono davanti, nonostante l'età, e fu allora che sospettò di essere più ubriaco di quanto credeva. Emma lo guidò verso uno sgabello, assicurandogli che poteva essere un perfetto maestro di cerimonie anche da seduto. E poi gli portò mezzo litro d'acqua e un piatto di patatine fritte.

Quasi si aspettava che, arrivando a casa ore dopo, avrebbe trovato Jess ad attenderlo. "Mi dispiace per prima" avrebbe detto lei con la voce rauca per il sonno. "Possiamo riparlarne domani?" Ma la casa era vuota come quando l'aveva lasciata, una tazza sporca di caffè nel lavandino.

In un primo tempo aveva pensato che non avrebbe mai dovuto parlarle del patto che aveva stretto con Hugh. Un giorno, quando gli affari fossero andati a gonfie vele e avessero fatto un bilancio patrimoniale, le avrebbe fatto una bella sorpresa.

Ma Jess non lasciò cadere l'argomento. Hugh mandò a casa un cesto di frutta insieme a un bigliettino che faceva riferimento alla saggia decisione presa da Malcolm, nonché alle buone fondamenta del locale. Jess rimase appoggiata al ripiano della cucina e diede un'altra occhiata al messaggio prima di chiedere a Malcolm che cosa significasse.

"È un semplice augurio di buona fortuna, suppongo" disse lui stringendosi nelle spalle. Ma c'era qualcosa di ambiguo nella costruzione del messaggio. Jess continuò a rileggerlo come una rabdomante che cerca l'acqua, andando in giro con il suo bastone a sondare le superfici.

Dapprima, lui ne era sicuro, Jess davvero non capì. Ma poi, due giorni dopo aver chiuso l'affare, mentre lui dormiva e lei si stava preparando per andare al lavoro, il sospetto prese forma nella sua mente.

"Hai comprato tutta la casa? L'abbiamo comprata? Il contratto che ho visto io comprendeva soltanto l'attività commerciale."

Jess non lo svegliava mai prima di uscire per andare in ufficio, ma quella mattina lo scrollò fino a fargli aprire gli occhi e gli chiese di tirarsi su.

Così Malcolm le disse tutto, e lei impallidì e rimase a fissarlo a lungo. Gli domandò se si fosse fatto assistere da un avvocato, e quando lui rispose di no, impallidì ancora di più. Per un attimo Malcolm pensò che si sarebbe trattenuta e avrebbe capito che l'impegno preso non era poi tanto diverso da quello che avevano concordato insieme, tranne il fatto che avrebbero dovuto sganciare altri soldi a Hugh. E in cambio erano diventati proprietari dell'intero edificio! Uno stabile con un potenziale enorme! Ma dopo un attimo di silenzio durante il quale, si scoprì poi, stava semplicemente raccogliendo le forze, Jess gli chiese tutto in una volta: le condizioni, la cadenza dei pagamenti, le conseguenze in caso di inadempienza. Chiese di vedere che cosa aveva firmato.

"Non ho firmato nulla. Abbiamo stabilito tutto con una stretta di mano."

Jess si premette il palmo sulla fronte e rimase lì per un attimo a fissarlo. Malcolm non l'aveva mai vista così in difficoltà, a corto di parole.

"Anche tu mi hai tagliato fuori" disse precedendola.

"Da cosa ti avrei tagliato fuori io? Non ti ho mai nascosto nulla!"

"Dammi tregua, ti prego. Sai che non volevo arrivare a questo punto. Sapevi che non volevo, ma hai continuato a prendere appuntamenti. L'ultima volta hai fatto le analisi prima ancora che io sapessi che ci stavamo riprovando. È stata una mossa subdola."

"Subdola?! La finestra era piccolissima e si riduceva ogni

giorno di più. Tu vorresti sempre avere un mese a disposizione per pensare alle cose, ma non c'era tempo. Non so leggere nel pensiero, Malcolm. Ero convinta che tutti e due volessimo la stessa cosa. Se eri *così* contrario, avresti potuto farmelo sapere."

"Non ero contrario. Solo che... era come un aspirapolvere che risucchiava tutto."

"Tu sei ossessionato da quanto costa avere un figlio. Chiedi a chiunque quanto pensa che valga suo figlio, e tutti ti risponderanno che è un valore inestimabile."

"Certo che risponderebbero così! Ma noi non abbiamo un figlio, Jess. Perciò non è la stessa cosa. E comunque, quello che *intendevo dire* era che questo desiderio stava risucchiando tutta la gioia dalla nostra vita. Non pensavamo ad altro. E poi, certo, c'era anche il problema dei soldi. Ti comporti come se fosse una cosa superficiale, ma le persone come noi – quelli come te e me – non possono permettersi di coltivare più di un grande sogno. Possiamo permettercene soltanto uno. E semplicemente mi chiedo perché doveva essere proprio quello. Quando era chiarissimo a tutti, tranne a te, che non si sarebbe realizzato."

"Allora perché sei andato avanti così a lungo? Se eri così sicuro che non avrebbe funzionato?"

"Perché" iniziò Malcolm, e la guardò come se la risposta fosse talmente ovvia che non si era mai dato la pena di tradurla in parole.

"Perché?"

"Perché era quello che desideravi tu."

La possibilità che Jess amasse quel tizio cambiò qualcosa, e per la prima volta da diciassette settimane, per la prima volta da quando aveva abbassato la testa, deciso ad andare avanti finché lei non fosse tornata, Malcolm alzò lo sguardo e si accorse che da tempo si era allontanato dal sentiero che stava percorrendo, e che non aveva idea di dove si trovasse in quel momento. Per distrarsi, fece i soliti calcoli, la sua routine quotidiana, come le affermazioni positive da ripetersi ogni mattina, ma con l'effetto opposto. Cos'era rimasto nel congelatore? Cos'era rimasto in magazzino? Era ancora davanti alla finestra con il piumone sulle spalle, ma nella mente vedeva tutto. Per la prima volta da secoli, la borsa dove teneva gli incassi aveva un certo peso, e ovviamente nell'unico giorno in cui con ogni probabilità non sarebbe potuto andare in banca. Prima di tutto, doveva recuperarla dalla cassaforte del bar. Era da qualche anno che non sciava, ma l'attrezzatura era ancora in soffitta, a meno che Jess non l'avesse eliminata durante uno dei suoi repulisti. La banca sarebbe stata aperta?

Il pagamento di gas, luce e tv via cavo per il bar era programmato per lunedì. Le bollette di casa per le stesse voci sarebbero scadute la settimana successiva. I pagamenti meno consistenti potevano essere effettuati tramite due carte di credito. La rata del prestito universitario di Jess sarebbe stata dedotta automaticamente dal conto cointestato. Era di nuovo in ritardo con Hugh. La prima volta che aveva saltato un pagamento, i suoi uomini si erano presentati al bar chiedendo di Malcolm. Roddy era andato a chiamarlo nel retro, ma quando lui era arrivato, loro avevano fatto un cenno di saluto, niente di più, come se volessero soltanto fargli sapere che erano lì e lo tenevano d'occhio. Si erano seduti al bancone, avevano bevuto un drink ciascuno senza dire una parola, dopodiché se n'erano andati senza pagare.

Bene così, aveva pensato Malcolm. A quel punto non era passato nemmeno un anno da quando aveva comprato il locale, e Hugh era come uno zio per lui e, come tale, forse gli stava semplicemente ricordando i loro accordi.

Malcolm aveva deciso di spostare i soldi da un conto all'altro e di mettersi in pari con Hugh, cercando di procrastinare le sue scadenze. Una mattina aveva fatto l'inventario di ciò che c'era nel capanno per gli attrezzi, mettendo da parte gli oggetti che potevano avere qualche valore. Aveva delle seghe costose, una bella bici che non usava da anni, un barbecue in ceramica un po' datato, una collezione di utensili elettrici. Sotto una tela cerata c'era un mucchio di costosi pezzi di ardesia rimasti da quando aveva pavimentato il vialetto davanti a casa. Una ventina di metri quadrati di listelli di mogano per il parquet, un kayak. Due bobine da venticinque chili di lucente filo di rame trovato in cantina quando avevano acquistato la casa. Aveva venduto tutto quanto e organizzato il ritiro quando Jess era al lavoro. Ma mentre si sbarazzava di tutti quegli oggetti in cambio di contanti, già sapeva che il mese successivo, e quello dopo ancora, avrebbe avuto lo stesso problema.

Non poteva chiedere aiuto a sua madre. Avrebbe cercato di capire di quanto si fosse indebitato. Non sapeva nulla del suo patto con Hugh. L'unica cosa che sapeva era che il figlio aveva comprato il locale, ed era entusiasta per lui. Poi a quel gruzzolo Malcolm aveva aggiunto il debito di Jess per il prestito studentesco, che sembrava non diminuire mai, e la somma che dovevano alla terza clinica a cui si erano rivolti per le terapie per la fertilità. Le sedute con il dottor Hanley costavano una piccola fortuna ogni mese, e l'assicurazione sanitaria di Jess copriva solo un quarto dell'onorario. "Ma quella è una necessità" diceva Jess quando cercavano di capire quali spese tagliare, e Malcolm evitava di chiederle se era sicura che il dottor Hanley non avesse peggiorato le cose.

Il mondo era diverso ora, avrebbe detto alla madre. Ma lei non se la sarebbe bevuta. La sorella di Malcolm le aveva regalato un set di costose creme per il viso anni prima, e da allora quelle creme occupavano un posto privilegiato nel suo bagno dalle piastrelle color salmone, senza mai essere state usate. Un giorno, quando Gail Gephardt fosse morta e lui fosse stato incaricato di liberare l'appartamento, probabilmente le avrebbe gettate nel bidone insieme a tutto quello cui lei teneva tanto. Lavorava nella mensa della scuola elementare della zona, e ogni venerdì portava a casa un po' del cibo destinato a essere scartato. Aveva sempre un assortimento di mini bagel avvolti nella pellicola sul ripiano della cucina, e nel frigorifero confezioni di latte aromatizzato alla fragola e yogurt da bere. Malcolm immaginò di parlarle della situazione in cui si trovava mentre lei gli preparava un sandwich mal assortito: burro di arachidi e gelatina su pane bianco a sinistra e fagottino ripieno di mortadella a destra.

"Fai del tuo meglio" gli avrebbe detto. Ma lui stava già facendo del suo meglio. Era presente di persona al bar sessanta ore alla settimana. Offriva musica dal vivo. Un DJ. Musica live seguita da un DJ. Serate anni Ottanta. Lezioni di ballo. Serate per donne. Serate "Dipingi e Degusta". Speed dating. Serate quiz. Barman ospiti. E così via. Metteva annunci pubblicitari sul giornale locale. Aveva comprato un'insegna che fu appesa alla recinzione del campo della Little League, insieme a quelle di parecchi altri esercizi della zona. Era allegro. Accogliente. Non lasciava mai trapelare che la situazione era difficile, perché chi aveva voglia di sentire lamentele? Nessuno. Non quando erano lì proprio per dimenticare i loro, di guai.

"Come vanno le cose all'Half Moon?" gli chiedeva sua madre ogni tanto. "C'è un bel movimento?"

"Va a momenti" aveva ammesso Malcolm dopo circa un anno. "Il nuovo locale che ha aperto in Oak Street non ha aiutato di certo. Attira lo stesso tipo di clientela." Il che era davvero sorprendente, aveva evitato di aggiungere. Il nuovo locale era una birreria che esibiva scintillanti fusti di acciaio inox delle lager e delle birre al frumento di produzione propria. Malcolm immaginava che avrebbe attirato una clientela sui trent'anni, ma non si aspettava che sarebbe piaciuto anche ad altre fasce d'età. Era assurdo che i tradizionalisti che se l'erano presa con lui perché aveva osato apportare qualche modifica all'Half Moon andassero là per studiare luppolo e cereali non maltati. Era assurdo che i ventiduenni spiantati fossero disposti a sborsare dieci dollari per una pinta.

"Davvero? Ma tu stai bene?"

"Oh, sì. Bene. Tutto bene, non preoccuparti."

Malcolm aveva diciott'anni quando era morto suo padre, era quasi un adulto. Sembrava che tutti avessero voluto bene a Darren, ma il ricordo più vivido di Malcolm era di quella volta in cui il padre si era incazzato perché erano rimasti senza latte in casa. Aveva chiuso il frigorifero con una tale veemenza che i barattoli semivuoti di salse sulla mensola dello sportello avevano sbatacchiato facendo un gran rumore. Malcolm ricordava anche che il padre lo aveva preso in giro per aver confuso marzo con aprile in una verifica che aveva fatto in... quando? Seconda elementare? Aveva imparato che il fascino era roba per altri. Lui si animava soltanto quando metteva piede nel suo bar ogni sera.

Malcolm rimase di nuovo indietro con i versamenti a Hugh, solo pochi mesi dopo la prima volta. Continuava a non capire come potesse succedere: i soldi erano lì, e un attimo dopo erano spariti. Le leggi elementari dell'addizione e della sottrazione sembravano non applicarsi al conto corrente dell'Half Moon. Dava un'occhiata al saldo, annotava l'importo, faceva qualche rapido calcolo. Ma poi, ricontrollando, scopriva che era rimasto soltanto un terzo di quanto risultava il giorno prima.

Gli uomini di Hugh si presentarono addirittura a casa sua. Uno dei due bussò, anche se aveva il campanello proprio sotto il naso. I suoi abiti e la puzza di tabacco sembravano completamente fuori luogo davanti alle ortensie di Jess, al vivace turchese dello zerbino. Sentendo una voce che non conosceva, Jess scese al piano terra e le bastò un'occhiata per capire tutto. Era più silenziosa del solito, si limitò ad ascoltare. Il più alto dei due – che di nome faceva Billy – sorrideva, come se la sua fosse una normale visita di cortesia, mentre l'altro se ne stava in disparte.

"Ascolta" disse. "Malcolm." Cercò di trascinarlo fuori per parlare in privato, ma Malcolm lo respinse. Quella era casa sua. Jess stava guardando. Il bucato faceva le capriole nell'asciugatrice. Malcolm era furioso.

"Che intenzioni hai?" insistette Billy.

"Non devi preoccuparti di questo" rispose Malcolm.

Billy scoppiò a ridere. "Io non sono affatto preoccupato. E tu?"

"Sto risolvendo la questione con Hugh."

"Stai risolvendo la questione con Hugh? Ho parlato con lui stamattina!"

"Benissimo."

"Non ne ha fatto cenno."

Che cosa avrebbero fatto?, si domandò Malcolm. Che cosa avrebbero fatto realmente?

"Perché hai accettato le sue condizioni?" Jess gli aveva chiesto almeno un centinaio di volte.

Era convinta che Hugh lo avesse ingannato. Che lo avesse puntato, accerchiato e, infine, gli avesse dato il colpo di grazia. Che non fosse affezionato a Malcolm, neanche lontanamente rispetto a quanto credeva lui. Jess non aveva prove per dimostrarlo, era soltanto l'istinto a suggerirglielo. Ma perché avrebbe dovuto incastrare Malcolm quando avrebbe potuto trovare facilmente un altro acquirente? E Jess continuava a chiedergli se ne fosse proprio sicuro. Era vero che nessuno conosceva l'Half Moon meglio di lui, ma qualcun altro avrebbe fatto una ricerca su quel settore del mercato per scoprire quali erano le tendenze, che cosa stava cambiando, quali nuovi locali stavano per aprire. Qualcun altro avrebbe ingaggiato un legale di fiducia, si sarebbe accertato che non ci fosse qualcosa di grosso che gli sfuggiva. Qualcun altro avrebbe contattato i vari fornitori per essere sicuro che i contratti in atto sarebbero stati confermati, e avrebbe scoperto che, quand'anche Hugh fosse rimasto, i suoi contratti a un certo punto sarebbero scaduti, perché una società ne compra un'altra, che ne compra un'altra, e di lì a breve scopri che il tuo fornitore non è più un tizio del Bronx che conosci da quarant'anni, bensì una multinazionale con sedi satellite nella tua zona. Di sicuro, insisteva Malcolm, quando avevano stipulato il contratto Hugh non era a conoscenza dell'imminente apertura di un nuovo locale in Oak Street; non sapeva quanto successo avrebbe avuto, né che il giornale locale avrebbe detto che era esattamente ciò di cui Gillam aveva bisogno.

Quando Billy e il suo compare se n'erano andati, Malcolm aveva chiamato direttamente Hugh. Pensava che fosse meglio affrontare la situazione di petto, eliminando tutti gli intermediari. Forse avrebbero potuto rimodulare il piano, stabilire scadenze diverse. Quante ore avevano trascorso insieme al bar, mentre Hugh dava consigli e Malcolm ne faceva tesoro. Ma il telefono continuava a squillare a vuoto. Aveva provato con il cellulare. Poi con il numero di casa a Gillam, nel caso che Hugh si trovasse a New York per qualche motivo. Aveva ingoiato l'orgoglio e aveva chiamato Little Hughie, lasciando un messaggio in segreteria per dire che stava cercando Big Hugh.

Ora, nel posto vicino al marciapiede dove Billy aveva parcheggiato l'auto quel giorno di alcuni mesi prima, la neve sembrava alta fino alla vita. Dopo quella visita Malcolm era riuscito a tirare fuori il coniglio dal cilindro, ma era di nuovo in ritardo nei pagamenti, e questa volta c'era voluto molto meno tempo per arrivare alla condizione di morosità. Doveva assolutamente fare qualcosa. Doveva risolvere quel rompicapo, invece era bloccato in casa. Dov'era lo spartineve?

Il silenzio si era già fatto soffocante. Diede un'occhiata al telefono: nessun messaggio.

E a pensarci bene, la casa era più silenziosa del solito: nessun ronzio delle bocchette di riscaldamento, nessuna vibrazione ambientale. Scese le scale. Il display del decoder via cavo era spento. L'orologio del microonde fermo. Fece scattare ripetutamente l'interruttore del corridoio, su e giù, su e giù, come se, provando ancora una volta, potesse migliorare la situazione. Il divano appariva diverso in quel silenzio. Anche le sedie. Si domandò se la corrente fosse saltata in tutta la città. La carica del cellulare era al 19 per cento. Cercò di ricordare quanta benzina aveva nel serbatoio dell'auto. Pensò alle tubature che si diramavano nei muri dell'Half Moon, al generatore portatile acquistato l'inverno precedente, che non sarebbe servito a un bel niente se lui non fosse riuscito a raggiungere il bar per attivarlo.

Si vestì a cipolla. Una quantità assurda di strati. Non si preoccupò di prendere un berretto, ma non appena mise piede fuori si sentì pungere le orecchie come se qualcuno gliele avesse pizzicate. Attraversò il cortile fino al capanno, e quando aprì la porta si ricordò di aver lasciato la pala da neve al bar. Si guardò intorno alla ricerca della vanga da giardino. Trovò un rastrello. Teloni. Taniche di benzina. Aveva il viso gelato. Il figlio dei Kowalski avrebbe potuto spalare la neve per venti dollari. Mrs. Kowalski aveva una certa simpatia per lui, Malcolm lo sapeva. Era cordiale come una brava vicina di casa quando capitava che si incrociassero per strada, ma quando andava all'Half Moon, salutandolo gli posava sempre la mano sul braccio.

Malcolm spazzò via dall'auto abbastanza neve da poter aprire la portiera, poi avviò il motore e accese il riscaldamento a palla. Il serbatoio della benzina era pieno a metà. Mise il cellulare sotto carica. Poteva andare al bar a piedi, magari. Il suo cuore ne avrebbe tratto giovamento. Oppure poteva andare a casa di Patrick e Siobhán. Era ad appena due isolati di distanza. Ma che cosa avrebbero fatto, intrappolati in casa con i loro tre bambini, tutti in pigiama, a guardarlo con aria preoccupata? Siobhán gli avrebbe ricordato che Jess era pur sempre Jess, nonostante tutto. Immaginò cereali che galleggiavano in scodelle di latte, i tentativi di parlare con loro e la costante interruzione di un bambino. L'auto era così bella e calda. Rimase lì con gli occhi chiusi finché il cellulare non raggiunse il 50 per cento di carica.

Rientrato in casa mezz'ora dopo, si sedette su uno sgabello della cucina e fece un po' di conti. Quello che doveva, quello che aveva, quello di cui aveva bisogno. Udì uno scricchiolio provenire da sopra e si fermò per un attimo ad ascoltare. Ghiaccio nelle grondaie, forse. Ghiaccio nelle tubature. Cosa poteva fare? Aprì l'anta del mobiletto sotto il lavandino. Scese in cantina e chiuse la conduttura dell'acqua. Tornato di sopra, aprì il rubinetto per svuotare i tubi. Con l'acqua riempì tutti i recipienti disponibili e li mise sui fornelli. Salì al piano di sopra e riempì la vasca da bagno. Poi tornò al ripiano della cucina e fece un elenco dei progetti che sognava di realizzare, calcolando quanto gli avrebbero fruttato.

Fece venti flessioni.

Si avvicinò a una sedia e fece due serie di *dip*.

Controllò il cassetto delle cianfrusaglie alla ricerca di fiammiferi per accendere la fiamma pilota del fornello, ma non c'erano fiammiferi, solo una scatola semivuota di candeline magiche di compleanno, sepolte in fondo, insieme alle briciole.

Si avvicinò alla libreria e diede una rapida scorsa ai titoli per trovare qualcosa che non aveva ancora letto, qualche libro lasciato da Jess, ma il silenzio troppo profondo gli impediva di concentrarsi. Aprì una confezione di barrette ai cereali e ne mangiò quattro di fila. Si scolò mezzo litro d'acqua.

Si sdraiò sul divano del soggiorno e vi rimase per un po', incerto se mandare o no un messaggio a Emma. Poteva formularlo in modo da far intendere che stava contattando tutti i dipendenti, non solo lei. Decise di lasciar perdere. Notò della polvere sotto il mobile della tv e si alzò per prendere l'aspirapolvere, salvo poi ricordare che non avrebbe funzionato. Sospirando, irritato con se stesso, si rimise gli stivali e si aprì un varco fino a casa dei Coleman per farsi prestare una pala. Passò un'ora a spalare, con il sudore che inzuppava gli strati sotto il cappotto.

Una volta terminato il lavoro, scommise con se stesso che la corrente era tornata. Alzò gli occhi verso gli spessi cavi neri tesi sopra la sua testa e stabilì che sì, aveva la netta sensazione che lì dentro scorresse la corrente elettrica. Per guadagnare tempo, restituì la pala ai Coleman, anche se Jon gli aveva detto che non c'era fretta. Indugiò intorno al garage del suo vicino di casa per qualche istante – schiarendosi la gola, pestando i piedi per scrollarsi la neve dagli stivali – nel caso che a Jon fosse venuta l'idea di invitarlo dentro a bere qualcosa. Quando vi rinunciò e tornò alla propria porta, la aprì lentamente e fu davvero sorpreso di essersi sbagliato: le luci erano ancora spente, il silenzio ancora più pesante di quando nei fili correva l'energia elettrica.

Okay, disse a se stesso. Bisognava fare qualcosa. Non poteva starsene in casa finché la luce non fosse tornata. Salì al piano di sopra e spalancò la porta dello spazio del sottotetto adibito a ripostiglio. Usò la torcia del cellulare per cercare gli sci, e non appena l'ambiente si illuminò, Malcolm provò l'impulso di andare a stanare Jess, ovunque si stesse nascondendo, per farle vedere che caos c'era lassù, per rimproverarla di aver stipato le cose talmente alla rinfusa che ora, in un'emergenza, lui non riusciva a trovare quello che gli serviva. Avrebbe voluto chiamarla per farle sapere che non gli importava con chi andasse a letto, e per chiederle piuttosto come le fosse passato per la testa di buttare le loro vecchie sedie pieghevoli da campeggio sugli scaldavivande in cima alle decorazioni natalizie. Come avesse osato rimproverarlo perché lasciava le chiavi ovunque. Cominciò a raccogliere cose qua e là e a gettarle da una parte. Lo schianto che producevano gli piaceva, perciò le lanciò più forte. Scatole di carte, borse di scarpe, aggeggi che non riusciva nemmeno a identificare.

C'erano dei corredini da neonato che le avevano passato le sue amiche, e che Jess aveva conservato – oh, Dio mio, li aveva conservati. Lentamente, dalla bocca spalancata della borsa di un negozio, Malcolm tirò fuori una copertina ai ferri, e poi un'altra, e un'altra ancora. Di quante copertine poteva mai aver bisogno un bambino? Un'altra borsa conteneva minuscoli pagliaccetti con bottoncini a pressione che andavano dalle dita dei piedi al collo. Cinque o sei. Di più. La borsa sembrava senza fondo. Si inginocchiò fra queste cose morbide e le esaminò tutte una seconda volta. Affondò il viso in un accappatoio verde che aveva la testa di una rana come cappuccio, e per un attimo vide un bambino che lo indossava, ancora umido dopo il bagnetto, i capelli scuri come quelli di Jess, come i suoi, gli occhi chiari e le ciglia lunghe. Tutta l'adrenalina che aveva sentito un attimo prima lo abbandonò, e cadde su entrambe le ginocchia. Contò fino a dieci.

Vide che c'erano due piccole altalene, più una specie di trabiccolo con un seggiolino e dei pupazzetti attaccati al bordo. Jess si era immaginata un bambino che ci giocava, lo sapeva. Lo mise su un piatto della bilancia, e sull'altro mise Neil Bratton, ma non si soffermò troppo a lungo su quel pensiero per evitare di scoprire quale parte pesava di più. Niente sci. Chiuse la porta del ripostiglio e tornò al suo punto di osservazione alla finestra del primo piano. Non c'era nessuno in giro, nemmeno dei bambini intenti a fare pupazzi di neve.

Inviò dei messaggi ad alcuni amici. Cliccò sui loro nomi come se lanciasse un anello verso un tavolo pieno di bottiglie, sperando che sarebbe atterrato intorno a un collo. Ma uno dopo l'altro risposero che non potevano uscire, che la loro strada non era ancora pulita, che faceva freddo e che comunque non c'erano locali aperti.

Guardò un po' di tv sul cellulare, cercando di non pensare alla fortuna che gli sarebbe costato in connessione dati. Quando il programma su cui si era sintonizzato finì, andò al mobile bar del soggiorno perché aveva avuto un flashback di suo cognato che gli aveva regalato una bottiglia di Macallan due Natali prima. Poi si ricordò di averla portata all'Half Moon. Fece un inventario di ciò che era rimasto, solo bottigliette da 375 ml. Niente gin. Un po' di rum. C'era una bottiglia di vermouth dolce in fondo al frigorifero. Si sedette sul divano un'altra volta e fissò nel vuoto. Si alzò di nuovo, tornò al freezer e trovò una bottiglia di vodka semivuota; quel poco che era rimasto aveva assunto una consistenza sciropposa, così la strofinò fra le mani per qualche istante. Quando la viscosità gli sembrò normale, tornò al mobile bar e prese un barattolo di olive ancora da aprire. Era troppo pigro per tirare fuori un bicchiere da aperitivo o uno shaker, perciò mescolò tutto in un bicchiere da whiskey. Lo portò con sé al divano, e non appena ne prese un sorso si pentì di non averlo preparato secondo i canoni. Si impose di berne esattamente metà e poi buttò via il resto.

Si addormentò sul divano con il cappotto indosso alle sette e mezzo. Quando si svegliò intorno a mezzanotte, la camicia era ancora umida del sudore accumulato spalando. Salì le scale fino in camera da letto.

E poi, sdraiato dal suo lato del letto nel buio più totale – niente stelle quella notte, nessuna luce delle verande delle case vicine che filtravano dagli alberi, i lampioni tutti spenti – udì una voce che chiamava il suo nome in continuazione, con una tale regolarità, in effetti, da diventare parte del rumore di fondo della sua mente. La sentì solo a causa dell'oscurità, del silenzio, perché la sua mente girava e rigirava in tondo alla ricerca di un posto dove fermarsi. Una volta che si fu sintonizzato su quella frequenza, vide Siobhán al bar, con l'aria costernata, che diceva di sentirsi in colpa. Vide quel nuovo tizio, Neil, nel giardino di casa di Patrick, con la stessa polo con cui Malcolm se lo figurava sempre, anche se non poteva essere vero. Lo vide chinarsi per sollevare qualcosa. Un bambino.

Neil Bratton aveva tre figli. Il più piccolo aveva solo due anni.

«Aspetta un attimo» disse ad alta voce, tirandosi su di scatto.

Controllò il telefono. Nessuna chiamata persa. Nessun messaggio.

4

Poco prima che Jess incontrasse Neil, prima che scoprisse il nome della via in cui abitava e lo digitasse sull'app di mappe del suo telefono, c'era stata la sua trasferta a San Francisco.

Il tragitto verso casa di Neil, quando alla fine lo tracciò con il dito, le ricordò il disegno di una scala fatta da un bambino. Seduta nella sua camera da letto silenziosa, mentre Malcolm era al bar e il romanzo che stava cercando di leggere a cavallo del bracciolo della poltroncina, aveva pensato a quanto sarebbe stato facile staccare una piccola parte di sé e salire quei gradini sconnessi per vedere cosa sarebbe potuto succedere. Si sarebbe trattato di una piccola deviazione dal percorso di vita regolare. Il rapporto che c'era tra loro, qualunque esso fosse, poteva essere il tipo di rapporto che svanisce non appena viene espresso ad alta voce.

Ma prima di Neil c'era stato il viaggio a San Francisco, che era arrivato nel momento peggiore possibile. Il bar era da poco diventato il loro, erano passati solo due mesi da quando Malcolm aveva firmato un fascio di carte senza darsi la pena di metterla al corrente dei dettagli, senza capirli realmente lui stesso. Era così dannatamente spavaldo; per tutto ciò che aveva desiderato nella vita, gli era sempre bastato fare un sorriso e lo aveva ottenuto. Se fosse stato lui a volere un figlio quanto lo voleva lei, lo avrebbero avuto. Ne era certa. Ma ciò che Malcolm desiderava di più nella sua vita era essere proprietario di un bar, poter dire: "Ho un locale tutto mio a Gillam". E non un bar qualsiasi. Si erano resi disponibili altri locali nel corso degli anni, ma c'era sempre qualcosa che non andava. La luce, diceva. La posizione. Una sensazione istintiva. Erano anni che Hugh gli faceva balenare la promessa di un suo eventuale ritiro; Malcolm non doveva far altro che aspettare.

A un certo punto, dopo che Hugh gli disse che era arrivato il momento, mentre Malcolm ancora fingeva di doverci riflettere, lui iniziò a chiamarlo ristorante. "Quale ristorante?" chiese Jess una volta mentre riempiva il bollitore del tè. "Pensavo stessimo parlando dell'Half Moon." Poco prima, quella sera, mentre cercava dell'origano essiccato, le era capitato fra le mani un flacone semivuoto di FertilAid. Era stato come imbattersi in un vecchio amico con il quale aveva un dissidio irrisolto. Era stata sul punto di buttarlo via, ma non c'era riuscita. Anzi, aveva pescato una pillola e l'aveva ingoiata scolando un bicchiere d'acqua. Dopodiché aveva rimesso il flacone nel mobiletto in cui l'aveva trovato.

"È quello che stiamo facendo, infatti" disse Malcolm, con un'espressione che diceva che non avrebbe ceduto per nessun motivo al mondo. Se stesse riqualificando il locale per se stesso o per lei, Jess non avrebbe saputo dirlo. Il Beller's Steakhouse era un ristorante. L'Half Moon era un bar che offriva un famoso menu per bambini solo per mantenere la licenza per la vendita di alcolici. Il fatto che Malcolm lo definisse un ristorante avrebbe dovuto essere il primo indizio allarmante per Jess. Il secondo avrebbe dovuto essere il fatto che Malcolm aveva indossato giacca e cravatta per andare a firmare il contratto. Jess aveva appena assunto un nuovo incarico nel dipartimento legale di Bloom, un gruppo editoriale vicino alla sinistra che possedeva una serie di riviste e canali via cavo, totalmente agli antipodi rispetto all'organizzazione conservatrice che aveva appena lasciato. C'erano riunioni alle quali, in qualità di ultima arrivata, non poteva mancare, e, come aveva sottolineato il responsabile mutui della banca, Malcolm poteva semplicemente firmare per lei poiché aveva la procura. Jess stava raccogliendo le sue cose per prepararsi a un pranzo di lavoro quando lui le inviò una foto di se stesso davanti allo specchio della camera da letto.

Non avete appuntamento al bar?

Sì. Volevo solo presentarmi al meglio. È una giornata memorabile!

Stai benissimo, lo incoraggiò lei provando un improvviso senso di colpa e prendendo in considerazione l'idea di accusare un mal di stomaco per correre alla Penn Station e arrivare a Gillam in tempo. Malcolm sembrava così felice. Doveva essere una giornata memorabile anche per lei, aveva pensato. Anche se tutti ritenevano l'Half Moon il locale di Malcolm, in realtà era altrettanto suo.

Jess preferiva il lavoro presso l'Unione Internazionale dei Lavoratori, ma il passaggio a un'azienda privata era una mossa sensata. Lo stipendio era più alto e le avrebbe dato la possibilità di onorare le scadenze del prestito universitario, e anche di mettere da parte qualcosa. Nel giro di qualche anno probabilmente sarebbe diventata socia, a patto di fare la gavetta, e poi, la maggior parte delle aziende aveva bisogno di più personale femminile. A trentadue anni, nel giorno del suo settimo anniversario di matrimonio, gettò il portapillole nella spazzatura e disse a Malcolm che era pronta. Lui le aveva sempre detto che sarebbe stato pronto quando lo fosse stata lei e che, una volta arrivato il momento, non doveva fare altro che dire una parola.

Sei mesi dopo andò da uno specialista della fertilità consigliatole dal ginecologo, data la sua età. All'epoca aveva trentatré anni.

"La mia età?" ribatté Jess, seduta sul lettino delle visite, mentre pensava che le sue gambe avevano bisogno di idratazione.

"Lo so. La fertilità non si è ancora adeguata ai ritmi della vita moderna" le disse il medico.

Nella prima clinica, nella seconda pagina del plico di documenti da compilare, c'era il solito trio di domande che lei temeva. Quanti figli aveva? Zero. Quante volte era rimasta incinta? Una. Età all'epoca della prima gravidanza: venticinque anni. Il fatto che avesse avuto un aborto spontaneo non era preoccupante, le avevano ripetuto tutti i medici che aveva consultato. La cosa importante era sapere se potesse rimanere incinta o no.

L'assicurazione di Jess richiedeva quattro cicli di IUI, inseminazione intrauterina, prima di ogni fecondazione in vitro. La prima volta era stata coraggiosa – e chi lo sapeva? Era disposta a fare un tentativo. Era tutt'altro che spaventata. Molte donne che conosceva ci avevano messo un po' a rimanere incinte.

Ma dopo quattro cicli di IUI falliti, come aveva previsto lo specialista, e dopo il primo insuccesso della FIVET, il primario della clinica scrisse delle lettere alla compagnia assicurativa di Jess per spiegare perché l'inseminazione intrauterina non avrebbe mai funzionato per il problema specifico di Jess, e che al prossimo tentativo sarebbero dovuti passare direttamente alla fecondazione in vitro. La sua riserva ovarica era diminuita, le rimaneva solo una piccola parte del numero di ovuli che avrebbe dovuto avere alla sua età. E per giunta, la loro qualità non era buona. La scarsa qualità degli ovuli, le spiegò il medico, era strettamente associata ad anomalie cromosomiche negli embrioni che di solito portavano a un aborto spontaneo. Le consigliò quindi di sottoporsi a un test genetico prima di qualsiasi futuro trasferimento di un embrione nel suo utero.

Il dottor Mann aveva i baffi così lunghi che a volte li mordicchiava quando parlava. Era difficile stabilire se una persona del genere fosse del tutto affidabile. Era in grado di spiegare perché Jess aveva avuto un aborto spontaneo alla sua prima gravidanza? No, assolutamente no, e anche fare delle supposizioni sarebbe stato inutile. Alla parete dietro la scrivania erano appese delle foto in cui lui appariva con dei bambini in braccio, testimonianze di storie a lieto fine.

"Ma ero rimasta incinta senza nemmeno provarci veramente" puntualizzò Jess.

"Aveva venticinque anni" ribatté il dottore.

Jess prese la notizia con distacco, come se avessero scambiato i suoi esami con quelli di qualcun'altra. Da dieci anni si sottoponeva a esami pelvici annuali. Era normopeso. Correva per sei o otto chilometri al giorno. Comprava pomodori e ketchup biologici perché una volta aveva letto un articolo al riguardo. Non si ammalava mai. E poi, piano piano, capì. Probabilmente il suo corpo non era come lei aveva pensato.

Il massimo che la compagnia assicurativa poteva fare era ridurre a tre il numero di IUI richieste. L'unica alternativa era pagare di tasca propria, ma la spesa era assurda, così Jess si sottopose ad altri tre cicli di IUI, stavolta ancora più impaziente di procedere alla FIVET. Una volta arrivati a quel punto, tutto sembrava precario ma più o meno normale fino al trasferimento nell'utero, che purtroppo fu annullato perché, dei quattro ovuli decenti che avevano prelevato e fecondato, nessuno si era trasformato in blastocisti. Quello era successo il primo anno.

Ogni mattina, per tutti i sei anni e mezzo spesi a provarci, il primo pensiero di Jess al risveglio era rivolto allo stato delle sue ovaie, a cosa stessero combinando lì dentro. Il tempo sembrava orientato in tutte le direzioni sbagliate. Una settimana sembrava un mese, un mese sembrava un anno. L'insegnante di meditazione nello studio dell'agopunturista – una donna anziana che indossava camicette sexy molto scollate e jeans attillati – suggeriva di iniziare sempre la giornata con affermazioni positive, ma Jess non riusciva a fare a meno di ripercorrere la lista dei suoi rimpianti. Avrebbe dovuto cominciare a provarci prima. Quello era sempre il rimpianto numero uno. Subito dopo aver perso il primo bambino, avrebbero dovuto riprovarci. Non avrebbe mai dovuto fumare, nemmeno ai matrimoni, nemmeno in occasione di qualche speciale serata fuori. Non avrebbe dovuto bere così tante Coca-Cola Light. Una volta aveva fatto una stima approssimativa di quante ne aveva bevute in vita sua, a partire dalla terza media fino a quel giorno, e il numero le aveva fatto tremare le ginocchia. Non avrebbe dovuto nemmeno assaggiare quel tè freddo a buon mercato che sua madre acquistava in contenitori così grandi che il loro gatto poteva infilarcisi dentro quando erano vuoti. Avrebbe dovuto essere il tipo di donna che sorseggiava acqua gassata e non quella che, ormai prossima ai trent'anni, aveva passato diverse serate a bere drink flambé all'Half Moon in attesa del suo turno alle freccette. O forse era l'esatto contrario. Forse le avrebbe fatto bene più divertimento e meno studio, meno preoccupazioni per quell'incomprensibile prestito per iscriversi alla facoltà di Giurisprudenza, che per lei era diventato reale solo quando, dopo un anno intero di pagamenti, il saldo non era minimamente cambiato. Perché aveva lavorato fino a tardi alle relazioni che doveva consegnare, tenendosi sveglia con litri di caffè, quando avrebbe potuto dormire, facendo del suo corpo un rifugio sicuro? Non si sarebbe mai dovuta immergere in una vasca idromassaggio, soprattutto nelle case in affitto lungo la costa.

Dopo due anni di tentativi falliti passarono a una clinica che offriva condizioni più vantaggiose a chi pagava di tasca propria. Dovette attendere sei settimane solo per avere un appuntamento, e poi, per sistemare tutto – prima l'aspetto finanziario, quindi i nuovi valori di riferimento con altri esami – ci vollero altri due mesi. E aveva funzionato?

No, nonostante tutti i promettenti discorsi su nuovi protocolli e percentuali di successo. Al quinto anno si erano rivolti a una terza clinica.

Vedendo la foto di Malcolm in giacca e cravatta, pronto per il giorno che aspettava con ansia da quando aveva iniziato a lavorare all'Half Moon, le venne in mente che, nonostante le recenti tensioni tra loro, avrebbe dovuto organizzargli una festa. Lui aveva quarantatré anni e lei quasi trentanove. Dopo tanti anni di delusioni, si sarebbero meritati un festeggiamento. Quella mattina aveva premuto due volte il tasto SNOOZE, aveva faticato ad alzarsi e ad andare sotto la doccia. Gli aveva almeno augurato buona fortuna? Era dispiaciuta di non essersi fermata un momento per dirgli che era fiera di lui.

Ma quando, a cose fatte, scoprì i dettagli, l'ondata di amore che aveva provato la mattina della firma del contratto mentre era seduta alla sua scrivania si prosciugò, sostituita da una rabbia così totalizzante che a volte, solo quando stava per addormentarsi e sentiva il suo corpo rilassarsi, si accorgeva di quanto i suoi muscoli fossero tesi dalla mascella alle spalle, fin giù lungo la spina dorsale.

Jess si era ritrovata a lavorare da Bloom perché aveva bisogno di prendere le distanze dal proprio fallimento nel procreare. Ogni giorno passato nello studio legale dopo che non era diventata socia la faceva sentire più in imbarazzo rispetto a quello precedente, come se, nell'intero edificio, tutti parlassero di lei. Perse peso perché, invece di trangugiare un panino alla scrivania ogni giorno, prese l'abitudine di andare al parco, sedersi su una panchina e studiare le persone che passavano. Fra tutti gli episodi, continuava a tornarle alla mente un momento particolare della sua carriera universitaria, la simulazione di un dibattimento davanti alla classe; ricordava con quanta scioltezza e abilità aveva vinto, il cenno di approvazione che le aveva rivolto il professore per darle atto che aveva fatto un buon lavoro, il drink che lei e i suoi compagni erano andati a bere dopo, e soprattutto, quanto si era sentita intelligente, forte e bella quel pomeriggio. Ma c'era qualcosa di fondamentale nella sua vita che non conosceva ancora, e la Jess che era diventata oggi avrebbe voluto tornare indietro e scrollare la Jess di allora. Se fosse stato possibile mandare un messaggio a quella ragazza, che cosa le avrebbe detto esattamente?

Iniziò a fare cose strane. Un giorno comprò un cono gelato da un furgoncino parcheggiato sulla Eighth Avenue, ma era troppo dolce e dopo qualche leccata decise di lasciar perdere. Invece di buttarlo nel cestino dei rifiuti all'angolo, lasciò semplicemente cadere il braccio e il gelato finì per terra. Nessun pedone si fermò a guardarla male. Nessun passante le manifestò solidarietà: d'altronde, cosa c'è di peggio che far cadere un cono gelato senza consumarlo? I taxi e gli autobus e i camion e le auto e le biciclette e i motorini continuarono a percorrere il viale alla stessa velocità frenetica. Solo i bordi nitidi delle spirali di gelato si afflosciarono su se stessi fino a scomparire. Un altro pomeriggio si spinse a piedi fino all'High Line e notò un gruppo di ragazzi sdraiati su un fazzoletto di erba, con i pantaloni e le maniche rimboccati. Era primavera, il primo giorno di sole dopo una settimana grigia, e decise che anche a lei sarebbe piaciuto godersi quel tepore, così si tolse la camicetta, dopo averla sbottonata da cima a fondo come se fosse seduta sul bordo del letto, e si distese sul prato con una gonna a sigaretta e un reggiseno blu scuro che, si disse, poteva sembrare il pezzo di un bikini. Impostò il timer sul telefono, e quando scattò, trentadue minuti dopo, si stupì di essersi addormentata con la borsa infilata sotto la testa come cuscino e la pelle arrossata che avrebbe continuato a pizzicare per il resto della giornata, perché probabilmente non prendeva il sole da dieci anni.

Un pomeriggio, una donna che spingeva un passeggino si sedette all'altra estremità della panchina dove era seduta Jess, prese il bambino e se lo posò sul petto. Il piccolo allungò un braccio, un pugnetto, e poi si accoccolò. A poco più di un metro di distanza, Jess poteva sentire il caldo peso di quella creatura, il profumo dolce della sua testolina, ed ebbe l'impressione che il respiro abbandonasse il suo corpo come se si fosse tuffata in un lago di acqua gelida. La madre si voltò verso di lei per un attimo – non era poi tanto giovane, notò Jess – e le sorrise.

Quando le dissero che non sarebbe diventata socia, Jess capì che avrebbe dovuto fare buon viso a cattivo gioco. Era meglio così, in realtà, sembravano suggerire tutti. Meno occasioni di trattare a tu per tu con clienti difficili, inoltre, come socia, avrebbe dovuto acquistare le quote; in questo modo, invece, avrebbe mantenuto il suo stipendio senza preoccuparsi di nient'altro. Volevano che rimanesse, lo dissero chiaramente. Non tutti gli studi erano così generosi. Ma essere scavalcata quasi nello stesso momento in cui lei e Malcolm avevano smesso di lottare per avere un figlio – anzi, Malcolm aveva smesso, per essere più precisi – sembrava una coincidenza troppo perfetta per escludere ogni correlazione. I pezzi grossi dello studio non l'avrebbero mai ammesso, naturalmente, ma Jess sapeva che il motivo principale per cui non era diventata socia era il fatto che aveva evitato i casi che richiedevano viaggi di lavoro. Non voleva essere costretta a dare spiegazioni riguardo alla sua piccola scorta di medicinali a un addetto alla sicurezza, né voleva preoccuparsi che tenessero la borsa frigo aperta troppo a lungo, rischiando di rovinare i farmaci. Non voleva andare a caccia di un centro medico a Savannah, Austin o Denver per monitorare i valori dei follicoli. Come poteva sapere se quelle cliniche erano affidabili? Quante ore aveva trascorso sdraiata su un lettino con le ginocchia piegate fino al mento, mentre in ufficio la segretaria teneva a bada le telefonate? Dopo, tornata alla scrivania, chiudeva gli occhi, si imponeva di svuotare la mente e immaginava di avere dentro di sé una rotellina che girava esattamente al ritmo giusto. Forse qualcuno, facendo capolino nel suo ufficio e vedendola così, aveva dato per scontato che stesse dormendo. Sapeva quello che pensavano: "E dire che non ha nemmeno figli...".

Quando comunicò a Malcolm che non era stata promossa al ruolo di socio, lui osservò che si trattava soltanto di un titolo, e il fatto che volevano che restasse doveva pur significare qualcosa. Disse che il periodo trascorso lì era comunque meglio degli anni passati a lavorare per il sindacato quando era appena uscita dall'università, ma quello che intendeva dire, in realtà – Jess lo sapeva –, era che lo stipendio era più alto, e comunque Malcolm era convinto che tutti gli avvocati facessero più o meno la stessa cosa, anche se non lo aveva mai detto apertamente.

"Ti trovi bene in ufficio? Sei benvoluta?" chiese Malcolm.

Jess si sentì avvampare.

"È solo una domanda" aggiunse lui. "È la cosa più importante, no? A prescindere dal tipo di lavoro che fai."

"E io che pensavo che la cosa più importante fosse la competenza."

"Davvero?" disse Malcolm senza cogliere l'amara ironia del tono di Jess. Era distratto, intento a cercare un gratta e vinci finito nel cestino della posta. "Io non la penso così."

In quasi sette anni di tentativi, Jess aveva avuto due gravidanze biochimiche a distanza di otto mesi una dall'altra, che si erano interrotte intorno alla quarta settimana. Dov'erano andate? Sparite. Evaporate. Come il filo di un palloncino che ti sfugge di mano. Al terzo anno aveva anche avuto una gravidanza extrauterina. Era andata a fare una lunga corsa mentre l'embrione era ancora dentro di lei, e non aveva potuto fare a meno di sperare che, se avesse corso abbastanza forte, avrebbe potuto staccarlo da dove si trovava e mandarlo in un posto dove potesse vivere.

Aveva avuto un aborto spontaneo di un robusto embrione di sette settimane che si era insediato nel posto giusto, e fluttuava là dentro esattamente come avrebbe dovuto fare, finché il suo abbozzo di cuore aveva rallentato fino a fermarsi, come se si fosse presentato davanti alla casa sbagliata, alla festa sbagliata, si fosse girato e se ne fosse andato.

Dopo quell'aborto, avevano dovuto aspettare quattro mesi prima di ottenere i valori basali per iniziare un nuovo ciclo, perché risultava ancora positiva all'HCG. Il ciclo successivo era stato annullato al momento del prelievo. Quello successivo, all'impianto.

Diciotto mesi dopo aver perso quella gravidanza, Jess era rimasta di nuovo incinta. Non aveva festeggiato finché non aveva raggiunto la decima settimana, nemmeno fra sé. La sensazione prevalente era il terrore, come se dovesse affrontare le giornate con estrema cautela. Aveva smesso di fare attività fisica. Aveva smesso di portare la cesta della biancheria e chiesto a Malcolm di farlo al posto suo. Lasciava le bottiglie d'acqua nel bagagliaio dell'auto finché lui non tornava a casa. Comprava il latte in confezioni da mezzo litro anziché da litro, in modo che fosse più leggero da trasportare. Raggiunte le undici settimane, sentendosi più fiduciosa, aveva dato la bella notizia alla madre e a Siobhán. I forum sulla gravidanza a cui era iscritta, i gruppi privati su Facebook, le discussioni su Reddit: tutti ripetevano ciò che sua madre le aveva detto quando aveva venticinque anni, e cioè che dodici settimane erano il momento in cui poteva ritenersi sicura che l'augurio di trovare la cicogna sul proprio cammino – l'augurio che si scambiavano tutte quelle estranee chiuse in stanze buie a racchiudere le loro intime speranze in un post – avesse davvero funzionato.

E poi, a undici settimane e cinque giorni, un dolore sordo le attraversò il ventre. Macchie violacee sulla carta igienica quando si puliva. "No" si disse chiudendo gli occhi e tirandosi su le mutandine come se non avesse visto nulla, non sapesse nulla. Malcolm dormiva come un sasso: il portafogli, le chiavi, il telefono e un mucchietto di monete sul comodino, come sempre. Ma qualche minuto dopo, mentre era in piedi davanti al ripiano della cucina, Jess sentì qualcosa di caldo e umido tra le gambe.

"Malcolm!" urlò accovacciandosi. Lui scese le scale barcollando, la paura scritta in faccia.

Gli bastò un'occhiata per capire. "Okay, stai tranquilla" disse mettendosi in ginocchio per sorreggerla, armeggiando con il telefono di Jess per superare la password e trovare il numero della clinica. "Va tutto bene, va tutto bene, va tutto bene."

Quella volta Malcolm si era spinto a manifestare la sua preferenza per il nome Nora, se si fosse trattato di una bambina. Dennis per un maschietto. Senza avvisare Jess, una mattina, mentre lei era al lavoro, aveva trasferito la cassettiera della sua infanzia dalla casa della madre a casa loro. Il mobile era ancora coperto da vecchie decalcomanie dei Mets, figurine della squadra di baseball che aveva incollato con tanta cura quando aveva dieci o undici anni.

Undici settimane e cinque giorni, quasi il momento in cui l'embrione si trasforma in feto. Il medico illustrò alcune teorie e poi ripeté quello che si erano già sentiti dire: era segno che una gravidanza sana era possibile. "Come fa a sostenerlo?" chiese Malcolm, incredulo. Quella clinica distava un'ora e mezzo di auto da casa loro. Il medico disse che a ogni battuta d'arresto acquisivano più informazioni e potevano fare gli opportuni aggiustamenti.

"Oh, certo" commentò Malcolm, scettico, mentre tornavano a casa. "Naturalmente vuole che continuiamo a seguire le sue indicazioni."

"Pensi che ci stia mentendo?"

"Non proprio mentendo, ma..." Nel frattempo avevano attraversato il Tappan Zee Bridge e Malcolm aveva preso la prima uscita. Si fermò in un parco che si affacciava sullo Hudson. "Che ne dici di prendere una boccata d'aria?" chiese, e poi scese dall'auto e si diresse verso il fiume.

"Ti ricordi che quando eravamo ragazzini c'erano quelle coppie che non avevano figli?" chiese quando Jess lo raggiunse. "Annie, un'amica di mia madre, ci regalava sempre due dollari quando veniva a trovarci. Io e Mary litigavamo in continuazione, e ci chiedevamo se le banconote da due dollari fossero soldi veri oppure no."

"Anche mia zia Linda" disse Jess.

"Appunto. Quindi, per loro..." Malcolm sembrò soppesare ciò che intendeva dire. "Presumo che volessero dei figli. Forse mi sbaglio, ma credo che sia così. Hanno fatto tutto quello che si poteva fare quarant'anni fa, ma poi le opzioni si sono esaurite in fretta e hanno accettato la realtà. Semplicemente non era possibile. Oggigiorno invece c'è sempre qualcuno che ti dà una speranza, a patto che tu faccia x, y e z e prenda questo cocktail di farmaci e faccia questo e quest'altro. Se desideri un bambino, anche se hai meno dello 0,5 per cento di probabilità, ci sarà sempre un medico che ti proporrà un protocollo."

"E grazie a Dio che è così, no?" osservò Jess, anche se sapeva che non era quella la conclusione a cui sarebbe arrivato Malcolm.

"Credo di sì" disse lui. "Per certi versi, sì, grazie a Dio. Ma quando arriva il momento di mettere un punto? Ci sei tu e ci sono io. A me basta questo. Voglio solo che tu lo sappia. Stiamo attraversando una prova impegnativa, ma una volta superata, abbiamo ancora una vita fantastica davanti a noi. Ci stiamo dedicando a questa cosa da molto tempo. Secondo me, io e te siamo già una famiglia. Non credi?"

Una parte di Jess era contenta che Malcolm fosse così scosso. A volte si chiedeva se fosse la sola a soffrire.

"Certo che sei abbastanza per me, Malcolm" gli disse. "Certo che siamo una famiglia. Ti ho amato fin dal primo istante in cui ti ho visto. È solo che... questa è una cosa che ho sempre desiderato per noi. È difficile."

"Lo so che è difficile."

Si soffermarono a guardare il fiume ancora per qualche minuto, poi lui si voltò verso di lei e sorrise. "Dal primo istante, eh? Questa si chiama libidine, Jessica" la stuzzicò, e la attirò a sé.

Credeva che fossero arrivati a una conclusione, Jess lo sapeva. Credeva che avessero raggiunto una sorta di accordo.

Due settimane dopo, imboccando il vialetto di casa di ritorno dal lavoro, Jess trovò il vecchio comò di Malcolm sul marciapiede, al buio, come un bambino seduto sul ciglio della strada, solo e dimenticato dai genitori. Mentre parcheggiava, rifletté sul fatto che Malcolm era la persona che conosceva meglio di chiunque altro, eppure non aveva assolutamente immaginato che fosse quello il compito che si era prefissato quel giorno. Che quello fosse il giorno in cui aveva stabilito di dichiarare perduta ogni speranza. Nora con il gomito sbucciato. Dennis che amava canticchiare sotto la doccia. Aveva appoggiato la mano sul comò e chinato il capo per un attimo, o aveva fatto il duro andando avanti come un panzer com'era suo solito? Quando Jess salì al piano di sopra per guardare il punto in cui il mobile era stato fino a poco prima, notò che Malcolm aveva aperto la finestra di qualche centimetro per far entrare aria fresca.

Naturalmente era logico che Malcolm acquistasse il bar. Molto prima che Hugh gli dicesse che era arrivato il momento di fare quel passo, spesso rimaneva sveglio ancora un'ora dopo essere tornato a casa dal lavoro, fino a quando l'alba iniziava a squarciare il cielo, solo per buttare giù qualche idea, per annotarsi le migliorie da apportare per rinnovare il locale. A volte, quando Jess prendeva l'iPad che condividevano, le capitava di trovare schede del browser aperte su locali di Los Angeles, Reykjavík, Tel Aviv. Foto di cui lui faceva lo screenshot e che si inviava per mail. Legni levigati, superfici cromate, pelle. Ogni volta che vedeva una di quelle immagini smaglianti, Jess pensava all'interno dell'auto di Malcolm: carta oleata dei panini della rosticceria, grumi di chewing-gum alla nicotina, bottiglie di bibite vuote e piccoli filamenti di tabacco, come la sabbia che si sparge ovunque dopo una giornata in spiaggia.

Quando Jess accennò all'idea di ricorrere alla donazione di ovuli, Malcolm fu colto di sorpresa. "Te l'ho detto, Jess. Io ho chiuso. Non ce la faccio più."

"Come sarebbe a dire che hai chiuso? Non è una cosa che si dice su questo argomento."

"Be', io lo dico."

"L'ovulo di una donatrice avrebbe pur sempre il tuo DNA. È questo il problema?" Non che il suo DNA fosse meritevole di un riconoscimento speciale, avrebbe voluto aggiungere Jess. Suo padre era morto d'infarto a quarantatré anni e il bidone del vetro di sua madre traboccava sempre di bottiglie vuote di vino rosso scadente.

"No."

"Perché?"

Malcolm alzò le mani, come a dire che gli dispiaceva. Gli dispiaceva sentirsi così. Gli dispiaceva di non saper spiegare il perché.

"L'adozione, allora" suggerì Jess senza aggiungere che aveva già fatto ricerche in proposito scoprendo che potevano volerci degli anni. *Altri anni*, avrebbe detto Malcolm. Jess aveva letto la testimonianza di una donna che aveva tenuto in affidamento un bambino per diciotto mesi. L'aveva accolto in casa quando aveva soltanto cinque mesi e le aveva illuminato la vita. Dopo qualche settimana, aveva presentato tutte le pratiche per l'adozione e nel frattempo lo aveva svezzato, imboccandolo con i primi cibi solidi, lo aveva visto gattonare e poi tentare di muovere i primi passi. "L'iter sta procedendo" le avevano detto. "Bisogna solo avere pazienza." Il bambino aveva cominciato a chiamarla mamma e aveva imparato a dire "pappa", "bauuu" e "cià cià" salutando con la manina. E poi, all'improvviso, le era stato portato via. La madre biologica lo rivoleva con sé. Lo strazio di quella donna era profondo, così come quello di Jess nel leggere il suo racconto. Sapeva che non sarebbe sopravvissuta a un'esperienza simile.

"No, Jess" ribadì Malcolm. "Abbiamo fatto tutto il possibile."

"Questo non è vero! Pronto? Ci sei? Ti sto facendo un elenco delle altre strade che potremmo tentare."

Jess prese un appuntamento con il dottor Ianucci, e sebbene si fosse esercitata su come presentare la cosa, quale linguaggio in codice usare, una volta arrivato il momento fu fin troppo schietta. Voleva sapere se c'era modo di fare tutto da sola. L'ovulo di una donatrice, fecondato con lo sperma di Malcolm. "Be', sì" disse il medico, leggermente confuso. "Il ricorso alla donazione di ovuli sarebbe il passo successivo più indicato."

"No. Voglio dire, esiste una maniera per farlo in modo che Malcolm pensi che sia nostro. Di entrambi. Voglio dire, possiamo tacere questo passaggio. Basta impiantare l'ovulo di una donatrice."

Attese un istante.

"Oppure l'embrione, se è più facile. Si può fare, no?" C'erano attività losche in ogni angolo del mondo degli affari: perché la fertilità avrebbe dovuto fare eccezione?

"Jessica" disse il medico in tono gentile.

"Jess."

"Jess. Se fossi interessata ad avere un figlio da sola, sarebbe un conto. Ma no, qui si tratterebbe di ingannare Malcolm. Tutte le coppie affrontano questo percorso, e voi ne avete già passate tante.»

Prima della trasferta di lavoro a San Francisco, Jess aveva già valutato cosa si potesse fare esattamente dell'accordo che Malcolm aveva chiuso con Hugh, cosa si potesse fare per risolvere i *loro* problemi di coppia. Era stanca di constatare che ogni discussione fra lei e Malcolm vedeva ciascuno dei due pronto a contrastare le reazioni dell'altro. Quando sentiva l'auto di Malcolm svoltare nel vialetto di casa, cercava di farsi sempre trovare impegnata a piegare il bucato, sbucciare un'arancia, voleva avere le mani occupate per non doverlo salutare. Una volta aveva perfino tenuto il telefono accostato all'orecchio e, facendogli segno di rimanere in silenzio, era andata in soggiorno e aveva inscenato un vivace dialogo unilaterale su assicurazione e responsabilità civile senza avere uno straccio di interlocutore dall'altra parte. Si bloccava addirittura a metà frase, fingendo di essere stata interrotta. Non era uscita dal salotto finché non lo aveva sentito accendere la televisione. Quando metteva ordine nei suoi pensieri, il punto più importante era il fatto che non potevano andare avanti così ancora a lungo.

Il suo nuovo lavoro richiedeva così pochi spostamenti che Jess non si era potuta sottrarre alla conferenza di San Francisco. Malcolm voleva fare subito qualche messa a punto al locale, e in cima alla lista di riparazioni c'erano piccole cose che lo mandavano fuori di testa da almeno dieci anni. Punti luce che non funzionavano. Alcune assi del pavimento che si muovevano come altalene quando i clienti vi camminavano sopra. Ma una cosa portava a un'altra, che portava a un'altra ancora, come Jess aveva previsto, come succedeva sempre, un avvertimento che espresse ad alta voce e che Malcolm prese come segno del suo incrollabile pessimismo. Il tuttofare non era in grado di riparare le luci, così Malcolm si rivolse a un elettricista, che lei fece entrare una mattina mentre stava per andare in stazione. Più tardi l'elettricista chiamò per dire che doveva discutere con loro di una cosa e che li avrebbe incontrati sul posto la mattina dopo. Malcolm si alzò presto, Jess chiamò l'ufficio per dire alla sua squadra che avrebbe fatto tardi. Faceva un gran caldo, una di quelle giornate afose in cui percorrere un isolato a piedi significava ritrovarsi con i capelli umidi fino a sera.

Quando arrivarono al bar, l'elettricista mostrò loro una matassa di fili che Jess era consapevole di dover ritenere pericolosa, ma per quanto ne capiva, quell'uomo avrebbe potuto mostrarle un casco di banane.

"È così solo in questo punto?" chiese Malcolm.

"No" disse l'elettricista.

"Possiamo tirare avanti ancora per un po'?" chiese Jess, e l'uomo sembrò inorridito, come se lei gli avesse chiesto di uccidere qualcuno.

"E il quadro elettrico?" indagò Malcolm. "È abbastanza nuovo. Ricordo quando Hugh l'ha fatto installare."

"Malcolm" disse l'elettricista, e Jess si rese conto che i due si conoscevano, probabilmente era un cliente abituale. "Non è che sia vecchio, ma è decisamente sovraccarico. Già solo con l'aria condizionata raggiunge il limite. Dovete aggiornare l'intero impianto se non volete che una sera salti per aria tutto il locale."

Al che Malcolm disse: "Okay, sì, certo, procedi pure. Cos'altro possiamo fare?".

"È durato finora..." intervenne Jess, rivolgendosi a Malcolm. "Se non ti fosse venuto in mente di riparare quelle luci, non avremmo nemmeno saputo dell'esistenza di questi problemi."

"Ma l'ho fatto, e ora sappiamo qual è la situazione" disse Malcolm, poi si rivolse all'amico elettricista. "Potresti lavorare di mattina? Non posso permettermi di chiudere. Fammi vedere cosa ti serve per iniziare."

"Aspetta" lo interruppe Jess. "Un momento."

Ma Malcolm la guardò come faceva di rado, solo due o tre volte in tutta la loro relazione, uno sguardo che diceva che era a tanto così dal perdere le staffe. E se Jess lo conosceva almeno un po', sapeva che se era così vicino a rivelare una parte profonda di sé di fronte a un conoscente, a un cliente, significava che era davvero, davvero esasperato. Un muscolo della guancia gli tremava.

"Ne parliamo più tardi" disse. "Non devi prendere il treno?"

"Ah, che tipo simpatico!" dicevano le persone quando scoprivano che Malcolm Gephardt era suo marito, come se fosse sposata con un VIP, come se lo conoscessero bene quasi quanto lei. Poi, inevitabilmente, raccontavano qualche aneddoto su di lui che Jess non aveva mai sentito, le due di notte, un bar affollato, qualcuno che era stato piantato, qualcuno che aveva subito un torto, Malcolm che interveniva in soccorso. Gli altri non riuscivano a immaginarlo a casa, non riuscivano a vederlo se non ben rasato, con una camicia perfettamente stirata, le maniche arrotolate. Non potevano immaginare gli asciugamani umidi che abbandonava sempre sul pavimento, i mucchietti di monete che lasciava disseminati per tutta la casa. Finivano nell'asciugatrice, nell'aspirapolvere. Usava uno strappo carta da cucina per soffiarsi il naso. Quando andava in bagno al piano di sopra, urlava sempre di "aspettare un attimo", come se lei avesse la minima intenzione di entrare dopo di lui.

La mattina in cui doveva partire per San Francisco, Jess notò che il saldo del conto corrente cointestato era a tre cifre, e all'improvviso le vennero in mente due bollette piuttosto importanti che dovevano ancora essere pagate. Nel vedere quella cifra si sentì attraversare da una scossa che le percorse le braccia scendendo fino al centro dei palmi. "C'è un addebito da parte del fornitore" disse facendo scorrere le varie operazioni sul telefono. Era in piedi davanti alla porta d'ingresso con la valigia, in attesa che un'auto di servizio dell'azienda passasse a prelevarla.

"Quale?" chiese Malcolm, ma con una nonchalance così

perfetta che Jess capì che lui sapeva benissimo di quale fornitore si trattava.

"Quello del New Jersey" disse lei cercando di mantenere un tono di voce neutro, in modo che lui non potesse accusarla di voler litigare. Jess stava semplicemente constatando un dato di fatto. Attese che Malcolm le dicesse che ne era consapevole, che era una sua responsabilità, che sapeva di avere scarsa liquidità, ma c'erano cose che gli servivano. Il bar era ben rifornito di tutto, ma lui aveva sempre desiderato quegli enormi bicchieri da vino che sembravano bocce per pesci rossi con lo stelo. Hugh non li approvava, e Malcolm aveva sempre detto che, se mai avesse avuto un locale tutto suo, per prima cosa avrebbe aggiornato la carta dei vini e cercato di attrarre una clientela in grado di apprezzarla. E d'un tratto Jess capì che Malcolm aveva comprato quegli stupidi bicchieri. Erano gli unici del negozio che non venivano venduti a cartoni.

"Oh, sì. Giusto."

"Cosa puoi aver comprato che costa così tanto?"

"Dillo" lo incoraggiò con il pensiero. "Di' che non sono affari miei. Dillo."

"Perché sai che quei bicchieri che ti piacciono tanto non c'entrano niente in un locale come l'Half Moon, vero?"

Sapeva di sembrare esattamente il tipo di moglie che si era ripromessa di non essere mai, parlandogli come se fosse il suo capo o sua madre. Voleva davvero rivolgersi al marito come se fosse un bambino? Certo che no. Ma quando una persona sogna di fare coppia con qualcuno per tutta la vita, nessuno considera mai che non esiste un modo sicuro per comunicare un pensiero se non quello di esternarlo chiaramente.

"Centocinquanta millilitri sembreranno un sorso là dentro. Qualsiasi barista rischierà di lasciarsi prendere la mano. E i clienti si lamenteranno lo stesso perché, anche abbondando, la quantità di vino sembrerà comunque risicata."

Non riusciva a fermarsi. "La gente li avvolgerà nei tovaglioli e se li infilerà nella borsa. Un conto è vedersi rubare i bicchieri da birra se te li fornisce Smithwick's, ma questi? Mal, andiamo!"

"Dio santo" borbottò lui, come se Jess fosse arrivata a una festa solo per far cadere la torta.

"Che c'è?"

"Dillo" pensò lei.

Lui la fulminò con lo sguardo.

"Dimmi che cosa dovrei fare. Starmene zitta anche se ne avevamo già parlato? Non avevamo concordato l'esatto contrario? Perché spendere qualche centinaio di dollari in bicchieri? L'Half Moon non è il Plaza. Sono esausta, Mal. Sono quindici anni che lavoro sessanta ore a settimana. E in questo momento abbiamo..." Abbassò lo sguardo. "923 dollari in cassa."

"Sì, lo so che non è il Plaza, Jess. Anch'io lavoro sodo. L'ho sempre fatto. Pensi di essere l'unica che si fa il mazzo qui?"

"Oh, Dio mio, non sto dicendo questo, e lo sai."

Malcolm aveva assunto l'espressione che lo faceva somigliare a sua madre. Ogni volta che succedeva, Jess vedeva chiaramente l'aspetto che avrebbe avuto da vecchio. A volte Gail sosteneva che Malcolm aveva preso da lei la corporatura robusta, e poi ruotava le spalle come se fosse orgogliosa di avere la struttura di un uomo. "Tante modelle hanno le spalle larghe, se ci fai caso, valorizzano i vestiti" aveva detto a Jess una volta, e a Jess era quasi andato di traverso il panino.

"Non puoi fare il reso?"

"Sai cosa ti dico, Jess? Non sono affari tuoi. Tu pensa alla tua carriera e io penso alla mia."

"Boom" pensò Jess. Ci siamo arrivati, dunque. Avvertì un'intensa vampata di calore partire dal centro e irradiarsi in ogni parte del corpo. "Non sono affari miei?"

"Tu non credi in me, nel locale, in tutto quello che faccio. Me l'hai dimostrato chiaramente."

"Se la prendi così, allora abbiamo un problema serio" disse Jess nello stesso momento in cui l'auto che stava aspettando si fermò davanti a casa. Invece di salutarla con un bacio, Malcolm attraversò la stanza e sbatté la porta sul retro.

L'unico vero compito di Jess alla conferenza era farsi vedere ai cocktail party e sedersi contro la parete in fondo alla sala durante i panel. Litigare con Malcolm e poi salire immediatamente su un'auto per essere accompagnata all'aeroporto l'aveva lasciata scombussolata. Non era davvero arrabbiata. E nemmeno ferita. Piuttosto si sentiva stordita, come se tutto quello che stava facendo, ogni parte della sua vita, fosse più distante dal suo vero io di quanto avesse pensato. In coda ai controlli di sicurezza, mentre appoggiava il bagaglio sul nastro, la sua mente era completamente vuota. "Se non altro, non devo preoccuparmi che mi confischino 1500 dollari di farmaci per la fertilità" pensò. Almeno questo. Si toccò la tasca posteriore per controllare se aveva un elastico per capelli proprio mentre passava sotto il body scanner, perciò la segnalarono, ma lei non si rese nemmeno conto di quello che stava succedendo, finché la perquisizione non finì e lei venne di nuovo trascinata dalla fiumana di persone che si affrettavano verso i vari gate. Non ricordava se avesse letto una rivista o sorseggiato un caffè mentre aspettava di imbarcarsi. Durante il volo selezionò una playlist e si mise le cuffie, ma per un'ora intera non si accorse che non arrivava musica alle sue orecchie. Quando mise piede sulla pista dell'aeroporto di San Francisco, provò un sollievo diverso da quello che provava di solito per essere atterrata sana e salva, più simile a una piacevole sorpresa nello scoprire le reali dimensioni del mondo. Pensare alla distanza tra il luogo in cui si trovava e quello che aveva lasciato – il fatto che Malcolm, l'Half Moon, le stanze vuote della loro casa, i commenti della madre, degli amici, fossero tutti a poco meno di cinquemila chilometri di distanza – le dava l'impressione di essersi alleggerita di un grosso peso. Prese un respiro profondo e chiamò un taxi con un cenno.

Nella hall dell'albergo notò un gruppo di uomini più o meno della sua età che non avevano nulla a che fare con la conferenza. Forse un addio al celibato, pensò Jess, anche se sembravano un po' troppo maturi. Al check-in attirarono la sua attenzione perché erano in sette e, benché non fossero esattamente chiassosi, notò che non c'erano donne tra loro. Erano tipi attraenti, sulla quarantina, tutti abbastanza in forma, tutti ben vestiti, chiaramente felici di stare insieme. Non incutevano soggezione, come può fare un gruppo di uomini. Li notò di nuovo quando scese al bar dell'hotel per un rapido drink prima della cena ufficiale di apertura, un momento per raccogliere i pensieri. Erano seduti a un tavolo dietro di lei e chiacchieravano sovrastandosi l'un l'altro. Origliando, scoprì che avrebbero dovuto passare la giornata su un campo da golf nel parco del Presidio, ma avevano cambiato programma a causa della pioggia.

Proprio mentre stava finendo il suo drink, uno di loro si avvicinò al bancone e le si affiancò, in attesa del barman. Era abbastanza vicino da permetterle di notare che aveva un buon profumo. Era felice di aver indossato un vestito per la cena invece di cambiarsi solo la camicetta.

Lui le fece un cenno di saluto e posò la carta di credito sul bancone. Si protese in avanti appoggiandosi sui gomiti. Aveva delle belle mani. Dalla manica leggermente alzata si intravedeva una cicatrice appena sopra il polso. Jess lanciò un'occhiata furtiva al suo viso. Anche il viso era bello. Al bancone non c'era nessuno a parte lei, ma lui si era piazzato a solo mezzo metro di distanza.

"Scusi" disse. "Posso chiederle di..." Accennò alla sua carta di credito e poi indicò velocemente la barista, che era impegnata all'estremità opposta del bancone.

"Vuole che gliela passi?" chiese Jess. Non si aspettava che lui le rivolgesse la parola.

"Sì, io..."

"Oh, ho capito. Vuole pagare il conto."

"Se uno dei miei amici non mi ha preceduto. Tra poco si accorgeranno che ci sto mettendo troppo tempo."

"Nessun problema" disse Jess facendo scivolare la carta di credito verso il proprio tovagliolo.

"Dica alla barista di tenerla e che pagherò più tardi. Se mi alzo di nuovo per firmare, mangeranno la foglia."

"Firmo io per lei, così può chiudere l'operazione."

L'uomo sembrava divertito. "Lo farebbe davvero?"

"Certo. Probabilmente presto arriverà una collega a darle il cambio."

"Non farà storie?"

"No, immagino che preferisca chiudere" rispose Jess.

L'uomo studiò il suo viso come se si fosse accorto solo in quel momento che davanti a lui c'era una donna e non un semplice cliente seduto in un posto comodo per raggiungere il suo obiettivo.

"Okay, la ringrazio. Io sono Fred, comunque."

"Frederick, in realtà" puntualizzò lei picchiettando la sua carta di credito.

Fred sorrise, e Jess apprezzò il suo sorriso aperto, il fatto che non cercasse di nascondere che gli piaceva parlare con lei. Qualcosa nel suo aspetto, nel portamento, la colpì; vedeva in lui un che di garbato. Non era del sud, decise. E di certo nemmeno del nord-est. Non era brava a riconoscere gli accenti, se si andava oltre New York e il New Jersey.

"Bene, grazie ancora" disse Fred, e mentre tornava al suo tavolo, Jess notò la grossa colonna dietro di loro e capì il motivo per cui si era avvicinato così tanto: non voleva essere visto dai suoi amici.

Più tardi, dopo i saluti istituzionali, e dopo una cena noiosissima durante la quale un oratore dopo l'altro aveva ironizzato con battute discutibili sul triste destino della carta stampata, alcuni collaboratori della rivista andarono a ballare in un locale di cui avevano sentito parlare e la invitarono a unirsi a loro. Jess ebbe immediatamente davanti agli occhi l'immagine di Christopher dell'Ufficio Vendite che buttava la giacca su una sedia e perdeva la testa quando il DJ metteva le hit di Flo Rida. Non li conosceva ancora abbastanza bene, e in teoria era una senior, con un ruolo superiore a tutti loro, perciò sarebbe toccato a lei offrire da bere ovunque fossero andati. E lei, al momento, non poteva farlo, perché, anche se l'azienda l'avesse rimborsata, ci sarebbero volute sei settimane per vedere i soldi.

Quando tornò in albergo non erano nemmeno le dieci, così pensò di bere qualcosa, che avrebbe addebitato sul conto della sua stanza. Controllò il cellulare per vedere se Malcolm le aveva mandato un messaggio, ma tutto ciò che le apparve furono le foto delle bambine della sua amica Maria con indosso i vestitini che lei aveva regalato loro per il compleanno.

Scelse un posto poco più in là rispetto a quello dove si era seduta qualche ora prima. Il barista, un altro, le aveva appena messo davanti una vodka soda quando una voce maschile disse: "Ha lasciato il 30 per cento di mancia".

Jess sobbalzò, le tremò la mano e il liquido contenuto nel bicchiere si versò sulla manica. Posò il drink sul sottobicchiere senza berlo.

"Mi dispiace" disse l'uomo posandole una mano sulla spalla. Con l'altra mano arraffò dei tovagliolini e asciugò le gocce che erano cadute sul bancone. "Non volevo spaventarla."

"Pensavo che il 30 per cento fosse ragionevole" replicò lei tamponandosi il polso con un tovagliolino, "considerando la sceneggiata che ha fatto per pagare." Con un rapido movimento cambiò il senso in cui aveva accavallato le gambe. Fred si appoggiò al bordo dello sgabello di fronte a lei.

"È qui con il gruppo editoriale? La conferenza?"

"Sì, ma io faccio parte dell'Ufficio Legale. Sono avvocato."

"Di nome Jess" aggiunse lui, e lei si ricordò di avere ancora il badge appeso al collo. "Abbreviazione di Jessica?"

"Uh, sì. Terribile."

L'uomo assunse un'espressione offesa. "È il nome di mia madre. E di mia nonna."

Flirtare era come Jess lo ricordava, come passarsi una palla da beach volley avanti e indietro, cercando di non farla mai cadere a terra. Era come una memoria muscolare, senza sforzo, tanto più divertente quanto più veloce era il gioco.

"Allora potranno capirmi" disse.

Fred sorrise abbassando il mento sul petto, e quando lo vide, Jess provò una sensazione stranissima, come se quella conversazione fosse inevitabile, come se qualcosa fosse rimasto inespresso durante la chiacchierata precedente, e la seconda parte della conversazione si stesse svolgendo esattamente come si sarebbe dovuta svolgere. Lui allungò la mano per presentarsi, e quando Jess allungò la sua, lui la strinse lentamente, trattenendola più a lungo del necessario. Il suo gruppo di amici era lì e sembrava più chiassoso di quanto fosse stato all'inizio della serata.

"I tuoi amici si stanno divertendo. Addio al celibato?"

"Ahhh, direi il contrario, in un certo senso." Fred voltò le spalle al gruppo e si accostò a Jess come se stesse per rivelarle un segreto gelosamente custodito.

"Si festeggia un divorzio, in realtà. Vedi quello con la camicia azzurra?"

Jess allungò il collo per vedere dietro di lui, come se per lei fosse importante sapere chi stava divorziando, come se non stesse solo facendo conversazione.

"Tre su sei hanno la camicia azzurra."

"Okay, con la barba."

"Sono in due ad avere la barba."

"Davvero?" Fred guardò meglio. "Okay, quello più vicino a noi. Il più basso. Ha appena ottenuto il divorzio."

"È una cosa un po' triste da festeggiare."

"Dipende." Fred si strinse nelle spalle. "Andava male da tempo, ormai."

Jess ci pensò su.

"Un figlio. Ma ha quasi diciott'anni."

"Ah."

"Vuoi unirti a noi?" chiese. Portava la fede, notò Jess. Era un semplice invito di cortesia, voleva soltanto essere gentile. Anche lei portava la fede.

"No." Scosse la testa. "Finisco questo e mi ritiro. Ma grazie."

Fred rimase in silenzio.

"Inoltre parto domattina presto. Ho il volo all'alba."

"Okay" disse lui. "Bene, grazie ancora, Jess." Quando si fu allontanato di qualche passo, si voltò. "A proposito, mia madre si chiama Elise."

"Buon per lei" commentò Jess.

Lo seguì con lo sguardo, attraverso lo specchio, e lo vide unirsi alle chiacchiere che i suoi amici stavano facendo senza di lui. Un po' brilla, premette le dita sul bancone più forte che poté per sorreggersi. Lui la stava osservando, ne era certa, e così, dal nulla le venne in mente Malcolm e il modo in cui dormivano di solito, uno di fronte all'altro, in un groviglio di braccia e gambe. Una parte di lei era felice di non doversi più svegliare tre volte per notte perché un arto si era intorpidito sotto il peso di Malcolm, ma un'altra parte traboccava di rammarico al pensiero che il periodo più luminoso della loro vita potesse essere finito. L'ultima volta in cui avevano fatto sesso, Jess non riusciva a concentrarsi, così gli aveva chiesto di tirarsi su, di mettersi dietro di lei, di stringerla di più.

"Di più" continuava a ripetere quel pomeriggio. "Ho detto di più." Ma Malcolm si era ritratto e si era messo le mani nei capelli, irritato.

"Fai finta che io sia un'altra" aveva insistito sperando di accendere un nuovo stimolo in lui, di scuoterlo dalla sua routine. "Fai finta che al posto mio ci sia Emma."

"Cosa?" aveva esclamato lui, scioccato, cercando i suoi boxer. "Che cosa hai detto?" Ma non voleva realmente che lo ripetesse. "Stai davvero perdendo la testa, Jess."

E poi si era rivestito ed era uscito dalla stanza, e Jess, troppo imbarazzata per scendere di sotto, era rimasta lì finché non lo aveva sentito uscire di casa.

Tempo addietro, quando Jess studiava ancora Giurisprudenza e Malcolm era la star dell'Half Moon, dove tutti andavano per vedere lui, lei aveva costretto Cobie a venire a Gillam durante un weekend per conoscerlo. Lei e Malcolm, a quel punto, erano già stati insieme un paio di volte, niente di serio, o almeno così diceva a se stessa. La prima volta, direttamente di ritorno dal bar, lui, temendo di puzzare di sigaretta, si era offerto di fare prima una doccia. Pensare che un ragazzo attraente come lui potesse sentirsi in imbarazzo per un qualsiasi aspetto di se stesso era stata una rivelazione. Le aveva detto che la sua pelle profumava di agrumi ed era rimasto piacevolmente sorpreso quando Jess aveva ribattuto che era lui il responsabile, avendola abbracciata dopo aver maneggiato fette di lime e d'arancia per tutta la sera.

Cobie, che odiava la periferia e di norma non amava prendere troppi mezzi pubblici, aveva fatto un'eccezione per Jess e affermato scherzosamente che quel ragazzo non avrebbe avuto alcun ascendente su di lei, che era già infastidita dalla sua esistenza, da quel tizio che, tutt'a un tratto, allontanava Jess dalla città. Jess aveva dovuto spiegare all'amica come mai non avesse conosciuto Malcolm quand'era ragazzina: lui aveva quei pochi ma significativi anni in più di lei, e Gillam, seppur piccola per certi versi, evidentemente non era poi *così* piccola.

"Okay. Be', fammi vedere com'è questo giovanotto prima di sorbirmi tutta la tua storia dalle origini" aveva detto Cobie alzando gli occhi al cielo.

Ma perfino Cobie si era ritrovata a guardarlo con interesse, aveva confessato a Jess in seguito, e non solo perché conoscerlo era l'unico motivo che l'aveva spinta ad andare a Gillam. Si era fatta un'idea del locale, del tipo di clientela, della musica, degli amici storici di Jess, ma in qualche modo, per qualche ragione, quando era sovrappensiero, la sua attenzione tornava sempre a posarsi su Malcolm.

"Esatto" aveva detto Jess. "Come te lo spieghi?"

"Ha una presenza forte, domina la scena. E voi due insieme, poi..." Cobie aveva riflettuto un istante. "Sembrate il re e la reginetta del ballo."

"Lui, forse" si era schermita Jess. "Non io."

"Non da sola, no. Ma con lui?" Cobie fece una pausa. "Sei un'altra persona qui."

Jess aveva conosciuto Cobie il primo giorno di orientamento al college. Entrambe si erano lamentate delle rispettive città di provenienza – quella di Cobie addirittura in Texas –, di come le regole della vita fossero scritte fin dalla nascita, anche se le famiglie in cui erano nate non avrebbero potuto essere più diverse. Jess le aveva chiesto, un po' esitante, se fosse stato difficile fare coming out con i genitori, e Cobie si era fatta una risata e le aveva detto di essere sempre stata fuori dagli schemi, perciò i suoi avevano capito che era lesbica prima di lei. No, era qualcos'altro a rendere soffocante l'ambiente in cui viveva, ossia l'idea che ciò che è importante per una persona debba essere importante per tutti. Tutti i compagni di corso di Jess si vantavano di essere riusciti a uscire dai confini della vita di provincia, ma stranamente, più si lamentavano delle loro città, più lei si rendeva conto che la sua non era poi così male. I Ryan non erano benestanti, ma non era colpa di Gillam e, in generale, Jess ricordava solo gentilezze. Insegnanti che le dicevano che era in gamba e la incoraggiavano.

Aveva ottenuto una discreta borsa di studio per merito, ma era comunque dovuta ricorrere a un prestito consistente. Aveva finito per rimandare l'estinzione del debito per frequentare la facoltà di Giurisprudenza a tempo pieno. Si era pagata la specializzazione con un nuovo prestito, e il responsabile dell'ufficio preposto le aveva comunicato con aria incoraggiante che, quando fosse arrivato il momento, avrebbe potuto accorpare le due sovvenzioni, come se per lei facesse qualche differenza restituire quanto dovuto con un unico assegno o dividere l'importo in due. A ventidue anni, il denaro era ancora qualcosa di teorico per lei, e più l'ammontare del prestito saliva, più le sembrava astratto.

"Dio mio" sussurrò Jess la prima volta che vide Malcolm, in piedi dietro il bancone del bar, "e quello chi è?" Era il compleanno della sua amica Jenny. Erano state co-capitane della squadra di atletica all'ultimo anno di liceo e qualche volta correvano ancora insieme, quando Jess era a casa. Jenny era appena uscita da un fidanzamento, e Jess aveva appena mollato un compagno di classe che aveva frequentato senza troppa convinzione per un po'. Lui aveva il brutto vizio di finire le frasi di lei, e per giunta sbagliando sempre. Quindi le due amiche si erano accordate per passare una serata fuori. Avevano coinvolto altri compagni delle superiori che Jess non vedeva da tempo.

"Oh" disse Jenny con tono compassionevole. "Non hai mai conosciuto Malcolm?"

"Salve, amica avvocato di Jenny" la salutò lui più tardi, quando toccò a lei offrire da bere. "Le tue amiche si vantavano di te prima che arrivassi."

"Non sono ancora un avvocato" ribatté lei. "Ci sto lavorando."

"Be', comunque eccoti qui" disse lui.

"Sono Jess."

"Lo so. E io sono Malcolm."

"Lo so" disse Jess, e rise. "Sei molto popolare da queste parti." Quando Jess tornò al tavolo abbracciando otto bottiglie di birra e con un sorriso ebete stampato in faccia, Jenny disse: "Non pensarci nemmeno. È stato con tutte".

"Pensare a cosa?" chiese Jess. Ma ogni volta che ne aveva l'occasione, lanciava un'occhiata verso di lui.

Due settimane dopo trovò una scusa per fare di nuovo una capatina a Gillam. E due settimane dopo ancora. Più tardi, quando stavano già insieme all'insaputa di tutti, Jess urlava l'ordinazione cercando di sovrastare il frastuono, e lui si avvicinava, chinandosi verso di lei come per sentirla meglio. Non era vero che era stato con tutte. Si era dato la regola di non mettersi mai con le ragazze che bazzicavano troppo il bar, perché avrebbe dovuto vederle troppo spesso quando la storia fosse finita. Non gli interessavano quelle che gli facevano il filo troppo apertamente, quelle che bevevano troppo e gli si afflosciavano addosso a fine serata. Gli piacevano le ragazze capaci di contenersi, diceva, capaci di sostenere una normale conversazione anche a mezzanotte. Come Jess.

Una volta saputo di lei e Malcolm, le stesse amiche che l'avevano compatita la prima sera iniziarono a guardarla di sottecchi con occhio critico. Non era troppo alta? Non sarebbe stata meglio se avesse avuto le tette un po' più grosse? Era davvero così carina, o era solo una spilungona con dei bei capelli? A volte era difficile stabilire la differenza.

Ogni tanto, per darle un po' di respiro da tutto quell'andare e venire da Gillam, lui andava a trovarla nel suo appartamento in città, ma Jess sapeva che gli costava parecchio rinunciare a un weekend al bar, e che detestava girare a vuoto alla ricerca di un parcheggio. Se lei e Cobie avevano invitato dei compagni di studi, Malcolm chiedeva loro di raccontare com'era Jess durante le lezioni, se era seria o se si era mai addormentata nell'ultima fila. Riteneva ingiusto non poter immaginare la sua giornata, mentre lei sapeva benissimo come si svolgeva quella di Malcolm. Quando uscivano, lui aveva sempre con sé molti contanti che teneva ben piegati in tasca con una clip. In confronto a lui, i tipi che frugavano nelle fauci spalancate dei loro portafogli sembravano dei ragazzini.

Al terzo anno di corso, Jess fu scelta per rappresentare la sua scuola in un tour del Sudest asiatico nell'ambito di un'iniziativa di diritto internazionale. Aveva venticinque anni. Indossò una camicetta di seta di Cobie a una riunione in Myanmar e assaggiò i piatti più buoni della sua vita a Singapore. Fece il bagno al largo della costa cambogiana e vide l'imponente Buddha d'oro in Thailandia. A quel punto sapeva già di essere innamorata di Malcolm e gli mandava una cartolina quasi ogni giorno, per lo più con immagini di cibo. Si svegliava famelica tutte le mattine e chiedeva ai compagni di studi se anche per loro era lo stesso, se pensavano che dipendesse dalla differenza di fuso orario, dal fatto che forse il loro corpo non sapeva più quando dovevano mangiare e quindi avvertiva lo stimolo della fame per tutto il giorno.

Durante il volo di ritorno soffrì il mal d'aria, il che fu imbarazzante. Sperava che i suoi compagni non la sentissero vomitare nel minuscolo gabinetto dell'aereo. Quando uscì, una gentilissima assistente di volo le offrì un impacco di ghiaccio in gel e le consigliò di accostarlo al viso e al collo: l'avrebbe fatta sentire meglio. Quando finalmente sbarcò a New York, trascinò la valigia su per quattro rampe di scale fino al suo appartamento e rimase a parlare fino a tardi con Cobie di quello che desideravano dalle loro vite, di tutti i luoghi in cui volevano andare. E poi dormì per venti ore di fila, svegliandosi solo per bere e fare pipì. Quando si svegliò sul serio, era talmente affamata da avere la nausea. Malcolm stava per raggiungerla.

Cobie le assicurò che avrebbe liberato il campo non appena lui fosse arrivato, ma prima di andarsene ci tenne ad aggiungere un punto alla conversazione che avevano avuto la sera prima. Disse, e chiese a Jess di non prendersela se glielo diceva apertamente, che con Malcolm i suoi confini sarebbero rimasti quelli di Gillam. Pensava che a quel punto Jess avesse già chiuso con lui, invece, a quanto pareva, la storia si stava facendo più seria. Cobie disse che era una cosa a cui aveva pensato e che non sarebbe stata una buona amica se non si fosse assicurata che Jess lo sapesse.

"Sei appena stata in tutti questi posti" continuò Cobie. "Dimmi, Malcolm è interessato ad andare da qualche altra parte che non sia Gillam e la Jersey Shore?"

"Quello che stai insinuando non è giusto" ribatté Jess. "Ci vogliono soldi per viaggiare. Ogni anno passato in quel liceo che hai frequentato tu costava più di quanto la maggior parte delle famiglie sborsi per mandare al college i figli. Quindi ci sono cose che tu proprio non puoi capire, Cobie. Pensi che le persone normali possano prender su e andare in Vietnam? Io non sarei andata in Asia se qualcuno non avesse pescato il mio nome dal cilindro, o qualcosa del genere. Se non fossi stata spesata in tutto e per tutto."

"Ecco, qui ti volevo" disse Cobie. "Non hanno pescato il tuo nome da un cilindro, e lo sai bene."

"Malcolm non è stupido" disse Jess. "Tutt'altro."

"Non ho detto questo."

"Okay."

"Okay."

"E la costa del New Jersey non ha niente che non va. È bellissima. Molte persone non se ne rendono conto."

"Ho detto okay."

"E neanche Gillam, se è per questo."

"Lo so."

"A ogni modo, è ambizioso" aggiunse Jess. "Il suo sogno è avere un locale tutto suo, un giorno." Si posò una mano sullo stomaco e infilò un cuscino dietro la testa.

"Perfetto" concluse Cobie. "Fantastico."

Cos'era successo nei cinque minuti trascorsi fra il momento in cui Fred le aveva augurato la buonanotte e quello in cui lei si era alzata per ritirarsi in camera? Jess se lo chiese più tardi, sul volo che la riportava a New York, e migliaia di volte nelle settimane successive. Che cosa aveva pensato esattamente quando, dopo aver lasciato il bar, aveva attraversato la hall, era passata davanti alla reception e si era diretta verso l'ascensore? Le tremavano le mani, questo se lo ricordava. Aveva dovuto serrarle per fermare il tremito, e ricordarsi di respirare.

Durante il tragitto fra il bar e gli ascensori, contò fino a cinque – uno, due, tre, quattro – e poi si voltò. Ed eccolo lì, in piedi nell'atrio, che la stava osservando. Proprio dove lei immaginava che fosse.

"Ci rivediamo" disse. Non sembrava minimamente imbarazzato. Si fermò a meno di un metro da lei, si ficcò le mani in tasca e si strinse nelle spalle. "Un ultimo drink?" chiese. "Non qui" aggiunse.

Jess lanciò un'occhiata agli amici di Fred. Se si fossero voltati verso di loro per guardare, se ne sarebbe andata. Ma non sembravano nemmeno essersi accorti che lui si era allontanato.

"Dove?" chiese Jess.

"Di sopra?" propose lui mentre chiamava l'ascensore. Non la toccò, si limitò a starle molto vicino. "Se vuoi."

"Solo un drink?"

"Probabilmente non solo un drink, no." Fred sorrise, e fu un sorriso gentile. Jess voleva sembrare il tipo di donna che trovava quell'invito scontato, come ne ricevesse in continuazione.

"Facciamo così. Sono nella 704. Se vuoi raggiungermi, bene. Altrimenti è stato un piacere conoscerti." Dopo una breve esitazione, continuò: "Nel caso in cui decidessi di non salire, voglio dirti che sei molto, molto bella, cara Jessica-che-detesta-il-suo-nome. Spero che tu abbia qualcuno che te lo ripete spesso".

Quando la porta dell'ascensore si chiuse, lei rimase lì per quella che le sembrò un'eternità. Ascoltò il meccanismo che si avviava e portava Fred nella sua stanza, i cavi d'acciaio che si tendevano e tiravano su la cabina. Poi il silenzio. L'intero edificio sembrava in attesa della sua decisione. Appoggiò il palmo contro la porta. Premette il pulsante e il sistema tornò in movimento. Quando l'ascensore arrivò, selezionò il numero sette.

Sperava di avere un minuto per raccogliere le idee, ma quando le porte si aprirono, si trovò davanti Fred, seduto sulla poltrona del pianerottolo.

"Okay, sono nervosa" ammise.

Lui accorciò la distanza tra loro, le prese il gomito e la fece retrocedere lentamente contro il muro. E poi la baciò. Prima con apparente cautela, esplorando, finché Jess non ricambiò il bacio. A quel punto Fred premette tutto il corpo contro di lei, e Jess sentì il suo ginocchio insinuarsi tra le gambe. Le abbassò leggermente la zip del vestito, ma lei se ne accorse soltanto quando sentì la sua mano sulla pelle nuda della schiena.

"Forse sarebbe il caso di toglierci di qui" disse Fred.

Ma mentre si dirigevano verso la sua stanza, Jess pensò che là dentro lui potesse essere diverso. Avrebbe potuto farle del male. Oppure, vedendo il suo spazzolino da denti sulla mensolina davanti allo specchio in una pozzetta di acqua sporca, lei avrebbe scoperto che l'immagine che presentava agli estranei era falsa, che la moglie lasciata a Seattle, o a Toronto, o a Minneapolis, era stanca di pulire dove era passato lui e stava trovando il coraggio di lasciarlo.

"No" disse Jess scostandosi da lui. "Scusami. Preferisco andare in camera mia. Mi dispiace molto."

"Non devi scusarti" disse Fred togliendole subito le mani di dosso. Sospirò, ma reagì con garbo, e questo la fece sentire peggio.

"Sei sicura?" le chiese.

"Sì."

"Okay. Lasciami solo..." Corrugando la fronte, fece un mezzo giro intorno a lei e tirò su la zip del vestito. Poi le diede qualche colpetto sulla schiena come per dire che era a posto.

"Lo fai spesso?" chiese Jess senza riuscire a trattenersi. "Ho notato che porti la fede."

Non voleva sottintendere nulla in realtà, ma capì che la domanda non gli era piaciuta e che non avrebbe risposto. Fred chiamò l'ascensore per lei e attese educatamente che la porta si aprisse.

La mattina dopo, al momento del check-out, Jess si trattenne nella sua stanza fino all'ultimo momento. Poi si sistemò i capelli davanti al viso, si mise gli occhiali da sole e uscì dall'hotel il più rapidamente possibile.

Durante il volo di ritorno pensò alla hostess del lungo volo da Bangkok di tanti anni prima. Si sforzò di ricordare com'era a venticinque anni, che cosa pensava, di cosa aveva paura, quanto era pronta a dire la sua. Quanto era stata dolce quella donna a offrirle prima un impacco di ghiaccio e poi una lattina di ginger ale fredda. Come le aveva chiesto, la seconda volta che Jess era dovuta correre in bagno per vomitare, se stesse sempre male quando volava o se fosse in attesa. Aveva notato che Jess era molto pallida, ma glielo disse con un piccolo sorriso, come per incoraggiarla a condividere un segreto con lei. Jess ricordò che una collega le aveva detto qualcosa in thailandese, e l'assistente di volo, che era stata così gentile, d'un tratto era apparsa sconcertata.

"In attesa di cosa?" aveva chiesto Jess, e solo molto più tardi, nella fredda oscurità della fusoliera, a trentamila piedi di altezza sopra l'Africa, su un mezzo che viaggiava a ottocento chilometri all'ora, aveva capito cosa intendesse dire la hostess.

Quando arrivò nella sua casetta di Gillam, dopo un decollo in ritardo da San Francisco e dopo che il suo autista da LaGuardia aveva sbagliato strada, entrò e trovò Malcolm ad attenderla, anche se era sabato. Il suo viso, la postura, il leggero ciuffo ribelle sopra l'occhio sinistro che curava con tanta attenzione ogni mattina davanti allo specchio, il modo in cui piegava la testa di lato e si strofinava la guancia ruvida di barba quando era nervoso, quando cercava di pensare a cosa dire, le apparve tutto familiare come la propria immagine riflessa.

"Ho restituito i bicchieri" disse subito, prendendole la valigia e piazzandola sul pianerottolo per ricordarsi di portarla di sopra. "Hanno detto che procederanno al rimborso nel giro di una settimana."

"Non hai chiamato" disse Jess. "Non mi hai mandato neanche un messaggio."

"Nemmeno tu" ribatté Malcolm. E la cosa gli aveva fatto male, si capiva bene. Ma era una frase che lui non era in grado di pronunciare.

Jess avvertì un singhiozzo serrarle il petto, così si coprì il viso con le mani e si piegò su se stessa come se fosse stata colpita da un pugno. Emise un gemito lamentoso che non aveva mai emesso prima, nemmeno quando aveva perso la bambina che aveva imparato a conoscere come Nora. La piccola Nora di Malcolm.

"Jessie" sussurrò Malcolm facendole passare una mano tra i capelli, attirandola a sé e stringendola più forte che poteva. La sua corporatura solida paragonata a quella di uno sconosciuto nel corridoio dell'hotel. Com'era potuta arrivare a tanto?

"Jessie. Tesoro. Non piangere, ti prego."

"Il problema non sono i bicchieri."

Malcolm rimase in silenzio a lungo e poi disse che lo sapeva, certo che lo sapeva, ma non sapeva che cosa fare.

5

Si conobbero a un barbecue a casa di Siobhán e Patrick, nel fine settimana del Memorial Day. Quel venerdì Siobhán aveva chiamato Jess in ufficio per dirle che il migliore amico di Patrick ai tempi del college si era trasferito a Gillam, era sicura di avergliene già parlato. Non conosceva nessuno. Si era spostato lì perché Patrick gliene aveva parlato tanto nel corso degli anni, e lui doveva trovare una casa in fretta, sistemare i bambini, iscriverli a scuola. Fino ad allora avevano conosciuto solo la grande città, ma a Neil piaceva l'idea di avere una casa con un grande giardino, in un posto da cui fosse possibile raggiungere facilmente Midtown. Siobhán immaginava che avesse dei programmi per il weekend lungo, ma era saltato fuori che non ne aveva. Perciò dovevano andare tutti da loro.

"Come fai a sapere che non ho programmi per il weekend?" chiese Jess.

"Ne hai?"

"No."

Siobhán era certa che Jess lo avesse già conosciuto a una festa o in qualche altra occasione, se non altro al loro matrimonio. Come se Jess potesse ricordare tutti i trecento invitati che avevano partecipato alle nozze di Siobhán e Patrick diciassette anni prima, dopo un'intera bottiglia di prosecco e una disavventura con la navetta. Come se a quelle feste parlasse mai con qualcuno oltre alle persone che già conosceva. Quella era una prerogativa di Malcolm. Lui era stato l'anima del loro tavolo. Così come del gruppetto che era salito in ascensore all'ultimo piano. Aveva animato la coda che si snodava verso il buffet, facendo battute e stringendo le mani di tutti quelli che conosceva e che non vedeva da tempo. Neil era stato testimone dello sposo insieme a Malcolm, le ricordò Siobhán. Ma Patrick aveva avuto dieci testimoni, e all'epoca Jess frequentava Malcolm solo da pochi mesi. Lei e Siobhán erano amiche, ma non ancora così affiatate. Aveva trascorso gran parte della serata ad aspettare che Malcolm terminasse le sue incombenze per poter uscire insieme.

Siobhán disse che Neil era preoccupato per i figli, poveretto. "La sua ex dovrebbe essere in galera" sentenziò. "Te lo vedi Patrick che sceglie i vestiti per Cara per il giorno di rientro a scuola?"

"Sono sicura che se la caverebbe" disse Jess.

"Comunque, è avvocato" disse Siobhán, con la voce dolce che usava quando cercava di sembrare innocente. "Credo che faccia qualcosa di simile a quello che facevi tu allo studio."

"Oh, no. No-no-no. Cosa gli hai detto di me? Ci sono fantastiliardi di tipi diversi di avvocati, Siobhán! Non appena verrà a sapere per quanto tempo ho lavorato là e poi del mio improvviso cambio di rotta, capirà che me ne sono andata perché non sono diventata socia."

"Be', volevo che sapesse che ha delle cose in comune con la gente di qui" si giustificò Siobhán. "Sostiene che non era mai stato da questa parte dell'Hudson prima di venire a vedere la casa che poi ha comprato. Si è affidato totalmente a Patrick, a quello che gli raccontava di Gillam e della gente che vive qui, quindi ora le persone di cui ha sentito parlare devono pur saltar fuori! Non gli interessa il motivo per cui hai lasciato lo studio!"

"E poi" aggiunse Siobhán. "Ci saranno le costolette che ti piacciono tanto. Sto preparando la marinatura proprio adesso."

"Oh, davvero?" disse Jess. Aveva appena mangiato un semplice sandwich al tacchino davanti alla scrivania. "Potrei anche berla, quella marinatura."

"So che ne saresti capace."

"Okay, ci saremo. Ma smettila di parlare del mio curriculum, per favore."

"Ti voglio bene."

Non che a lui importasse qualcosa. Era solo imbarazzante. Jess lavorava da Bloom da qualche mese. Erano diventati proprietari dell'Half Moon, ma era ancora tutto nuovo per loro. Non erano ancora indietro con i pagamenti, anche se una semplice occhiata ai prospetti di profitti e perdite mese per mese, riportati su un grafico, indicava molto chiaramente dove sarebbero andati a parare se non fosse cambiato qualcosa. Jess aveva seguito quel filo fino alla sua ovvia conclusione; una sera si era trattenuta in ufficio fino a tardi per creare un foglio di calcolo da mostrare a Malcolm. Ed era stata generosa! C'erano spese di cui non era al corrente, questo era certo. I conti non pagati dai clienti. Il tacito galateo dei contanti posati sul tavolo e poi garbatamente respinti. La macroeconomia di un intero settore, come lasciare la mancia, e perché e quando e a chi e quanto. I contanti trasferiti in buste o piegati in spessi malloppi da infilare nella tasca della camicia. Oppure riposti in una cassetta di sicurezza, certo, ma anche prelevati un po' alla volta in tagli piccoli. Ma quando Jess aveva portato a casa quel resoconto contabile, Malcolm l'aveva appena degnato di uno sguardo e poi le aveva chiesto di dirgli semplicemente quello che c'era scritto. Quando lei glielo aveva spiegato, avvertendolo che sarebbero andati in rosso entro sei mesi, che sarebbero finiti nei casini se non avessero fatto qualche cambiamento – trovare un investitore o vendere o uscirsene con un'idea rivoluzionaria su come attirare le persone in una stanza buia e fumosa e indurli a comprare da bere. Malcolm le aveva detto che il suo lavoro era troppo binario, con tutte quelle colonne per indicare profitti e perdite, successi e fallimenti. Il suo era pieno di sfumature, invece, determinate dagli stati d'animo, dal tempo atmosferico, dalle circostanze del momento. Se i Mets fossero arrivati alle World Series, in ottobre il bar avrebbe fatto il botto. Cose del genere non potevano essere registrate su un foglio di calcolo, aveva detto, e Jess aveva ribattuto che si poteva eccome, tant'è che lo aveva fatto, bastava solo dare un'occhiata attenta.

Il giorno in cui Siobhán li aveva chiamati per invitarli al barbecue e conoscere Neil, Jess e Malcolm non facevano sesso da quasi tre mesi. I talk show pomeridiani e i programmi radiofonici del mattino avrebbero suggerito che per alcune coppie era normale, ma per loro non lo era. Sapeva dire esattamente da quanto tempo non lo facevano perché l'ultima volta era stata il giorno in cui era tornata da San Francisco, e ogni giorno che passava era come se un campanello d'allarme suonasse nel profondo dentro di lei tenendola sveglia di notte. Era impossibile che Malcolm sapesse cos'era successo durante la sua trasferta di lavoro, ma una parte di lei se lo chiedeva. Del resto, lui era un po' inquietante in questo senso; riusciva a percepire se qualcuno era triste in una stanza, se qualcuno era in vena di litigare. Forse, nello stesso modo, avrebbe potuto intuire che c'era qualcosa che non andava in lei, un vacillare della lealtà, lo sfilacciarsi di un legame. A guardarlo, nessuno avrebbe immaginato che stesse pensando a qualcosa.

Quando Jess aveva iniziato a lavorare da Bloom, sia lei sia Malcolm sapevano che le sedute con il terapeuta, il dottor Hanley, si stavano rivelando un disastro. Jess si era rivolta a lui perché li aiutasse a stemperare le loro posizioni divergenti sull'infertilità – o meglio, per convincere Malcolm a desiderare quello che desiderava lei – ma poi, frequentando quello studio, aveva scoperto che c'erano molte altre cose che non sapeva la infastidissero. Non avevano detto al dottor Hanley di non avere più rapporti sessuali. Ogni due settimane lui chiedeva come andava la loro intimità, e ogni due settimane loro glissavano sull'argomento, dicendo che andava tutto bene. Jess si chiedeva quanti pazienti fossero come lei e Malcolm, educati con l'imperativo di tenere per sé tutti i pensieri che li turbavano per poi seppellirli appena possibile. Quando lei diceva che la sfera intima andava bene, e Malcolm guardava ovunque tranne loro due, il dottor Hanley diceva che era una buona cosa, indice di una relazione sana, con solide fondamenta.

Dopo aver chiuso la telefonata con Siobhán, Jess guardò l'ora e capì che si sarebbe dovuta dare una mossa o avrebbe perso il treno. Lei e Malcolm dovevano essere dal dottor Hanley alle cinque, l'ultima disponibilità che poteva concedere prima che iniziasse il lungo weekend. La giornata non si presentava diversa da qualsiasi altra. Jess riuscì a prendere il treno per un pelo e Malcolm le andò incontro alla stazione, salvo poi attendere comunque nell'anticamera per cinque minuti mentre la coppia precedente si congedava e usciva dall'altra porta per non incrociare nessuno. A volte il dispositivo audio per il rumore bianco del dottor Hanley riproduceva il suono delle onde del mare e della pioggia.

"Sai che dice le stesse cose a tutti, sì?" disse Malcolm mentre aspettavano il loro turno. Sembrava particolarmente infastidito di essere lì quel giorno. Il weekend del Memorial Day poteva andare in due modi al bar: essere fiacco perché la gente era fuori città fino al lunedì sera, oppure più animato perché chi non era partito per una vacanza aveva voglia di uscire.

In realtà Malcolm non voleva mai trovarsi lì – ovvio, chi l'avrebbe voluto? –, ma quella sera c'era qualcosa nel suo atteggiamento che fece andare Jess su tutte le furie. Il tempo era splendido: una perfetta, limpida giornata di maggio. Lei avrebbe preferito saltare l'appuntamento e andare a prendere un cocktail o sedersi all'aperto da qualche parte? Certo. Ma stavano facendo qualcosa di buono per loro. Notò che doveva essersi fatto tagliare i capelli qualche ora prima, perché aveva una striscia chiara sulla nuca.

Stava per chiedergli se venisse a quegli appuntamenti per sé o solo per accontentare lei, e se concordasse sul fatto che c'era qualcosa che andava sistemato tra loro, quando il dottor Hanley li fece accomodare. Si sedettero uno accanto all'altro su un divanetto. Malcolm diede un'occhiata al cellulare, e Jess sentì salire l'irritazione. Così accavallò le gambe, si protese in avanti e, prima che il dottore potesse chiedere come erano andate le ultime due settimane, buttò lì, di punto in bianco, che secondo lei Malcolm aveva un problema con la pornografia. Malcolm rimase talmente sorpreso dalla sua uscita che emise un suono simile a uno squittio, un suono che non aveva mai emesso, poi alzò gli occhi al soffitto e sospirò. Jess voleva solo dire qualcosa di nuovo, lo sapevano entrambi. Ogni tanto, nel corso degli anni, lui aveva suggerito di guardare insieme qualche filmino, e anche se lei non si era opposta – a volte criticava la sua scelta, a volte si copriva gli occhi e ripeteva "la la la la" fino a quando i suoni più imbarazzanti non erano finiti, a volte inclinava la testa, osservava attentamente e diceva che le sembrava di frequentare un corso di specializzazione in Ginecologia, perché era quello lo spettacolo che gli studenti dovevano trovarsi davanti – non aveva mai fatto intendere di essere turbata né offesa. E non lo era, in realtà. Quando pronunciò la parola "pornografia" nello scialbo ufficio del dottor Hanley, a dieci chilometri da casa loro, in una stanza che odorava di detergente per superfici al pino silvestre, piena di mobili in truciolato spacciati per mogano, pochi giorni prima che lui chiudesse lo studio per concedersi tre settimane di pesca nel Maine, con gran sollievo di Malcolm, ebbene, in quel momento il dottore intrecciò le dita sulla pancia e si mise in ascolto per approfondire l'argomento.

Jess notò che Malcolm cercava di incrociare lo sguardo del dottore per vedere se c'era qualche complicità fra loro. Non aveva alcun problema con la pornografia, disse. *Alcune* cose che Jess diceva in quella stanza potevano anche essere vere, ma questo? No. Okay, guardava film a luci rosse una volta ogni morte di papa, disse arrossendo, e poi sfidò sia Jess sia il dottor Hanley a trovare un uomo in tutto l'universo – okay, qualsiasi uomo dotato di accesso a Internet – che, una volta ogni tanto, non guardasse dei porno.

"Mio padre" disse Jess. Malcolm alzò di nuovo gli occhi al soffitto, come a voler chiedere aiuto. Aveva le mani legate per il fatto che suo padre era morto.

"Certo" fu tutto ciò che disse.

"Stai forse insinuando che li guardava? E dove avrebbe potuto procurarseli?" ribatté Jess. Era morto dopo una lunga battaglia contro il cancro e, per quanto lei potesse ricordare, non aveva mai e poi mai usato un apparecchio tecnologico diverso dal televisore.

"Dove ci si procurava i porno prima di Internet?"

"Credo che stiamo andando fuori tema" disse il dottor Hanley.

"Stai dicendo che mia madre noleggiava video vietati ai minori per lui? Ti sei dimenticato che negli ultimi quattro anni della sua vita non poteva nemmeno più guidare?"

"Io non sto dicendo nulla, in realtà. Sei tu a parlare qui."

"Ascoltate" intervenne il dottor Hanley. Si protese in avanti per dire loro che non c'era nulla di male, nella misura in cui entrambe le parti erano d'accordo. Ma aveva la netta sensazione che Jess non fosse dello stesso avviso.

Jess poteva quasi vedere l'adrenalina scorrere sotto la pelle di Malcolm e pensò che fosse sul punto di andarsene, oppure di dire qualcosa di sconcio solo per far cambiare espressione al dottor Hanley. Invece disse: "Jess, credo che sia quasi lo standard".

"Quale standard?"

"La routine standard. Per due persone che fanno sesso da tempo come noi."

"Perché, noi due facciamo sesso?"

Lui la ignorò.

"È pigrizia. Speri di non doverci mettere impegno, così tiri fuori un porno e speri che faccia il lavoro."

"E lo fa. A volte. Non è così?"

Jess si sentì mortificata per tre secondi, e poi terribilmente furiosa.

"Se vogliamo arrivare al punto, dobbiamo fare in modo di arrivarci. Giusto? Non è quello che hai detto, Jess? Non ti sei forse eccitata qualche volta con un porno?"

Lei si voltò leggermente, in modo che Malcolm parlasse alla sua nuca.

"Sono confuso" disse lui. "Non veniamo qui proprio per dirci tutto sinceramente?" Guardò il dottor Hanley e poi, visto che era già nei guai, diede un'occhiata al telefono per leggere un messaggio.

"Devo andare al bar."

Quella sera, quando tornò a casa, la svegliò sollevandole la camicia sul viso. Le sfilò le mutandine e Jess pensò di respingerlo: era stato un tale cafone nello studio del dottor Hanley e un rifiuto gli sarebbe servito da lezione. Non le aveva nemmeno mandato un messaggio per scusarsi. Ma forse era quello il suo modo di scusarsi o, se non proprio un modo per farsi perdonare, era una specie di messaggio che stava a lei decifrare. Non poté fare a meno di guardarlo quando si sedette sui talloni per togliersi la camicia. Non poté fare a meno di notare che era ancora bellissimo. Era il tipo di uomo che migliora ogni anno che passa, perché con l'età sarebbe arrivata un po' di saggezza, di disciplina, una fiamma alimentata con tanta cura da poterne controllare l'altezza e il calore. Era tutto lì, nel suo modo di porsi, nella sua postura, nella sua capacità di ascolto. Era inamovibile, una roccia. Era il suo più grande difetto e, nel contempo, il suo più grande pregio. Ma in quel momento era pieno di rabbia; era insolito che lo mostrasse, e ancora più insolito che rimanesse arrabbiato per così tante ore. La degnò a stento di uno sguardo. La sua pelle odorava di gin. Era come se fosse in uno stato di stordimento, come se non la vedesse davvero, e benché Jess si sentisse ferita nella mente e nel cuore, e non poco preoccupata, al suo corpo non sembrava importare. Malcolm la afferrò per i fianchi. Allargò la mano sul suo petto e la spinse giù. Fu tutto molto veloce, e una volta finito, invece di crollare accanto a lei come faceva di solito, invece di attirarla a sé respirando nel suo collo, si alzò, andò in bagno e aprì il rubinetto della doccia. Jess chiuse gli occhi e si figurò le sue spalle nude e inarcate sotto il getto d'acqua calda, la testa abbassata per sciogliere la tensione sulla nuca, i muscoli dell'addome tesi quando si allungava per pulirsi sollevando prima un braccio e poi l'altro. Lei, invece, si stava spegnendo velocemente, o almeno così sembrava. La giovinezza stava abbandonando il suo corpo, come se uscisse da una ferita che lei non riusciva a trovare né a tamponare. Dopo aver fatto la doccia, Malcolm scese al piano di sotto e si mise a guardare la tv senza nemmeno rivolgere lo sguardo nella sua direzione.

Siobhán inizialmente era amica di Malcolm – lei, Patrick e Malcolm si frequentavano fin dai tempi del liceo –, ma nel corso degli anni si era legata altrettanto a Jess. A quanto diceva Malcolm, era stata Siobhán, tanti anni prima, a fargli notare che Jess era diversa dalle altre ragazze, che sapeva tirare fuori il meglio di lui. Un paio di volte Jess cercò di parlare di ciò che stava accadendo tra lei e Malcolm a Siobhán e ad Alice, la sua migliore amica fin dalle superiori. Cercò di spiegare che il suo corpo era diventato una gabbia. Che qualcosa di malato stava mettendo radici dentro di lei.

Le sue amiche avrebbero avuto buoni consigli da darle, non aveva dubbi al riguardo. Ma ogni volta che si sentiva pronta ad aprirsi, d'un tratto diventava protettiva nei confronti del suo segreto, come era arrivata a considerarlo. Dove avrebbe potuto infilare l'argomento nelle loro conversazioni? Dopo quale frase? Siobhán e Alice l'avrebbero ascoltata attentamente. Senza interromperla. Le avrebbero detto che sarebbe andato tutto bene. Jess immaginava il discorso: "Dorme sul divano almeno due volte alla settimana. Non mi sfiora da mesi". Siobhán avrebbe insistito a dire che era tutto normale, santo cielo, che c'era da aspettarselo, ma nella sua espressione sarebbe apparsa un'ombra d'allarme. Così Jess si tirava sempre indietro, con forza, come un canale artificiale che si infrange contro una diga.

Inoltre, dopo, le sue amiche ne avrebbero discusso insieme. L'avrebbero fatto perché erano preoccupate per lei, ma lei non voleva partecipazione, bensì una soluzione concreta. Voleva una cura per il dolore e voleva che qualcuno le dicesse dove trovarla. Siobhán e Alice e tutte le altre donne della sua vita erano sensibili a quello che lei aveva passato e non ne parlavano mai esplicitamente, a meno che non fosse Jess a farlo per prima, ma perfino le chiacchiere spicciole, perfino il modo più misurato di affrontare l'argomento, la riportavano alla loro movimentata vita familiare. Quel promemoria era presente nelle auto che guidavano, sempre piene di briciole, parastinchi e calzini orfani. Era negli alimenti che tenevano in frigorifero, in particolare le bevande: succhi di frutta, integratori di sali minerali verde lime e file di bottigliette d'acqua con stampe floreali. Era nel modo in cui tenevano sempre un cellulare sul tavolo quando uscivano a cena e continuavano a guardarlo, qualora una babysitter mandasse un messaggio o un figlio chiamasse da un pigiama party per farsi andare a prendere prima.

Nemmeno Cobie avrebbe capito, perché era cresciuta in una famiglia in cui tutti esprimevano quello che sentivano e poi discutevano del problema per assicurarsi di trovare una soluzione. Ogni volta che qualche membro della sua famiglia veniva a trovarla a New York, Cobie lo abbracciava forte e diceva: "Mi sei mancato da morire". Quando Jess aveva assistito a questi saluti, non aveva saputo dove guardare. La moglie di Cobie aveva concepito i gemelli tramite inseminazione intrauterina – "pipetta dosatrice", come amava definirla lei – ed era stato tutto molto semplice, almeno all'apparenza. A volte Cobie sembrava non spiegarsi il motivo per cui non era andata allo stesso modo per Jess.

Siobhán e Alice erano cresciute in modo più simile a Malcolm e Jess, ma ogni volta che beveva qualche bicchiere di troppo, Siobhán abbassava la guardia. Di recente, davanti a un paio di bicchieri di vino nella veranda di Jess – la prima volta dopo un sacco di tempo che Jess invitava degli amici mentre Malcolm era al lavoro –, Siobhán aveva fatto una battuta inopportuna dicendo che i suoi bambini erano stati concepiti quasi nello stesso momento in cui le era passato per la mente di provare.

"Oddio" aveva esclamato subito dopo posando il bicchiere sul tavolo. Era stato come se un vento freddo avesse investito i presenti. Tutte le donne avevano assunto un'aria mortificata e in quel preciso istante Jess aveva capito quanto dovevano parlare di lei in sua assenza. "Mi dispiace tanto. Ho detto una cavolata. Cosa diamine ho nella testa?"

"E di cosa?" aveva chiesto Jess, come faceva sempre, le tante, troppe volte in cui le era capitato di ritrovarsi in una situazione simile, in mille modi più o meno pesanti. "Non ti preoccupare." Siobhán era più brava a proteggere Jess dalle storie degli altri che dalla sua. Anche Alice aveva parecchio da raccontare su quanto lei e suo marito Jack si impegnassero per fare sesso, sempre di nascosto dai bambini, in silenzio, evitando di emettere qualsiasi suono, accertandosi di non far cigolare la rete del letto. E aveva raccontato che recentemente Jack, di solito così parsimonioso, l'aveva portata in un hotel a quindici minuti da casa e aveva pagato una stanza per la notte, anche se erano rimasti solo tre ore. "Io avrei preferito passare il tempo a guardare la tv in santa pace" aveva scherzato Alice, e la sua espressione, se non proprio spavalda, rasentava l'autocompiacimento.

Una mattina Jess decise di sorprendere Malcolm sotto la doccia, ma quando aprì la porta e scostò la tenda, lui se ne stava lì con i palmi delle mani appoggiati alla parete piastrellata, il collo piegato all'indietro per prendere il getto dell'acqua in pieno viso, gli occhi chiusi, immobile, senza lavarsi, senza fare nulla. Aveva un'aria triste, e Malcolm raramente aveva un'aria triste. Jess indietreggiò e uscì dal bagno, chiuse la porta e cercò di cancellare quell'immagine dalla mente. Un tempo Malcolm avrebbe avvertito il minimo spostamento d'aria che gli solleticava la pelle e avrebbe saputo che lei era lì, alle sue spalle, e l'avrebbe tirata dentro.

Era preoccupato per il locale, lei lo sapeva, anche se si comportava come se tutti i timori di Jess si basassero su fondamenta di sabbia. In fondo non agiva come una persona preoccupata. Jess lo sentiva canticchiare sommessamente quando trascinava la canna dell'acqua per il giardino, e la sua cordialità, il suo buonumore generale, le davano sui nervi come se avesse suonato i piatti e intonato uno yodel. "Ehi!" diceva a chiunque lo salutasse passando in macchina, e alzava il pugno in aria. A volte urlava un nome specifico – "Johnny B! Come andiamo?" –, e quando lei guardava fuori dalla finestra quindici, venti minuti dopo, lo vedeva ancora parlare con qualcuno attraverso il finestrino dell'auto.

In seguito, quando ormai era successo quello che doveva succedere, Jess cercò di ricostruire quale fosse il clima che si respirava in casa il giorno della grigliata e dell'incontro con Neil, mentre lei e Malcolm si preparavano per andare dagli Hills. Si sforzò di ricordare di cosa avessero parlato. Erano arrivati separatamente, perché Patrick aveva mandato un messaggio a Malcolm chiedendogli di procurarsi qualche sacchetto di ghiaccio, e Jess aveva preparato un pollo in salsa piccante che voleva portare in anticipo, nel caso in cui Siobhán volesse fingere di averlo cucinato con le sue mani. Si incrociarono in corridoio, ognuno preso dai propri compiti, Malcolm con una T-shirt nuova con l'adesivo della taglia ancora ben visibile sulla manica. Jess gli posò la mano sul petto e lui la guardò allarmato, come se dovesse mettersi sulla difensiva ogni volta che la moglie prendeva fiato per parlare. Jess vide passare nel suo sguardo tutto ciò che lui temeva di sentirsi dire, e Malcolm capì che lei aveva colto il suo timore, ma nessuno dei due disse una parola. Jess staccò il piccolo adesivo tondo con la scritta "XL" e lo tenne sul polpastrello per mostrarglielo. Malcolm rimase lì con un'espressione ben diversa da quella di prima, sollevata, anche se non l'avrebbe mai ammesso. La guardò per un attimo appena sopra la testa, poi entrambi si rimisero in moto. La giornata era già calda e il giardino degli Hills non sarebbe stato in ombra fino al tardo pomeriggio.

Un'ora dopo, Malcolm era intento ad aprire sacchetti di ghiaccio e a versarli nelle borse frigo, mentre Jess aiutava a sistemare le sedie sul prato. Il tragitto a piedi fino a casa degli amici l'aveva fatta sudare, e si stava sventolando con un pacchetto di tovaglioli quando Neil entrò nel cortile, con un maschietto di soli sei mesi nel marsupio e due bambine più grandi con i prendisole abbinati, così appiccicate al papà che Jess temeva potessero intralciarlo infilandosi tra le sue gambe. Lo vide esitare accanto alla siepe, cercare la mano della bambina più piccola. Le sembrò che prendesse un respiro, come se si stesse preparando, anche se si trattava di una semplice grigliata all'aperto in compagnia di amici e di amici dei suoi amici, e lui era un tipo a posto, benvoluto da tutti, non c'era motivo per essere nervosi. Jess notò che cambiava espressione quando si rivolgeva alle bambine, che lo studiavano con il visetto sollevato verso di lui. Per abitudine, osservò le siepi ancora per un attimo, come se accanto a lui potesse materializzarsi una donna, una moglie, la madre di quei bambini, ma poi ricordò quello che le aveva raccontato Siobhán.

Siobhán le aveva detto quanto erano piccoli i suoi figli, ma Jess non se ne era resa pienamente conto fino a quando non li aveva visti. "Ciao." Fece un cenno di saluto, pronta a presentarsi, ma un attimo dopo sopraggiunse Patrick, che diede una pacca sulla spalla all'amico e si accovacciò per guardare il più piccolo dei suoi figli, e lei non volle interrompere.

"È arrivato" disse Jess facendo capolino in cucina per avvisare Siobhán, ma invece di uscire a salutarlo, Siobhán le fece cenno di raggiungerla nell'angolo della cucina dove si era rifugiata a confabulare con la moglie di Toby, Amanda, e un'altra donna di nome Laura, la madre di un amichetto di uno dei suoi figli, che da qualche tempo era una presenza fissa alle feste degli Hills.

"Non ha nemmeno insistito tanto per tenerli" stava dicendo Siobhán. "La goccia che ha fatto traboccare il vaso – mi raccomando, che non si sappia in giro – è stata quando ha fatto salire i bambini in macchina dopo aver alzato un po' il gomito. Non ricordo i dettagli, ma a quanto ho capito, una delle bambine doveva restare a dormire da un'amica, ma ha iniziato a piangere dicendo che voleva tornare a casa, così Christine – così si chiama la sua ex – è andata a prenderla, e piuttosto che lasciare le altre due da sole, cos'ha fatto? Le ha caricate in macchina con sé."

Siobhán fece una pausa per permettere alle altre di assimilare il tutto. Jess non amava questo aspetto di lei. Sapeva che il suo vero scopo era portare tutti dalla parte di Neil, far sì che lo accogliessero e lo accettassero come se fosse sempre stato uno di loro, ma finiva per sembrare soltanto pettegola.

"Povere creature" commentò Amanda.

"Uh" si associò Laura.

"Non avevi detto che vivono a New York?" chiese Jess. "Che bisogno c'era di usare l'auto?"

"Hanno una casa a Cape Cod" spiegò Siobhán con un'occhiata di rimprovero per non aver colto il punto della questione. Jess spalancò gli occhi per farle capire di darci un taglio, ma Siobhán la ignorò.

"Anzi, avevano una casa. Chatham. L'hanno appena venduta. I bambini hanno ancora degli amici là."

"Un'egoista" sentenziò Amanda annuendo, come se conoscesse bene il tipo.

"Lui dov'era?" chiese Jess accennando con il mento alla porta scorrevole per indicare Neil. "Perché non è andato lui a prendere la bambina?" Il cortile si stava affollando. Siobhán doveva aver invitato tutti quelli che conosceva. Le donne avrebbero commentato quello che lei aveva appena raccontato, lo avrebbero riferito ad altri, e di lì a breve Neil sarebbe entrato al supermercato e il mare di persone presenti si sarebbe diviso per farlo passare e avrebbe fatto partire un lento applauso virtuale. Che uomo! Assumersi la piena responsabilità dei figli.

"Al lavoro, immagino" disse Siobhán con il tono di chi si stava chiedendo cosa c'entrasse quella domanda.

"Di sera?" obiettò Jess. "Mentre era in vacanza?"

Siobhán le lanciò un'altra occhiataccia, e Jess alzò le spalle.

"Non è il bere in sé che non capisco" disse Amanda, e poi fece una pausa. Solo Jess capì che aveva fatto una battuta, ma vedendo che non aveva suscitato nemmeno una risata, Amanda tornò seria. "È l'irresponsabilità."

"Assolutamente d'accordo" concluse Siobhán.

Malcolm avrebbe chiesto a Jess perché il suo primo istinto fosse sempre quello di discutere con le persone, ma lei fu tentata di ricordare che non molto tempo prima aveva dovuto svegliare Patrick alle due di notte per dirgli di scendere al piano di sotto e farsi aiutare a portar su la moglie e metterla a letto. Patrick era sceso in boxer, aveva messo un braccio intorno alle spalle di Siobhán e l'aveva accompagnata di sopra, gradino dopo gradino, dicendole "Così, tesoro. Brava, ancora uno" via via che procedeva. Jess aveva afferrato la ciotola decorativa dal tavolino dell'ingresso e li aveva seguiti, tenendo la ciotola sotto il mento di Siobhán.

Neil era un tipo attraente. Aveva il portamento di un atleta. Stava sistemando i bambini, cercando di fare quattro cose contemporaneamente. Dopo aver spostato il passeggino del maschietto all'ombra della siepe, accompagnò le bambine nell'angolo del giardino dove erano riuniti altri coetanei. Si piegò su un ginocchio per parlare con loro poiché sembravano esitanti, e Jess apprezzò che Neil abbassasse il viso per trovarsi al loro stesso livello. Nel frattempo erano arrivate altre persone, e quando lui tornò tra gli adulti spostò una sedia per fare spazio. Controllò il piccolino che si era addormentato. Allentò le cinghie del passeggino e lo spostò ancora, inseguendo l'ombra. Jess riconobbe nei suoi movimenti una certa timidezza, forse, come se non fosse più abituato a trovarsi in compagnia di così tanta gente e non sapesse bene come comportarsi. C'era una donna là fuori nel mondo che lo aveva perso o abbandonato. Jess si domandò cosa stesse facendo la sua ex in quel preciso momento. Se sentiva che le era stata strappata via la sua famiglia o se provava un senso di libertà.

Pochi minuti dopo, quando Neil entrò per chiedere se poteva scaldare un biberon e Siobhán fece le presentazioni, Jess gli si rivolse come avrebbe fatto con qualsiasi uomo presente alla festa che avesse una moglie nei paraggi. Semmai, pensò poi, si era comportata in modo più formale con lui perché non lo conosceva. Più formale perché aveva già stabilito che era molto attraente. In seguito si chiese se avesse già capito che la sua curiosità stava mettendo radici, se avesse già avuto un presentimento sul grado di coinvolgimento che avrebbe provato nei suoi confronti e che l'avrebbe spinta a fantasticare su di lui: le sue abitudini e preferenze, la musica che gli piaceva, se aveva uno stile di guida spericolato o prudente, e a cosa pensava quando aveva un momento tutto per sé. Siobhán la presentò semplicemente come Jess, senza dire a chi fosse legata, così fu Jess ad aggiungere: "La moglie di Malcolm" quando gli strinse la mano. In quel momento Malcolm era impegnato al bar allestito alla buona. Gridò a Siobhán di portargli del miele, se ne aveva, e anche la bottiglia di salsa piccante che aveva visto sul ripiano della cucina, e lei gli rispose di andarsela a prendere.

"Jess" disse Neil come se quel nome gli suonasse familiare. "Sei tu quella che lavorava da Kinney-Bartle?" Jess ebbe subito l'impressione che lui la stesse valutando. Sentiva che stava arrivando alla conclusione che lei non era come si era aspettato. "Credo che un mio collega sia un tuo vecchio compagno di classe."

Fece il nome di un tizio che aveva frequentato la stessa scuola di Jess, qualcuno a cui lei non pensava da anni. Avevano avuto un unico appuntamento imbarazzante e non si erano mai più parlati.

"Quando gli ho detto che mi sarei trasferito qui, mi ha parlato di te. Mi ha detto che sei cresciuta qui."

"Come diavolo ha fatto a ricordarselo?" chiese Jess, senza aspettarsi una risposta vera e propria.

"Be'" disse Neil accennando una specie di piccolo inchino, come deferente riconoscimento a qualcosa. Sorrise, e Jess arrossì. Non sembrava affatto serio com'era apparso in giardino.

"Siobhán mi ha detto che sei passata a un gruppo editoriale. Come ti trovi?"

"Chiedimelo fra un anno" rispose Jess. "È troppo presto per dirlo. Gli orari sono più comodi, questo sì."

Più tardi, cercando di stabilire quanta responsabilità fosse da imputare a se stessa, pensò se fosse presuntuoso da parte sua ritenere che di lì a un anno avrebbero potuto dire di conoscersi bene. Mentre loro due parlavano, le altre donne continuavano a interromperli per chiedere a Neil se avesse bisogno di qualcosa per i bambini. Tiravano fuori parole che Jess non conosceva. "Ti serve per caso un Boppy? Un ciuccio? Hai un Tommee Tippee? Un Bibercaldo?" Erano tutte colpite da lui – un uomo in grado di lavare e vestire tre bambini, di portarli a una festa in uno stato presentabile. Un uomo che sapeva capire quando il suo bambino stava per mettersi a fare i capricci. "Scusa, Jess" dicevano tutte quelle mamme quando si allontanavano. Amanda distribuì piatti di hot dog tagliati prima per il lungo e poi in pezzettini più piccoli.

"Ho un amico che vuole cambiare e ha una formazione simile alla tua. Hai lavorato tramite un'agenzia interinale? Lo metterei in contatto con te, se non ti dispiace darmi il tuo numero."

"Volentieri" disse Jess, e lo guardò mentre digitava i numeri che lei dettava e poi scriveva J-E-S-S, come se fosse l'unica Jess al mondo.

Più tardi, mentre tornavano a casa a piedi, Malcolm le domandò che cosa pensasse di Neil. Era prassi comune per loro dopo aver conosciuto una persona nuova, e Jess si chiese se avesse dimenticato quanto erano tesi i rapporti tra loro. Malcolm aveva notato che Neil non si era concesso neppure un drink. "Credi che si stia disintossicando dall'alcol?" chiese. In seguito Jess avrebbe scoperto che quel giorno non aveva bevuto perché aveva i bambini con sé e disse che, trasferendosi nei sobborghi, era rimasto scioccato dalla facilità con cui i genitori allacciavano i bambini sui sedili posteriori delle auto e si limitavano a incrociare le dita. "Sono solo tre isolati!" scherzavano. "Tutte strade secondarie!" Sentendo quel discorso, Jess si era chiesta come si sarebbero comportati lei e Malcolm se avessero avuto la gioia di avere dei figli. Sarebbero stati premurosi come Neil, oppure sarebbero stati come quasi tutti gli altri, che non avevano idea di quanto fossero fortunati? A un certo punto la bambina più piccola si era messa a piangere ed era corsa verso la veranda, dove erano sedute soprattutto donne. "Ehi" le aveva detto Jess. "C'è qualcosa che non va?" Le aveva scostato dal viso i capelli umidi di sudore e con grande naturalezza la bimba aveva posato la sua manina calda in quella di Jess e le aveva detto che voleva il suo papà.

"Scommetto che viene da una famiglia ricca" osservò Jess.

"Sicuramente" disse Malcolm. "Strano che sia sempre così evidente, vero? Credo che l'ex abbia ottenuto una lauta liquidazione. Forse per impedirle di avanzare pretese sui bambini."

"Chi accetterebbe una cosa simile?" si domandò Jess. "Quale donna lo farebbe?"

C'era un tratto di strada, tra la casa degli Hills e la loro, dove c'erano così tanti rami che si intrecciavano sulla testa dei passanti, tutti carichi di fiori in boccio, che sembrava di camminare in un tunnel profumato. Per un attimo Jess ebbe la certezza che Malcolm le avrebbe preso la mano, invece le posò un braccio intorno alla spalla, la attirò a sé senza tante cerimonie per darle un bacio e poi la lasciò andare. Era il suo modo di chiedere una tregua. Era il suo modo per dirle che detestava litigare con lei, che l'amava. Jess gli cinse la vita con un braccio e appoggiò la testa sul suo petto. Quello era il suo modo di dire che era d'accordo.

"Sembrava un po' a disagio" aggiunse Jess, e non sapeva spiegarsi perché l'avesse detto, dato che non lo pensava davvero.

"Be', non conosceva nessuno oltre a Patrick" disse Malcolm.

Alla festa, tra una chiacchiera e l'altra, lei e Neil avevano guardato il vecchio tappeto elastico degli Hills, così pieno di bambini che Jess temeva che il fondo cedesse.

"C'è uno dei tuoi lì in mezzo?" aveva chiesto lui.

Jess aveva osservato attentamente il tappeto elastico, come

se cercasse un bambino in particolare. "No" aveva detto alla fine, come se il suo potesse essere in bagno, a un allenamento di calcio, o in casa a fare un pisolino.

Jess non ebbe notizie di Neil per diverse settimane, aveva dimenticato di avergli dato il suo numero. E poi.

Prima alcuni messaggi di gruppo, in cui proponeva di incontrarsi. Una birreria all'aperto a Riverside. Una cena in una città vicina o a New York. Il concerto di una band che piaceva a tutti al Forest Hills Stadium. Qualcuno aveva voglia di andarci? Il suo era l'unico numero cui non era associato un contatto. All'inizio Jess non sapeva chi potesse essere.

E poi le arrivò un messaggio diretto.

Eri tu quella che correva di fianco alla linea ferroviaria stamattina?

Per un attimo pensò che fosse destinato a qualcun altro. Se non che, in effetti, quella mattina era andata a correre, e il suo tragitto comprendeva anche un tratto nei pressi della stazione. Poi ricordò.

Avresti dovuto suonare il clacson!
Un incoraggiamento mi avrebbe fatto comodo.

"Tutto bene?" chiese Malcolm. Jess era al bancone, intenta a tagliare il sedano a dadini, quando arrivò il messaggio di Neil. Lei e Malcolm stavano preparando la cena insieme per la prima volta dopo tanto tempo.

"Oh, sì, bene" rispose. "Era solo..." E poi capovolse il telefono a faccia in giù sul bancone. Pensò al programma davanti al quale si era addormentata qualche giorno prima, un documentario del National Geographic che parlava di ragni, di come nascano sapendo già come tessere una tela senza averne mai vista una, senza immaginare a cosa possa servire.

Più tardi, mentre lavavano i piatti, Jess controllò se lui aveva scritto di nuovo.

Si scambiarono circa una ventina di messaggi insignificanti, nell'arco di diverse settimane. Per lo più riguardavano la città, suggerimenti di Jess. Supponeva che facesse le stesse domande anche a Patrick. O a Siobhán. O ai suoi nuovi vicini di casa. Pensava ne avesse così tante da dover contare su una decina di persone per avere delle risposte, perché sarebbero state troppe per una sola. Il miglior sushi, la miglior lavanderia e via discorrendo. Probabilmente aveva migliaia di domande relative ai bambini, alla scuola e alle loro attività, e Jess pensò che si rivolgesse a qualcuno – un genitore – per ottenere consigli al riguardo. Probabilmente i consigli di cui aveva bisogno erano così tanti che mandava più messaggi a quella persona che a lei. Una volta, mentre stava guidando, Jess vide comparire il suo nome sul display del cellulare e accostò per rispondere. Più tardi si chiese perché non avesse semplicemente aspettato di arrivare a casa. Era un po' penoso, a pensarci bene, doversi fare nuovi amici a quarant'anni, sperare di essere coinvolto nelle loro attività, sperare, per il bene dei figli, di far breccia in un ambiente che non era il suo.

A volte i suoi messaggi terminavano con tre punti esclamativi. A volte erano senza punteggiatura. A volte confondeva "anno" e "hanno". Eppure, su altri aspetti sembrava scrupoloso: Jess aveva sbirciato l'interno della sua auto, aveva visto la borsa dei pannolini. Alcuni messaggi erano puramente professionali. Le inviò un articolo riguardante Bloom in cui si era imbattuto. Un altro tratto da una rivista giuridica a cui era abbonato. Una volta Jess aveva menzionato un gruppo musicale che le piaceva, e qualche giorno dopo lui le aveva mandato un link Spotify a una canzone di una band che lei non aveva mai sentito nominare, perché pensava ci fossero delle analogie e voleva sapere se anche lei era dello stesso avviso. Neil era a casa degli Hills quando Siobhán la chiamò per farle gli auguri di buon compleanno. Jess sentiva due voci maschili in sottofondo, e quando Siobhán mise il vivavoce, tutti gridarono i loro auguri. "Chi c'è lì con te?" Jess chiese con disinvoltura, come se non avesse avvertito una scarica elettrica lungo la schiena riconoscendo la sua voce e, proprio come aveva previsto, Siobhán citò Neil e i bambini insieme al resto della sua famiglia. Alice e altri amici proposero di andare a bere qualcosa tutti insieme, ma Jess non ne aveva voglia. Era una bella serata d'agosto, le cicale frinivano all'impazzata. Suo padre diceva sempre che questo significava che il giorno dopo sarebbe stato caldissimo. "Non vuoi comunque unirti a noi?" chiese Siobhán disattivando il vivavoce, e Jess si sentì un pochino spiazzata, come se la sua amica sapesse che la presenza di Neil poteva costituire un motivo di attrazione in più e fosse sorpresa che lei non avesse ceduto. Malcolm però le aveva già promesso che avrebbero fatto qualcosa per festeggiare, visto che aveva la serata libera. Jess si raggomitolò nel letto con un libro e si svegliò nel cuore della notte per la spietata luminosità dell'abat-jour.

Lo vide qualche volta in città e imparò a riconoscere l'auto che guidava – un SUV bianco, come quello di tanti altri, ma il suo aveva un adesivo blu con il profilo di Cape Cod appiccicato sul paraurti. Jess si ritrovò a cercare quell'adesivo quando andava in giro a sbrigare delle commissioni.

"Trentanove anni sono troppo pochi per rinunciare ad avere un bambino" le dicevano nei gruppi Facebook, anche quando lei scriveva tutta la sua storia, sei anni e mezzo di delusioni e sofferenze riassunti in due paragrafi. Leggeva compulsivamente i vari commenti e poi chiudeva le schede e cancellava la cronologia. Donne che avevano avuto il miracolo di un figlio superati i quarant'anni. Una donna addirittura a quarantasette, con premesse peggiori di quelle di Jess.

Neil tornò a casa degli Hills per il barbecue del Labor Day – avevano affittato un enorme scivolo ad acqua per i bambini – e Jess lo vide guardare nella sua direzione diverse volte prima di avvicinarsi per salutarla. Di persona erano più timidi che in chat.

"Dov'è Malcolm?" chiese Neil dopo aver chiacchierato un po'. "Al lavoro?"

"Sì, oggi lavora. Probabilmente sarà a casa domani."

"Patrick mi racconta un sacco di aneddoti spassosi su quel locale. Dev'essere un lavoro divertente."

"Oh, sì, ne sono certa."

"Faticoso, però, vero?"

"Scusa?"

"Tutte le sere e anche i weekend."

Jess rise. "A lui piace. È una creatura notturna. Non si lamenta mai."

"No, intendevo per te."

"Per me?" Jess avvertì una stretta allo stomaco. Neil la stava guardando intensamente. Il cuore di Jess si mise a bussare contro la cassa toracica, come se cercasse di dirle qualcosa di importante. "No, non proprio. Ci siamo abituati. Abbiamo il nostro ritmo."

Quando lui si allontanò – richiamato da Patrick, che voleva mostrasse ai ragazzi qualcosa sul suo telefono – Jess si sentì scossa, come se fosse successo qualcosa che non riusciva a descrivere.

Neil la trovò su Facebook una settimana dopo il Labor Day e una sera si fece prendere dalla frenesia di mettere dei like a tutte le sue foto. Jess fece uno screenshot delle notifiche, lo allegò a un messaggio con la scritta "psycho" e fu sul punto di mandarglielo, ma qualcosa le disse di fermarsi, di riflettere un secondo. Cancellò lentamente le lettere del suo nome. Cancellò anche lo screenshot.

Posò il telefono sul comodino. Guardò Malcolm, che dormiva raggomitolato su se stesso accanto a lei, con le guance già ispide di barba benché si radesse con cura ogni pomeriggio. Malcolm si animava e si spegneva secondo la sua routine personale. Si svegliava, andava in palestra per un'ora, lungo il tragitto di ritorno si fermava alla sua rosticceria preferita per prendere un tramezzino all'uovo, sale-pepe-ketchup, niente formaggio, faceva quattro chiacchiere con Jay e con sua moglie Carmen che lavorava alla cassa, chiedeva dei loro figli, del fratello di Jay che aveva il Parkinson e si era trasferito da loro, attaccava bottone con chiunque altro fosse in coda ad aspettare il proprio panino, e poi andava al minimarket a comprare tre gratta e vinci. Qui di solito si tratteneva a parlare con Lorenzo, ma se al banco c'era Rick, si limitava a prendere i biglietti e a tornarsene a casa perché, come Jess – e solo Jess – sapeva bene, Rick gli faceva venire i brividi. Teneva un'apposita monetina nel portabicchieri dell'auto e usava sempre quella per grattare i biglietti nel vialetto di casa, appoggiandosi al volante, mentre il panino e il caffè si raffreddavano accanto a lui. Quando perdeva, infilava i biglietti nella tasca della portiera, svuotandola solo quando cominciava a traboccare. Una volta entrato in casa, si sedeva al bancone della cucina e leggeva il giornale per una ventina di minuti, mentre le briciole del panino si spargevano sulle pagine. Poi si faceva la doccia, si rasava e andava all'Half Moon per iniziare un'altra giornata.

"Sei felice?" gli aveva chiesto una volta. Molto prima di San Francisco. Prima di smettere di cercare un figlio, ma dopo aver capito chiaramente che c'erano scarse probabilità che andasse a finire bene per loro. Prima che lui rifiutasse con decisione di ricorrere alla donazione di ovuli, all'adozione, ma dopo che lei aveva percepito che Malcolm si stava progressivamente allontanando, ricalibrando quella che immaginava sarebbe stata la loro vita.

Quando Jess gli aveva chiesto se fosse felice, lui si era comportato come se non avesse capito la domanda, come se non sapesse in quale modo essere felici o no fosse rilevante in una vita come la loro. "Che cosa vuoi dire?" aveva chiesto di rimando.

"Voglio dire, sembri sempre ottimista, ma lo sei davvero? Non desideri mai qualcos'altro?"

"Qualcos'altro? Quali sono le mie opzioni?" Jess aveva capito che non si era mai posto quell'interrogativo o che, se l'aveva fatto, si era rifiutato di rispondere. Lo vide domandarsi se quello che Jess stava chiedendo veramente era se fosse felice lei.

"Intendi dire andare da qualche altra parte? A vivere? Fare qualcos'altro per guadagnarsi il pane? O intendi proprio essere qualcun altro?"

"Da qualche altra parte. Tanto per cominciare."

"Dove?" E poi Malcolm si era guardato intorno nella loro casetta, come per chiedere dove si potesse stare meglio. "E cosa significa 'tanto per cominciare'?"

Andando avanti, Jess si propose di rispondere ai messaggi di Neil con meno prontezza. Iniziò a impostare un timer ogni volta che ne arrivava uno. Si impose di non rispondere se non erano passate almeno due ore. Qualsiasi iniziativa superasse quel limite andava bene. Ma a volte Neil ne inviava un secondo, e lei non sapeva se far ripartire il timer a ogni nuovo messaggio.

Una mattina, lungo il vecchio tracciato della ferrovia, lo riconobbe mentre correva in senso contrario a lei, completando il suo percorso ad anello. Donne e uomini non potevano forse essere amici? Non era ancora legata ai suoi ex compagni del liceo? E Dio sapeva che fra loro non c'era nulla al di fuori di un rapporto di amicizia. Era quasi Natale, e ormai lei e Neil si scambiavano messaggi da abbastanza tempo da indurla a evitare di chiedere alle amiche se il vecchio compagno di università di Patrick messaggiasse in continuazione con loro, nel caso la risposta fosse no (nel caso la risposta fosse sì). Il suo respiro accelerò quando lo vide. Decise che la cosa migliore da fare era dire qualcosa di amichevole, di neutrale, ma evitando di perdere il passo. Tutti i runner sono consapevoli di quanto sia importante non rompere il ritmo. E poi faceva un freddo cane. Entrambi indossavano berretti di lana e guanti. Ma quando lui la incrociò, fece semplicemente dietrofront e prese a correre al suo fianco senza dire una parola. Non era alto come Malcolm. Aveva una corporatura più snella. Aveva gli occhi grandi, del colore di una monetina di rame consumata, ciglia folte, zigomi alti, labbra carnose. Jess continuava a lanciargli occhiate di sguincio e a distogliere lo sguardo subito dopo, e lui faceva altrettanto. Il suo orologio da corsa emise un bip. Benché fosse pieno inverno, la pelle di Neil aveva un tono dorato e non diventava paonazza come la sua e come quella di Malcolm. Aveva i capelli quasi rasati a zero e Jess immaginò che, se si fosse tolto il berretto in quel momento, il freddo lo avrebbe colpito come un ceffone in pieno viso.

Quella mattina sul sentiero, dopo aver ansimato fianco a fianco per quattrocento metri, Neil disse che era contento di averla incontrata. La sua bambina, la più piccola, aveva bisogno di farsi tagliare i capelli, ma lui non sapeva quale parrucchiera fosse disposta a occuparsi di una cliente così giovane. Non poteva certo portarla dal barbiere. Jess lo immaginò entrare in un salone suscitando la curiosità di tutte le donne. Le immaginò incrociare gli sguardi nello specchio senza tradire il minimo pensiero. La figlia più grande, avendo i capelli ricci, non aveva bisogno di tagli così frequenti, spiegò lui. Ma i capelli della sorellina minore erano lunghi e fini e si sfilavano sempre dal fermaglio.

Jess se lo figurò al mattino, mentre sistemava i capelli delle figlie e le aiutava a scegliere i vestiti. Tutti i padri che conosceva, i padri che lei e Malcolm avevano avuto, sembravano non appartenere nemmeno alla stessa specie di questo papà single. Jess cercò di immaginare suo padre mentre pronunciava la parola "fermaglio" o guardava un tutorial su come fare le trecce.

"La madre non...?" iniziò Jess, non sapendo bene come andare avanti.

"Aveva promesso di occuparsene lei, ma finora non l'ha fatto." Neil rimase in silenzio per un po'.

Erano quasi arrivati al primo chilometro, il ritmo dell'uno coincideva perfettamente con quello dell'altro.

"Comunichiamo solo tramite avvocati." Neil si voltò e fece una risatina amara. "Ci adorano." Una battuta da avvocato. La battaglia fra i due era così aspra che tenevano in piedi due studi legali.

"Dio mio" mormorò Jess. Non riuscì a trattenersi. Era sconvolgente pensare che due persone potessero amarsi tanto da decidere di sposarsi e poi non fossero capaci di avere una conversazione sul taglio dei capelli di una bambina.

E poi Neil disse "Che vada a 'fanculo", come se niente fosse, come se stesse facendo un'osservazione sul tempo. Jess rallentò il passo. Si distanziò leggermente da lui. Per il resto della giornata continuò a sentire quell'esclamazione: il suo tono, la rabbia che gli ribolliva dentro. *Che vada a 'fanculo.* Decise di mantenere le distanze. Era l'amico di Patrick. Non doveva necessariamente essere il suo.

E poi, più di un anno dopo il loro primo incontro nel cortile degli Hills, Neil le mandò un messaggio la sera tardi. Malcolm era al bar.

Sto guardando quel nuovo film sul disastro aereo, e l'attrice mi ricorda te.

Non era sconcio. Non era allusivo. Jess conosceva il film. In effetti, nei giorni in cui era al massimo della forma aveva una certa somiglianza con la protagonista. Ma leggere quel messaggio la faceva sentire come se avesse accidentalmente azionato un detonatore.

Qual era il problema?, si domandò nella sua stanza immersa nel silenzio. Che lui avesse notato il suo aspetto? Che stesse pensando a lei? Non l'aveva forse notato anche lei? Non si controllavano tutti a vicenda quasi sempre? Solo poche settimane prima Jess non aveva detto a Phil Colombo, che conosceva fin dalle scuole medie, di aver notato che era dimagrito e che sembrava in ottima forma, più giovane e attraente di quando aveva vent'anni? Non gli aveva forse detto qualcosa del tipo "Vai e spacca tutto, tigre!", e lui non le aveva forse ruggito contro, per poi sollevarla da terra e stringerla in un goffo abbraccio? E questo non era accaduto davanti a tutti quelli che si facevano gli affari loro nel reparto panetteria del Food King? Senza che nessuno sentisse la necessità di drizzare le antenne?

Allora perché non c'era nulla di sbagliato in quello, ma qualcosa di leggermente sbagliato nel messaggio di Neil?

Jess cancellò tutta la cronologia della loro chat.

Il problema era la sua reazione, un immediato palpito di desiderio che partiva dal ventre. Mentre si ripeteva di non rispondere al messaggio, già sapeva che l'avrebbe fatto. Sapeva che, qualsiasi cosa ci fosse tra lei e Neil, voleva mantenerla in vita.

Invece finì per decidere di andare a letto. Avrebbe lasciato sfumare la cosa, e quando si fossero rivisti, si sarebbe assicurata di mantenere la conversazione su un tono cordiale. Qualche giorno dopo si recò a casa di Patrick e Siobhán, e Neil era lì, intento ad aiutare Patrick a sradicare il ceppo di un albero. L'estate era agli sgoccioli. I suoi figli stavano per iniziare il secondo anno scolastico a Gillam. Jess era passata per consegnare a Siobhán una selezione di scarpe tra cui scegliere per un matrimonio imminente. Neil era in canottiera e la camicia del completo era stesa su una siepe, perciò Jess immaginò che fosse andato da loro direttamente dall'ufficio per qualche altro motivo – forse Siobhán aveva badato ai suoi figli – e che poi Patrick lo avesse reclutato per farsi aiutare. Siobhán li prendeva un po' in giro, mentre loro, con le vene turgide sulla fronte, lottavano per estrarre la radice con le vanghe, ma Jess trovava difficile ridere o parlare. Non riusciva a seguire quello che diceva l'amica, sorpresa com'era di vedere Neil nel giardino degli Hills. Anche lui sembrava sorpreso. Patrick le urlò un saluto; Neil invece si limitò a guardarla, e rimase dall'altra parte del giardino. Jess si disse che sarebbe stato assurdo sentirsi ferita dal suo comportamento. Erano sudati, sporchi di terra. Lo conosceva appena.

Ma accadde qualcosa in quel momento; una reciproca presa di coscienza, forse. Se un giudice avesse dovuto interpretare tutti gli scambi che avevano avuto, li avrebbe considerati totalmente insipidi, se non per il fatto stesso che esistevano, perché in effetti c'erano stati degli scambi. In seguito, Jess capì che quello era stato il momento in cui qualcosa era cambiato. Lei riconobbe lui, e lui riconobbe lei nello spazio di quella quindicina di metri che li separava. Non c'erano drink da sorseggiare, né telefoni dietro i quali nascondersi.

"Tutto bene?" chiese Siobhán quella sera in giardino. Era quasi il crepuscolo, le giornate si andavano accorciando. E poi, a voce più bassa, aggiunse: "Gli integratori ti fanno ancora venire la nausea?".

"No, abbiamo smesso di provarci" rispose Jess con leggerezza, come se non avesse dovuto comunicare quella notizia alla sua amica più cara da un anno intero ormai. Fece girare l'anello della chiave della macchina intorno al dito e finse di non notare con quanta intensità Siobhán la stava guardando da vicino. Entrò in casa e allineò le scarpe sul pavimento. Quando Siobhán la raggiunse, Jess le indicò quali erano le più comode e quali erano più adatte per ballare, senza mai perdere di vista gli spostamenti di Neil, che era rimasto in giardino.

"Jessie" disse Siobhán, lo sguardo carico di preoccupazione. "Ti andrebbe un bicchiere di vino? I bambini non ci disturberanno per almeno venti minuti." Alzò in aria una bottiglia di Sancerre: sapeva che piaceva all'amica.

Jess era tentata. Rimanere significava che gli uomini sarebbero rientrati, forse. E che forse si sarebbero uniti a loro. Avrebbe potuto vederlo, sedersi accanto a lui.

"Oppure una tazza di tè? È un sacco di tempo che non stiamo un po' insieme, solo noi due" aggiunse Siobhán. "Dai!"

"Mi piacerebbe, Bon-Bon" disse Jess. "Ma devo proprio andare."

"Malcolm è al lavoro, no?"

"Mia madre. La porto a cena."

"Ti comporti in modo strano."

"Lo so."

"Che succede?"

"Niente. Non lo so."

"Okay. Ma presto, d'accordo? Non facciamo una bella chiacchierata da troppo tempo."

Jess mandò un saluto frettoloso a Patrick e Neil mentre si avviava correndo verso la macchina. Appena ebbe svoltato l'angolo e fu fuori dalla loro visuale, accostò e parcheggiò, cercando di fermare il tremito che la scuoteva. "Non è successo nulla" si disse. "Hai fatto un salto a casa della tua amica. Le hai lasciato le scarpe. Non è successo niente." Ma non c'era verso di convincere il suo cuore, che continuava a martellarle nel petto.

Era sicura che avrebbe ricevuto un messaggio, invece non arrivò nulla. E quando fu invitata a una festa dove immaginava che ci sarebbe stato anche lui, declinò l'invito.

Lo incontrò saltuariamente nei mesi successivi, mantenendo sempre la conversazione leggera e rapida. Era bello vederlo, ma aveva un impegno da qualche parte. Le sedute con il dottor Hanley cominciavano a dare qualche risultato. Il bilancio dell'Half Moon mostrava lievi oscillazioni tra il rosso e il nero ogni mese, ma mai troppo consistenti, mai troppo a lungo. Jess cominciò a chiedersi se fosse possibile danzare sull'orlo di un precipizio e continuare a farlo per il resto della vita. Quando ricevettero il tradizionale invito al veglione di Capodanno da Amanda e Toby, si disse che era guarita da qualsiasi sentimento avesse sentito germogliare dentro di sé durante l'estate. Ormoni. Dolore. Noia. La crescente sensazione che la vita le stesse passando davanti e che, se lei non avesse fatto qualcosa, non avrebbe lasciato prove della sua esistenza dietro di sé.

Malcolm diceva sempre che il Capodanno era l'unica notte dell'anno in cui la gente normale perdeva completamente la testa, quindi voleva essere al bar. Aveva ingaggiato un DJ ed eliminato i tavolini dalla sala. Aveva venduto i biglietti in anticipo e ne avrebbe venduti altri all'ingresso. Ci sarebbero stati poliziotti in giro per tutta la città, armati di etilometro. Aveva suggerito agli amici di passare la serata all'Half Moon, ma loro non volevano; dicevano che il locale sarebbe stato pieno di ragazzini e la musica troppo alta. Jess sapeva che Malcolm non era il tipo che faceva pressioni, e infatti non rinnovò l'invito. Fra loro due avevano raggiunto un compromesso. Sarebbero andati entrambi a casa di Toby, si sarebbero trattenuti per un po', e poi, arrivato il momento in cui Malcolm doveva assentarsi, Jess avrebbe potuto decidere se andare con lui o restare alla festa.

"Io sarò impegnato, però" la avvertì. "Potresti convincere un po' di persone a venire a fare un giro." Ma Jess sapeva che nessuno avrebbe avuto voglia di spostarsi, soprattutto se si stavano divertendo.

Neil fu la prima persona che Jess notò quando entrò nella cucina di Amanda. Era appoggiato al piano di lavoro con le braccia conserte, e Jess vide i suoi occhi saettare da lei a Malcolm e poi di nuovo al suo interlocutore in una frazione di secondo. Malcolm gli si avvicinò e gli strinse la mano.

Jess lo seguì e Neil la salutò con un bacio sulla guancia, come avrebbe fatto con qualunque altra donna la sera di Capodanno. In qualsiasi conversazione fosse coinvolta, in qualsiasi gruppetto, Jess sapeva dov'era Neil e sapeva dov'era Malcolm, senza nemmeno guardare. Malcolm usciva in continuazione per chiamare il bar, e ogni volta che rientrava, Jess si aspettava che dicesse che doveva andare, invece restava. La figlia di Toby salì dal seminterrato tutta agitata, chiedendo come avrebbero fatto lei e i suoi amici a sapere quando era mezzanotte, visto che giù non c'era un televisore.

E poi andò via la corrente. Qualcuno urlò a Toby nel buio se avesse pagato la bolletta. Tutti risero. Erano solo le 22. Malcolm uscì in veranda per chiamare il bar e capire se il blackout riguardava tutta la città. Gli altri invitati rimasero perfettamente immobili, temendo di sbattere una gamba contro una sedia, di urtare il bicchiere di qualcuno, e poi lei la sentì: una mano che le scostava i capelli, la calda pressione di un bacio sul collo. Rimase così sorpresa che sul momento non si rese conto dell'accaduto, ma dopo, un minuto dopo e per tutta la settimana, evocò quella pressione ancora e ancora e ancora, il respiro di lui sulla pelle.

"Sei pallida" disse Malcolm quando tornò la corrente.

"Sono solo stanca" disse lei. Un tempo, ogni volta che diceva di essere stanca, entrambi si chiedevano se fosse incinta.

Malcolm soffiò in una lingua di Menelik, e la sottile linguetta di plastica si srotolò sfiorandole l'orecchio.

"Guastafeste" disse. "Immagino che questo significhi che non verrai al bar."

"No. Ma mi dai uno strappo fino a casa mentre vai all'Half Moon?"

"Sei sicura? Potrei darti il vecchio trono di Hugh. Cocktail gratis per tutta la sera?"

"Ma poi resterei bloccata lì fino alla chiusura."

"Posso chiamare un taxi!"

"Nah. Sarà impossibile trovarne uno stanotte. Portami a casa, ti prego."

"Ve ne andate?" chiese Neil un attimo dopo, palesandosi sulla soglia della camera degli ospiti dove tutti avevano buttato i cappotti. "È ancora presto." Malcolm era in salotto a salutare tutti.

"Già" disse Jess senza guardarlo. Fece finta di cercare qualcosa nella borsa. Dall'altra stanza giunse il rumore di un bicchiere che andava in frantumi, di un affannarsi per recuperare scopa e paletta, scrosci di risate.

"Senti, mi dispiace" disse Neil. "Per prima, intendo. È solo che..."

Fece un passo avanti e vacillò. Si aggrappò allo schienale di una sedia per reggersi.

"Oh" pensò Jess. "Ecco, ci siamo."

"Vorrei parlarti."

"Neil" disse lei, e i loro sguardi si agganciarono.

"Tutto a posto?" Malcolm arrivò alle spalle di Neil e gli diede un'ultima pacca sulla schiena. Neil augurò loro la buonanotte e tornò alla festa, all'interminabile girotondo di aneddoti, vecchie battute e drink sempre più abbondanti via via che la notte avanzava. Amanda distribuiva collane di perline e occhiali di plastica con il numero 2018 sopra la montatura. Fuori, in veranda, Jess alzò il colletto del cappotto e lanciò un'occhiata a Malcolm, scorgendo un'ombra passargli sul viso. Lui si tastò le tasche del giaccone come se cercasse qualcosa.

"Che c'è?" chiese Jess.

"Non so" disse lui. "Ho solo una strana sensazione."

Jess continuava a pensarci. Continuava a posare la mano su quel punto del collo. Che puritana si stava rivelando. Tutti sapevano che a Capodanno i confini si spostavano, diventavano meno netti. Lui aveva semplicemente bevuto troppo.

La volta successiva che lo vide fu alla Penn Station, a metà gennaio. Non ci sarebbe voluto molto a fendere la folla per salutarlo, ma non lo fece. Neil aveva un aspetto diverso in città, con gli abiti formali da ufficio e una borsa a tracolla. Stava leggendo qualcosa sul cellulare. Lo vide di nuovo quando fece il cambio a Secaucus, ma lui era davanti a lei e non si voltò. Per tutto il tragitto verso Gillam, Jess lo immaginò da qualche parte sullo stesso treno, intento a osservare la stessa vista dal finestrino, e fu solo quando scesero alla stazione di Gillam che Neil la vide.

"Oh, ciao" disse, sorpreso. Il cerchio di luce proiettato dal lampione spioveva su di loro isolandoli dal resto del mondo. Quanto doveva sentirsi solo. Quanto coraggio doveva essergli servito per riprendere in mano la sua vita e cambiarla radicalmente. Gli altri pendolari si erano già allontanati disperdendosi per la città. Entrambi si lanciarono in una serie di lamentele standard sulle mancanze del servizio ferroviario. "Com'è andata oggi?" chiese Neil. Sembrava sinceramente interessato alla risposta, così Jess gli raccontò qualcosa della sua giornata e attese che lui facesse altrettanto.

Alla fine Neil disse che doveva andare. La babysitter non poteva trattenersi ancora a lungo. La bambina più piccola aveva bisogno di un sasso da dipingere per la scuola e non riusciva a trovarne uno adatto in giardino. Alla più grande serviva una T-shirt di un colore particolare per la "Spirit Week" e lui le aveva promesso di accompagnarla al centro commerciale.

"Un bel programmino" disse Jess.

"Sì, tante cose da sistemare" concordò lui. "E, a proposito. Volevo scusarmi per, ecco..."

"Lascia stare."

"Sai quello che stavo per dirti?"

"Credo di sì."

Questo succedeva un giovedì. Il venerdì le mandò un messaggio per la prima volta dopo molto tempo per chiederle se era a casa e se poteva passare da lei. Doveva aver pensato che Malcolm sarebbe stato impegnato con il lavoro. Tutti sapevano dove trovare Malcolm Gephardt il venerdì sera.

Quando arrivò si chiuse la porta alle spalle ma rimase sulla soglia. Non volle togliersi il cappotto. Jess pensò che le avesse portato qualcosa, ma non aveva niente in mano. Lei era nervosa, lo si capiva dalla voce troppo alta quando gli offrì qualcosa da bere. Cercò con tutte le sue forze di apparire calma e a suo agio, ma non le riuscì. Neil, invece di rispondere, si portò le mani alla testa e la serrò fra i palmi, come per tenerla insieme.

"Jess" mormorò lasciando ricadere le braccia lungo i fianchi.

Lei attese. La vibrazione elettrica che sentiva dentro di sé diventava sempre più forte. Era arrivato il momento, lo sapeva. Sì, era arrivato. Doveva prendere una decisione. Indossava un paio di pantaloni comodi di cotone. La sua vecchia T-shirt dei R.E.M. I capelli raccolti in una coda di cavallo. Niente trucco.

Neil si avvicinò e, allungando il braccio, raggiunse il pannello degli interruttori alle spalle di Jess. Dai suoi abiti si sprigionava l'aria fredda che veniva da fuori. Spense la luce del corridoio, e Jess capì che lui aveva deciso, che qualsiasi cosa stesse per fare non poteva essere vista da chi sbirciava dentro passando davanti a casa.

"Che cosa stai facendo?" gli chiese. Le sembrava di respirare attraverso una cannuccia. Il giaccone di Neil era aperto, e lei posò il palmo sul suo petto, sopra il cuore. Lui rimase perfettamente immobile, forse immaginando che lei stesse per respingerlo. Ma Jess fece scivolare la mano sulla sua spalla e Neil gemette come un animale, come se lei lo avesse ferito in qualche modo.

6

La seconda mattina dopo la nevicata – domenica – Malcolm si svegliò con gli stessi vestiti che aveva indosso il giorno prima, il berretto di lana sepolto tra le lenzuola, il giaccone sul pavimento. Il suo cellulare era morto. Ricordò di essersi alzato nel cuore della notte per rovistare nell'armadietto delle medicine e poi nel comodino di Jess alla ricerca di una compressa di Xanax uscita dalla confezione. Jess non vi ricorreva mai se non dopo aver cercato di prendere sonno da sola, e si era imposta di non assumerne più di una compressa alla settimana. Ma tutto ciò che trovò Malcolm fu un tubetto di crema autoabbronzante, un mucchietto di forcine e un sacchettino di plastica vuoto con l'etichetta "acido folico". Vedeva il proprio fiato addensarsi nella debole luce della luna.

Si domandò se a quel punto Neil Bratton sapesse quali difficoltà aveva Jess nel gestire i ritmi del sonno. Si addormentava facilmente ma non riusciva a dormire a lungo, i suoi pensieri entravano in una spirale e restavano lì, notte dopo notte, tutte le cose che avrebbe potuto fare diversamente, come una biglia che rotola lungo una pista, gli stessi alti e bassi ripetuti all'infinito.

Di sicuro quel giorno la corrente elettrica sarebbe tornata. Di sicuro sarebbe accaduto qualcosa, perché lui non sarebbe stato in grado di sopportare un'altra giornata come la precedente, senza riferimenti su cui basarsi, senza un punto di inizio né di mezzo né una fine. Si alzò dal letto con le spalle indolenzite e andò alla finestra, prima quella che si affacciava sul retro e poi, dopo aver percorso tutto il corridoio, quella che dava sulla strada, seguendo il nuovo rituale che aveva adottato da quando la città era sepolta sotto una coltre di neve. Lo spartineve era passato – si vedevano i solchi lungo la strada – ma doveva esserci stata un'altra spolverata, perché le tracce non erano più ben delineate. Cercò di capire che ora fosse dalla posizione del sole, ma il cielo era una cappa grigia.

Al piano terra, l'orologio a muro indicava che erano appena passate le dieci. Malcolm sollevò la più piccola delle due pentole d'acqua sul fornello e ne bevve più che poté. Poi la posò e prese un respiro profondo premendosi il pugno sul petto. Aprì e chiuse le antine dei pensili della cucina cercando qualcosa da mettere sotto i denti. Mangiò un po' del polpettone di carne che la madre gli aveva messo da parte il venerdì, e si augurò che lei fosse al caldo e che avesse l'accortezza di chiudere bene le porte per trattenere il calore. Sentiva salire lentamente l'irritazione, come una lieve increspatura sulla superficie dell'acqua di un laghetto poco profondo. Era incredibile pensare alla situazione in cui si trovava, bloccato in casa mentre il suo bar era vuoto e sua moglie giocava alla famigliola felice dall'altra parte della città. Chiuse gli occhi ed evocò la scena che aveva sempre il potere di calmarlo: la visione dell'Half Moon stipato fino all'ultimo centimetro, una cover band che suonava canzoni amate da tutti. Pensò al suo amico Adrian, che aveva lavorato all'Half Moon per alcuni anni ma poi si era trasferito a sud, prima a Nashville e poi a Miami. Adrian lo aveva cercato due volte di recente. Gli aveva lasciato dei messaggi in segreteria chiedendo di essere richiamato, senza però dire cosa volesse. Malcolm non aveva avuto tempo di farlo, e poi, un paio di giorni prima della nevicata, aprendo la rivista "Neat", cosa aveva visto? La faccia di Adrian che lo guardava dal suo bar "ai confini del mondo". In realtà non era ai confini del mondo. Era a St. John, sotto un pergolato su quello che sembrava un patio di pietra illuminato a giorno, con i Caraibi che scintillavano sullo sfondo. L'articolo parlava soprattutto degli uragani che avevano colpito la zona l'anno prima e delle iniziative messe in atto per la ricostruzione. Malcolm immaginò come doveva essere gestire un locale laggiù. Niente bollette del riscaldamento. Niente tv via cavo. Nessuna vetrina da sfondare. Solo uno *steel drum* e un tramonto interminabile. Si chiese come facesse Adrian a proteggere il mobile bar e i calici quando pioveva.

Forse Adrian era venuto a sapere che l'Half Moon navigava in cattive acque. Non era un tipo che si vantava dei propri successi, perciò Malcolm era sicuro che, qualunque cosa volesse, non aveva nulla a che fare con il servizio pubblicato su "Neat", ma non riusciva a decidere se richiamarlo, rischiando di sentirsi dire come andava bene il suo locale. Forse avrebbe dovuto fare una capatina a St. John. Poteva recarsi fuori città per qualche giorno e ricavare qualche consiglio utile da un amico che conosceva Gillam, Hugh e l'Half Moon, e sapeva bene quanto fosse impegnativo il loro lavoro.

«Dio» disse ad alta voce, desiderando che succedesse qualcosa, qualsiasi cosa, per distrarsi. Non c'era niente da pulire, niente da riordinare tranne la soffitta, ma non se la sentiva di tornare lassù, escluso. Strinse il pugno evocando l'immagine del viso di Bratton che si contorceva quando entrava in contatto con la sua mano. E anche il viso di Patrick, per averlo invitato a entrare. Lo sapevano tutti, suppose. Come se non avesse nessuna chance? Come se non avesse opzioni decisamente allettanti ogni weekend della sua vita?

Si domandò se la madre avesse trovato qualcuno disposto a spalare la neve dal vialetto di casa. Durante l'ultima nevicata, Mr. Sheridan aveva fatto il giro dell'isolato a bordo del suo quad con lama spazzaneve per liberare il vialetto di Gail Gephardt dopo aver ripulito il proprio. Malcolm era appena entrato a casa della madre e non aveva ancora iniziato a spalare quando avevano sentito arrivare il quad. Con settanta e passa anni sul groppone, Mr. Sheridan prendeva le curve su due ruote, la lama dello spazzaneve strisciava sul manto stradale. La madre gli aveva fatto notare che era un tantino scortese trascurare le altre case, dove c'era gente che aveva bisogno di aiuto quanto lei, ma Mr. Sheridan aveva detto al diavolo, non era responsabile di tutto il vicinato, e dal modo in cui la madre era arrossita, Malcolm aveva capito che le piaceva l'idea che quell'uomo sfrecciasse davanti al pretenzioso vialetto di Margie Strand per raggiungere il suo. Malcolm era sicuro che lei avesse una buona scorta di cibo, ma forse aveva paura a starsene là tutta sola. Nelle ultime settimane era stato contattato due volte dalla sorella, che desiderava parlargli "di mamma", ma lui non aveva avuto modo di richiamarla e ora il suo cellulare era scarico. A ogni modo, sapeva di che cosa voleva parlargli Mary; piccoli errori di una donna anziana – nomi, luoghi. L'aveva notato anche lui, ma non sapeva quanto dovesse preoccuparsi. In effetti sua madre appariva confusa, a volte, su cose di poco conto: era stato oggi che aveva pranzato alla tavola calda, o era successo qualche giorno fa? Ma un attimo dopo era di nuovo perfettamente lucida. Anche la suocera l'aveva chiamato, l'unica volta in cui l'aveva sentita da quando Jess se n'era andata, e gli aveva lasciato un lungo messaggio per avvisarlo della presenza di un procione nella cantina di sua madre, salvo poi smentire: no, non c'era nessun procione, in cantina era tutto a posto. Malcolm aveva cancellato il messaggio e si era proposto di controllare di persona alla prima occasione, ma poi si era lasciato incastrare dal lavoro tutte le sere e l'ultima volta che aveva visto la madre era stato nel tardo pomeriggio di venerdì, in cucina, quando si era presentata a casa per portargli la cena. Si era seduta a chiacchierare mentre lui mangiava. Gli era sembrata perfettamente a fuoco, tranne per un dettaglio, una cosa buffa, in realtà, a pensarci bene. Quando Malcolm l'aveva presa in giro per aver preparato un polpettone così grande che non sarebbe mai riuscito a finirlo, lei aveva detto che non sarebbe di certo andato sprecato, perché suo figlio ne andava matto.

"Tuo figlio?" aveva detto Malcolm ridendo. "Perché, ne hai un altro?"

Jess diceva sempre che lui non era se stesso finché non aveva gente intorno, finché non si confrontava con altri stati d'animo e altre personalità, e Malcolm si adombrava ogni volta che lei lo descriveva così, come un uomo incapace di introspezione, ma ora, in un certo senso, capiva quello che voleva dire. Non è che non gli piacesse stare da solo, piuttosto si sentiva sottotono, non completamente sveglio. Trovò un pacchetto di caffè macinato e valutò la possibilità di mettere una caffettiera a filtro sui fornelli, se solo avesse scovato dei fiammiferi per accendere la fiamma pilota. E poi, dopo aver esitato per un altro minuto, sentì lo scricchiolio della neve ghiacciata sotto gli pneumatici di un'auto, come se provenisse da un sogno.

Un SUV della polizia procedeva lentamente lungo la strada, nella neve così alta che sembrava fluttuare. Malcolm immaginò tutti i suoi vicini accorrere alle finestre, nella speranza che una macchina della polizia li avrebbe distratti per dieci minuti rompendo la monotonia della mattinata. L'auto continuava ad avanzare; passò oltre le case dei vicini e si fermò davanti a quella di Malcolm.

Malcolm cercò di capire chi c'era alla guida, ma non riconobbe il giovane agente che alla fine scese dal mezzo. Lo vide farsi strada nella neve fino alla sua porta.

«Malcolm Gephardt?» disse quando Malcolm andò ad aprire.

«Sono io.»

Jess era morta. Nessuno poteva chiamarlo. Il suo cellulare non risultava raggiungibile. Non sapevano in quale altro modo rintracciarlo.

«Lei è il titolare dell'Half Moon, in Seneca Street?»

«Sì?»

«Era lì lo scorso venerdì sera?»

«Sì. Che cosa sta succedendo?» Si trattava del bar, quindi, non di Jess. Il bar si era allagato. Si era riempito di monossido di carbonio ed era esploso, distruggendo mezza città.

Fece cenno al poliziotto di entrare.

Questi sbatté più volte i piedi sullo zerbino. «Il freddo morde stamattina, eh?»

Malcolm lo guidò attraverso il corridoio fino in cucina. Rimase da un lato dell'isola, l'agente dall'altro. Diede una rapida passata al piano di lavoro come avrebbe fatto al bar prima di servire un drink.

«Allora? Che succede?»

«Lei conosce un certo Charles Waggoner? Mi risulta che sia stato nel suo locale venerdì sera.»

Charles Waggoner. Malcolm sentì il suo corpo rilassarsi. Jess stava bene. Al bar non c'erano problemi. Era solo un tale di nome Charles Waggoner che si era cacciato nei guai.

«Io conosco Tripp Waggoner. C'entra qualcosa? Il locale era piuttosto affollato venerdì sera. Perché? Che cosa è successo?»

«Tripp. Quello è il suo soprannome. Manca da casa da venerdì. La moglie l'ha sentito intorno alle sei, era diretto all'Half Moon. Le ha detto che un amico gli avrebbe dato un passaggio.»

«Mi scusi, oggi è domenica, giusto?»

«Domenica, sì» disse l'agente mentre si frugava in tasca e tirava fuori il telefono. «Con questo blackout i giorni sembrano tutti uguali. A ogni modo, questo è lui. Una foto dell'estate scorsa.»

Malcolm annuì. «Ha rischiato di finire in una rissa. Mi sta dicendo che non è tornato a casa, quindi?»

«No.»

«Mi dispiace.» Da quel momento in poi doveva stare attento, lo sapeva. Un pomeriggio di qualche anno prima, un paio di poliziotti in divisa erano entrati all'Half Moon per fare domande su un tizio che era andato a sbattere contro una casa con l'auto. Non aveva rispettato uno stop ed era piombato in mezzo a una famiglia di cinque persone, tutte immerse nel sonno. L'automobile era finita a meno di cinquanta centimetri dalla testata del letto in cui dormiva un bambino di undici anni. Quel tizio aveva passato la serata a bere all'Half Moon.

Hugh era forse andato nel panico? Niente affatto. Aveva chiacchierato con i poliziotti chiedendo delle loro famiglie. Aveva cambiato argomento in tutti i modi. Aveva detto ad André di mettere due bistecche sulla griglia. E quando gli agenti se n'erano andati, si era stretto nelle spalle e aveva detto: "Non è morto nessuno e l'assicurazione pagherà per i danni procurati alla casa".

«Può aiutarci a far luce sulla dinamica dei fatti?» chiese il poliziotto tornando alla carica. «A che ora se n'è andato? Ha detto per caso dov'era diretto?»

Tripp non era arrivato con i suoi mezzi, un amico gli aveva dato un passaggio, quindi non c'era da temere che avesse investito qualcuno con la sua auto. Malcolm cercò di ricordare: di recente un bar del Bronx aveva fatto notizia perché un avventore se n'era andato dal locale a piedi – *a piedi!* – e aveva aggredito qualcuno, forse un'ora dopo. Il titolare del bar era comunque stato denunciato. Forse, nel caso di Tripp, in qualunque momento se ne fosse andato, qualunque strada avesse preso, era stato notato da uno dei ragazzi che si erano scontrati con lui al bar. Forse lo avevano raggiunto e avevano continuato a litigare. Si sforzò di ricordare il tipo che gli aveva sferrato un pugno, quanto fosse giovane. Tripp aveva incassato il colpo come tutti gli ubriachi, quasi come se non l'avesse sentito, intontito com'era. Ma di sicuro ne avrebbe risentito il sabato mattina.

«Mi spiace, non lo so. Non aveva mai creato problemi prima, ma venerdì si è accapigliato con un gruppo di ragazzi, perciò abbiamo dovuto sedarlo un po'. Credo che fossero le nove e mezzo o giù di lì. Ma alla fine se n'è andato prima che potessimo chiamargli un taxi.»

«"Sedare" in che senso?»

«Nel senso che l'abbiamo preso da parte, portato nel retro e sistemato in cucina. Ho pensato che dovesse smaltire un po' la sbornia. Era da solo, altrimenti avrei chiesto a chi fosse stato con lui di portarlo via. E poi lo conosciamo piuttosto bene, è un habitué. Comunque, se n'è andato.»

A volte capitava che, dopo aver rifiutato di servire altri alcolici a un cliente già alticcio, questi sembrasse ancora più ubriaco dopo un'ora di astinenza rispetto a quando beveva. Come se gli ultimi sorsi di alcol impiegassero esattamente quel lasso di tempo per entrare in circolo e arrivare al cervello. Forse è quello che era successo a Tripp.

«Quando parla di "accapigliarsi", cosa intende?»

«Oh, be'. Prendersela per qualche sciocchezza. I clienti intorno a lui erano infastiditi.»

«Non ha detto che programmi aveva?»

«La maggior parte dei clienti pensavano che sarebbero rimasti bloccati dalla neve, penso» disse Malcolm. «È stata una serata strana.»

«Intendo in generale. Se avesse dei progetti di vita, o se ha accennato a eventuali problemi.»

«No. Non che io ricordi.»

«Okay.»

«È tutto?»

«Sì, è tutto, grazie.»

La giornata che Malcolm aveva davanti a sé era troppo lunga, troppo amorfa. Non parlava con nessuno da venerdì sera. Non voleva che l'agente se ne andasse.

«Sa, di solito Tripp continua a dire che vorrebbe trasferirsi, andare da qualche altra parte, lontano. Staccare la spina. Che siamo tutti idioti a vivere come viviamo, in costante affanno. Roba del genere. Gli piace ripetere che esistono luoghi in cui è primavera tutto l'anno.»

«Sì? E dove vorrebbe andare?» L'agente drizzò le antenne.

«Sembrava molto interessato al Sudamerica.»

«Il Perú? Ha per caso parlato del Perú?»

«Sì, il Perú. Come lo sa?»

«Cos'altro ha detto?»

«Solo che laggiù è tutto bellissimo. Si era informato sul costo di un acro di terra in una determinata area, su quanto avrebbe potuto far fruttare il suo denaro. Cose del genere. A quanto pare, odia il suo lavoro.»

Il poliziotto rimase in attesa, come se sperasse di ricavare altre informazioni.

«Io mi limito a lasciar parlare la gente. Lavora nella finanza, ma non mi chieda che cosa fa di preciso.»

Pensò a Jess, a quella volta in cui gli aveva chiesto se fosse felice, e alla propria reazione, come se non sapesse di che cosa stava parlando, come se non si fosse mai fatto quella domanda, l'espressione chiusa sul viso di lei quando aveva pensato di essere l'unica a farsela. In seguito, pensò che forse era stato meschino a lasciarglielo credere, che Jess doveva essersi sentita ancora più sola, ma che, se avesse continuato come se non ci fossero altre scelte, lei avrebbe fatto altrettanto. Solo che non era andata così. Nell'ultima settimana Malcolm aveva ricevuto diversi promemoria per il pagamento delle spese: il rateo annuale dell'assicurazione per l'invalidità e per gli incidenti sul lavoro, il permesso del ministero della Salute, il sospeso con la società che si occupava della manutenzione degli estintori e della cappa di aspirazione. Presto avrebbe dovuto pagare l'IVA del primo trimestre.

«Ha aggiunto dei dettagli? Come si sarebbe mosso se fosse riuscito ad attuare il suo piano?» insistette il poliziotto.

«Non che io ricordi. Non l'ho preso troppo sul serio, per la verità. Dovrebbe sentire i discorsi che fa la gente quando riesce ad agganciare qualcuno disposto ad ascoltare. Non si rendono conto che trasferirebbero soltanto i loro problemi, esattamente gli stessi, in un posto nuovo, in una relazione nuova, in una carriera nuova – qualsiasi cosa pensino possa risolverli.

«Sembra una brava persona» aggiunse Malcolm, «ma basta che alzi un po' il gomito e diventa un esperto, una specie di tuttologo. Ha presente il tipo, no? Mi dice come gestire il bar. Le insegna a fare il poliziotto. Sarebbe capace di dire a un pesce come si nuota.» Si strinse nelle spalle. «Era decisamente triste. Anche un po' arrabbiato sotto sotto, ma siamo tutti così. Spero che non gli sia successo niente di male.

«Desidera un caffè?» chiese Malcolm, ma si corresse subito dopo. «Oh, scusi. Dimenticavo che non c'è corrente.»

L'agente chiuse il suo taccuino e se lo rimise in tasca. Malcolm lo seguì fino alla porta. Notò il nuovo cumulo di neve alto poco più di un metro in fondo al vialetto. Doveva essere passato lo spartineve mentre erano in cucina a parlare, e ora quella barriera di neve si sarebbe senz'altro trasformata in un solido blocco di ghiaccio.

«Il blackout è esteso a tutta la città?»

«A tutta la contea.»

«Le strade sono a posto, però?»

«No, sono impraticabili. È stata diramata un'allerta con l'invito a rimanere a casa. Abbiamo fatto interventi di soccorso per tutta la notte.»

«Ma le previsioni dicono che il gelo durerà per giorni.»

«Si rischia di rimanere bloccati. Davvero. Si muova soltanto in caso di assoluta necessità. Comunque, grazie per il suo tempo.»

L'agente si accinse a tornare alla sua auto posando i piedi nelle stesse orme lasciate all'andata.

«Ehi, scusi. Potrebbe per caso darmi un passaggio fino al

mio bar? Visto che va da quelle parti e la sua macchina è oltre quella montagna di neve?» Diede un'altra occhiata all'enorme cumulo depositato proprio dove il suo vialetto si immetteva in strada. «È un edificio vecchio. Ho un generatore là, ma devo dargli un'occhiata e sistemarlo. La leva della conduttura dell'acqua si è rotta qualche anno fa e non l'ho mai fatta riparare, perciò temo che possa scoppiare un tubo.»

L'agente esitò.

«Mi farebbe un grosso favore.»

«Sì, va bene.»

«Grazie, mi serve solo un minuto» disse Malcolm, e si affrettò a rientrare in casa. Si vestì a strati con indumenti puliti, prese il portafoglio, le chiavi, il telefono. Si mise gli stivali, uscì dalla porta sul retro ed entrò nel capanno degli attrezzi per prendere la tanica della benzina, poi si diede una rapida occhiata intorno per vedere cos'altro poteva servirgli. Quando tornò al vialetto, temeva che l'auto non ci fosse più, invece era ancora là che lo aspettava. L'agente aveva appena scavalcato il muretto di neve e stava scendendo barcollando dall'altra parte. Quando fu il turno di Malcolm, posò la tanica in cima alla cresta e si arrampicò carponi.

L'auto era calda. La via era stata liberata da poco, ma dal modo in cui il sole si rifletteva sul manto stradale, Malcolm capì che il sottile strato rimasto era completamente ghiacciato.

«I suoi superiori sono così preoccupati per Tripp che l'hanno mandata in giro con questo tempaccio?»

Il giovane poliziotto non rispose subito. Superò lentamente lo stop in fondo alla via e svoltò evitando di toccare il freno.

«Lei lo chiama Tripp. Gliel'ha detto lui di chiamarlo così?»

«Credo di sì. Non è di certo venuto in mente a me.»

«È un soprannome che si porta dietro dall'infanzia. Di solito si presenta come Charles. Probabilmente lei gli sta simpatico.»

«Dice?» replicò Malcolm.

L'auto passò con il rosso al semaforo della Raritan.

«È mio padre.»

«Ah» disse Malcolm, sorpreso, cercando di ricordare esattamente cosa avesse detto di Tripp. Niente di troppo negativo, sperava.

«Dovrei chiudere l'accesso alla collina da Overlook Drive. Sono Rob Waggoner.»

Malcolm non si era mai chiesto come potessero essere i figli di Tripp.

«Da un paio d'anni non fa che parlare di andarsene. Mi ha preso da parte circa sei mesi fa, ma è così ossessionato da quest'idea folle che non ho dato peso a quello che diceva. Ma se n'è andato davvero. Proprio come aveva detto. Ora, non riesco a immaginare che qualcuno possa fare molta strada dopo la nevicata di venerdì, ma d'altra parte penso che forse, essendo una cosa pianificata da tempo, potrebbe essersi procurato dei documenti... cioè, documenti falsi, intendo.»

«Documenti falsi» ripeté Malcolm. «Sta scherzando?»

«So che sembra assurdo. Mia madre pensava che avesse una relazione. Era sfuggente, chiudeva il portatile di scatto quando lei entrava nella stanza. A volte lo vedeva sfogliare i file di una cartella, ma quando, approfittando della sua assenza, lei la cercava, non riusciva mai a trovarla. Le piccole cose che scopriva non avevano mai a che fare con le donne.»

«Di cosa si trattava?»

«Posti dove voleva andare, come vivere là. Patagonia. Mongolia. Canada settentrionale. Luoghi davvero impervi, selvaggi. Ma quello che ricorreva più spesso era il Perú.»

«Se siete preoccupati, non potete fare delle ricerche? Divulgare un appello con una descrizione?»

«Come nei film?» Rob gli lanciò un'occhiata. «Spiccare un mandato di cattura? Il nostro capitano ha fatto un annuncio raccomandando di tenere gli occhi bene aperti, e possiamo allertare altri dipartimenti di polizia, ma non possiamo fare nient'altro. E siamo molto impegnati in questo momento, con la popolazione bloccata in casa con questo freddo e senza elettricità.»

«Senta, la gente dice un sacco di sciocchezze che non pensa realmente» osservò Malcolm mentre procedevano lungo Seneca Street, i negozi deserti con la neve ammonticchiata sulla soglia e appiccicata alle vetrine. «Sento continuamente storie del genere: "Sto per mollare mia moglie. Lascio il mio lavoro. Scriverò il mio libro di memorie e lo venderò a Hollywood". Ma pochissime persone passano realmente ai fatti. E mi sembra un po' eccessivo supporre una situazione simile per un tipo come Tripp. Inoltre, ricorda che tempo c'era venerdì sera? Sono sicuro che è rintanato da qualche parte e che presto tornerà a casa. Scommetto che ha il telefono scarico.»

Nel frattempo erano arrivati all'Half Moon.

«Darei un'occhiata in giro, se non le dispiace» disse Rob. «Voglio farmi un'idea della sua serata.»

Non c'erano altre macchine in circolazione, così Rob lasciò l'auto di pattuglia in mezzo alla strada con il motore acceso.

«Certo, venga pure» disse Malcolm. Non ricordava esattamente in quali condizioni avesse lasciato il locale, ma sapeva che non era a posto, con il pavimento da lavare e i bicchieri disseminati qua e là.

«Potrebbe trovare un po' di disordine» disse mentre apriva la porta. Proprio come aveva temuto, non appena entrato vide per terra un tovagliolo macchiato di ketchup. Alla luce del giorno, ancora più implacabile del solito per il riflesso della neve, notò gli aloni sui tavolini alti. Posò tutto ciò che si era portato da casa e tese l'orecchio per sentire il gorgoglio dell'acqua. Andò in cucina, aprì l'anta del ripostiglio in cui teneva l'occorrente per le pulizie, si inginocchiò e tastò il vecchio tubo. Freddo ma intatto. Si avvicinò al lavandino e aprì il rubinetto, fece scorrere l'acqua per verificare che non fosse gelata, pronta a far scoppiare i tubi. Era un edificio solido. Brutto ma solido. Hugh aveva detto la verità. Ma lì dentro sembrava fare più freddo che a casa.

«Dunque» disse Malcolm tornando nel salone. «Tripp, o Charles, o come vogliamo chiamarlo – insomma, suo padre – era seduto laggiù.» Indicò il punto con il dito.

«E poi, come le ho detto, lo abbiamo portato in cucina per allontanarlo dal gruppo di ragazzi con cui stava litigando.» Condusse Rob in cucina e gli mostrò la sedia dove avevano fatto accomodare Tripp. «I ragazzi se ne sono andati. Non so dove.»

«Okay.» L'agente si guardò intorno. «E poi?»

«E poi è sparito. Io entravo e uscivo, il personale era affaccendato. Deve essere uscito da questa porta, perché non è passato dalla sala. L'avrei visto.»

Rob spinse la porta che dalla cucina dava sul vicolo laterale. Malcolm vide la pala da neve appoggiata al cassonetto, esattamente dove pensava che si trovasse. Entrambi gli uomini si sporsero dalla porta il più possibile e guardarono a sinistra e a destra. Se fossero stati in un film, quello sarebbe stato il momento in cui lo avrebbero trovato, seduto contro il cassonetto, congelato, con i ghiaccioli che gli pendevano dal naso.

«Il parcheggio per i pendolari è laggiù» disse Malcolm indicando la fragile recinzione di rete metallica che separava il retro dell'Half Moon dalla proprietà della Metro-North. Scrutò anche quella zona alla ricerca di un corpo e, dall'espressione seria di Rob Waggoner, capì che il giovane poliziotto stava facendo altrettanto. Ma in quel punto lo strato di neve era più sottile a causa degli alberi, e Malcolm era sicuro che non c'era nulla là se non le stesse bottiglie vuote e gli stessi scatoloni sfasciati disseminati in quel posto da anni. Rob sapeva dov'era il parcheggio, ovviamente. Il punto era che Tripp poteva essere andato sia in una direzione sia nell'altra. Avrebbe potuto tagliare a sinistra uscendo dalla porta della cucina e girare intorno all'edificio per ritrovarsi sul marciapiede di fronte, oppure avrebbe potuto svoltare a destra e attraversare il parcheggio, allontanandosi dalla città.

Malcolm notò che Rob aveva alzato lo sguardo verso la luce del vicolo, dotata di un sensore di movimento. Sotto c'era un piccolo cilindro che sembrava una telecamera, ma l'unica vera telecamera era sopra la porta d'ingresso e puntava alle spalle del buttafuori. Installare una telecamera attiva su entrambe le porte costava il doppio, e Malcolm aveva pensato che una finta sarebbe bastata come deterrente. Lo disse a Rob e si scusò, consapevole che una vera telecamera di sicurezza sarebbe stata utile. Insieme fecero alcuni passi esitanti all'esterno, provando la superficie ghiacciata della neve per capire se avrebbe retto il loro peso. Malcolm fu il primo a farsi strada, seguito da Rob. Uno dopo l'altro si aprirono un passaggio lungo il vicolo fino al marciapiede. Nulla. Tornarono sui loro passi girando intorno all'edificio. Malcolm aveva lasciato i guanti sul bancone e le sue mani erano così fredde che cominciava a sentire un formicolio nei polpastrelli.

«Dovrebbe controllare il tragitto verso casa. Non si sa mai.»

«Già fatto.» Rob alzò lo sguardo verso gli alberi, verso il delicato merletto di rami ghiacciati. Un attimo dopo disse che se ne sarebbe andato, ma che sarebbe passato più tardi per vedere se Malcolm aveva bisogno di uno strappo a casa.

«Nah, non si preoccupi per me. Mi sistemerò qui.»

«Sicuro? Okay.»

«Non dimentichi di chiudere Overlook Drive.»

«Oh sì, certo.»

Una volta che Rob se ne fu andato, Malcolm si sedette al bar e mangiò un intero pacchetto di stuzzichini ficcandoseli in bocca direttamente dal sacchetto di plastica. Trovò due arance, le sbucciò e mangiò anche quelle. Controllò il cellulare, ma aveva ricevuto soltanto degli stupidi meme di persone che cadevano rovinosamente sul ghiaccio e due messaggi di Toby, che si lamentava di essere alla terza ora di Monopoli in famiglia. Da parte di Jess, nulla.

Usò il fisso per chiamare la madre – grazie al cielo aveva conservato il caro, vecchio telefono con il filo –, ma continuava a suonare a vuoto. Capovolse le sedie sui tavoli e spazzò il pavimento. A distanza di quasi quarantotto ore da quando era saltata la corrente, l'acqua del lavandino scorreva ancora calda, così riempì un secchio e passò lo straccio pulendo ogni angolo del pavimento. Gli faceva bene muoversi, fare qualcosa di utile. Passò un panno umido sul bancone e sul piano di lavoro alle sue spalle. Spolverò le bottiglie. Pulì il tappetino sotto la rastrelliera dei bicchieri. Lavorando si scaldò così tanto che si tolse il cappotto. Immaginò Emma che entrava, sorpresa di trovarlo lì. Immaginò che cosa le avrebbe detto, e poi cosa avrebbe detto lei, e cosa sarebbe potuto succedere. Immaginò che arrivasse Jess, e il suo corpo si chiuse a riccio. Non le avrebbe reso le cose più facili. Si sarebbe limitato a fissarla finché lei non avesse parlato, e poi le avrebbe detto che non gli importava un fico secco di quello che aveva deciso di fare della sua vita. Diede una passata al bagno, svuotò tutte le pattumiere, portò fuori i sacchi e, già che era lì, liberò la pala dal ghiaccio che la imprigionava e andò a spalare il marciapiede davanti all'entrata. Lasciò di proposito il telefono all'interno, ma dopo qualche minuto cedette alla tentazione di controllarlo. Nulla.

L'acqua nel serbatoio non sarebbe rimasta calda per sempre, quindi andò nel bagno degli uomini e si sciacquò il viso, senza curarsi della pozzetta che si formava per terra. Usò la chiave segreta per aprire l'armadietto dove teneva gli asciugamani di ricambio, e trovò tre canottiere bianche, semplici, ancora con il cartoncino inserito fra le pieghe. Aprì lentamente quella in cima e se la accostò al petto. «Bene, proprio quello che ci voleva» disse togliendosi la T-shirt che indossava e infilandosi quella nuova. Usò la maglietta umida di sudore per asciugare i lavabi e l'acqua versata sul pavimento. La passò anche sugli orinatoi. Poi la gettò nella pattumiera e si lavò le mani.

Si rivestì e scese in magazzino per prendere il generatore che aveva acquistato in preda al panico in seguito a un terrificante uragano, non molto tempo dopo che il bar era diventato suo. Era un apparecchio di fascia economica, inadatto a garantire l'autosufficienza del locale, tanto che, all'epoca, Jess aveva detto che sarebbe stato meglio spendere di più per un modello buono, invece di buttare soldi per uno che si sarebbe rivelato pressoché inutile in caso di emergenza. Il tuttofare era intervenuto dicendosi d'accordo con lei: il modello scelto da Malcolm era poco meglio di un generatore da campeggio. Malcolm era stato tentato di chiedere a quel ficcanaso che cosa gliene importasse, ma invece di reagire facendo valere le proprie ragioni, aveva sollevato il generatore fino all'altezza della cassa senza nemmeno usare il carrello e aveva sbattuto la carta di credito davanti a Jess. Lei era rimasta in silenzio, fissando ostinatamente fuori dal finestrino, per tutto il tragitto verso casa. Ora, a distanza di due anni, guardando quell'acquisto sbagliato come se fosse la prima volta, capì che Jess aveva ragione: la stufa anni Ottanta che aveva ereditato dalla gestione di Hugh avrebbe assorbito tutta l'energia elettrica. Scosse la tanica di benzina che aveva recuperato nel capanno degli attrezzi e si domandò quanto sarebbe durata.

Trovò una bottiglia di olio per motori che non era mai stata aperta, portò fuori olio e generatore e si inginocchiò nella neve. L'aria era trasparente, gelida, e più sottile di quanto non fosse all'ingresso del locale. «Forza» disse tirando il cordino di accensione una, due volte, e poi, grazie al cielo, il motore si accese, rumoroso come un piccolo aereo.

Rientrato nel locale dopo aver sistemato la stufa, trovò dei fiammiferi e accese due fuochi del fornello a gas. Tenne le mani sospese sulle fiamme per qualche istante prima di mettervi sopra una pentola d'acqua e una padella. Aprì la cella frigorifera, valutò quale cibo sarebbe stato più facile da cucinare e tornò ai fornelli con una confezione di hamburger. Ne tirò fuori due e li mise in padella. Anche i panini erano congelati, quindi li dispose accanto. Trovò una decina di candele su uno scaffale e le allineò sul bancone per quando sarebbe sceso il buio.

Erano quasi le cinque. La carica del cellulare non sarebbe durata ancora a lungo. Controllò le previsioni meteo e poi il bollettino locale per vedere se avevano stimato quando sarebbe tornata la corrente. Perché non aveva mai fatto riparare quella benedetta leva della conduttura dell'acqua? Perché si vergognava di chiedere all'idraulico se fosse disposto a lavorare a credito. L'intero impianto era così vecchio che sarebbe stato necessario spaccare in cantina e sostituire tutte le tubature. Un costo che l'assicurazione non avrebbe coperto.

Poteva perdonare Jess? La domanda si insinuò nella sua mente come se gli fosse stata sussurrata nel silenzio assoluto. No, pensò immediatamente, la risposta più ovvia, quella che si poteva leggere sul viso di Patrick e di Siobhán, quando gli avevano parlato venerdì sera. Certo che no. Non dopo essere stato messo in ridicolo in quel modo. Eppure, c'era qualcosa che fremeva tra i pensieri che gli rimbombavano in testa in frasi compiute e le sensazioni informi, ancora tutt'altro che lineari, che ribollivano sotto.

C'era stata quella sera, tanti anni prima.

Jess aveva cambiato lavoro, era passata allo studio legale decidendo, diversi anni dopo i suoi compagni di corso, di voler diventare socia. Le piaceva lavorare per l'Unione Internazionale dei Lavoratori. *Conosceva* quegli uomini, capiva meglio di chiunque altro di quali tutele avevano bisogno, per non parlare delle poche donne che facevano parte del sindacato, dell'impegno e delle strategie che dovevano aver messo in campo per farsi accettare, e loro avevano ancora più bisogno di lei. Ma quel lavoro non le dava una retribuzione sufficiente per ripagare i prestiti studenteschi. Così d'un tratto aveva deciso di cambiare strada e si era ritrovata a lavorare più ore nel tentativo di recuperare il tempo perduto. Viaggiava, andava a cena con i colleghi a San Diego e Seattle. Ogni volta che la chiamava, Malcolm sentiva delle voci in sottofondo a cui non riusciva ad associare delle facce. A casa era sempre sommersa da fascicoli e faldoni. Volevano comprare una casa, ma rimaneva un'iniziativa fuori dalla loro portata. Uno dei due era sempre al lavoro.

Mentre Jess cercava di rendersi indispensabile per lo studio, lui era al suo solito posto, all'Half Moon, a fare in modo che fossero tutti a loro agio, ma per la prima volta si sentiva un po' bloccato, come se a un certo punto si fosse precluso delle opzioni senza nemmeno rendersene conto. John lavorava ancora lì, ma altri collaboratori se n'erano andati, avevano ripreso gli studi o erano diventati elettricisti, agenti di borsa o rappresentanti farmaceutici. Gli altri percorsi professionali erano migliori? No, ma avevano cose di cui Malcolm non si era mai interessato prima, cose che lo facevano morire di noia ogni volta che saltavano fuori: conti spese flessibili per l'assistenza sanitaria, piani pensionistici.

"Se avremo un bambino" aveva detto Jess, scegliendo fra le diverse opzioni assicurative del pacchetto che le avevano spedito le Risorse Umane poco prima di passare allo studio, "dobbiamo assicurarci di essere coperti per ogni eventualità, no? Non vorremo trovarci alle prese con una franchigia. Saranno detrazioni in più a ogni busta paga, ma penso che ne valga la pena, giusto?"

"Giusto" aveva detto Malcolm senza pensarlo davvero.

Quella sera. Anzi, neppure una sera. Un'ora. Jess era in dirittura d'arrivo in un caso sul quale lavorava da anni. Aveva visto un medico, aveva fatto alcuni esami. Non avevano idea di cosa li aspettasse, ma lui ne sentiva già il peso.

Lavoro, lavoro, lavoro. Nient'altro. Passavano giorni senza mai vedersi da svegli, e quella mattina notò che Jess aveva cerchiato due giorni imminenti sul calendario da scrivania, come se lui fosse uno stallone e quelle fossero le date in cui doveva offrire la sua prestazione migliore. Malcolm fece una battuta quando lo vide. Che fine aveva fatto la spontaneità? Nel frattempo, Erica Delfino gli faceva il filo da... quanto?, quindici anni almeno, e non ne faceva mistero. Su sollecitazione di John, Malcolm si concesse qualche bicchiere dietro il bancone, cosa che faceva molto di rado. Hugh aveva già fatto un salto al locale, quindi potevano stare tranquilli che non sarebbe tornato, ed era passato un sacco di tempo dall'ultima volta in cui Malcolm si era preso una sbronza come si deve. Quella sera, quando smise di servire al banco per sgombrare i tavoli ed Erica gli si strusciò contro, lui le posò la mano aperta sul fondoschiena come se fosse la cosa più naturale del mondo.

"In cucina" disse, e non ebbe il minimo sentore che stava per fare un invito finché non gli uscì di bocca. Erica entrò per prima, e un attimo dopo lui la seguì. Era tardi e il locale lavorava ancora a pieno ritmo, ma la cucina era già chiusa. Quanto ai membri dello staff, se n'erano andati tutti tranne Malcolm, John e il buttafuori, che stava sul marciapiede, a presidiare la porta d'ingresso. Erica si sedette sul piano di lavoro con un saltello, e Malcolm le passò una mano fra i capelli, così diversi da quelli di Jess. Il suo viso era un cuore perfetto. Non erano amiche, lei e Jess. Non le aveva mai viste chiacchierare. Le posò una mano sul collo e sentì il cuore di Erica pulsare sotto il pollice. Proprio mentre si diceva che non era poi la fine del mondo, che non aveva nulla a che fare con Jess né con la vita che stavano costruendo insieme, subito dopo aver ricordato a se stesso che si stava comportando meglio della maggior parte degli uomini – guarda John, per esempio – proprio in quell'istante, oddio, entrò Jess.

Erica sparì immediatamente.

"Che succede, Mal?" disse Jess con tono gelido, facendo ruotare lentamente lo sguardo nella stanza. Malcolm conosceva quell'espressione. E di sicuro lei conosceva la sua. Malcolm aveva immaginato che fosse già a casa a quell'ora, invece aveva scoperto che era uscita con le amiche, e che avevano finito per andare a ballare da qualche parte nel New Jersey. Quando erano salite sul taxi a fine serata, Jess aveva chiesto all'autista di portarla all'Half Moon. Voleva fare una sorpresa a Malcolm. Doveva essere stata lei a raccontargli com'erano andate le cose, perché era così che lui le aveva ricostruite fin dalla mattina dopo, e ogni volta che il ricordo riaffiorava inaspettato, lasciandolo con una strana sensazione nelle viscere, come se gli mancasse il terreno sotto i piedi. In quel momento nella sua testa non c'era nulla se non un'interferenza, un rumore bianco. Jess lo studiò con una calma così misurata che Malcolm capì che lei conosceva già la risposta.

Non ricordava se le avesse risposto, né cosa le avesse detto. Ricordava solo di aver spinto la porta a vento e di essere tornato nel bar lasciandosi assorbire dal rumore, dal caldo, dalle richieste dei clienti.

Quanti anni prima era successo tutto questo? Fece un rapido calcolo all'indietro.

Per settimane, dopo quell'episodio, era riuscito a stento a tirare avanti. Il ricordo gli attraversava la mente nei momenti più improbabili, e ogni volta il viso di Erica diventava sempre più insignificante, la sua disponibilità più fastidiosa. Era esterrefatto al pensiero di quanto fosse stato stupido, di quanto avesse rischiato. E per cosa, poi? Per evadere dalla sua vita per un'ora? Per farsi sostenere da qualcuno che significava così poco per lui? Come aveva potuto immaginare che avrebbe funzionato?

"Cos'è successo ieri sera?" chiese Jess il giorno dopo, mentre spalmava del burro di arachidi su una fetta di mela e lui buttava giù due compresse di ibuprofene. Jess si era trattenuta all'Half Moon per un'ora, dopo averlo sorpreso in cucina. Aveva scambiato quattro chiacchiere con tutti e si era perfino fatta qualche risata, mentre lui faceva di tutto per mostrarsi impegnato dietro il bancone, troppo preso dal lavoro per parlare. Sebbene lei chiacchierasse ostentando naturalezza, Malcolm aveva capito che stava rimuginando su quello che era successo.

"Di cosa parli?" chiese lui, con il caffè sul fuoco e la posta ammucchiata sulla credenza.

"Lo sai" disse Jess guardandolo con fermezza. "Dimmelo. Lo accetto, basta che me lo dici."

"Non so a cosa ti riferisci."

Perché non aveva semplicemente detto che gli dispiaceva? Che si era bevuto il cervello e che non sarebbe mai più accaduto? Perché non era stato capace di dire che lei gli mancava ed era preoccupato per il cambiamento che sentiva arrivare su di loro?

Controllò l'ora in cui sarebbe tramontato il sole e calcolò che ci sarebbe voluto ancora un po' di tempo prima che la luce calasse del tutto. La stufetta stava facendo il suo dovere, ma lui si sentiva ancora le mani gelate. Quando si fece troppo buio per leggere le ricevute delle carte di credito, cercò una torcia. Sapeva che non si sarebbe mai potuto addormentare sul pavimento, senza considerare tutte le trappole per topi che aveva tirato fuori da sotto il lavandino e dietro i bidoni della spazzatura, e gli squittii di quelli vivi che gli davano i brividi. Così accostò tre sedie in modo da potersi sdraiare e avere un supporto per le gambe se le avesse distese.

Fino a venerdì, quando Patrick e Siobhán erano passati a trovarlo al bar, fino al momento in cui gli avevano detto quello che sapevano, gli era sembrato che, se nessuno gli avesse chiesto cosa stava succedendo, se non avessero pronunciato quelle parole, lui e Jess avrebbero potuto tirare avanti così per sempre, una sorta di stallo tra spazi, come un corridoio tra le stanze. Erano separati ora? Quella parola aveva un peso, delle implicazioni legali, perciò non l'aveva mai usata. Ma altre persone sì. "Siete separati da mesi, ormai" aveva detto sua madre non molto tempo prima, e lui aveva reagito in maniera esagerata, andando su tutte le furie, come se lei volesse incasellare qualunque cosa stesse succedendo fra lui e Jess in una categoria in cui non rientravano.

Prese il telefono, cercò online il nome Neil Bratton e trovò settemila risultati. Quello che gli interessava era in fondo alla prima pagina. Ma non c'era granché. Due foto professionali. Senior partner. Il sito diceva che il suo campo di specializzazione comprendeva cause civili, indagini governative, responsabilità del datore di lavoro e reati amministrativi dei colletti bianchi. "Impressionante" si disse Malcolm, anche se le parole, in un certo senso, sembravano scivolargli addosso, e poi pensò a quanto Neil dovesse essere brillante. Probabilmente con lui Jess parlava di cose di cui non avrebbe mai potuto parlare con Malcolm, cose che suo marito non poteva nemmeno immaginare perché non le conosceva per niente. Non gli piaceva il senso di vuoto provocato da questa consapevolezza. Così chiuse gli occhi, si figurò un rooftop bar pieno di clienti, un trio di musicisti, un cielo stellato, gente che rideva, tutti seduti uno accanto all'altro. Vide se stesso al centro, a sorvegliare il suo piccolo regno. Sarebbe stato stupendo se fosse riuscito a realizzare tutto questo, in qualche modo.

Fece un rapido calcolo mentale, e visti i risultati deludenti, si mise a cercare informazioni sul Perú. Temperatura massima e minima. Governo. Prezzo degli immobili. La batteria del suo telefono era al 5 per cento. Quattro per cento. Cercò un posto come quelli di cui parlava sempre Tripp. Cercò luoghi dove l'acqua che scendeva dalle Ande era così fredda che avrebbe intorpidito la mano di chiunque avesse allungato il braccio per sentirla scorrere tra le dita.

7

Azalea Estates, la zona residenziale in cui viveva Neil, era considerata il quartiere elegante di Gillam, ma secondo Jess non aveva personalità. Le case erano diverse una dall'altra, ma in maniera rigida e regolare, come se ci fossero stati tre modelli fra cui scegliere e, in fase di progettazione del complesso, il costruttore si fosse assicurato di non mettere mai due case dello stesso tipo una accanto all'altra. Pietra, mattoni, tegole, ripeti. Marrone chiaro, grigio, azzurro, ripeti. Nel suo quartiere, quello in cui era cresciuta e dove lei e Malcolm avevano comprato una casa e immaginato di creare una famiglia, ogni villetta era diversa perché ogni generazione che aveva vissuto lì aveva costruito una dépendance, o aggiunto una veranda, o convertito un garage in una stanza abitabile. Di recente i Dunleavy avevano ridipinto la loro casa con un lilla audace, le imposte con un color melanzana, la porta d'ingresso e la cassetta della posta con un rosa chiaro. Per settimane le auto rallentavano quando ci passavano davanti. I vicini trattenevano al guinzaglio il cane mentre riflettevano se una casa di quel colore fosse da considerare allegra o bizzarra. Lungo la costa, magari, ma a Gillam? C'era un camper scassato nel vialetto dissestato dei Dunleavy e due quad arrugginiti nel giardino da così tanti anni che la maggior parte dei vicini non li notava nemmeno più, finché, su uno sfondo completamente diverso, all'improvviso quei rottami erano tornati a dare nell'occhio. "Un bel macello": così Malcolm aveva descritto il risultato dei lavori di riverniciatura. Ma Jess sosteneva che perlomeno quella casa aveva una personalità, raccontava qualcosa su chi la abitava.

Non c'erano centri commerciali nel quartiere di Neil. Non c'erano pizzerie né gelaterie che i bambini potessero raggiungere a piedi, a meno di non attraversare la strada a quattro corsie che un tempo segnava il confine di Gillam, e poi proseguire per un altro chilometro e mezzo per arrivare nel cuore della città. Il limite di Gillam si era spostato quando Jess frequentava ancora la facoltà di Giurisprudenza, a causa di un problema con il fornitore locale di energia elettrica, sicché un angolo di Riverside era diventato Gillam da un giorno all'altro. "Tecnicamente Gillam" diceva la gente. "Ma..." Perfino a marzo, quando il resto della città era coperto di sale e di sabbia, gli abeti rossi e le siepi di bosso di Azalea Estates sembravano accoglienti come in un film di Natale.

Jess non metteva piede a Gillam da oltre quattro mesi, dal giorno in cui lasciò la casa di Cobie per trasferirsi da Neil. Quella mattina, invece di prendere il treno, Neil andò a New York in auto, in modo da poter passare a prenderla dopo il lavoro. Lei portò il borsone in ufficio e passò la giornata a pensare di mandare tutto all'aria. Stava succedendo troppo in fretta e non si sentiva pronta. Aveva perso il controllo della situazione e doveva riprenderlo. Poteva dire di aver avuto un contrattempo. Poteva dire che Cobie e Astrid avevano bisogno di lei perché badasse ai bambini. Negli ultimi tempi c'era tensione fra le due – erano in disaccordo su tutto, da come rompere uno scatolone per la raccolta differenziata a dove andare in vacanza – e Jess era sicura di essere la causa di quella tensione, anche se Cobie sosteneva che la sua presenza in casa aveva migliorato la situazione, perché aveva dato a lei e ad Astrid qualcosa su cui concentrarsi a parte i bambini e il rapporto di coppia. Jess si era offerta di occuparsi dei bambini per qualche giorno, se volevano prendersi una breve vacanza. "Andate via per una settimana!" disse. "Perché non approfittate della mia presenza?" Astrid guardò Cobie come se desiderasse che la sua compagna rispondesse di sì, e il cuore di Jess si spezzò per lei.

"È un brutto momento in ufficio" disse Cobie, e ogni barlume di speranza sul viso di Astrid sparì in un istante. Non aprì bocca. Si limitò a infilare i cestini del pranzo negli zaini e disse che avrebbe portato fuori il cane per una passeggiata.

"Non sei sempre gentile con lei" osservò Jess una sera in cui era sola con Cobie in terrazza a sorseggiare vino. I bambini erano in casa a giocare a *Minecraft*.

"Oh!" esclamò Cobie. "Mi stai dispensando consigli su come mantenere viva una relazione?"

"Era solo per dire" si giustificò Jess. "È una brava persona e un'ottima partner. Non dimenticartelo."

"Anche il tuo" ribatté Cobie. "Malcolm, intendo" aggiunse con un'espressione divertita sul viso.

"Non l'hai mai detto prima. Mai una volta, in tutti questi anni."

"Lo sto dicendo adesso" disse Cobie alzando le spalle. "Non mi piace questo nuovo tipo."

"Non l'hai mai nemmeno incontrato."

"Non c'è bisogno che io lo conosca per saperlo. Ah, e un'altra cosa..."

"Oh, cavolo."

"Non è questione di scegliere uno o l'altro, sai? Esiste anche una terza possibilità. Puoi semplicemente stare da sola per un po'."

Poteva dire a Neil, semplicemente, che non sarebbe riuscita ad andare a Gillam. Che era cambiato qualcosa dentro di lei da quando lui aveva detto a Patrick che cosa stava succedendo. Ma Neil arrivò al suo ufficio dieci minuti prima del previsto e le disse di sbrigarsi, perché era fermo nella corsia riservata agli autobus. Jess saltò sulla sua auto così in fretta che in un batter d'occhi si ritrovò a macinare chilometri lungo la West Side Highway. Pensò ai crisantemi che aveva piantato in ottobre. Si domandò se Malcolm se ne fosse sbarazzato quando erano appassiti e diventati marroni, o se fossero ancora sul gradino di casa, il vaso pieno di foglie umide.

Una volta arrivati a Gillam, i fari di un'auto che si avvicinava da una via laterale illuminarono l'abitacolo di quella di Neil, e Jess abbassò la testa, sperando di non essere riconosciuta. Un attimo dopo attesero al semaforo esageratamente lungo sulla Dearborn, mentre un'auto identica a quella di sua madre per marca e modello era in attesa dall'altra parte. Jess si sistemò i capelli in modo da coprirsi il viso e chiese a Neil di dirle per favore se la targa di quella Camry rossa iniziava con HGX. No, non iniziava così.

"Jess" disse Neil.

"Lo so."

"Che cosa dovrei fare, secondo te? Non hai quasi aperto bocca da quando siamo partiti da Manhattan."

"Sinceramente, forse è meglio se mi lasci alla stazione."

Neil accostò, non per farla scendere alla stazione ma per poterla guardare. La luce dei lampioni diventava più forte via via che scendeva il crepuscolo. Avrebbe potuto benissimo essere su un palcoscenico. Scivolò sul sedile.

"È tutto così stupido."

"Lo so."

"Ho fatto una chiacchierata con i bambini. Anche con Ethan." Ethan aveva solo due anni. Jess era particolarmente ansiosa di passare del tempo con lui. Neil diceva che sembrava sentire la mancanza della madre soprattutto la sera. Era un po' sconcertante, visto che papà e mamma si erano separati quando lui aveva pochi mesi, e da allora i piccoli passavano con la madre solo due weekend al mese.

"Mi dispiace."
"Non eravamo d'accordo che ci avremmo provato sul serio?"
Jess rimase in silenzio. Era stato Neil a suggerire che lei si trasferisse a casa loro, ma nella stessa conversazione le aveva anche chiesto se avesse in mente un divorzista, perché, in caso contrario, lui aveva un paio di nomi da proporle. Erano nell'atrio di un affollato ristorante del centro quando lui aveva pronunciato la parola "divorzio" per la prima volta, e lei si era voltata fingendo di leggere il menu e aveva chiesto al proprietario quanto ci sarebbe voluto prima che si liberasse il loro tavolo. Più tardi, terminato il pasto, Neil le aveva ripetuto la domanda, dicendo che lei stava evitando la questione. Ma la questione da evitare era sua.
"Ho detto che mi sarei fermata per il weekend. Non ho mai detto che sarei rimasta più a lungo. Devo andare da mia madre. Devo riflettere bene, e posso farlo solo da lì. Devo vedere Malcolm e affrontare la faccenda. Per te è diverso. Io devo fare le cose per bene."
"*Ora* devi fare le cose per bene?" disse Neil.
Jess fu tentata di scendere dall'auto in quel preciso istante.
"Scusami" disse lui cercando la sua mano. "Scusa. Sono solo stanco. E impaziente, credo. Nel momento in cui prenderai questa decisione, le nostre vite miglioreranno. Potremo smettere di nasconderci. Le mie figlie si fanno delle domande, ne sono sicuro. Vorrei farti conoscere i miei genitori, ma non posso presentarti se sei ancora sposata. Una volta che avrai sistemato tutto, potremo far sì che questo accada davvero. Potremo essere una famiglia."
Una famiglia incasinata, non esattamente quella che Jess aveva sempre desiderato, ma abbastanza simile. Pensò a Malcolm, al modo in cui se la prendeva comoda la domenica mattina, all'abitudine di preparare dei panini e di fare lunghe passeggiate insieme prima che lui scappasse al bar per vedere come andavano le cose.

Non per la prima volta, Jess si chiese quale fosse il vero motivo per cui Neil e la moglie si erano lasciati. Era come le aveva raccontato lui, senz'altro, ma la sua versione della storia era soltanto un livello di una trama stratificata. Ogni tanto, quando se ne stava spaparanzata sull'enorme poltrona a sacco di Cobie, mentre i bambini guardavano il programma di cucina che amavano, Jess dimenticava il proposito di affrontare la vita giorno per giorno e le capitava di pensare di svegliarsi accanto a Neil nel cuore della notte, con la sua bottiglietta dell'acqua sul comodino, la soluzione per le lenti a contatto sulla mensola del bagno, gli occhiali da lettura piegati sul tavolo, quando scendeva la mattina. Quanto tempo sarebbe passato prima che i piccoli oggetti della vita di Neil diventassero familiari, parte dello sfondo della propria giornata? "Dove tieni i bidoni della differenziata?" avrebbe chiesto appena trasferita a casa sua, e poi, dopo esserselo sentito dire solo una volta, era là che avrebbe messo i rifiuti da riciclare per il resto dei suoi giorni.

"È il fatto di essere qui" disse. "Lo sai, questo. Se tu vivessi da un'altra parte, sarebbe diverso. Devi capire la posizione in cui mi trovo. Io sono nata qui. Anche se dovessimo affrontare tutto questo, non è che andremmo a cena fuori a Gillam. Non faremmo la spesa al Food King. Non posso sopportare l'idea che la gente parli di noi."

"Bene" iniziò Neil, e Jess decise che se lui avesse detto che doveva pensarci prima, lei avrebbe aperto la portiera e lo avrebbe lasciato per sempre. "Se io vivessi da un'altra parte, non ci saremmo mai incontrati."

La guardò, e qualsiasi cosa lei stesse per dire ormai era svuotata di significato. La strada davanti a loro curvava leggermente a sinistra, e dopo la curva, Jess lo sapeva, avrebbero trovato un segnale di stop. Dopo lo stop sarebbe arrivato un dosso che le provocava puntualmente una capriola allo stomaco ogni volta che l'auto ci passava sopra sobbalzando. Jess conosceva ogni centimetro della sua città, era scolpita dentro di lei. Si domandò per la centesima volta che cosa stesse facendo.

L'ultima volta in cui si erano parlate, sua madre aveva fatto una piccola allusione a Gail Gephardt, che negli ultimi tempi sembrava confusa. Non riuscendo a contattare nessun altro, Gail aveva chiamato Maureen Ryan per dirle che da qualche tempo sentiva un rumore proveniente dal seminterrato ed era convinta che fosse un procione. "Che spavento!" aveva esclamato la madre di Jess. "E il suo amico Artie Sheridan? Perché non si è rivolta a uno degli amici di Malcolm se non riusciva a rintracciare il figlio? E la *protezione animali*? Ma no, ha pensato bene di chiamare me, e si aspettava che io facessi un salto a casa sua per darle una mano. Cosa faccio se mi trovo faccia a faccia con un procione? Comunque, quando sono andata là non ho visto nulla."

"Malcolm lo sa?" aveva chiesto Jess.

"Me la sono ritrovata lì in cima alle scale ad attendere che io facessi rapporto" aveva proseguito Maureen ignorando la sua domanda.

"Mamma."

"È mai scesa lei là sotto? Non si sa. Ma quel che è certo è che ha chiesto a me di andarci. Come se io non avessi già i miei problemi."

"Mamma, ehi?"

"Malcolm lo sa?" le aveva fatto eco la madre. "Non sono io la moglie di Malcolm. Sei tu. Quindi ti conviene chiamarlo e dirgli che sua madre ha bisogno di lui."

Un giorno, poco prima che Jess se ne andasse, Gail Gephardt era diretta dalla parrucchiera che frequentava da vent'anni, quando si era imbattuta in una deviazione del traffico che l'aveva messa in difficoltà. Si era fermata sul ciglio della strada e aveva chiamato Malcolm. Non trovava nessun punto di riferimento familiare. Aveva continuato a girare come indicavano i segnali, ma a un certo punto i segnali non c'erano più e non era riuscita a capire dove si trovasse. Malcolm aveva cercato di spiegarle come geolocalizzarsi sul cellulare, ma lei si limitava a urlare: "Malcolm!". Così le aveva consigliato di proseguire finché non avesse trovato un bar dove prendere una tazza di caffè, chiedere l'indirizzo esatto e poi richiamarlo. Le aveva raccomandato di risalire subito in macchina e di bere il caffè mentre lo aspettava; lui l'avrebbe raggiunta in un lampo. Era poi emerso che la donna si trovava a qualche centinaio di metri dalla parrucchiera, dove Malcolm l'aveva poi accompagnata guidando a quaranta chilometri all'ora. Quando era scesa dall'auto, lui aveva constatato che si era tranquillizzata, anzi, pensava di cavarsela da sola al ritorno. Ma poiché Malcolm sapeva che avrebbe trovato la stessa strada chiusa nel tragitto inverso, aveva comprato un giornale e l'aveva aspettata.

"Ma guarda un po' chi c'è!" aveva esclamato la titolare quando lui era entrato nel negozio per chiedere quando sarebbe stata pronta la madre. "Non ci si vede dai tempi del college."

E da sotto la sua corona di bigodini di carta stagnola Gail aveva detto: "Eh, quello non è durato molto".

"Scusami" disse Jess a Neil mentre il ricordo svaniva. "Sono solo nervosa."

"Vedrai che andrà meglio."

"Ne dubito" avrebbe voluto dire Jess, invece disse: "Lo spero".

Viveva ancora con Malcolm la prima volta che aveva visto la casa di Neil. I bambini avrebbero passato la notte dai nonni e a Jess era sembrato di essere tornata al liceo, intrufolandosi in un posto che non avrebbe dovuto frequentare. Non poteva stare lì, assolutamente no. Immaginava i vicini che sbirciavano dalla finestra. Immaginava che il genitore di un compagno delle figlie di Neil passasse senza preavviso e la trovasse lì. Era una follia essere arrivata anche solo al vialetto di quella casa. Si acquattò sul sedile come se fosse una criminale. Aveva pensato di dire a Malcolm che sarebbe andata a cena a White Plains con una vecchia compagna di università e non voleva tornare a casa tardi in macchina, perciò avrebbe dormito sul divano dell'amica, ma lui non le aveva chiesto nulla. Aveva in programma un weekend di musica dal vivo al locale e sperava in un buon afflusso di clienti. Jess e Neil sarebbero andati a cena in una località a un'ora di auto più a nord, vicino a Cold Spring. Lei aveva accettato di entrare in casa sua solo perché fuori era buio e le sembrava meno rischioso che restare in macchina. Mentre aspettava che lui recuperasse quello che aveva dimenticato – il portafogli, il telefono o che altro – osservò i soffitti ribassati e le grandi finestre senza tende. Si era immaginata uno spazio dall'impronta maschile, qualcosa di moderno e sofisticato, qualcosa che sembrasse un'estensione del modo in cui lui vestiva, invece la casa pareva la sala d'attesa di uno studio dentistico. In soggiorno, addossati alle pareti, c'erano due brutti divani fin troppo imbottiti, con rivestimenti floreali che mal si abbinavano. Qualche tavolino di legno scuro piazzato qua e là senza criterio.

"Illustrami il tuo stile."

"Quello di mia madre" disse Neil. "Smettila di fare quella faccia. Non avevo nessuna intenzione di litigare con Christine per dei divani."

"Non stavo facendo nessuna faccia."

"La cosa buffa è che mi sono reso conto di quanto fossero brutti solo quando ho iniziato a immaginarti qui, a fare esattamente quella faccia."

"Non la sto facendo" insistette Jess.

"Sì, invece."

Ora, per la seconda volta a casa di Neil, con i bambini che chiacchieravano nella stanza vicina, sentiva le farfalle nello stomaco. Erano entrambi sulla soglia del disimpegno, e Jess sapeva che Neil non avrebbe mai fatto un passo in più senza togliersi le scarpe, nemmeno per sbaglio. Probabilmente sarebbe rimasto sconvolto se avesse potuto sbirciare nei ricordi di Jess e vedere la sua casa durante gli anni del liceo, le scarpette da calcio del fratello che lasciavano piccole zolle di erba e di fango secco per tutta la casa, il lavandino della cucina sempre pieno di resti di cibo che la madre raccoglieva con le dita piegate ad artiglio.

Vedersi fuori come avevano fatto fino a quel momento, rubando ore qua e là, significava che si incontravano sempre già corazzati. Neil, sbarbato e impeccabile con una camicia bianca, l'orologio che spuntava dai polsini ogni volta che allungava il braccio per prendere qualcosa. Jess con una gonna a matita, un po' di mascara, un velo di lucidalabbra, tre gocce di correttore sotto gli occhi, sapientemente sfumati in modo da nascondere le rughe. Ma a casa era tutto diverso: gli inserti dorati dei calzini di Neil contro le piastrelle di ceramica, la vulnerabile rilassatezza della pelle del collo, che non aveva mai notato prima, rendevano Jess esitante; non era sicura di voler scoprire anche quell'aspetto di Neil. Via via che lo conosceva meglio, aveva la netta sensazione che ci fossero dettagli che si sarebbero rivelati più pienamente con il passare del tempo. "Le sue manie" le avrebbe definite sua madre. Le manie di Neil erano chiudere la porta dietro di sé accompagnandola fino al clic finale, con un'ulteriore pressione per qualche secondo per essere certo che fosse ben chiusa; guardarsi subito intorno per verificare se c'era qualcosa fuori posto; leccarsi il pollice per sfregare una macchiolina della boiserie che vedeva soltanto lui; posare la valigetta in fondo alla panca e poi controllare dove Jess aveva posato la sua.

Queste piccole cose, lei lo sapeva, erano l'estremità di una vena che percorreva forte e profonda la roccia della sua personalità. Una volta Jess gli aveva portato una tazza di caffè in macchina perché era passato a prenderla un po' in anticipo, e lui, dopo aver guardato il caffè, aveva detto: "Sì, mettilo pure lì", come se Jess gli avesse chiesto il permesso. "Non lo conosco" si era detta allora, e se lo ripeté anche in questa occasione. "Non lo conosco davvero."

Da quando aveva messo piede in casa di Neil, Jess non aveva fatto altro che pensare a Malcolm – se l'avesse già saputo, se era possibile che fosse ancora all'oscuro di tutto, come avrebbe fatto lei a dirglielo. Ora che era tornata a Gillam, con Malcolm nelle vicinanze, si sentiva sopraffatta da tutto il senso di colpa che era riuscita a tenere a bada fino a quel momento. Che il bar fosse in difficoltà, che Malcolm avesse trascinato entrambi in un progetto che lei non approvava – erano questioni vecchie. Non c'era bisogno di tirarle di nuovo in ballo e arrabbiarsi. Si figurò Malcolm che veniva a sapere della relazione fra lei e Neil incrociando le braccia e rifiutandosi di guardarla in faccia. Qualsiasi altro uomo al mondo avrebbe intuito qualcosa, ma Malcolm? Probabilmente l'idea non lo aveva nemmeno sfiorato.

"Figurati!" disse Neil quando lei gli confidò questa sensazione. Ma era vero, era proprio così. Malcolm non poteva immaginare che gli altri arrivassero a fargli cose che lui non avrebbe mai fatto a loro. Bastava pensare a quello che era successo con Hugh.

"Hai detto che è spavaldo, no? Ecco, credo che sia così" concluse Neil. Ed era stranissimo: ogni volta che Neil lasciava intendere di essere d'accordo con il giudizio che Jess dava di Malcolm, lei era portata a modificare tale giudizio, in modo che lui si rendesse conto che non avrebbe mai capito fino in fondo quello che lei intendeva dire. Malcolm aveva tutti i motivi per essere spavaldo. Era bello e affascinante, e quando amava una persona, l'amava con tutto il cuore. Non era espansivo, ma non si lamentava mai di nulla, mai, e c'era sempre quando ti aspettavi che ci fosse. Era per questo che gli amici gli volevano bene, era per questo che gli stavano accanto da quarant'anni. Nel tormentato divorzio di Neil, del quale, secondo lui, la moglie era l'unica responsabile, chi aveva conservato gli amici comuni? Era un dettaglio che Jess aveva notato solo di recente.

Era strano pensare che tutti gli amici e i vicini di casa avessero continuato a vedere Malcolm, che negli ultimi mesi, come di consueto, lui avesse ritirato la posta, fatto rifornimento di benzina e comprato la solita quota settimanale di gratta e vinci. Doveva essersi portato la scala in spalla, aver appeso le luci di Natale e poi averle tolte. Lei non aveva visto nulla di tutto questo, ma gli altri sì. E pensarci le dava la stessa sensazione che provava la notte, quando si svegliava di soprassalto mentre nel sogno stava per cadere nel vuoto.

Seguì Neil lungo il corridoio fino in cucina, dove la babysitter stava caricando la lavastoviglie. Quando Neil aveva parlato di una babysitter, Jess si era figurata una ragazzina. Ma ovviamente una ragazzina doveva andare a scuola e non poteva badare ai bambini a tempo pieno. Quella era una donna adulta. Il suo viso le era familiare: o l'aveva incrociata al liceo, o l'aveva vista all'Half Moon. Jess rimase in disparte, esaminò i faretti da incasso come se fosse lì per ritinteggiare la stanza, prendere qualche misura e poi andarsene. Neil disse alla babysitter di lasciar stare i piatti e di considerarsi libera, ma proprio lì, davanti a lei, li girò tutti nell'altro verso, opposto rispetto a quello in cui li aveva sistemati la donna.

Forse Neil era pedante fino al midollo e lo sarebbe diventato anche con lei, con il suo corpo e le sue abitudini. Prima di entrare in casa sua, erano stati insieme in camere d'albergo, nel suo ufficio dopo l'orario di lavoro, nella casa al mare vuota di un suo amico. Quasi, ma non del tutto, in una Jeep sostitutiva quando erano andati a nord, e Neil aveva portato l'auto dal meccanico per cambiare i freni. Due volte a casa di Cobie quando Jess aveva avuto campo libero per un intero fine settimana, perché Cobie e famiglia erano in Texas per un matrimonio. Quella soluzione a Neil non era piaciuta: stare in casa d'altri, a suo dire, lo metteva a disagio.

Ma cinque minuti in casa sua, il luogo in cui si tagliava le unghie e si appisolava davanti alla tv, erano già bastati per condividere un'intimità molto più forte di quegli incontri precedenti. Jess distolse lo sguardo dai pensili della cucina, dove Neil teneva le farine alternative e le vitamine. Distolse lo sguardo dalla pila di libri sulla mensola del caminetto, nel timore che i suoi occhi si posassero su un Ayn Rand o Milton Friedman.

"Ho fatto la vasectomia" aveva buttato lì una volta, poco dopo l'inizio della loro relazione. "Non me l'hai chiesto, ma è bene che tu lo sappia. Nel caso fossi preoccupata. O nel caso sperassi di..."

Quella conversazione era avvenuta più o meno quando avevano iniziato a discutere l'idea che, qualunque cosa ci fosse tra loro, non si trattava di una cosa passeggera, che avrebbero dovuto trattenere e coltivare quel sentimento, dargli la possibilità di vivere. "È meglio che tu sappia che non sono aperto a questa possibilità."

"No, certo che no" lo aveva rassicurato Jess, ma dirlo ad alta voce aveva risvegliato quella stessa sensazione di vuoto che pensava di essersi lasciata alle spalle, come se vagasse alla cieca in una bolla di aria gelida.

"Comunque, il problema era mio, in tutta la faccenda. Non di..."

Ma non voleva pronunciare il nome di Malcolm. Non voleva portare il pensiero di lui in quella stanza, in quel contesto, non con una persona che si era presa la libertà di fare congetture su quello che era accaduto fra lei e il marito, quello che era andato storto.

"Non ho alcuna speranza di rimanere incinta. Non preoccuparti."

Ma Jess una speranza l'aveva – vaga, irragionevole. Non era il richiamo prevalente, ma c'era, di sicuro. Nulla di concreto, solo un pensiero fugace: forse. Una persona diversa, una combinazione diversa. C'era una cosa su cui i vari forum concordavano: il concepimento era un processo misterioso. Se lo ricordò solo quando Neil le parlò della vasectomia e lei dovette affrontare la propria delusione. A ogni modo, c'erano i bambini già nati. Bambini che avevano bisogno di una madre per più di due weekend al mese.

Quando Jess e Neil entrarono in soggiorno, i bambini non si mossero. La tv era sintonizzata su un programma in cui una donna ballava vestita da bambina.

"Ehi, bambini" disse Neil. "Vi presento Jess."

"L'abbiamo già conosciuta" disse la più grande.

"A casa di Cara, giusto?" disse Jess. Cara era l'ultimogenita di Patrick e Siobhán. D'un tratto Jess scoprì in quale altro modo l'intera città sarebbe venuta a sapere di lei e Neil. La bambina l'avrebbe detto a tutti a scuola, e le insegnanti – la maggior parte delle quali era cresciuta a Gillam – avrebbero sentito.

"Sì" disse la piccola. "Mi ricordo di te."

"Ma non vi siete presentate ufficialmente" insistette Neil.

"Sì, invece" replicò la bambina.

"Bene, bene" pensò Jess.

"Ciao!" disse la più piccola delle due sorelline. Ethan sollevò le braccia per andare in braccio a papà.

La babysitter, notò Jess, non incrociò il suo sguardo quando le passò davanti per uscire, e Jess vide svolgersi i primi minuti del tragitto di quella donna verso casa, nella propria immaginazione, come la scena di un film. Ancor prima di fermarsi al semaforo rosso di Main Street, avrebbe mandato un messaggio alle sue otto migliori amiche, per informarle che la moglie di Malcolm Gephardt era appena entrata in casa di Neil Bratton con l'evidente intenzione di rimanere. Cinque di loro avrebbero risposto dicendo di aver sentito qualcosa al riguardo, Malcolm e la moglie non si erano separati in autunno? Una avrebbe chiesto se Malcolm era il barista sexy dell'Half Moon, o se lo confondeva con qualcun altro. È lui, avrebbero risposto sei su otto, aggiungendo poi un'emoji della fiamma. Una avrebbe detto che lui e la moglie le erano sempre sembrati una coppia mal assortita quanto a figaggine. Una avrebbe chiesto all'amica babysitter di scattare una foto di Neil, la prossima volta che fosse andata a casa sua. Non era molto attivo sui social, ed erano proprio curiose di vedere se era in grado di reggere il confronto con Malcolm.

"A questo punto lo saprà tutta la città" disse Jess, condividendo i suoi timori, una volta che la babysitter se ne fu andata.

"E allora?" chiese Neil. "Chi se ne importa?"

Jess provò a ripeterselo per vedere cosa provava. Già, chi se ne importava?

Be', a lei importava eccome.

Da quattro mesi tentava di farsi vedere poco nella stanza degli ospiti di Cobie, si aggirava come un satellite ai margini delle interminabili discussioni famigliari su chi dovesse accompagnare a calcio chi, o al coro, convinta che, quando fosse arrivato il momento di prendere una decisione, sarebbe stato ovvio quello che avrebbe dovuto fare. E poi, di punto in bianco, Neil aveva spifferato tutto a Patrick. Lui e Patrick erano andati in un negozio di attrezzature da sci a Warwick che stava per cessare l'attività. Patrick aveva sentito parlare di queste svendite pazzesche e aveva convinto Neil ad andare a curiosare. Avevano acquistato sci nuovi, scarponi, zaini, e poi erano andati a zonzo per tutto il pomeriggio. Dopo la confessione, i dubbi di Neil erano stati sufficienti per farlo tornare sobrio e indurlo a chiamare Jess dalla soglia del bar. Per qualche motivo lei se lo era figurato con gli scarponi da sci. "Tre Manhattan e mi è scappato di bocca." L'aveva messa giù così, senza mostrarsi minimamente pentito.

Malcolm era in grado di reggere venti Manhattan e rimanere una tomba. Ecco perché la gente gli raccontava i fatti propri.

"Aspetta, cosa?" chiese Jess premendosi il telefono all'orecchio come se questo potesse aiutare. C'era vento, ovunque Neil si trovasse. Sembrava che stesse urlando dalla parte opposta di un campo.

"Patrick era piuttosto sconvolto" disse Neil, gridando per sovrastare il vento.

"Che cosa ha detto?"

"Ha detto che voi due avete passato anni davvero tosti. Che forse avrebbe dovuto prevederlo."

"Ha detto così?" balbettò Jess, già sulla difensiva, chiedendosi che cosa avrebbe visto Patrick guardando la situazione da fuori.

"Dov'è in questo momento? Può sentirti?"

"No, è dentro. È andato in bagno, poi ci faremo ancora un paio di drink."

"Un paio di drink? Non è arrabbiato con te?"

"Arrabbiato con me?"

"Be', sì."

"È sorpreso. Non approva, ovviamente. Ma no, non ha fatto scenate o cose del genere."

Jess avvertì un dolore sordo che partiva dalle viscere e si diffondeva in tutto il corpo. Le sembrava di essere sul punto di vomitare.

"Gli ho detto che so che è molto amico di Malcolm. Gli ho detto che sono consapevole di averlo messo in una brutta posizione."

Molto amici? Patrick e Malcolm erano amici per la pelle da quando avevano sei anni. Patrick aveva paura del vento, e Malcolm gli teneva la mano mentre attraversavano di corsa il parcheggio della scuola per andare a prendere l'autobus. Quando il padre di Malcolm era morto all'improvviso, Patrick aveva dormito sul pavimento della camera di Malcolm per una settimana. Ma Neil non sapeva nulla di tutto questo. Mentre lui parlava, il cellulare di Jess iniziò a illuminarsi. Un messaggio di Patrick, che le chiedeva di chiamarlo, seguito da una telefonata che lei rifiutò. Poi una chiamata da Siobhán. Poi venti messaggi in circa quindici secondi, tutti di Siobhán.

Cazzo
Jess cosa sta succedendo
Chiamami
Oppure chiama P
Stai bene?
Che cosa ti sta succedendo Jessie?
Hai detto che avevi bisogno di spazio
Hai detto così e io ho pensato che era giusto dopo tutto quello che hai passato
Io e P siamo in pena per te!
E pensiamo che forse la colpa è di M
Può essere
Perché M non è proprio un gran chiacchierone ecc.
Neil l'ha detto a P
Ma com'è possibile?
Ora mi dice che la cosa va avanti da tempo! Cosa cazzo succede?
Jess!
Non voglio giudicare, solo parlare
Potrebbe essere una piccola cosa che ti è sfuggita di mano, giusto?
Tutto sommato
Chiamami appena puoi

Neil la richiamò dall'Uber che lui e Patrick avevano condiviso per tornare a Gillam, dopo che Patrick era sceso. Patrick aveva lasciato la macchina e gli sci a Warwick e sarebbe andato a recuperarli il giorno dopo.

"Secondo me, quando tutti lo sapranno ci sentiremo meglio entrambi, non credi?"

"No" disse Jess. "Non la penso affatto così."

"Jess, l'avresti comunque detto a Malcolm, giusto? Voglio dire, è passato un bel po' di tempo ormai."

Ribadì lo stesso pensiero il giorno dopo, quando le fece una sorpresa andando a trovarla in ufficio per invitarla a pranzo. Si scusava, se questo l'avrebbe fatta sentire meglio, si era preso la sbornia più memorabile della sua vita. Sembrava meno in forma del solito, e a metà della 59th Street si fermò e disse che in realtà non era dispiaciuto. In fondo lei stava temporeggiando, erano entrambi abbastanza intelligenti da capirlo, ed era ora di ammetterlo, altrimenti sarebbe andato avanti all'infinito. Voleva fare un tentativo o no? Lui sì. Voleva una famiglia. Una famiglia degna di questo nome. Non quella cosa sbilenca in cui viveva da quando aveva divorziato. E voleva lei, in particolare. Quante persone aveva incontrato il giorno del Memorial Day al barbecue organizzato a casa di Patrick? Quante donne incrociavano la sua strada ogni santo giorno? Ma era stata Jess a impigliarsi nella sua mente. Era Jess quella a cui non era riuscito a smettere di pensare nei giorni successivi.

"Quindi hai preso in mano la situazione" disse Jess.

"Sì" disse Neil, e si strinse nelle spalle. "È anche la mia vita."

Il fatto che Patrick non se la fosse presa con Neil tenne sveglia Jess per tutta la notte. Non voleva che nessuno fosse arrabbiato con nessuno. Voleva che tutti prendessero atto della situazione e si sforzassero di capire. Eppure. Aveva due chiamate perse di Patrick prima delle otto di quella mattina. Inoltre Toby, che non era tipo da mandare messaggi, aveva scritto per dirle che la trovava disgustosa e di non farsi mai più vedere a casa sua. Chi glielo aveva detto?, si domandò Jess. Patrick o Siobhán? Lo avevano chiamato la sera tardi o la mattina presto? E in ogni caso: perché? Avevano telefonato anche a Malcolm? Non erano affari di Toby. *Disgustosa.* Toby non le era mai stato nemmeno simpatico, e si era sempre chiesta per quale ragione al mondo Malcolm e Patrick gli avessero permesso di seguirli come un cagnolino per tutta la vita. Per quanto ne sapeva, non faceva altro che rubare le loro battute e vantarsi del proprio lavoro. Jess continuò a fissare il messaggio per avere la conferma che avesse scritto proprio quelle parole. Stava andando a una riunione quando apparve la notifica. Sforzandosi di restare impassibile, lasciò i fascicoli sul tavolo della sala riunioni, chiuse il portatile, silenziò il telefono, si rifugiò nel bagno delle donne e rimase in un cubicolo per due minuti con la fronte premuta contro la parete di finto legno.

"Non so cosa sto facendo" aveva detto il giorno in cui se n'era andata, mentre si accingeva a trasferire una pila di vestiti nella valigia. Aveva un dolore sordo alla nuca e le scoppiava la testa.

"Te ne vai" disse Malcolm, limitandosi a rimanere lì a guardare con le spalle ingobbite, e per una frazione di secondo le passò per la mente che lui potesse sferrare un pugno contro il muro, o qualcosa del genere. Era lì da qualche parte, quella possibilità, ma Malcolm teneva sotto controllo tutte le emozioni estreme, e avrebbe finto che non gli importasse nulla piuttosto che fare una scenata, anche se non c'era nessun testimone tranne lei. Jess pensò di fargli notare che era la prima volta da molto tempo che prestava attenzione a quello che lei faceva, ma sapeva che sarebbe apparsa come una bambina petulante in cerca di attenzioni, così si trattenne. Non voleva arrivare a uno scontro.

"Non *vado via* veramente." Smise per un attimo di sistemare la valigia, ma non lo guardò in faccia. "Abbiamo solo bisogno di una pausa."

Perché aveva detto così? Che non se ne stava andando davvero. Non lo sapeva, in realtà. Non sapeva nulla.

Continuava a tornarle alla mente il giorno in cui lei e Malcolm avevano comprato la casa, quanto avevano sperato di poter versare una caparra. E come si erano sentiti invincibili, una volta versata: ventotto anni lei e trentadue lui, avevano staccato un assegno più cospicuo di quanto avessero mai pensato di poter fare. Con l'atto e le chiavi in mano, erano andati nella casa nuova subito dopo aver firmato, erano entrati e si erano diretti in soggiorno prima che Malcolm ricordasse quello che intendeva fare. Aveva riportato fuori Jess in modo da farle varcare la soglia fra le sue braccia. Lei gli aveva fatto notare che era più una cosa da prima notte di nozze, mentre loro erano già sposati da tre anni, ma un attimo dopo si ritrovò con i piedi alzati da terra, ridendo felice mentre Malcolm cercava di non farle sbattere la testa contro lo stipite.

Dentro la casa vuota avevano aperto tutte le antine dei mobiletti, fatto scorrere l'acqua dei lavandini. Erano scesi in cantina e avevano controllato la caldaia. Poi, risalendo al piano di sopra, avevano sentito scricchiolare le assi del pavimento. Avevano esplorato la soffitta, dove Malcolm aveva dato un'occhiata all'isolamento. Il capocantiere aveva stabilito che presto sarebbe stato necessario sistemare il tetto, ma non subito, avrebbe resistito ancora un po'.

"E adesso?" aveva chiesto Malcolm una volta completato il tour, ed erano rimasti in piedi nel corridoio spoglio al piano di sopra, sorridendosi e guardandosi negli occhi.

"Abbiamo tantissime cose da fare" aveva detto Jess, ma con un tono poco convinto.

Malcolm profumava di schiuma da barba. Tutto di lui – dalla linea delle sopracciglia alle mani, al modo in cui i pantaloni aderivano ai fianchi – era estremamente virile.

"Qui?" aveva detto lei mentre lui la stringeva a sé. "Il pavimento è troppo duro."

"Puoi stare sopra."

"Le mie povere ginocchia!"

"Allora stiamo in piedi."

"Ho bisogno di qualcosa cui aggrapparmi" aveva protestato Jess, ma stava già ridendo, arrendendosi. "Oltre a te."

"Santo cielo!" aveva concluso lui trascinandola in bagno, dove c'era un lungo ripiano su cui potersi reggere, se fosse stato necessario, e specchi su tutte le pareti.

Quando Jess pensava al suo bambino, al bambino che sarebbe nato – sicuramente, se la sua vita si fosse svolta in modo diverso –, quel bambino racchiudeva in sé tutte le età. Aveva dieci mesi e Jess sentiva il suo peso sorprendente sulle braccia. Aveva quattro anni e correva per stare al passo con gli altri bambini in cerca di dolcetti a Halloween, con il secchiello di plastica a forma di zucca che gli sbatteva contro le ginocchia. Era un adolescente, e Jess, che aveva l'età che aveva adesso, entrava nella sua stanza e gli diceva di aprire la finestra per l'amor di Dio, perché non si respirava lì dentro.

Aveva paura di dire alla madre che se n'era andata di casa. Temeva le domande che ne sarebbero scaturite, e perfino spiegarlo a se stessa era come tentare di catturare una nuvola e appuntarla con uno spillo per immobilizzarla. Caricata la macchina, si allontanò senza voltarsi a guardare Malcolm, l'espressione stupefatta sul suo bel viso. Andò dritta a casa della madre, le disse che non poteva restare, che doveva dirle una cosa che non voleva venisse a sapere in giro o da Malcolm, se fosse passata da casa a cercarla, ma la madre si coprì la bocca con una mano e Jess capì che pensava che la notizia avesse a che fare con un bambino. Così dovette lasciare che tirasse fuori i biscotti ripieni alla crema e preparasse una tazza di tè.

Sentì se stessa ripetere che non se ne stava andando *davvero*, che lei e Malcolm avevano solo bisogno di una pausa, e la madre le fece notare che probabilmente Jess non si era mai aspettata che Malcolm restasse un barista per sempre, non nel profondo comunque, non importava cosa avesse raccontato a se stessa. Jess capì dal modo in cui stava seduta, dal modo in cui inarcava le sopracciglia e atteggiava la bocca, che la madre aspettava di dire questa cosa da molto tempo. Maureen sosteneva di aver previsto che sarebbero arrivati a quel punto fin dall'inizio, fin dalla prima volta in cui Malcolm si era presentato nella loro cucina, alle otto e mezzo del mattino, senza nemmeno un velo di vergogna sulla faccia. "Dovevi alzarti in piedi per guardarlo, Dio mio, era come se riempisse la stanza solo mettendoci un piede dentro, ma..." disse. "A ogni modo, io ho cercato di avvertirti."

Tutti quei ragazzi in gamba che aveva conosciuto all'università! Che venivano anche da fuori! A cosa era servito indebitarsi con un prestito studentesco, se non a legare la sua vita a uno di loro? Venivano da Stati di cui non aveva mai nemmeno sentito parlare. Come quel ragazzo con i capelli rossi – come si chiamava? – che aveva la stoffa del leader, che sapeva sempre il fatto suo, e la sua famiglia da parte di madre non possedeva un vigneto nello Stato di Washington o da qualche parte? Nell'Oregon, forse?

"Era innamorato di te" disse la madre. "Vedevo come ti guardava." E invece cosa aveva fatto Jess?, rifletté Maureen Ryan. L'aveva scaricato e aveva perso la testa per un barista.

"Cobie" ripeté Maureen quando Jess le disse che la sua amica l'avrebbe ospitata durante la pausa di riflessione. "Sta ancora con quella donna? È ancora..."

"'Quella donna'? Intendi dire sua moglie? Mi stai chiedendo se è ancora gay?"

"Non incavolarti con me, ma forse avresti dovuto frequentare ragazze più simili a te. Può darsi che sia stato questo il tuo errore. Avreste potuto cercare un buon partito insieme."

"Oh, Dio mio" disse Jess guardando fuori dalla finestra della cucina. C'erano degli aloni dove batteva il sole. Non aveva più l'energia necessaria per ribattere.

"A ogni modo" proseguì la madre. Non era almeno possibile che le donne non dovessero lavorare come gli uomini? Era meraviglioso guadagnarsi da vivere da sole, certo, anche Maureen aveva lavorato per tutta la vita, ma era giusto? Non provocava *forse* qualche conseguenza sul corpo di una donna? Tutte quelle ore e quello stress? Tutte quelle corse per prendere un treno? Le donne si erano forse rovinate da sole?

Jess andò all'armadietto in cui la madre teneva le vitamine e le prescrizioni mediche. Ignorò quattro flaconi di capsule di super omega-3, olio di fegato di merluzzo, multivitaminici, i vari antibiotici che Maureen non finiva mai, perché non dava retta ai medici da cui si faceva visitare. Prese una confezione di ibuprofene, ne pescò due e le deglutì senza acqua. Diede un'occhiata alla data di scadenza – quattro anni prima – e ne ingoiò ancora una.

"Ne sai più di un esercito di specialisti in medicina, a quanto pare."

"Be', dimmi cos'è che non quadra fra voi" disse Maureen. "Due persone giovani e in salute."

Jess sospirò. "È più di questo. È molto più di questo, ora."

"Oh" mormorò Maureen, e per la prima volta da quando Jess era arrivata, nella stanza piombò il silenzio. Jess riusciva a contare i ticchettii del vecchio orologio. "Non lo so, Jessie. Ma sai cosa ti dico? È un bene che non ci siano bambini di mezzo."

Jess era arrabbiata mentre lasciava Gillam. Avrebbe desiderato gettarsi un fiammifero alle spalle e vedere tutto andare in fiamme senza provare alcun rimorso, ma una volta arrivata all'altezza delle Palisades, proseguendo fino al distributore di benzina poco prima del ponte e poi al casello, avvertì un'altra sensazione insediarsi dentro di lei, come quando ti trovi davanti una tempesta e non puoi fare nulla, se non aspettare che si sfoghi e infine si allontani. Malcolm aveva organizzato la festa di Halloween al locale quella sera e temeva che si sarebbe rivelata un flop. Aveva speso un sacco di soldi per le decorazioni e i premi. Aveva ingaggiato una cover band che avrebbe suonato dalle 21. Aveva chiesto a Roddy di fare pubblicità su Facebook, poi di toglierla perché tutti dicevano che Facebook era una schifezza, e infine di rimetterla perché qualcun altro aveva sentenziato che funzionava ancora bene a livello locale. Roddy gli aveva detto che l'Half Moon avrebbe dovuto dotarsi di un account social, ma forse non su Facebook, che era roba da vecchi, e

Malcolm aveva ribattuto che non sapeva esistessero locali dotati di account, pensava che fosse riservato alle persone, al che Roddy aveva insistito: "Oh, no, invece. Brand, edifici, animali da compagnia, qualsiasi cosa". Roddy era bravo a navigare su Internet, a trovare informazioni sul cellulare. Malcolm sperava che prima o poi avrebbe deciso di riprendere l'università.

Pur avendo chiesto a Roddy di pubblicizzare l'evento sui social, Malcolm andò in copisteria e si fece stampare un centinaio di volantini, come se vivesse ancora nel 1998. Divise il mucchietto tra i membri dello staff e li incaricò di distribuirli nelle rosticcerie, nelle lavanderie a gettoni, da Dunkin' Donuts, alle fermate degli autobus, ovunque andassero. Roddy prevedeva un buon afflusso di clienti. L'aveva capito dalle visualizzazioni sui social. E si scoprì che aveva ragione.

Malcolm non sapeva come badare a se stesso quando era a casa da solo. E Jess era quasi certa di aver usato l'ultimo goccio di latte e panna. Probabilmente lui non se ne sarebbe accorto finché non avesse preparato il prossimo caffè, e poi?

Accostò nella piazzola di sosta subito dopo il casello e abbassò tutti i finestrini dell'auto. Davanti a lei c'era la tangenziale che l'avrebbe portata al ponte, poi a Manhattan, e poi lungo il West Side fino alla casa di Cobie. Malcolm si sarebbe sentito meno nervoso se lei avesse partecipato alla festa di Halloween. E ancora meno nervoso se lei avesse indossato il suo vecchio costume da Mia Wallace – la sua frangetta in quel momento era della lunghezza giusta, forse non le sarebbe nemmeno servita una parrucca – e se avesse fatto del divertimento la sua missione. Avrebbe comunque potuto lasciarlo il giorno dopo.

Una volante del dipartimento di polizia portuale si avvicinò al suo paraurti, attivò la sirena e le fece i fari.

"Okay, okay" sussurrò Jess, poi proseguì.

Trascorse diciassette settimane nella camera degli ospiti di Cobie, cercando di considerare quei mesi come un periodo fuori dal tempo, come un nodo dell'albero, che fa parte del tronco ma è anche una cosa a sé, complessa e distinta, creata in risposta a una ferita o a una malattia, un modo in cui l'albero cura se stesso. Non rispondeva alle chiamate, tranne a quelle di Neil e qualche volta nemmeno a quelle. Non rispondeva quasi mai ai messaggi. Faceva lunghe passeggiate dopo il lavoro per concedere a Cobie un po' di privacy con la sua famiglia. A volte portava i gemelli al cinema o a prendere un frappè, li guardava sfrecciare sugli skateboard, li ascoltava mentre suonavano i loro strumenti. Quando Cobie e Astrid litigavano, di solito era tramite messaggi, spesso perfino sedute nella stessa stanza. Cobie diceva che facevano così per non farsi sentire dai bambini, ma una volta, quando erano entrambe curve sui loro cellulari, intente a battere furiosamente sui tasti con un'espressione triste sul viso, i ragazzi avevano guardato Jess come per chiederle se avesse capito che cosa stava succedendo e avevano alzato gli occhi al soffitto. Ma poi, quasi con la stessa frequenza, sorprendeva Cobie o Astrid a leggere qualcosa sul telefono e poi alzare gli occhi e cercare l'altra per scambiarsi un sorriso.

Finché Neil non si era sbronzato con Patrick, gli aveva spifferato tutto, e il nodo era stato reciso, lasciando soltanto il tronco danneggiato.

La prima notte che trascorse a casa di Neil, il giovedì prima della nevicata, Jess rimase in soggiorno mentre lui saliva per gestire docce, dentini da lavare, pigiami e favole prima di mettere a letto i bambini. L'indomani non sarebbero andati a scuola perché c'era una riunione degli insegnanti, e così anche Jess e Neil si erano presi una giornata libera. Il piano era quello di giocare con loro per tutto il giorno, cucinare, guardare qualche film, per creare maggior confidenza con Jess prima della nevicata attesa per venerdì sera. Secondo le ultime previsioni, la bufera sarebbe stata peggiore di quanto stimato all'inizio, ma c'era ancora tempo, le proiezioni cambiavano, non sarebbe stata la prima volta che un evento tanto temuto dai meteorologi alla fine non si concretizzava.

Ascoltando i suoni e i movimenti che provenivano dal piano di sopra, Jess provò la stessa sensazione che aveva provato la sua prima notte a casa di Cobie: una casa in cui vivevano dei bambini sembrava piena anche quando non li vedevi davanti a te, anche quando i loro giocattoli erano stati raccolti e sistemati a fine giornata. C'erano sempre passi leggeri, molle che cigolavano, porte e rubinetti che si aprivano e si chiudevano. Quando quegli stessi bambini crescevano e avevano maggiore libertà, tornavano da scuola con i loro amici al seguito, i corpi d'un tratto troppo grandi, le biciclette abbandonate sul prato davanti a casa, e come un esercito invasore saccheggiavano i pensili della cucina in cerca di una merenda. Poi si divertivano a dire tutte le cose sgradevoli e presuntuose che gli adolescenti si scambiano dalla notte dei tempi. E ancora, crescendo, eccoli scendere da un'auto e correre in casa urlando eccitati dove erano stati o dove erano diretti. Che fortuna poterli ascoltare e farsi contagiare dalla loro energia. Che compagnia entrare in casa e trovare l'ingresso ingombro di tutti quegli zaini spelacchiati e quelle scarpe da ginnastica consumate. Perfino in un rimprovero – "Pulisci questo casino!" Siobhán urlava spesso ai figli – c'era allegria, per quanto lei potesse essere esausta ed esasperata.

"Mamma, hai detto 'casino'!" puntualizzava sempre uno dei due, al che Siobhán lo attirava a sé e lo stringeva forte contro il suo girovita che si andava allargando sempre di più. Durante le vacanze quegli stessi ragazzi portavano a casa dei compagni di università, e un giorno, magari, il marito o la moglie. E poi i propri figli. Neil, Siobhán, Cobie: tutti, per il resto della loro vita, avrebbero avuto grandi tavolate nel giorno del Ringraziamento. Jess lo vedeva, vedeva tutto, compresa se stessa, come in una sorta di schermo diviso, mentre la sua vita procedeva in una quiete ordinata, con la radio sempre accesa per avere un po' di compagnia.

"Non dovrei essere qui" pensava. Quelle persone erano spazi vuoti per lei. Si muovevano al ritmo di una musica diversa, erano fatti con uno stampo diverso. Erano affascinanti ai suoi occhi proprio per quelle differenze, ricordò a se stessa, ma ora che era arrivato il momento di colorare quelle figure, di colorare se stessa accanto a loro, non vedeva come quel quadro sarebbe mai potuto risultare armonioso. E non sarebbe stata in grado di farlo di nuovo. Questo pensiero le era venuto a un certo punto mentre stava da Cobie e aveva immediatamente cercato di metterlo a tacere. Se quello che c'era fra lei e Neil era reale, perché doveva preoccuparsi? La maggior parte delle persone aveva una sola chance nella vita, e lei ne stava rubando una seconda. Ma usare quella seconda chance per finire in una casa ad appena cinque chilometri da dove era partita... Perché non aveva pensato più in grande, perché non si era spinta più lontano? Non aveva più la scusa di essere giovane.

"Perché è lui che ho incontrato" ricordò. "È lui che mi è piaciuto." Riportò alla mente la strana sensazione provata incrociando il suo sguardo da una parte all'altra di una stanza quando a malapena conoscevano i rispettivi nomi, riconoscendolo, sentendosi riconosciuta molto prima che accadesse qualcosa. Un filo teso fra loro. Un'attrazione. Una nuova vita in cui poteva entrare, se lo voleva.

Sentiva il lieve mormorio di Neil provenire dalla zona notte, anche se non capiva cosa diceva. Poteva sgattaiolare via in quel momento, tornare a casa, implorare Malcolm di perdonarla. Ma se questo la rendeva coraggiosa o codarda, dipendeva da quale fosse effettivamente la cosa giusta da fare, ed era quello che non sapeva decidere. Poteva prendere la torcia che aveva intravisto nello sgabuzzino e tornare sui propri passi, lungo le carreggiate e i pendii delle strade che conosceva così bene, fino ad arrivare alla porta di casa, e scusarsi per essersi lanciata in qualcosa di nuovo. Un nuovo contesto, nuove stanze in cui muoversi. Un nuovo modo di essere toccata, guardata – anche quello faceva parte dell'esperienza che stava vivendo.

Mentre ascoltava Neil sussurrare qualcosa ai bambini per tranquillizzarli, si immaginò il lungo tragitto a piedi verso casa, come avrebbe provato e riprovato il discorso di scuse. Ma poi smise di camminare, perfino nella sua mente. La luce saltellante della torcia si fermò. Si trovava nel punto esatto della strada in cui i ragazzini strisciavano, attraverso una breccia della recinzione, per rifugiarsi in un posto riparato dove bere birra e pomiciare negli spiazzi muschiosi tra gli alberi. Non era pentita di averci provato. Di aver provato un sentimento e aver cercato di assecondarlo. Aveva un problema e stava tentando di risolverlo.

E comunque, non poteva andarsene. Neil aveva già portato di sopra la sua valigia e lei aveva già tirato fuori la spazzola e posato il beauty in bagno, di fianco al lavabo. Aveva già svuotato le tasche dagli spiccioli, che poi aveva messo nel salvadanaio dei bambini. Ora Neil era sceso e stava rovistando in un cassetto alla ricerca del menu di un ristorante, e nel vederlo così, dall'altra parte della stanza, le sembrò un estraneo, come se l'avesse conosciuto solo dieci minuti prima. "Ordiniamo qualcosa per la cena" stava dicendo. "È la tua prima sera qui. Apriamo una bottiglia di vino, che ne dici?" Si avvicinò a lei. "Sono davvero felice che tu sia qui."

Ma Jess non riusciva a tenere i propri pensieri in carreggiata.

"Ehi" aggiunse Neil cercando il suo sguardo. "Andrà tutto bene."

"Dicono che chi tradisce una volta tradisce per sempre" disse lei. "Lo sapevi?"

"Questo lo consideri un tradimento? Jess, quello che c'è

fra noi non è una cosa sbagliata e non mi convincerai mai del contrario."

Le piaceva di più quando le diceva cose simili, quando insisteva a ribadirle e ne sembrava assolutamente convinto.

La mattina dopo, quando i bambini scesero ciabattando in cucina, la salutarono guardandola con aria stupita, come se stessero ricordando: "Ah sì, questa è la sconosciuta arrivata ieri sera ed è ancora qui che versa il nostro latte nel suo caffè".

8

Era sempre stato fortunato, tutta la vita. Non era forse così?

"Be', sei proprio un ragazzo fortunato!" gli disse la madre nell'agosto 1987, scuotendolo allegramente per le spalle, quando lui trovò una banconota da venti dollari non una, ma due volte in un mese. Malcolm ricordava quel momento perché quello che aveva detto Gail Gephardt era la pura verità. Fra tutti, era stato lui il prescelto. Il depositario di un dono speciale. Baciato dalla fortuna. Due pezzi da venti a distanza di sole tre settimane. Quante probabilità c'erano? Erano decine i ragazzini della sua età che gironzolavano in bici per la città, tutto il giorno, ma lui era stato l'unico a scorgere quella banconota piegata sull'erba vicino al palco dell'orchestra, e poi, un altro venerdì, piegata quasi esattamente nello stesso modo, sul marciapiede, proprio davanti a Buster Brown. Il padre gli aveva chiesto se avesse rapinato due persone diverse o lo stesso malcapitato due volte.

La madre gli disse di riporre i soldi nel cassetto della biancheria per i tempi duri, ma Malcolm temeva che, se li avesse conservati, lei li avrebbe spesi per acquistare qualcosa di utile. Così, invece di aspettare che la madre gli dicesse di usarli per comprare i quaderni e le penne che gli sarebbero serviti per la scuola, Malcolm portò in gelateria tutti i ragazzini del vicinato e offrì il gelato a ciascuno di loro. Si aggregarono anche i fratellini minori, cosa che lui non si aspettava. Non voleva escludere nessuno, così finì per tornare a casa pedalando a tutta velocità per implorare la madre di dargli un dollaro e settantacinque centesimi, altrimenti sarebbe stato un disastro. Gail dapprima si rifiutò di accontentarlo, che gli servisse di lezione, era una pazzia offrire gelati a tutto il vicinato quando suo padre si spaccava la schiena e bisognava cambiare la bombola del gas. Ma i suoi amichetti avevano già iniziato a leccare i coni! Non potevano certo restituirli! "Stai scherzando?" replicò la madre, furiosa, sfilando due dollari dal mucchietto che conservava nella scatola di latta blu sul frigorifero.

"Non mi dire che ne hai preso uno anche tu" gli disse non più tardi di quindici minuti dopo, quando Malcolm arrivò al centro dell'isolato sulla sua BMX, con la punta molliccia di un cono in mano.

"Be', non potevo certo rimanere a bocca asciutta!" disse. "Erano soldi miei."

"Con tanto di zuccherini colorati?" disse lei dando un'occhiata alla sua T-shirt.

Lui si strinse nelle spalle.

Un'altra volta, quando era ancora più giovane, i Gephardt andarono sulla costa del New Jersey per qualche giorno. Di solito affittavano una casa nelle Catskills per un lungo fine settimana ogni estate. Malcolm e Mary giocavano con i figli degli amici di famiglia del Bronx, mentre gli adulti giocavano a carte e si raccontavano storie che finivano regolarmente con drink che si rovesciavano e bicchieri che si frantumavano per terra. Ma il padre di Malcolm aveva stretto amicizia con il proprietario di un motel a Margate, sulla Jersey Shore, e Malcolm l'aveva sentito dire alla madre che gli piaceva che fosse vicino ad Atlantic City, nel caso si fosse annoiato a starsene in spiaggia. Il terzo giorno di vacanza là, Malcolm si svegliò presto, stranito dal fatto che tutta la famiglia dormisse nella stessa stanza, e decise di andare a fare una nuotata nonostante l'avviso esposto davanti all'ufficio del direttore, nonostante le raccomandazioni della madre, che gli ripeteva sempre che l'oceano non era una qualunque piscina di città. La piattaforma galleggiante del motel sembrava così vicina da non costituire un rischio, tanto che, il pomeriggio prima, Malcolm aveva visto parecchie persone raggiungerla e poi tornare a riva più volte, avanti e indietro. Se il mare fosse stato grosso e la traversata faticosa, avrebbe sempre potuto invertire la rotta. All'epoca non aveva paura, ma da quel giorno, la sensazione provata in quel frangente ogni tanto tornava senza preavviso: dover lottare per respirare a pieni polmoni, sentire il proprio corpo attratto da una forza misteriosa, lanciando occhiate al punto da cui era partito e alla boa che si era proposto di raggiungere, incapace di decidere se spingersi avanti o tornare, e intanto consapevole che più tempo impiegava a scegliere, più energia preziosa avrebbe sprecato.

Il telefono fisso del bar squillò, rompendo il silenzio e catapultandolo bruscamente nel presente. Malcolm si alzò barcollando dalle sedie che gli avevano fatto da letto di fortuna e si premette il palmo sul petto per calmare il cuore in tumulto.

"E che cosa hai deciso di fare?" gli aveva chiesto Jess quando lui le aveva raccontato della sua avventura nell'oceano. La vacanza era l'unica occasione in cui ricordava il padre con un costume da bagno. Sua sorella si sentiva in imbarazzo perché quel costume era quasi dello stesso colore della pelle, sicché, da lontano, suo padre sembrava nudo. Jess era scoppiata a ridere e aveva detto che suo padre doveva aver avuto lo stesso costume del papà di Malcolm, e che ricordava di aver desiderato morire quell'unica volta che si era presentato alla piscina comunale. Lei e Malcolm erano a letto, ancora da scoprire uno per l'altro, con le finestre spalancate, in un umido pomeriggio d'estate. Erano distesi lì da ore a raccontarsi episodi dell'infanzia e dell'adolescenza. La famiglia di Jess se la passava peggio dei Gephardt. C'erano diversi modi per capirlo. Quali sport praticava un bambino. Se festeggiava il compleanno da McDonald's o se nelle foto comparivano fratelli riuniti intorno al tavolo della cucina, davanti a una torta scongelata in una vaschetta di alluminio. La sua famiglia non era povera, Jess si affrettava sempre a precisare. C'erano tanti bambini che avevano meno di lei.

Era stato l'odore di una tempesta nell'aria a riportargli alla mente la nuotata che aveva fatto a dieci o undici anni.

"Com'è andata a finire? Hai proseguito fino alla piattaforma o sei tornato indietro?"

"Nessuna delle due" aveva risposto Malcolm. Un signore anziano su una barca a motore lo aveva avvistato e gli aveva teso la mano aiutandolo a issarsi a bordo. Gli aveva fatto una lavata di capo sovrastando il ronzio del motore finché non avevano raggiunto la riva.

Tornati sulla spiaggia, l'uomo gli aveva comprato una bibita al chiosco e gli aveva raccomandato di usare la testa in futuro.

"Quindi, non solo sono sopravvissuto, ma ci ho anche guadagnato una bibita" si era vantato con Jess.

"Ma non hai dovuto fare una scelta" aveva ribattuto Jess con aria turbata.

Malcolm non aveva mai capito perché questa mancata scelta fosse tanto significativa per Jess. Era stato salvato perché sarebbe sempre stato salvato, era il suo destino, e secondo quella logica non si era mai sentito davvero in pericolo. Lei sembrava considerarlo un segno di qualcos'altro, e soltanto ora, nella quiete del bar, con lo squillo del telefono che richiamava l'attenzione sul silenzio, il punto di vista di Jess diveniva più chiaro. Era sorpreso di aver dormito così profondamente. Anzi, era addirittura sorpreso di aver dormito.

Il ronzio della barca a motore era quasi identico al rumore del generatore in funzione per tutta la notte nel vicolo accanto al bar, e il cervello di Malcolm collegò le due cose attraverso un filamento delicatissimo che divenne incandescente per un attimo prima di spezzarsi. A un certo punto, poco prima dell'alba, doveva essersi esaurita la benzina. La stufa era fredda quando la toccò.

Al terzo squillo del telefono, Malcolm si scrollò di dosso ogni pensiero cupo ed entrò in modalità lavoro, in piena attività. Sgusciò rapidamente tra le porte a vento per trattenere l'aria calda in cucina; in sala faceva talmente freddo che gli sembrava di essere all'esterno. Si era tolto gli stivali prima di dormire, e il contatto con il tappetino era simile a un massaggio ai piedi. Chi poteva essere sul fisso? Jess. Patrick. Sua madre. Avrebbe dovuto passare da lei il sabato. Ormai era lunedì. Sperava che avesse legna a sufficienza accatastata vicino alla porta scorrevole della veranda. Sperava che non fosse stata costretta ad affondare i piedi nella neve per raggiungere la catasta nel cortile sul retro. E se fosse scivolata e caduta là fuori? Doveva andare da lei al più presto.

«Half Moon» disse sollevando il ricevitore con lo stesso tono affannato di sempre, come se ci fossero decine di mani tese verso di lui.

«Malcolm Gephardt?» chiese una voce femminile.

«Sì?»

Era un'agente del dipartimento di polizia locale, di cui però non riuscì a cogliere il nome. Lei e un collega erano già passati da casa sua cercando di rintracciarlo. Volevano fargli alcune domande su un cliente. Lo avrebbero trovato ancora lì se l'avessero raggiunto al bar tra dieci minuti?

Quando la volante della polizia accostò davanti al locale, Malcolm si aspettava di vedere Rob Waggoner, invece si presentò Jackie Becker con un collega che lui non riconobbe. Jackie era la sorella minore di un suo compagno di liceo. Andava spesso a vedere le loro partite di baseball e faceva da raccattapalle. All'epoca, ogni volta che Malcolm le rivolgeva la parola, lei arrossiva fino a diventare viola. Non la vedeva da anni. Lei e il suo collega erano entrambi in uniforme e sembravano esausti.

«Ehi, Jackie» disse Malcolm. «Eri tu al telefono? Avresti dovuto dirmelo.»

«Ciao, Malcolm.» Jackie sorrise. «Non ero sicura che ti ricordassi di me.»

«Pensavo che lavorassi nella Grande Mela. Come sta Tom? Sempre a Washington?»

«Io mi sono trasferita qui l'anno scorso. Sì, Tom sta bene. Tre bambini. Gli porterò i tuoi saluti.»

Malcolm tese la mano all'altro poliziotto. «Agente Navarro» disse l'uomo.

«Allora» disse Jackie facendosi avanti e raddrizzando la pubblicità di Hennessy accanto alla porta. «Che cosa puoi dirci di Charles Waggoner? Sappiamo che Rob ti ha già informato.»

«Non si è ancora fatto vivo?» Malcolm era sorpreso. Pensava che dopo tutte quelle ore Tripp si sarebbe palesato, che avesse trovato la strada di casa, oppure che fosse stato rintracciato da qualche parte lungo il tragitto di ritorno dal bar. Se si era arrischiato a tornare a casa a piedi venerdì sera, magari si era fermato per riprendere fiato, oppure si era addormentato, come capita spesso agli ubriachi. E poi la neve, il freddo rigido che era seguito. Non era un bel tragitto da fare in una serata simile. E poi c'era il ruscello lungo la Jefferson, con l'acqua che scorreva veloce sotto la superficie ghiacciata. Quando Malcolm era in prima superiore, avevano pescato un cadavere in quel corso d'acqua, e di sicuro ogni suo coetaneo cresciuto a Gillam avrebbe saputo dire dove si trovava quando si era diffusa la notizia. Avevano giocato sulla riva del ruscello per tutta l'estate.

«No, e dobbiamo assolutamente rintracciarlo prima che arrivi la prossima nevicata» disse Jackie.

«Un ultimo colpo di coda dell'inverno e poi arriva la primavera» disse l'agente Navarro. «Dopodiché vedremo spuntare i tulipani.»

«E dire che siamo a marzo...» disse Jackie.

«Non lo sapevo» disse Malcolm. «Della prossima nevicata, intendo. Il mio cellulare è scarico.»

«È prevista per domani» spiegò Jackie. «Potrebbero sbagliarsi, però. Non mi pare che ci sia quell'odore nell'aria. Sapete come si fa a sentire se sta per arrivare una bella imbiancata?»

Una bufera di neve martedì sarebbe stata meglio di un'altra venerdì. Malcolm doveva essere operativo al massimo entro giovedì. Aveva una festa di compleanno. Inoltre, le parate del giorno di san Patrizio, che occupavano gran parte del mese di marzo – Hoboken, Jersey City, Woodlawn –, avrebbero indotto la gente e tornare a Gillam e ad andare a bere qualcosa. Gruppi chiassosi che aprivano conti e si trattenevano per ore. Aveva ingaggiato una band per sabato sera. Probabilmente erano pessimi, ma avevano accettato di suonare a patto di poter consumare liberamente e trattenere le mance. Marzo di solito era il mese migliore.

Malcolm ripeté agli agenti più o meno le stesse cose che aveva detto a Rob il giorno prima; che Tripp si era ubriacato, che l'avevano portato nel retro per smaltire un po' la sbornia e che a un certo punto era sparito. Jackie e il collega presero nota dei nomi dei suoi collaboratori, Emma e Roddy. Malcolm andò in cucina a prendere il telefono per fornire i loro numeri, ma si dimenticò che era scarico. Gli chiesero se conoscesse i nomi delle persone con cui Tripp aveva litigato, ma Malcolm non poteva aiutarli.

«Che cosa c'è al piano di sopra?» chiese Jackie guardando il soffitto.

«Sei mai venuta qui, Jackie? Non ti ho mai visto.»

«Credo siano anni che non metto piede qui dentro. Preferisco andare al Riverside o in città. Quel nuovo locale in Oak Street è carino. Ci sei stato?»

«No» rispose Malcolm leggermente irritato. «Be', comunque non c'è niente lassù. Un po' di casino. Pensavo di usarlo come ufficio, ma in realtà non me ne serve uno. C'è un accesso dall'esterno, o una scala sul retro, oltre il bagno degli uomini» disse Malcolm indicando la direzione.

«Non hai mai avuto un affittuario?»

«No. Ci ho pensato, ma dovrei ristrutturare, ricavare un bagno come si deve e un angolo cottura.» E chi mai vorrebbe vivere sopra un bar? Dovrebbero insonorizzare le stanze e adeguare l'appartamento alle normative vigenti. «Avevo anche pensato di abbattere una parete per avere uno spazio esterno e creare un rooftop bar. Si vede il lago da lassù.»

Attese la loro reazione.

Jackie rivolse lo sguardo verso nord e inclinò la testa. «Non si affaccerebbe sul parcheggio riservato ai pendolari?»

«Ci sono degli espedienti per ovviare al problema. Pannelli decorativi, per esempio.»

Ma lei aveva già perso interesse. «Ti dispiace se diamo un'occhiata di sopra?»

«Fate pure» disse Malcolm, e poi si scusò per doverli guidare alla porta sul retro passando da fuori. Una regola ereditata da Hugh prevedeva che la porta interna del primo piano dovesse sempre rimanere chiusa a chiave, in modo che i clienti non ne approfittassero per salire quando il bar era troppo affollato.

Di sopra, la luce era più intensa. Le pareti erano scrostate, e il pavimento leggermente in pendenza: doveva essere livellato. Ma c'era qualcosa di allegro, qualcosa di promettente.

«Cos'è questa roba?» chiese l'agente Navarro. Malcolm, dall'altra parte della stanza, stava immaginando la parete abbattuta, una specie di traliccio di legno per impedire una vista sgradevole sulla sinistra. «C'è qualcuno che vive qui?»

Malcolm, distolto bruscamente dalla sua fantasia, si voltò per vedere di che cosa stava parlando il poliziotto. Nell'angolo della stanza più vicino alla porta da cui erano entrati c'era un borsone, e poco più in là una piccola pila di indumenti ordinatamente piegati. Un caricabatteria. Due libri sgualciti. Una lampada da lettura. Un materassino da campeggio arrotolato a cilindro. Un sacco a pelo. I tre si spostarono in gruppo verso il bagnetto e diedero un'occhiata dentro. Sul davanzale c'era un bicchiere con uno spazzolino da denti e un tubetto di dentifricio da viaggio. Un deodorante. Un asciugamano a righe appeso al pomello della porta.

«Di chi è questa roba?» chiese Navarro a Malcolm, scrutandolo attentamente.

Malcolm si strinse nelle spalle, esterrefatto. Per qualche motivo, il suo primo pensiero andò a Jess. Ma se quella fosse stata roba sua, ci sarebbe stato il detergente per il viso che le piaceva. Ci sarebbe stata la sua trousse a fiori. E non usava deodoranti maschili al pino silvestre.

«È chiaro che qui vive qualcuno» disse Jackie fissandolo. «Non lo sapevi?»

«Non ne avevo idea» disse lui, contento di non dover mentire ma, al tempo stesso, avvertendo una preoccupazione incombente. Nel borsone c'erano due scatole di barrette proteiche al burro d'arachidi. Jackie raccolse una felpa e la allargò in modo che tutti potessero vedere la scritta sul davanti – Fall Classic – e, sotto, il disegno di un pesce. Uno dei due libri era un romanzo di spionaggio e l'altro una sorta di manuale dal titolo *Soli: come uscire dal radar*.

Navarro prese il libro e lo aprì. «"Scava un pozzo prima di avere sete"» lesse a voce alta.

«Non è necessario un mandato?» chiese Malcolm, salvo pentirsene subito dopo. Sembrava un tentativo di mettersi sulla difensiva, ma in realtà voleva solo assicurarsi che facessero le cose correttamente perché, in caso contrario, il problema sarebbe diventato suo.

I due poliziotti lo guardarono.

«No» disse Navarro. «Se Charles Waggoner vuole andare al Polo Sud o in capo al mondo, sono affari suoi. Noi vogliamo soltanto accertarci che sia andata così.»

«Lo dobbiamo alla moglie» aggiunse Jackie. «Tutta la famiglia Waggoner è in apprensione.»

«La violazione di domicilio è un reato, vero?» chiese Malcolm.

«Sì» disse Jackie con un tono che diceva "Non proprio".

«È sicuro che fosse da solo venerdì sera?» chiese Navarro. Malcolm si strinse nelle spalle. Ormai non era più sicuro di nulla.

«Chi altri potrebbe stare qui?» chiese Jackie. «Qualche membro dello staff, magari?»

Malcolm passò mentalmente in rassegna i suoi dipendenti. Si soffermò per un attimo su Roddy, sempre al verde, sempre trasandato, ma andò avanti.

«Non capisco. Perché dovrebbe avere la necessità di stare qui? Una casa ce l'ha.» Jackie guardò il collega, e lui alzò le spalle come per invitarla a proseguire.

«Rob ha trovato un biglietto per Toronto nella casella email del padre, con partenza sabato mattina presto. O meglio, l'ha trovato la madre di Rob e gliel'ha mostrato. E a questo punto lui ci ha coinvolto.»

«Sabato mattina, cioè due giorni fa? Penso che i voli siano stati cancellati. E poi, come avrebbe fatto a raggiugere l'aeroporto?»

«La stupirà» disse Navarro, «ma gli aerei riescono a salire sopra la perturbazione abbastanza rapidamente. Arrivare all'aeroporto sarebbe stato difficile, ma non impossibile. Abbiamo verificato, il volo è decollato da Newark alle 7.35 di sabato mattina, e Waggoner aveva acquistato un biglietto alcune settimane fa. Inoltre, ci è stato confermato che ha effettuato il check-in, ma chiunque può fare questa operazione da remoto, quindi non ci dice molto, tutto sommato. Magari è andato all'aeroporto direttamente da qui venerdì sera e ha dormito lì. Siamo in attesa della lista dei passeggeri. Così sapremo se effettivamente era a bordo. E poi abbiamo trovato un bel po' di materiale su un villaggio del Perú nella sua cronologia di ricerca in rete.» Ne pronunciò il nome lentamente, sillabando. «Ollantaytambo. Rob ci ha detto che i suoi genitori ci sono stati una volta, anni fa. Da allora il padre era ossessionato da quel posto.»

«Ne ha parlato anche a me» disse Malcolm.

«Quindi Rob pensa che il Canada possa essere un semplice scalo» azzardò Jackie.

«Sempre se supponiamo che sia riuscito a raggiungere il semaforo più vicino» disse Malcolm. «Avete controllato lo stato delle strade da qui a casa sua?»

«Stiamo valutando tutte le possibilità» disse Navarro.

«E c'è stato un altro sviluppo interessante» aggiunse Jackie. «Circa diciotto mesi fa Charles Waggoner ha cambiato il beneficiario della sua assicurazione sulla vita a favore di un certo Mark Duro. Hai mai sentito questo nome? Magari frequenta il tuo bar? Abbiamo pensato che se c'è una persona che può conoscerlo, quella sei tu.»

Quel nome non gli diceva nulla.

«Potrebbe essere un nome falso, giusto?»

«Potrebbe.»

«Continuo a non capire perché dovrebbe aver portato qui le sue cose.» Si immaginò Tripp che si lavava i denti, che si preparava per andare a letto.

«Già, ha ragione» disse Navarro. «Perché accamparsi qui? Vive in Acorn Drive, in una casa grande. Non è poi così lontano.» Si avvicinò alla finestra, sbirciò giù lungo la strada. «Ogni giorno prende il treno per andare al lavoro. La moglie ci ha riferito che è sempre tornato a casa tutte le sere fino a venerdì, a meno che non fosse fuori città per affari. Da qualche tempo aveva dei problemi sul lavoro, era veramente stressato. Ma lei non ci ha dato troppo peso fino a venerdì sera, quando non l'ha visto tornare a casa.»

Malcolm pensò a un cliente abituale che frequentava l'Half

Moon quando era gestito da Hugh. Un tizio un po' anzianotto conosciuto da tutti come Mr. Met, che trascorreva le giornate saltando dalla rosticceria alla biblioteca, dall'agenzia di scommesse all'Half Moon, perché se la moglie l'avesse scoperto a oziare a metà giornata gli avrebbe subito dato qualcosa da fare.

«Magari questo era il posto dove si rifugiava durante il giorno. Dove stava invece di andare in ufficio. Siete sicuri che si presentasse al lavoro?»

I due agenti si guardarono.

«Posso chiamare per fare una verifica» disse Navarro.

Con lo stereo sempre acceso, l'Half Moon non era mai silenzioso, nemmeno quando era vuoto. Chiunque fosse salito fin lì poteva muoversi liberamente senza preoccuparsi di essere sentito. Avrebbe dovuto essere prudente all'apertura, quando Malcolm si affaccendava nel locale preparandosi a un'altra giornata. In quel caso lui avrebbe notato qualsiasi scricchiolio insolito. Tripp lo aveva forse sentito negoziare con i fornitori la settimana prima? Aveva origliato quando Malcolm aveva chiamato la banca per la terza volta per chiedere l'apertura di una linea di credito? E poi, come aveva interpretato il silenzio da parte di Malcolm, quando il responsabile prestiti gli aveva spiegato il concetto di capitale netto come se avesse a che fare con un bambino di cinque anni?

«Ti troviamo qui più tardi? O domani?» chiese Jackie. «Potremmo dover tornare.»

«Dipende dalla prossima nevicata. Ho un paio di commissioni da sbrigare e devo passare a dare un'occhiata a mia madre.» Mentre parlava si diresse verso la scala in fondo alla stanza, quella che portava giù al bar. Scese agilmente i gradini e si apprestò ad aprire la porta, ma non era chiusa a chiave come si aspettava.

«È molto strano» disse. «Questa porta è chiusa da anni.»

Si voltò a guardare gli agenti in piedi in cima alla scala.

«Forse è passato dalla porta interna quando il bar era pieno» suggerì Navarro.

Era raro che il bar fosse così affollato, pensò Malcolm, soprattutto di giorno. Qualcuno si sarebbe senz'altro accorto se un tizio avesse attraversato la sala per andare in bagno e non fosse più tornato. Pensò ai soldi che talvolta maneggiava al mattino se doveva provvedere ai pagamenti. Pensò a tutte le bottiglie mancanti all'appello al momento della consegna. Gli era sparita una bottiglia di Jameson intorno a Natale, e aveva pensato che era strano che uno degli addetti alla consegna se la fosse intascata. Aveva allineato tutte le bottiglie sul bancone pensando di essersi sbagliato, aveva confrontato il numero con quello scritto sulla nota di consegna e notato che non coincidevano, ma poi aveva lasciato perdere: il ragazzo che aveva provveduto alla consegna non se la passava meglio di lui, e poi era Natale.

Ricordò anche la pila di magliette pulite che aveva trovato nel bagno degli uomini la sera prima, quando non si era fatto troppe domande. Il bagno al piano terra era molto più grande della toilette al primo piano, e un uomo della stazza di Tripp avrebbe avuto bisogno di spazio per lavarsi.

«Potete anche usare questa scala» gridò Malcolm ai poliziotti dal fondo, ma Navarro rifiutò con decisione, sostenendo che portava sfortuna uscire da una porta diversa da quella da cui si era entrati. Così Malcolm lasciò la porta come si trovava, tornò di sopra e uscì con i poliziotti attraverso la scala che dava sulla strada.

«Se non mi trovate qui, potete comunque entrare» disse quando furono sul marciapiede. Sperava che notassero la sua disponibilità a collaborare. «Questa porta sembra chiusa a chiave, ma in realtà è solo incastrata. Se spingete forte, si apre.» Abbassò la spalla e la sbatté contro il battente per dare una dimostrazione. Nel mentre, gli venne in mente che forse Tripp aveva fatto proprio così.

«Meglio se sei presente anche tu, però» disse Jackie.
«Certo, d'accordo. Ehi, ragazzi, potreste darmi un passaggio a casa?»

Malcolm prese la tanica vuota, il cellulare e il marsupio dei contanti e si affrettò a sistemarsi sul sedile posteriore della volante. Seduto nel tepore dell'auto, si rese conto di quanto freddo gli era penetrato nelle ossa. Si sentiva pizzicare le dita delle mani e dei piedi. Si augurò che sua madre avesse il fuoco acceso. Si augurò che avesse avuto l'accortezza di chiudere la porta del soggiorno per trattenere il calore e di dormire sul divano che c'era in quella stanza. Doveva portare la macchina fuori dal vialetto, a qualunque costo. Aveva troppe cose da fare. Doveva caricare il telefono. Doveva alimentare il generatore e rimettere in funzione quella stufa.

Le strade erano in condizioni migliori rispetto a ventiquattro ore prima, e c'era anche un po' di movimento in giro, qualche auto ogni tanto e bambini che giocavano all'aperto nonostante il freddo pungente. Notò delle luci accese qua e là. «È tornata la corrente?» chiese.

«Solo in qualche zona, ma non molte. E non andrà meglio, con altra neve in arrivo. Si parla di una trentina di centimetri, minimo.»

«Non fa troppo freddo per nevicare?»

I due agenti si guardarono. «Ne stavamo giusto parlando. È possibile?»

Tutti e tre alzarono le spalle.

Arrivato a casa, Malcolm salì direttamente al piano di sopra, si svestì, immerse una salvietta nell'acqua fredda che aveva raccolto nella vasca da bagno, si diede una strofinata alla faccia e poi si lavò i denti. Intanto pensò a Tripp, fuori dal radar da qualche parte, accovacciato davanti a un falò, forse, finché non avesse capito come vivere. Poi se lo immaginò rigido come un palo, morto da venerdì sera. In ogni caso, quell'uomo non doveva preoccuparsi né di tetti malandati né di tubature che rischiavano di scoppiare. Non doveva preoccuparsi di pagare il mutuo, di presentare la dichiarazione trimestrale delle tasse o di capire com'erano messi lui e la moglie con la franchigia dell'assicurazione sanitaria, né di portare la macchina dal meccanico per il tagliando, né di tagliare quello stupido giardino davanti a casa per sistemare i bordi. Non doveva preoccuparsi di Hugh Lydon e delle sue assillanti richieste di pagamento un mese dopo l'altro, all'infinito.

Dopo aver indossato indumenti puliti, andò alla finestra e guardò il cielo, chiedendosi quali parti del DNA di una persona si potessero risvegliare, date le circostanze adatte. La vita scivolava via giorno dopo giorno, e da qualche tempo prendeva forma dentro di lui la consapevolezza che la distanza fra la sua vita attuale e quella futura si andava accorciando di minuto in minuto. Suo nonno, a Galway, era in grado di prevedere se il giorno dopo sarebbe piovuto semplicemente annusando l'aria, e dalla particolare intensità della luce del sole sapeva dire se il tempo sarebbe stato propizio o no per la campagna, ma Malcolm si era perso tutto quel patrimonio; nessuno gli aveva mai insegnato come guardare queste cose, non aveva mai saputo vivere una vita diversa da quella in cui era nato. Tripp era davvero ubriaco venerdì? Malcolm era quasi certo che non si trattasse di una messinscena, ma chissà, forse quell'uomo era bravo a simulare fino a quel punto. Doveva essere sobrio per sparire così nel nulla, però. Per sgusciare con grazia attraverso una finestra così stretta bisogna avere i nervi ben saldi. Davvero geniale, a pensarci bene. Malcolm avrebbe voluto conoscere il piano completo. Forse anche la rissa in cui si era fatto coinvolgere era stata un espediente per farsi notare, in modo che tutti ricordassero di averlo visto là, e che potessero giurarlo perfino davanti alla polizia, in caso di indagini.

A quel punto Malcolm ritenne urgente tirare fuori l'auto. Si infagottò e tornò dai Coleman per prendere la stessa pala che aveva restituito sabato. Gli sembrava facesse un po' meno freddo di prima, o forse si stava abituando a quella temperatura rigida. Accese il motore per lasciarlo scaldare mentre lui lavorava e mise il cellulare sotto carica. Picchiando e picchiando, staccò le lastre di ghiaccio e le gettò in strada un pezzo alla volta.

Quando finalmente ebbe liberato il terreno quel tanto che bastava per tirare fuori la macchina, si sedette al posto di guida e notò che il suo telefono aveva ripreso vita. Il nome di Jess apparve sul display per quattro volte. Altri messaggi: sua madre, Emma, Patrick, di nuovo sua madre, André, un numero che non riconobbe. Li lesse tutti, saltando di proposito quelli di Jess, che intendeva tenere per ultimi. Emma e André volevano sapere se a Gillam era tornata la corrente e quando si sarebbero dovuti ripresentare al lavoro. Sua madre lo informava che aveva cibo in abbondanza nel frigorifero, se voleva approfittarne, e che Mr. Sheridan le aveva pulito il vialetto. Patrick voleva che andasse a cena da loro, aveva una bottiglia di scotch da aprire. Il numero sconosciuto era di Rob Waggoner, il quale lo avvertiva che un paio di agenti sarebbero passati al locale più tardi. Poi, finalmente, premette sul nome di Jess.

Sei a casa?
Faccio un salto lì.
Sei in casa? Vedo la macchina.
Ok, io vado.

Alzò gli occhi dal telefono. Jess era stata lì mentre lui non c'era. Scese dalla macchina e rimase lì, immaginando esattamente dove avesse camminato lei, quale passaggio si fosse aperta. Se la figurò mentre apriva la porta di casa. Era stata dentro e lui non aveva nemmeno percepito la sua presenza.

«Jess» disse forte.

«Malcolm» rispose una voce, e quando Malcolm si voltò, trovò l'uomo di Hugh, Billy, alle sue spalle, con una giacca troppo leggera per la stagione, un berretto calato sulla faccia smunta.

«Cristo santo!» esclamò Malcolm e, per abitudine, gli andò quasi incontro per stringergli la mano.

«Che mi dici?» gli chiese Billy, come se passasse di lì per fare quattro chiacchiere.

Malcolm si preparò al peggio. Era tentato di prendere in giro quel tipo. Il suo look sembrava copiato da un film di serie B.

«Che cosa vuoi, Billy?»

Billy rise. «Secondo te?»

«Okay, di' a Hugh che fra qualche settimana sistemerò tutto.»

«Entro questo weekend.»

«Questo weekend?» ripeté Malcolm. «Stai scherzando, vero? Guardati intorno. Non si muove nulla. E c'è altra neve in arrivo.»

Billy si mise una mano in tasca e Malcolm deglutì, tutto il corpo in tensione. Ma Billy tirò fuori un semplice pacchetto di sigarette e proseguì con una lunga ricerca nell'altra tasca per recuperare un accendino.

«A proposito, dov'è? Ho provato a chiamarlo. Vorrei parlargli.»

«Hai lasciato dei messaggi?»

«Sì, ma se glielo riferisci, mi fai un piacere.»

Billy sogghignò. «Certo.»

«Perché vorrei sapere come mai si è dato tanto da fare per convincermi ad acquistare il locale, se già sapeva come sarebbe andata. Era a conoscenza della nuova apertura in Oak Street. È impossibile che non ne sapesse nulla. Sapeva anche che i fornitori non mi avrebbero permesso di subentrare nei suoi contratti alle stesse condizioni. Mi aveva garantito che avremmo trovato una soluzione, ma poi se n'è uscito con un tasso di interesse così alto che è ai limiti dell'usura. Che senso ha?»

Billy alzò le spalle. «L'unico motivo per cui è stato così paziente con te finora è che vi conoscete da una vita. Ma la sua pazienza ha un limite.»

«Be', non abbiamo firmato nulla, comunque» disse Malcolm. «Ho una lettera che dice che quella somma era un regalo. Una donazione libera e gratuita. Potrei smettere di pagarlo anche subito, e lui non potrebbe fare nulla al riguardo.»

Malcolm seguì lo sguardo di Billy: stava osservando la casa, dal tetto al pavimento, come appariva deliziosa tutta ammantata di neve. Certo che c'erano cose che Hugh poteva fare al riguardo.

«Abbiamo iniziato più o meno nello stesso periodo» osservò Billy.

«Iniziato cosa?»

«A lavorare per Hugh. Io ero già con lui, e poche settimane dopo sei arrivato tu.»

Malcolm non ci aveva mai pensato. Billy sembrava un tipo nato con gli stessi anni che aveva adesso, con gli stessi abiti che indossava ora. Quando aveva iniziato a lavorare all'Half Moon, vedendo Billy e gli altri dipendenti di Hugh, aveva pensato che fossero al suo servizio da sempre.

«Ha destinato me ad altre attività e ha messo te nel bar.»

Il punto della questione era lì da qualche parte, ma Malcolm non riusciva a individuarlo.

«Hai sentito cosa è successo a Pete Spear?» buttò lì Billy.

Pete Spear, il sindaco, era andato a cercare Hugh al bar quattro volte a poca distanza di tempo. Voleva parlare con lui per un attimo, aveva detto a Malcolm l'ultima volta che era passato di lì. Voleva solo parlare. Malcolm si era chiesto se quel tizio iniziasse a perdere colpi, visto che gli aveva già ripetuto un sacco di volte che Hugh non era più il proprietario del locale.

«È stato rapinato, così ho sentito dire» disse Billy. «Massacrato di botte. A Midtown. Ha perso la vista da un occhio.»

Entrambi strizzarono gli occhi davanti alla luce accecante che si alzava dal manto nevoso.

Tornato alla macchina dopo che Billy se ne fu andato, Malcolm prese dei lunghi respiri e mise le mani a coppa davanti alle bocchette del riscaldamento. Cercò di contare fino a cento, ma continuava a perdere il filo. Si chiedeva spesso che cosa avrebbe fatto, ma la domanda era troppo ampia e non aveva risposte, così, a un certo punto, aveva deciso di tirare avanti alla giornata. I giorni sarebbero diventati settimane, le settimane mesi, e forse, alla fine, tutto sarebbe andato nel migliore dei modi. Ma quel piano non sembrava destinato a funzionare, dopotutto. Fece scorrere rapidamente i suoi contatti e provò a chiamare Hugh per l'ennesima volta. Nessuna risposta.

La strada principale era coperta di sale e sabbia, ma le vie laterali erano scivolose e Malcolm sentiva le ruote dell'auto slittare. Prima di tutto si recò a casa della madre e provò sollievo nel vedere l'ottimo lavoro fatto da Mr. Sheridan con il suo spazzaneve nel vialetto d'accesso. La madre cercò di convincerlo a restare, e quando capì che lui non l'avrebbe fatto, si offrì di accompagnarlo al bar per aiutarlo e tenergli compagnia.

«No, mamma» disse Malcolm. «Pensa piuttosto a mantenere calda la casa.»

«Be', allora dovresti almeno dormire qui stanotte. Abbiamo il camino.»

«Non posso. Ma tornerò presto.»

«Va tutto bene? A parte il tempo, voglio dire. A parte Jess.»

«Sì, tutto a posto» disse Malcolm immaginando che Jess si sarebbe rifatta viva. Quattro messaggi di fila erano pur sempre qualcosa. Quattro messaggi di fila erano più di quelli ricevuti negli ultimi mesi. Quindi lei sapeva di dovergli delle spiegazioni. E lui voleva farsi trovare a casa qualora lei fosse tornata a cercarlo.

«Bene» disse Gail. «Va'. Darren sarà...» Si interruppe così bruscamente che Malcolm alzò gli occhi.

«Cosa stavi per dire?» chiese. Lasciò Billy, Hugh, l'Half Moon, Tripp Waggoner e perfino Jess fuori al freddo per un attimo. «Qualcosa che riguarda papà?»

La madre lo guardò come se fosse lui quello che si confondeva. «Devo chiamare Mary. A Boston non è caduto nemmeno un fiocco di neve. Incredibile!»

Malcolm si trattenne finché non udì la voce della sorella in linea, poi le urlò un saluto mentre se ne andava. Disse alla madre che avrebbe preso la tanica vuota dal suo garage perché gliene serviva un'altra. Poco dopo, abbordando le curve con cautela, andò alla stazione di servizio e riempì entrambe le taniche. Poi percorse tutta Seneca Street fino a raggiungere l'Half Moon. La facciata era umida e desolata, chiaramente bisognosa di un nuovo rivestimento. C'erano grossi ghiaccioli che pendevano dall'orlo del tetto. Immaginò che uno di questi si staccasse e prendesse in pieno un passante. Quell'edificio aveva bisogno di una marea di interventi – nuove grondaie, il rifacimento completo del tetto, la lista era troppo lunga – e se avesse smesso di prestare attenzione anche solo per un giorno, si sarebbe allungata ancora di più. Alzò gli occhi verso le finestre del primo piano e immaginò che qualcuno lo stava osservando da dietro i vetri.

Nessun titolare delle altre attività commerciali aveva provveduto a pulire il marciapiede, non l'avrebbero fatto finché non fosse cessato il blackout e l'allarme di una nuova nevicata. La banca era aperta. Malcolm chiese al cassiere un estratto conto con il saldo aggiornato. Quando uscì, diede una rapida occhiata al foglio e poi lo strappò in mille pezzi. Avrebbe dovuto chiedere un prestito a sua madre. Non aveva scelta. Le avrebbe restituito tutto piano piano. Nessuno doveva saperlo. Né Mary né i suoi amici né Jess. Nessuno.

Gail Gephardt doveva avere qualcosa in più oltre alla pensione e al piccolo stipendio per il suo lavoro presso la mensa della scuola. Avrebbe dovuto farsi vedere da un dottore, Malcolm lo sapeva. Uno specialista. Qualche settimana prima lui aveva chiamato il suo medico di base per chiedergli consiglio su come intervenire, ma non ne aveva ricavato molto. Certo, a volte dimenticava le cose, ma aveva settantadue anni. Anche le ricerche su Internet non lo avevano portato da nessuna parte, se non a chiedersi che cosa potesse fare esattamente un dottore per lei. Non c'erano farmaci che l'avrebbero aiutata nel lungo periodo. Tutto ciò che aveva letto online sui segnali di perdita di memoria – non perdita, per l'esattezza, piuttosto confusione – riportava alla prevenzione. A una dieta e a un programma di attività fisica che avrebbe dovuto seguire fin da quando aveva trent'anni.

Oltre alla banca, sembrava non esserci niente di aperto tranne il Food King, nel cui parcheggio c'era una manciata di auto. Per caso, senza nemmeno rendersi conto di quello che stava facendo, Malcolm cominciò a cercare delle scarpe che spuntassero dai cumuli di neve, qualunque sagoma potesse avere la forma di un corpo umano. Rallentò quando passò davanti alla fermata dell'autobus, con la lunga panca che poteva attirare chi si avviava verso casa barcollando a tarda notte con un tempo pessimo. Osservò con attenzione il caos di pattumiere e attrezzature da giardinaggio depositate dietro l'officina del meccanico. Il coperchio del cassonetto della raccolta abiti per la Salvation Army era stato forzato. Qualcuno ci aveva guardato dentro? Lasciò la macchina in mezzo alla strada con il motore acceso, si avvicinò e sbirciò all'interno. Si figurò Tripp che dormiva lì tranquillo, rannicchiato in mezzo a vecchi maglioni e cappotti invernali, ma il cassonetto era vuoto. Tutti i semafori erano impostati sul giallo lampeggiante. La circolazione dei treni era sospesa e il sistema di segnalazione era ancora fuori uso.

Proseguì lentamente passando davanti alla biblioteca e poi, vedendo il cartello semisepolto di un'agenzia che pubblicizzava una casa disponibile, gli venne in mente una cosa che lo riportò a qualche anno prima. Si spinse fino ai margini della città, dove le case erano più distanziate, e poi svoltò nella strada solitamente trafficata che separava una piccola parte di Gillam dal resto. Era un ricordo vago, ma diventava via via più nitido nella sua mente. Alcuni anni prima Patrick aveva messo gli occhi su una casa nel nuovo quartiere residenziale e aveva invitato Malcolm a seguirlo. "Un quarto d'ora al massimo" aveva detto. "Solo una piccola deviazione." Erano diretti a un campo da golf a Westchester per festeggiare i quarant'anni di un amico, ma prima Patrick voleva dare un'occhiata a una casa per un suo ex compagno di università, per capire se valesse la pena di farlo venire apposta da New York per vederla.

"È reduce da un brutto divorzio" spiegò Patrick quel giorno. Disse a Malcolm di rimanere pure in macchina se voleva, non era necessario che entrasse anche lui, ma Malcolm lo seguì comunque e rimase pazientemente in disparte mentre Patrick subissava di domande l'agente immobiliare. Poi accompagnò Patrick su per le scale e lungo il corridoio mentre ispezionava le camere da letto e apriva le ante degli armadi.

"Ma il tuo amico ha tutti questi soldi?" chiese Malcolm mentre tornavano alla macchina. La casa era grande e costosa, la zona in cui si trovava molto più bella di qualsiasi altra parte della città. Anche i divorzi erano costosi ma, a quanto pareva, quel tizio poteva permettersi entrambe le cose.

"Sì" disse Patrick. "Ma è una brava persona. Sai, gli ho sempre parlato bene di questo posto – di Gillam, intendo – e lui si è incuriosito. E deve decidere piuttosto in fretta per via della scuola e tutto quanto. Ora vive a New York. I bambini frequentano una scuola privata, perciò sarà un bel cambiamento."

Era un'abitudine che avevano ereditato dai genitori: la seconda parte della frase era sempre in opposizione alla prima. Aveva i soldi *ma* era una brava persona. Ammirare il denaro, desiderarlo, ma anche diffidarne. Considerare chi ne aveva come appartenente a una specie leggermente diversa dalla loro. Chiunque nella loro cerchia poteva arrivare a fare i miliardi, ma avrebbe comunque capito cosa significava essere preoccupati. Era una consapevolezza sempre presente in loro, a prescindere da dove fossero arrivati, proprio come il colore degli occhi o la statura; la patina di un'infanzia fatta di sneakers passate dal fratello più grande al più piccolo, e di frammenti di discussioni su licenziamenti e scioperi captati origliando i discorsi dei genitori; di risparmi sulla spesa quando la carne si comprava il giorno della scadenza perché, come spiegavano le loro madri, era buona lo stesso purché fosse cotta a puntino. Quando le persone non erano cresciute con quelle preoccupazioni, lo capivi semplicemente stando vicino a loro; c'era qualcosa nel modo in cui parlavano e si muovevano. Non lo si poteva imparare.

"Non vorrà comunque vivere in un sobborgo, no?" osservò Malcolm. "È single?"

"Gli sono stati affidati i figli" disse Patrick.

"Ah" fu il laconico commento di Malcolm, e subito si immaginò Jess che lo rimproverava per l'antiquata convinzione che fosse la moglie a ottenere sempre l'affido dei figli.

"Ma perché proprio Gillam? Se avessi tutti quei soldi, sceglierei una di quelle fantastiche case sull'acqua a Mamaroneck."

Erano ancora entro i confini di Azalea Estates. Patrick guidava lentamente per poter vedere bene ogni casa, ogni giardino. Non c'erano erbacce, neppure un ramoscello di bosso che svettasse sul resto. "Tu? No, non lo faresti mai. Tu resteresti qui. E comunque, cosa vuoi dire? Gillam è una città fantastica. Non ti piace vivere qui?"

"In realtà, non so se mi piace o no. È semplicemente casa mia."

"Lo capiresti se avessi dei figli" disse Patrick. In certe circostanze Malcolm comprendeva che cosa intendesse Jess quando diceva che le persone assumono un atteggiamento compiaciuto nel momento in cui parlano della propria famiglia.

Malcolm si strinse nelle spalle. "Lo capisco. Anche se non ho figli."

"Lo so." Patrick gli lanciò un'occhiata mentre metteva la freccia. "Scusa, non so nemmeno io perché l'ho detto. Quella faccenda dei medici, tu e Jess..."

"No, abbiamo smesso."

"Davvero?" Patrick annuì. "E vi sta bene così?"

"A me sì." Malcolm si agitò sul sedile. "Voglio dire, l'ultima volta..."

"Lo so. È stata una brutta batosta. Eravate al settimo cielo. Lo erano tutti."

"Già. Jess non l'ha ancora superata."

Patrick aggrottò la fronte, continuando a tenere gli occhi sulla strada. "Siobhán ha accennato all'adozione. Ci avete pensato?"

"Sì, qualche volta Jess ha sollevato l'argomento, ma non credo che faccia sul serio. L'idea le è venuta, ma poi l'ha abbandonata. Ci vorrebbero anni, e noi ne abbiamo già spesi tanti per inseguire questo sogno. A un certo punto magari avrei preso in considerazione la possibilità, ma ora? Sono stanco. Ho bisogno di una pausa. Dobbiamo andare avanti."

"Lo capisco. Bisogna accettare le proprie emozioni. Quando Siobhán aspettava Jack, era come se avesse iniziato ad amarlo non appena era rimasta incinta, e si arrabbiava con me perché non provavo la stessa cosa. Io le dicevo che anche per me era così, ma lei sapeva che non era vero. C'è voluto del tempo, se devo essere sincero; ho dovuto aspettare di conoscere i miei figli, ciascuno di loro, e qualche volta anche un po' di più. Quindi, immaginando che Jess sia come Siobhán, suppongo che per lei perdere il bambino sia un'esperienza un po' diversa rispetto alla tua."

Si immisero nella strada principale.
"Ma in fondo che cosa ne so io?" disse Patrick dopo un paio di chilometri. "Non mi sono mai trovato nella vostra posizione. Non riesco a immaginare cosa significhi passare quello che avete passato voi."
Malcolm annuì. Anche lui aveva avuto la sua parte di sofferenza, non solo Jess. Sentiva un peso gravare su di loro e non voleva rovinare la giornata che lui e Patrick avevano atteso con tanta gioia.
"In ogni caso, il mio sarebbe stato un bambino fuori dagli schemi" disse, nel tentativo di alleggerire un po' il discorso.
Patrick sorrise. "Uno che non riesce a trattenersi dal mettersi le dita nel naso. O che non riesce a smettere di giocherellare con il suo gingillo a scuola."
"Ti ricordi David Hoyle?" disse Malcolm, ed entrambi scoppiarono in una risata fragorosa. David Hoyle era stato un loro compagno di classe fino alla quarta elementare, dopodiché aveva cambiato scuola a metà anno scolastico in circostanze misteriose. Aveva l'abitudine di toccarsi lì sotto con entrambe le mani quando Miss McConaughey passava tra i banchi. Né la madre di Malcolm né quella di Patrick avevano mai spiegato il motivo per cui David aveva lasciato la scuola in maniera così repentina.
"Proprio stamattina Jack mi ha detto che non può stare a tavola con me perché quando mastico faccio rumore e gli fa schifo" disse Patrick. "Mi ha detto che sembra che io abbia una palude al posto della bocca. Pensa dire una cosa simile ai nostri padri. Ti immagini cosa sarebbe successo? Ma è così che funziona oggi."
"E i tuoi sono bravi ragazzi! Cioè, sono normali. Più o meno."
"Dipende dal momento."
"Il figlio di Toby, lui sì che è piuttosto strano, no? Quello di mezzo." Malcolm atteggiò il viso imitando l'espres-

sione del secondogenito di Toby ogni volta che interrompeva un adulto.

"Oddio, è proprio così!" gemette Patrick lanciando rapide occhiate alla parodia dell'amico mentre entrava in autostrada. "Com'è che non te l'ho mai vista fare prima? Mal, sai una cosa? Quel ragazzino ha undici anni e non ha ancora imparato a tirare lo sciacquone in casa mia. Incredibile."

Malcolm ripeté l'imitazione del secondogenito del loro amico e Patrick scoppiò a ridere così forte che l'auto sbandò per un attimo.

"Ha fatto la cacca sul nostro tappeto elastico quando aveva sette anni. Te l'ho mai raccontato? No, vero? Siobhán mi aveva pregato di non farlo. Perché le do sempre retta? Mi aveva fatto pulire tutto e raccomandato di far finta che fosse stato il cane, e di tenere la bocca chiusa."

Malcolm rideva così forte che sentiva le gocce di sudore spuntare sotto il colletto. Era una bellissima giornata di primavera, perfetta per fare golf, perfetta per godersi una birra all'aperto, non importava che facessero schifo a golf, era solo una scusa per stare insieme. Jess era triste, assolutamente distrutta, e a Malcolm si spezzava il cuore nel vederla così, ma per lui non era la stessa cosa. Lui non era così disperato. Non lo era e non riusciva a fingere di esserlo. Non ne vedeva il senso. Era sollevato all'idea che finalmente stessero andando avanti. Erano ancora giovani. Avevano tempo per fare una bella vita insieme. Tutto intorno a sé, in ogni aspetto della sua vita, vedeva una buona dose di fortuna. E la giornata che lo aspettava era una ragione per sentirsi fortunato. Ora dopo ora, giorno dopo giorno, era possibile imporre a se stessi di sentirsi meglio.

"Lascia stare" disse Patrick. "In ogni caso, un bambino ce l'hai: è il bar."

"Uh! Non farti sentire da Jess."

"No, no, per carità!"

Malcolm non sapeva se sarebbe stato in grado di ritrovare la casa. Il quartiere appariva diverso in inverno, con i praticelli verdi coperti di neve. I lotti di terreno in quella parte della città erano divisi con precisione, molto più grandi rispetto a quelli della sua zona. Procedeva seguendo quello che gli suggeriva l'istinto, e d'un tratto eccola lì: l'auto di Bratton.

Percorse il vialetto, che era stato sgombrato, rivelando un perfetto rettangolo di asfalto, e che non mostrava alcuna traccia del recente maltempo. Vide muoversi una tendina dietro una finestra al piano superiore. Che venga pure fuori, pensò Malcolm. Che esca quando cazzo vuole. Un attimo dopo fu Jess a uscire, con un paio di scarponi da neve che non le aveva mai visto. I capelli raccolti, struccata, dimostrava venticinque anni. Poiché Malcolm si ostinava a fissare dritto davanti a sé, rifiutando di guardarla o di abbassare il finestrino, lei si avvicinò al lato del passeggero e aprì la portiera.

«Ehi» disse sedendosi. Per qualche ragione si allacciò la cintura. «Sono passata da casa. Hai ricevuto i miei messaggi?»

Ma lui non disse nulla. Non le avrebbe reso le cose più facili. Avvertì qualcosa montare dentro di sé, qualcosa che lo soffocava, come se tutto quello che avrebbe voluto dire fosse bloccato nello sterno. Si scostò dal volante e, appoggiandosi allo schienale, prese un respiro profondo. Le rivolse una rapida occhiata: era pallida, fin troppo magra, con borse violacee sotto gli occhi. Immaginò come doveva apparirle lui, dopo il weekend che aveva passato.

«Come stai?»

«Vaffanculo, Jess.»

Lei trasalì e abbassò gli occhi.

Rimasero uno di fianco all'altra in silenzio, accompagnati solo dal ronzio del motore. Doveva essere lei a parlare per prima, decise Malcolm. Che tirasse fuori qualcosa. Che faticasse un po'.

Ma poi: «Lui sa che sei qui fuori con me?».
«Sì.»
«E gli sta bene?»
«Non so. Non è che l'abbiamo messo ai voti, sai?»
«No, scommetto di no. Scommetto che hai semplicemente fatto quello che hai voluto.»
«Be'» disse lei, con un tono che significava che aveva qualcosina da dire in proposito, ma gli avrebbe concesso una piccola tregua.
Malcolm immaginò di fare irruzione in casa, trovare Bratton e sbatterlo fuori in giardino da quell'enorme finestra panoramica. Non gliene fregava un accidente se i suoi figli avrebbero assistito alla scena. Una ventina di persone avrebbero garantito per lui, dicendo che era stato sul divano a giocare a carte con le loro famiglie per tutto il giorno. E Jess. Che bugiarda, che... Ma nessuna delle parole che si usavano in quelle circostanze gli sembrava appropriata. E non si sentiva appagato, nemmeno nella sua immaginazione. Non appena Jess aveva aperto la porta di casa Bratton e messo piede fuori, Malcolm aveva visto evaporare gran parte della propria rabbia e si era sentito vuoto, stanco, alla deriva. Ecco Jess. Era sempre la sua ragazza. Solo che abitava in una casa diversa.
«Dov'è la tua macchina?»
«In città.»
«Quindi? Vai a letto con lui. E cos'altro? Lo ami?»
«Malcolm» disse lei con tono di supplica, distogliendo lo sguardo. «Non lo so.» Malcolm incassò la risposta come uno schiaffo. La tenne lì e attese un attimo per vedere che effetto gli avrebbe fatto.
Jess cercò la sua mano e la strinse forte, ma lui la ritirò.
«Che cosa hai intenzione di fare?»
«Non lo so» ripeté lei.
Due signori anziani che portavano a spasso i cani passarono dietro di loro con passi lenti e calibrati sul ghiaccio. Malcolm li seguì con lo sguardo nello specchietto retrovi-

sore. Dalle bocchette sul cruscotto soffiava aria calda, ma le sue mani rifiutavano di scaldarsi.

«Avresti dovuto vedere il bar. Avresti dovuto vederlo venerdì quando sono arrivato. L'ho capito subito. Me lo sentivo. Se riuscissi a capire come fare perché sia così tutte le sere. Anzi, no! Anche solo quattro sere a settimana! Ed eravamo solo a metà serata, in realtà. Abbiamo chiuso prima di mezzanotte.»

«Davvero?» chiese Jess. Lo stava solo compiacendo, forse, ma a lui non importava. Le sue serate preferite ai tempi della gestione di Hugh erano quelle in cui tavoli e sedie venivano spontaneamente spinti da una parte per fare spazio e ballare. A fine serata aveva sempre le piante dei piedi sporche perché si toglieva le scarpe, e dopo, tornati a casa, doveva lavarli bene nella vasca prima di mettersi a letto, prima che lui la attirasse a sé. "Mettiti almeno i calzini!" la pregava. Ricordando questo dettaglio, lui si mise a descrivere tutto ciò che era ancora vivido nella sua memoria della serata di venerdì, e dal modo in cui Jess lo guardava, capì che le sembrava di vedere la scena; che aveva fatto un buon lavoro, che lei assorbiva ogni sua parola.

«Ti vedo bene, Mal» disse. «Mi sembra che tu stia bene.»

«Non posso dire altrettanto di te, invece» ribatté lui. «Scusa.»

Il cielo stava cambiando. Era ancora prevalentemente azzurro, ma un filo di grigio avanzava da nord. L'aria, che per tutto il giorno era sembrata così pulita, così secca, con un profumo di pino e di rami spogli, ora aveva un lieve sentore terroso, mentre l'umidità si depositava ovunque. Malcolm e Jess rabbrividirono allo stesso tempo.

«Non posso crederci.» Voleva sembrare disgustato, farle sapere come stavano le cose, ma le parole gli uscirono in un sussurro.

«Lo so.»

«Come hai potuto? E senza una parola, senza un cazzo

di spiegazione. E io qui ad aspettare come un idiota che tu torni a casa. Quattro mesi. Per poi venirlo a sapere da qualcun altro. Hai idea di quanto mi sento stupido? Dopo tutti questi anni. E con un amico di Patrick, per giunta. Oltre a perdere te, che cosa pensi che possa succedere al rapporto fra me e Patrick? Volevi far crollare tutto insieme a te?»

«No, è chiaro che non volevo questo. Non ho pensato a Patrick.»

«No, certo che no.»

«Mi dispiace molto.» Jess aveva quell'aria abbattuta che assumeva quando stava per scoppiare a piangere. Malcolm era così affabile, così disponibile, ma una cosa non era disposto a perdonare: essere messo nella condizione di sentirsi stupido.

«E sai...» Stava diventando difficile dare forma alle parole; il respiro continuava a rimanere soffocato dal groppo che gli chiudeva la gola. Jess si voltò dall'altra parte per rispettare la sua privacy. Lui sbatté il palmo della mano sul volante. «Quando ti ho detto che temevo che impegnarsi così tanto per avere un bambino avrebbe incasinato le cose fra noi, e che desideravo proteggere quello che avevamo, sei stata *tu* a dire che eravamo già una famiglia. Te l'ho chiesto ed è esattamente questo che hai detto.»

«Lo so.»

«Ma se ci credevi davvero, se credevi che io e te eravamo una famiglia, non avresti fatto quello che hai fatto. Questo significa che, nel profondo, sentivi che saremmo stati una famiglia solo *se* avessimo avuto un figlio. Solo un figlio avrebbe *trasformato noi due* in una famiglia. Ma senza, non lo siamo. È giusto?»

«No.»

«Bene. Spiegamelo, allora. Perché mi sembra che tu te ne sia andata a cercare proprio quella. A quali conclusioni dovrei arrivare?» Ma prima che lei potesse tentare di dargli una spiegazione, Malcolm alzò una mano per fermarla.

«Sai con quante donne avrei potuto tradirti? Vuoi sapere quante? Non lo so nemmeno io. Ti ricordi di Meg? Era uno schianto, eppure non l'ho fatto.»

Con la coda dell'occhio vide l'ovale pallido del viso di Jess che si voltava per studiarlo. Non era quello il punto. Il concetto non gli era uscito bene. Jess avrebbe dovuto sapere quello che lui intendeva dire senza che lo precisasse.

«Buon per te, Mal» disse dopo un attimo. «Complimenti.»

«Scusami. Ho detto una cosa stupida.»

«E comunque mi pare di ricordare di aver interrotto qualcosa alcuni anni fa. Erica Delfino, ricordi? Io sì, e molto bene. Eppure non ne abbiamo mai parlato, no? Ed Emma? Quando salta fuori il suo nome, a stento riesci a guardarmi negli occhi. Andiamo!»

Malcolm si sentì morire. «Con Emma non è mai successo nulla. È una bella ragazza, oltre a essere la mia cameriera migliore. Tutto qui.»

«Mi stai dicendo che se ti si presentasse un'occasione, non la coglieresti al volo?» Jess sospirò. «Non rispondere. Mi dispiace. Oh, santo cielo. Guarda a che punto siamo arrivati.»

«Aspetta, una cosa voglio dirtela. Mi dispiace per quella volta con Erica. Mi dispiace davvero. Non so cosa mi fosse passato per la mente. Tu e io... C'era soltanto un argomento di cui parlare. Ricordi? Non è successo nulla, allora, ma sarebbe potuto succedere, sì. Non sto cercando una scusa. Solo... mi dispiace da quella sera e sto male ogni volta che ci penso. È stata una cosa completamente senza senso.»

«Lo so. Ti conosco, Mal. Ma questo non significa che io non mi sia sentita ferita.»

Lui abbassò il finestrino. Prese profonde boccate d'aria fredda.

«Come siamo arrivati qui, Jess?»

Da diciassette settimane Jess si poneva quella stessa domanda. Si premette i polpastrelli sulle tempie; era troppo stanca per piangere. I figli di Neil si stavano affezionando a lei. Il piano era di fermarsi solo per due notti e poi andare dalla madre, ma era arrivata la neve, più abbondante del previsto, e il pensiero di rimanere intrappolata in casa con la madre e di subire tutti i suoi commenti e le sue domande senza nemmeno poter fare un giro in macchina o una passeggiata... no, questo non poteva affrontarlo. Stare a casa di Neil era come vivere in un tempo sospeso. Non c'era bisogno di decidere nulla perché quella non era vita reale, almeno finché non si fosse sciolta la neve e fosse tornata la corrente. La segnaletica sulla linea ferroviaria era ancora fuori uso, e Bloom aveva annunciato a tutti i dipendenti della sede di New York che potevano lavorare da casa fino a ulteriore comunicazione. La stessa cosa per l'ufficio di Neil. I bambini erano chiaramente incuriositi da lei e ne studiavano il viso, gli abiti, i capelli. Proprio quella mattina le due bambine erano scese con le guance rosse di fard e gli occhi impiastricciati di ombretto fino alle sopracciglia. Jess aveva immaginato il contenuto del suo beauty case sparso ovunque sul pavimento del bagno.

"Voi due mi sembrate un po' diverse oggi" aveva commentato, come se non sapesse dire esattamente in che cosa consisteva quel cambiamento. Le due bambine si erano bloccate sui loro passi, una la versione media e piccola dell'altra, aspettando la mossa successiva di Jess. "Posso solo..." aveva detto lei passando un fazzoletto di carta sulle labbra delle piccole per togliere il rossetto in eccesso, e alla fine si erano scambiate un'occhiata di sollievo. La più grande era ancora un po' riservata, ma la sorellina minore e il piccolino correvano a sedersi in grembo a Jess anche quando c'era un divano intero a disposizione. "Perdonali" diceva Neil, e ordinava loro di lasciarle un po' di spazio. Ma c'era da perdere la testa nel vedere quelle creature depositare nelle sue mani una porzione del loro affetto e della loro fiducia. Si affidavano completamente, senza trattenere nulla per proteggersi.

La madre avrebbe dovuto vederli la domenica dopo la nevicata e stare con loro fino all'indomani. Christine amava essere libera durante il weekend, aveva spiegato Neil, quindi preferiva tenere con sé i bambini la domenica, anche se questo significava sobbarcarsi un lungo tragitto in macchina per accompagnarli a scuola il lunedì mattina. Neil e Jess avevano progettato di passare fuori la serata di domenica.

Il sale per agevolare la viabilità scarseggiava in tutta la bassa Valle dello Hudson, ma Azalea Estates distava appena ottocento metri dall'ingresso dell'autostrada, che era pur sempre in condizioni migliori rispetto alle strade locali. Neil aveva raccolto le piccole cose dei bambini e li aveva accompagnati dalla mamma, procedendo a quaranta chilometri all'ora, per poi scoprire che Christine non era in casa. Aveva preso un volo per Nashville all'ultimo minuto poco prima della nevicata e si era dimenticata di informarlo. Quando Neil, furioso, l'aveva chiamata, la donna aveva detto che si era confusa, e Jess poteva anche darle il beneficio del dubbio, ma poi aveva spiegato che le tariffe erano così vantaggiose che non aveva potuto fare a meno di approfittarne, il che, in un certo senso, contraddiceva l'affermazione di essersi dimenticata di avvertire. Nel frattempo, tre bambini con i loro orsacchiotti stretti al petto si chiedevano cosa sarebbe successo. Quando Neil aveva riferito il fatto a Jess, un'ora dopo aver preparato il borsone dei bambini e due minuti dopo essere tornato con loro, temeva che lei ci sarebbe rimasta male. Avevano programmato la serata fuori. Avevano già scelto il film. Ma tutto ciò a cui era riuscita a pensare Jess era che i bambini fingevano di guardare la tv, ma in realtà aspettavano di vedere la sua reazione.

"Che cosa avrei potuto dire?" chiese in seguito a Siobhán quando trovò il coraggio di chiamarla e di raccontarle com'era andata. Era nella camera da letto di Neil, con la porta chiusa. Gli aveva detto che stava per chiamare la sua amica, e lui le aveva augurato buona fortuna, le aveva detto che sarebbe andato tutto bene ma aveva aggiunto che, se Siobhán avesse fatto storie, avrebbe dovuto lasciarla perdere. Le aveva fatto notare che aveva i suoi compagni di università, di liceo, che erano sempre stati più suoi che di Malcolm. E che aveva lui, ora. Non aveva bisogno di Siobhán.

"Be', no" aveva detto Jess volgendo lo sguardo in lontananza verso un punto indefinito, mentre cercava di assimilare la brutta sensazione che aveva avvertito nelle viscere. "Non liquiderei Siobhán con uno sbrigativo 'Lasciala perdere'."

"Sai cosa voglio dire."

"No, in verità, no" aveva risposto mentre una sensazione di freddo e di incredulità le avvolgeva tutto il corpo come una membrana amniotica. Siobhán lo aveva accolto, aveva organizzato per lui, un uomo adulto, quelle che in sostanza erano festicciole tra amici. Si domandò se c'era qualcuno che Neil amasse veramente, se avrebbe saputo fare i loro nomi, quante fossero queste persone. E se sapesse dire perché le amava. Ancora una volta si chiese quale fosse il motivo della rottura secondo la sua ex moglie, quale quadro avrebbe dipinto lei della loro storia.

Siobhán stava facendo del suo meglio per ascoltare le motivazioni di Jess senza interromperla. Jess intuiva che l'amica era sinceramente intenzionata a capire le sue ragioni, ma voleva bene a Malcolm. C'era quella vecchia storia di quando le era venuto il ciclo senza preavviso mentre era a bordo dell'auto di Malcolm. Avevano diciannove anni e stavano andando in spiaggia, anni prima che Jess conoscesse entrambi. C'erano altri tre ragazzi in macchina, tutti maschi, ma in qualche modo Malcolm aveva intuito quello che era successo – aveva una sorella, non era uno sprovveduto – e l'aveva coperta, facendo scendere gli altri davanti alla casa presa in affitto e si era inventato un motivo per cui Siobhán doveva restare in macchina: aiutarlo a portare le birre. Avevano proseguito fino a una stazione di servizio, cercato un bagno, e mentre lei sciacquava gli shorts e ne tirava fuori un altro paio dalla borsa, lui aveva comprato un litro d'acqua e strofinato la fodera del sedile fino a togliere ogni traccia. Non aveva mai detto una parola al riguardo per oltre vent'anni, finché Siobhán stessa aveva ricordato quell'episodio in sua presenza.

Quando si era resa conto che Jess non aveva mai sentito quella storia, aveva urlato a Malcolm: "Ma non gliel'hai mai raccontato?" dandogli una manata sul braccio.

Lui si era stretto nelle spalle. "Mi avevi pregato di non dirlo a nessuno, no?"

Siobhán le rimproverò di non averle confidato quello che le stava succedendo, e Jess sapeva che aveva ragione. Lei non avrebbe spifferato tutto a una festa. Malcolm era suo amico, ma anche Jess. Se Jess si fosse confidata con lei, Siobhán avrebbe potuto aiutarla a districarsi dal guaio in cui si trovava. Dopo solo dieci minuti di confidenze, Jess sentiva che l'amica si stava ammorbidendo, la ascoltava con partecipazione. "Che cosa puoi dire quando te lo vedi tornare a casa con i bambini?" chiese a Siobhán. "Sapendo che ti stanno ascoltando, per giunta? Sapendo quanto devono essere rimasti delusi, e che probabilmente la loro madre preferirebbe essere da qualunque altra parte piuttosto che con loro? Sapendo che di questa situazione loro non hanno colpa? Quindi ho detto: 'Benissimo, sono felicissima che siano qui. Preferisco stare con loro'. E ho capito che si sono rasserenati." Per tutto il giorno in casa avevano risuonato le loro voci.

Al che Siobhán, dopo una lunga pausa di silenzio, commentò: "Oh, tesoro. In che gran pasticcio ti sei cacciata!".

«Ancora non riesco a crederci» disse Jess a Malcolm nel silenzio della sua auto. «Mi sembrava di avere un bambino fra le braccia. Non voglio essere melodrammatica, ti sto soltanto dicendo la verità. Per tutto quel tempo ho pensato di vedere un futuro. Ma cosa stavo vedendo? Eppure, era tutto così vivido. Sarei stata una brava madre. Sarei stata davvero, davvero brava.»

Malcolm avrebbe voluto essere più abile a tradurre in parole i propri pensieri, ma gli arrivavano come sensazioni che sfuggivano al linguaggio – un'elettricità statica che correva lungo le braccia e gli stringeva il petto. Jess doveva fare in modo che la sua mente non fosse più concentrata solo su quello, come aveva fatto lui. Doveva prendere ciò che era buio e riempirlo di una luce diversa. O forse era proprio quello che aveva cercato di fare, forse era quello che stava ancora cercando di fare con Neil Bratton e i suoi figli. Era una cosa stupefacente, a ripensarci bene. Quando lei e Malcolm si erano detti "ti amo" per la prima volta, quando si erano sposati, quando avevano acquistato la casa e l'avevano riempita di mobili e piatti e ciotole e lampade e tutte le cianfrusaglie che caratterizzano la vita domestica, ebbene, tutto era finalizzato a un futuro che non avevano alcuna garanzia di poter raggiungere. Da quando lei se n'era andata, Malcolm aveva capito che ogni giorno, ogni ora, era un luogo in cui non era mai stato, e che sarebbe toccato a lui trovare la strada per attraversarlo. Era un'osservazione troppo ovvia per esprimerla ad alta voce, eppure l'aveva lasciato scosso.

«E ora che facciamo?» chiese Jess.

«Lo chiedi a me?»

«Be', sì. È chiaro che abbiamo un problema grave.»

«Più di uno» ribatté Malcolm.

«Più di uno, sì» confermò lei. «E a questo proposito...» Prese il cellulare di Malcolm dal cruscotto e inserì la password come se non fossero mai stati separati, nemmeno per un giorno.

«La nevicata è prevista per domani a mezzogiorno.»

«Lo so.»

«In Seneca Street manca ancora la corrente, vero? Tutta quella zona della città?»

«Sì.» E poi Malcolm notò le luci dentro la casa di Bratton. Diede un'occhiata lungo la via e vide le finestre illuminate che punteggiavano le facciate di ogni casa.

«Ho un'idea. Mi è venuta ieri. È per quello che sono passata a cercarti.»

«Cioè?»

«Prima voglio che mi ascolti. Possiamo parlare di tutto questo» indicò la casa davanti a loro e, indirettamente, le persone che vi abitavano «e dobbiamo farlo, ovviamente. Ma abbiamo un problema più urgente.»

Malcolm la guardò. «Più urgente di questo?»

«È stato qui. Quel tipo losco. Com'è che si chiama?»

Malcolm aveva davanti a sé il vuoto assoluto, poi, intuendo a chi si riferiva, la guardò esterrefatto.

«Lo scagnozzo di Hugh? Billy?»

«Sì. Mi ha fatto prendere un colpo. Penso che fosse davanti a casa nostra quando sono venuta a cercarti, e poi deve avermi seguita. A ogni modo, si è limitato a parcheggiare qui e a guardare. E ad assicurarsi che io l'avessi visto. Non arrabbiarti, stammi a sentire.»

«Okay.»

«Ho avuto un'idea.»

«Questo lo hai già detto.»

«Ed è così ovvia che non so come ho fatto a non pensarci prima.»

«Bene. Sto aspettando.»

«Ma prima di dirtela, credo che dovresti andare a casa e pensare al bar. Pensa a te stesso, a Hugh, a Gillam, a tutta la situazione.»

«Fammi capire, mi stai mandando a casa per pensare? Cos'hai in mente, Jess?»

«Oltre al bar» continuò lei imperterrita, «pensa a me e a te, a tutto quello che è successo. Sai che cosa ho letto di recente su uno di quei siti dedicati ai problemi di fertilità? Una donna ha scritto in un commento che dare alla luce un bambino sano era il massimo della felicità, e un centinaio di utenti si dicevano pienamente d'accordo. Ma poi questa stessa donna, in coda a un fiume di commenti in tal senso, ha scritto che, alla fine, il massimo della felicità per ciascuno di noi è essere venuti al mondo, e che tutti dovremmo esserne consapevoli e ricordarlo sempre. Perché, quante possibilità c'erano? E io ci ho riflettuto. Piango per i bambini che non ho avuto, ma senza pensare che ho te, che ci sono io, che le nostre madri hanno concepito noi – noi *specificamente*, tu e io, non il miliardo di altre possibili combinazioni che si sarebbero potute formare nel loro grembo. Questo ha la sua importanza, non credi? E poi bisogna considerare che siamo nati sani e siamo stati cresciuti bene. Che stiamo insieme o ci separiamo ha pure la sua importanza. Sto solo cercando di capire qual è la cosa giusta. Ora stiamo facendo un casino. Stiamo perdendo tempo. Abbiamo una sola vita, ed è un miracolo, se ti fermi a pensare. E io voglio smettere di fare casini.»

«Ma come? Non possiamo ricominciare daccapo come se niente fosse.»

«Senti, Malcolm.» Si voltò completamente e lo guardò dritto negli occhi. Avrebbe voluto toccargli il viso. Avrebbe voluto accoccolarsi tra le sue braccia. Come se avesse letto i suoi pensieri, Malcolm le prese il polso e accostò la mano di Jess alla propria guancia.

«È questo che sto chiedendo» disse lei. «È questo che sto cercando di fare. Sei sicuro di volerlo anche tu?»

9

Era sicuro di volerlo? Se lo domandò mentre passava, per l'ennesima volta, davanti all'Half Moon. Non si diede la pena di entrare. Aveva detto a Jess che si sarebbero incontrati lì la mattina, prima che arrivasse la seconda nevicata, in modo che lei potesse spiegargli la sua idea. Era rimasto davanti a casa di Bratton abbastanza a lungo da vedere Jess stringersi il cappotto blu intorno al corpo e rientrare. Una volta che lei ebbe chiuso la porta, Malcolm prese il caffè – ormai freddo – dal portabicchieri, abbassò il finestrino e lo gettò contro l'auto di Neil. Esplose sul lunotto posteriore, il bicchiere schizzò da una parte, il coperchio dall'altra. Attese qualche istante per vedere se qualcuno – Bratton – uscisse inviperito, ma il mondo era rimasto silenzioso e immobile come prima. Mentre si allontanava, lo speaker della radio locale chiedeva alla gente di aiutarsi reciprocamente, di badare uno all'altro, soprattutto agli anziani. Erano stati predisposti centri di accoglienza in varie parti della contea, ma il problema era riuscire a portarvi coloro che ne avevano bisogno. Suggeriva ai cittadini che disponevano di camini e generatori di offrire ospitalità ai vicini di casa che ne erano sprovvisti. Non era consigliabile mettersi in strada, ma si potevano accendere le auto per scaldarsi. In tal caso, era bene eseguire questa operazione in aree ben ventilate e controllare che i tubi di scappamento non fossero ostruiti da blocchi di neve o addirittura di ghiaccio.

Malcolm fece di nuovo un salto dalla madre perché aveva dimenticato di controllare quanta legna era ancora accatastata sotto il portico, ma lei non rispondeva al telefono, così girò intorno alla casa per arrivare alla porta scorrevole, che non era mai chiusa a chiave.

«Ma'?» chiamò. La stufa a legna era calda al contatto e nell'ambiente c'era un forte odore di fumo. Ispezionò rapidamente tutte le stanze della casa, incurante della neve che stava trascinando dentro con gli stivali, aspettandosi di trovarla accasciata da qualche parte. Sarebbe stato meglio portarla in ospedale in macchina o chiamare un'ambulanza? Ma la casa era deserta, la sua auto parcheggiata nel vialetto.

Andò da Mr. Sheridan e bussò.

«Oh, salve, Malcolm» disse l'uomo aprendo la porta. «Tua madre è qui. Eri preoccupato? Mi spiace. È solo...» Uscì e si chiuse la porta alle spalle. «Mi è sembrata un po' confusa» disse sottovoce. «Così ho pensato: perché non sistemarla qui? Se resta con me, non devo preoccuparmi per lei.»

«Oh» disse Malcolm. Mr. Sheridan si preoccupava per lei? Gli disse che apprezzava l'interessamento. Poi Mr. Sheridan spalancò la porta, e con un tono di voce più alto, disse: «Ehi, Gail, Malcolm è qui. E tu pensavi che non ti avrebbe trovato!».

«Sei tu, Malcolm?» La voce di sua madre.

«Ciao, mamma» disse lui seguendo Mr. Sheridan in soggiorno. Cercò di ricordare quando era morta la moglie di quell'uomo, se prima o dopo suo padre. Anche lui si sentiva un po' confuso, come se fosse lento a capire, ma di sicuro quei due erano soltanto amici, amici di vecchia data. Sua madre aveva settantadue anni e Artie Sheridan, probabilmente, qualcuno in più. Avrebbe voluto chiamare Jess, chiederle di dimenticare i loro problemi per due minuti e sentire la sua opinione in merito. Sua madre era seduta sul divano con le ginocchia piegate sul cuscino come una bambina, una tazza di tè in mano e il pastore tedesco di Mr. Sheridan ai piedi. Il fuoco ardeva nel camino.

«Sono passato da casa. Ti cercavo.»

«Guarda che bello» disse sua madre, il viso illuminato di orgoglio.

«Tutto okay, mamma? Stai bene?» Lo disse lanciando un'occhiata eloquente verso Mr. Sheridan in modo che lei capisse a cosa si riferiva.

«Il fumo ha iniziato a entrare in casa. Stava entrando! Ho aperto la canna fumaria.»

«Be', non dovrebbe succedere» disse Malcolm. «Forse il ghiaccio...»

Alle spalle di Gail, Mr. Sheridan scosse il capo quasi impercettibilmente e guardò Malcolm, come a chiedergli se credesse davvero alla versione della madre, e il resto delle supposizioni di Malcolm perse di importanza.

«Controllerò io appena possibile, Gail» le assicurò Mr. Sheridan.

«Oppure lo farò io» disse Malcolm.

«Puzzerà tutto di fumo» si lagnò lei.

«Arieggerò le stanze, mamma, non ti preoccupare. È un bene che tu sia qui.»

«Hai sentito che c'è un'altra nevicata in arrivo?» gli chiese Mr. Sheridan. Sembrava più giovane della sua età. Quasi un giovanotto, con quella testa di capelli. Cosa voleva da sua madre?

«Sì. Sono preoccupato per il bar. Ho messo in funzione un generatore, ma...» Si strinse nelle spalle. «Ci sono novità sul ripristino della corrente?»

«Ho già chiamato più volte. La voce registrata continua a prevedere dalle otto alle dieci ore da tre giorni.»

«Fantastico.»

«Be', ascolta, tu vai pure, occupati delle tue cose. Si sta facendo buio. Siamo tornati al tempo dei pionieri, dobbiamo fare tutto prima che cali la notte. Tua madre sta bene qui. Davvero. Non è così, Gail?»

«Sicuro?» disse Malcolm rivolgendo la domanda alla madre, cercando di far sì che lei incontrasse il suo sguardo per capire cosa pensava veramente. Dove avrebbe dormito? Se Jess fosse stata presente, avrebbe trovato il modo di chiedere.

«Sto bene! Guarda!» Gli mostrò l'etichetta della bustina di tè che pendeva dal bordo della tazza. «Ha il Lady Grey.»

La mattina dopo Malcolm si svegliò presto e andò dritto all'Half Moon. Quando accostò davanti al locale, Rob Waggoner lo aspettava fuori con un sacchetto in mano. "Ci risiamo" disse Malcolm tra sé.

«Pensavo che avrebbe dormito qui» disse Rob. «Le avevo portato un tramezzino. Stavo per andarmene.»

«No, il mio letto è più comodo dello sgabello di un bar. Comunque la ringrazio, molto gentile» disse prendendo il sacchetto. «Che succede?»

«Ho sentito che aveva un ospite e che non ne sapeva nulla. Vorrei solo entrare per scattare qualche foto. Becker e Navarro ci raggiungeranno fra poco.»

«Sì, certo. Novità?» chiese Malcolm aprendo la porta che dava sulla strada laterale, come aveva mostrato agli altri agenti il giorno prima.

«Ah.» Rob Waggoner si tolse il berretto di lana e si passò la mano nei capelli. Era in borghese e aveva un'aria molto più giovanile di come gli era apparso la prima volta che si erano visti. Malcolm non aveva idea se quell'uomo avesse dei figli, se odiasse il padre o no. «Sì, in effetti.»

«Oh, davvero?» Malcolm iniziò ad accompagnare Rob su per le scale. «È autorizzato a parlare?» Se non lo era, pensò Malcolm, forse sarebbe riuscito a estorcere qualche informazione a Jackie.

«Le hanno detto che aveva prenotato un volo per Toronto? Bene, sembra che ne avesse prenotato uno anche per Panama City, in partenza da Toronto qualche ora dopo.»

«Non capisco» disse Malcolm.

«Voleva farci credere di essere in Canada quando in realtà puntava a Panama City.»

«Ed era effettivamente su entrambi i voli?»

«Abbiamo avuto conferma che è stato sul primo volo, ma siamo ancora in attesa della lista dei passeggeri diretti a Panama City. Siamo in contatto con la polizia di Toronto.»

«Ehi, scusi se mi permetto, ma non dovreste chiedere il supporto di veri investigatori? Magari l'FBI?»

Arrivò un'altra volante della polizia.

«Oh, li abbiamo coinvolti eccome. Pare che fosse nei guai fino al collo. C'è stata un'indagine della Commissione Titoli e Scambi nella sua azienda che, a quanto pare, la settimana scorsa ha presentato i risultati. Il suo socio verrà arrestato quanto prima e sono sicuro che emetteranno un mandato d'arresto anche per mio padre.»

«Wow» esclamò Malcolm. «Caspita, Tripp.»

«Ma finché non c'è un mandato, è semplicemente una persona scomparsa, e il caso è di competenza del nostro dipartimento. È solo una persona che è volata in Canada in condizioni meteo pessime senza dire nulla alla moglie. Cambiare il beneficiario dell'assicurazione non è illegale. Prenotare dei voli nemmeno.»

Malcolm pensava che le persone si confidassero con lui quando era dietro il bancone perché consideravano la loro relazione sacra, separata dalle loro vite reali, protetta. E perché bevevano. Ma forse c'era qualcosa in lui che induceva la gente ad aprirsi.

Jackie e l'agente Navarro salirono di corsa le scale per raggiungerli.

«Ci rivediamo» disse Jackie.

Malcolm rimase in disparte sulla soglia, in modo che Rob potesse vedere gli effetti personali di suo padre. Ma Rob si limitò a fissarlo con aria assente. E fu allora che Malcolm si accorse che le cose di Tripp erano sparite.

Guardò in bagno. Niente spazzolino da denti, niente deodorante. Percorse la stanza da cima a fondo, come se in un posto così piccolo ci fosse un buco dove nascondere un borsone.

«Dov'è finita la roba che era qui?» chiese Navarro.

«Non lo so» disse Malcolm, sentendosi sotto accusa. «Io non ho toccato nulla.»

Raggiunse le altre scale e le scese di corsa, aprì prima la porta del corridoio e poi quella del bagno degli uomini. Recuperò la chiave dal suo nascondiglio e guardò nell'armadietto. Anche le magliette erano sparite.

«Non capisco» disse ritornando al piano di sopra proprio mentre il telefono di Navarro iniziava a squillare. L'agente si voltò di spalle per rispondere.

«Avevi ragione» disse quando chiuse la chiamata. «È da dicembre che non si fa vedere in ufficio.»

Tutti si guardarono intorno nella stanza.

«Chi ha portato via le sue cose?» chiese Jackie.

«Mark Duro?» suggerì Navarro, e Malcolm notò che i tre poliziotti lo stavano guardando in modo strano. La pressione dell'aria si fece più pesante, un cambiamento quasi impercettibile, ma Malcolm lo avvertì.

«Chi altri è al corrente dell'esistenza di questo posto quassù?» chiese Navarro.

«Ehm, il proprietario precedente, tutti quelli che hanno lavorato per lui, quelli che lavorano per me, chiunque passando noti che oh, quell'edificio ha due piani.»

Navarro annuì. Rob faceva correre lo sguardo da uno all'altro. «Come va il bar?» chiese. «Ho sentito che non è un buon momento.» Tirò fuori un blocco e una penna per prendere appunti.

«Stronzate. Dove l'ha sentito?» replicò Malcolm. Ridicolo. «Pensate che io abbia aiutato quest'uomo? Come se non avessi già abbastanza problemi per conto mio?» Bastava guardare il locale per capire che Malcolm non ci investiva molto denaro, ma l'Half Moon si presentava esattamente così anche quando era nelle mani di Hugh, e nessuno aveva mai dubitato che Hugh facesse soldi a palate. Navarro non poteva controllare i suoi conti senza un'autorizzazione ufficiale, e perché avrebbe dovuto farlo, del resto? Gli venne il dubbio che avessero fatto una verifica presso la Liquor Authority.

«Non credo» disse lentamente Jackie guardando Malcolm ma rivolgendo l'osservazione a Navarro. «Non credo proprio.»

«Nemmeno io» disse Rob.

«Ragazzi» iniziò Malcolm, «forse non avete capito in che condizioni era Tripp venerdì sera. Non è possibile che abbia fatto questo, qualunque cosa sia».

«Magari era soltanto una messinscena.»

«Ne dubito fortemente.»

«Be', fatto sta che era su quel volo.»

«Non so che dire.» Malcolm si arrese, d'un tratto infastidito dalla necessità di parlare di quella faccenda. Tripp era praticamente un estraneo per lui, e Malcolm aveva già abbastanza guai cui pensare. Che cosa sarebbe successo se non fosse riuscito a predisporre tutto a puntino per la festa di giovedì sera? E se fossero rimasti senza corrente per un'altra settimana? E se Billy fosse stato seriamente intenzionato a far riavere a Hugh i soldi entro il prossimo weekend? Impossibile.

«Se le viene in mente qualcosa, ci dia un colpo di telefono.»

«Certo» disse Malcolm. Quando i tre agenti scesero le scale e arrivarono sul marciapiede, riconobbe l'auto della madre di Jess che si fermava dall'altra parte della strada. Jess doveva averla presa a prestito, ma come aveva fatto ad arrivare a casa di sua madre? D'un tratto si figurò la scena: Bratton che la accompagnava e si presentava a Maureen Ryan, che per l'occasione si era acconciata i capelli in un perfetto chignon a conchiglia. Bratton era esattamente il tipo di uomo che lei aveva sempre desiderato per la figlia.

«Che cosa è successo?» chiese Jess mentre i poliziotti salivano in macchina. Si attaccarono tutti al telefono immediatamente, il che a Malcolm non piacque affatto.

«Niente.»

«Niente?»

«Dammi tregua, Jess. È una lunga storia.»

«Certo, d'accordo.»

«Perché non mi dici che idea hai avuto, piuttosto?»

Jess lanciò un'occhiata alle auto della polizia, ancora ferme a pochi metri da loro. «Forse conviene aspettare che se ne vadano.»

Una volta entrati, Jess si guardò intorno nel locale come se non l'avesse mai visto prima. Andò in cucina e sbirciò nell'armadietto delle scope. Scese nel magazzino e Malcolm la seguì.

Si mise in ginocchio per osservare attentamente la vecchia caldaia. Si avvicinò allo scaffale dove Malcolm teneva il materiale rimasto dai precedenti interventi di manutenzione. Lattine semivuote di vernice, nel caso in cui le pareti del piano superiore avessero richiesto qualche ritocco. Diluenti. Poliuretano per la rifinitura del parquet. Pezzi di legno sparsi. Vecchi stracci. Lampadine. Un trapano. La cassetta degli attrezzi. Sui ripiani superiori c'erano casse di alcolici, soprattutto vodka aromatizzata alla frutta ordinata in eccesso in estate, che ora sarebbe rimasta là finché non fosse arrivata la bella stagione. Aveva cercato di venderla durante l'inverno per evitare di acquistare altre bottiglie di vodka classica, ma i clienti non erano sembrati interessati. Jess cominciò a impilare gli scatoloni vuoti, e continuò finché la pila non toccò le travi sopra le loro teste. Quando finì, iniziò un'altra torre, questa volta contro una trave portante.

«Che cosa stai facendo?»

Jess, senza degnarlo di risposta, trascinò un vecchio sgabello contro la parete con la finestra, vi salì e sbirciò fuori.

«Abbiamo una prolunga, vero?»

«Sì, è di sopra.»

«Quanto è lunga?»

«Perché?»

«Perché non hai messo la stufa contro la tubatura? Scaldarla così in alto non protegge le sezioni qui sotto dal congelamento.»

«È troppo pericoloso qui, con tutta questa roba. E poi le case gelano dall'alto in basso. Qui sotto non ci sono problemi perché siamo sottoterra.»

«Mmh» disse lei riflettendo. «È una cosa risaputa? E perché non hai fatto riparare la valvola dell'impianto? È rotta da quanto – due anni? Quanto verrebbe a costare? Qualche centinaio di dollari?»

Malcolm incrociò le braccia. «È rotta fin da quando c'era Hugh.»

«E perché non l'hai riparata? Voglio dire, se qualcuno te lo chiedesse, tu che cosa diresti?»

«Perché dovrebbero chiedermelo?»

«Segui il mio ragionamento.»

«Direi la verità. Che aspettavo di avere maggiore disponibilità di budget. Sai meglio di me che una cosa tira l'altra. A un certo punto l'ho fatta vedere a un idraulico, ma voleva spaccare tutto il pavimento. Lavoro qui da un sacco di anni e non mi risulta che si sia mai gelata l'acqua nei tubi, perciò ho pensato che si poteva tirare avanti ancora per un po'.»

«Ma non c'è mai stato un blackout così lungo. Non che io ricordi. E sta per arrivare un'altra bufera di neve.»

«E allora? Dove vuoi andare a parare?»

«Hai detto che sarebbe stato troppo pericoloso piazzare la stufa qui sotto» gli ricordò. «Ma sarebbe sensato, no? Se volessi proteggere tutto l'impianto.»

«No, non credo che sarebbe una cosa sensata.»

«Quello che voglio dire è questo: se dovessi spiegare il tuo ragionamento a qualcuno, sembrerebbe la verità.»

Lui attese.

«Fa parte della mia idea.»

Jess si avvicinò allo schedario di metallo e aprì l'ultimo cassetto in fondo. Quella cassettiera conteneva atti, ricevute dei fornitori, contratti, permessi, licenze, moduli di prestazione occasionale, polizze assicurative. Fece scorrere il dito sulle linguette delle varie schede, prese un fascicolo, lo aprì, lesse in silenzio per qualche istante e poi annuì, come per confermare qualcosa a se stessa. Infine passò il fascicolo a Malcolm, che tuttavia non sapeva che cosa avrebbe dovuto farne.

«Cosa...?» E poi capì. «No» disse riconsegnandole la cartellina. «No, Jess. Non se ne parla.»

«Ascolta.»

«Sei pazza.»

«No, non sono pazza.»

«Hai completamente perso la testa, Cristo santo.»

«Statisticamente, sarebbe questo il momento in cui capita. Ho letto parecchie cose sull'argomento. È da ieri che ci penso. Un seminterrato è l'ideale per far scoppiare un grosso incendio. Ci sono tantissimi motivi per cui potrebbe innescarsi accidentalmente. Si svilupperebbe subito verso l'alto e distruggerebbe l'intera stanza sopra di noi. Tutti sanno che ami questo posto, che sei preoccupato per la manutenzione, che volevi proteggere l'impianto idraulico e forse non hai pensato alle conseguenze.»

«Ma io ci ho pensato. Ed è per questo che ho messo la stufa al piano di sopra.»

«Ma se, in preda al panico, avessi preso la decisione sbagliata?» Jess alzò lo sguardo verso di lui. «È credibile, no? Che l'avresti sistemata qui sotto?»

«Credibile che *io* possa farlo? Malcolm Gephardt? O che una qualsiasi persona possa farlo?»

Lei esitò. «Una persona. Chiunque. Pensaci. Un blackout. Una stufa di trent'anni fa. Quali erano gli standard di sicurezza di quegli aggeggi a quei tempi? Sai quanti incendi causano ogni anno? Ho controllato le statistiche. Chi può dire che non conservi la benzina per il generatore qui sotto? E quindi, cosa succederebbe se spostassi il generatore fuori da quella finestra, facessi passare il filo, spingessi la stufa contro la tubatura nella speranza di mantenere caldo l'intero impianto? E poniamo che, ops, sia stata piazzata troppo vicino a quella pila di scatoloni, con tutti quei prodotti chimici. Mettiamo che la stufa faccia una scintilla.»

Malcolm la fissò. Entrambi guardarono le travi sopra la loro testa, il soffitto basso. Entrambi pensarono al piano di sopra.

«Diverse persone possono testimoniare che la leva si è rotta anni fa e non è mai stata riparata.»

«Per favore, smettila.»

«Un incidente causato dal tuo disperato tentativo di proteggere il locale.»

Poiché lui non diceva nulla, Jess indicò il documento che voleva sottoporgli. «Leggilo. Guarda le cifre. La copertura in caso di incendio è meglio di quella per danni da inondazione. Ed è prevista una copertura anche per mancati incassi. Somma il tutto. Possiamo regolare i conti con Hugh e con la banca. Poi dimmi se è una follia.»

Jess si rese conto che gli stava spezzando il cuore per la seconda volta.

«Vuoi finire in prigione, Jess? Io no di sicuro. E ora smettila. Non voglio più parlare di questa faccenda.»

«Sarà considerato un incidente. Lo so per certo. Non dovremo preoccuparci di questo.»

Aveva quella calma eccezionale che mostrava sempre quando era convinta di aver ragione. «E saremmo liberi. Potresti fare quello che vuoi. Prendere tutto quello che hai imparato qui e ricominciare da zero. Anch'io. Potremmo vendere la nostra casa.»

«Vendere la nostra casa?» Malcolm non riusciva a interpretare l'espressione sul viso di Jess. «E andare dove? Tu starai con Neil? A casa sua?»

«No» disse lei distogliendo lo sguardo. «Penso di no.» Non l'aveva detto così chiaramente nemmeno a se stessa, ma nel momento in cui aveva messo piede in casa di Neil aveva capito che era la fine di qualcosa, non l'inizio.

«Pensi di no?» Malcolm era imbarazzato dalla tenacia con cui si aggrappava a quella piccola speranza, anche se non sapeva che farsene, in verità.

«Il punto, Mal, è che questa idea dipende molto dalla tempistica. La nuova nevicata arriverà fra poche ore. Il nostro fornitore di energia elettrica sta lavorando 24 ore su 24, ma anche loro dovranno fermarsi quando saremo in piena emergenza. E nel momento stesso in cui tornerà la corrente, la mia idea non avrà più senso. Ah, tra l'altro devi considerare che la neve, il gelo, le condizioni delle strade impedirebbero ai vigili del fuoco di arrivare tempestivamente. È tutto chiuso. Nessuno si accorgerà che il locale è in fiamme finché l'incendio non sarà divampato dappertutto. Il notiziario locale ha detto che tutte le città della contea sono a corto di sale. Anche la sabbia è quasi esaurita. Nessuno può arrivare da nessuna parte in tempi rapidi.»

«Divampato dappertutto» ripeté Malcolm. «Ti sei davvero fatta una cultura al riguardo.»

Jess gli si avvicinò. Era così vicina che si sarebbero potuti toccare.

«Inoltre» disse, «hai notato? Dove sono gli idranti?»

Malcolm fece mente locale. «Sono tutti sepolti dalla neve.»

Gli disse di leggere bene le condizioni delle polizze. Un problema alla volta, e quello sarebbe stato il primo. Quando Malcolm l'accompagnò fuori, lei si voltò e lo guardò dritto in faccia. Jess aveva un atteggiamento pratico e risoluto, come sempre quando c'era qualcosa che la preoccupava.

«Se fai delle ricerche online, assicurati di essere in modalità privata, ma cerca di non farlo perché non so fino a che punto la navigazione sia protetta.»

«Cristo» commentò lui.

Jess fece correre lo sguardo lungo la strada; non si muoveva nulla. «I vigili del fuoco sapranno che non c'è nessuno all'interno. Non si metteranno in pericolo senza motivo. Ci vediamo a casa alle...» diede un'occhiata all'ora sul telefono «alle tre. Useremo una macchina sola. Forse è meglio che la tua rimanga nel vialetto. La neve scenderà fitta a quell'ora e la gente se ne starà rintanata in casa.»

«E poi?»

«Poi staremo ad aspettare.»

Erano da poco passate le undici. Qualche fiocco di neve volteggiava nell'aria, messaggero di ciò che sarebbe arrivato.

«E se ti sbagli e qualcuno si fa male o addirittura ci rimane? I volontari, per esempio, che non sono addestrati come i pompieri professionisti. Ci sono ragazzi giovani che lo fanno, anche appena usciti dal liceo.»

E poi quello che non disse: c'era una persona che dormiva al piano di sopra di cui lui non sapeva nulla. Che qualsiasi cosa avesse fatto Tripp, aveva usato l'Half Moon come parte del suo piano. In quel momento Malcolm era distratto dal pensiero che Jess sarebbe passata da casa. Alle tre sarebbe stata nella loro cucina, si sarebbe aggirata nelle loro stanze.

«Se tutto andrà come deve andare, e come sono certa che andrà, i pompieri lasceranno bruciare il locale e faranno in modo che il fuoco non si propaghi alle case vicine. Nessuno si farà male.»

Guardò a sinistra e a destra lungo la via. L'Half Moon era isolato, non aveva muri in comune con altri edifici. Le stradine su entrambi i lati erano larghe almeno tre metri. A destra c'era la piccola rosticceria, con degli uffici al primo piano. Dalla parte opposta c'era Primavera. Tutto chiuso da venerdì.

«Non so che altro dire. Questa è la nostra unica possibilità.»

«Non può essere vero» disse Malcolm. Aveva già pensato a come procurarsi l'indirizzo di Hugh nel South Carolina. Non vedeva John dal giorno in cui l'aveva licenziato perché rubava, ma scommetteva che era ancora in contatto con Hugh, magari aveva addirittura ripreso a lavorare per lui. Se solo avesse potuto scambiare due chiacchiere a quattr'occhi con lui, di sicuro avrebbero trovato una soluzione.

«Bene.» Jess guardò il telefono. «Hai qualche ora per decidere.»

Dopo che Jess se ne fu andata, Malcolm rimase lì per un po' a guardare il semaforo diventare giallo, poi rosso, poi verde, poi di nuovo giallo. Si domandò che cosa avrebbe fatto lei nel frattempo. Sarebbe andata a trovare la madre, così aveva detto, ma come faceva a sapere se era la verità? Aveva detto che voleva vedere Siobhán di persona, ma Siobhán aveva dichiarato che, con Patrick a casa, casa sua non era assolutamente il posto adatto per chiacchierare, e con la nevicata in arrivo e tutto chiuso in giro non potevano certo uscire. Dovevano rimandare a un'altra volta. Malcolm provò un moto di soddisfazione nell'apprenderlo, e quando Jess vide questa sensazione passargli sul viso, chiuse gli occhi e alzò le spalle come a dire che era suo diritto, se l'era guadagnato, non sarebbe finita lì. Patrick era suo. Toby pure. ("Toby è tutto tuo" diceva sempre Jess.) Tutti a Gillam, probabilmente, tranne Neil.

Ma Jess era la voce che sentiva nella testa anche quando non era davanti a lui. Gli uomini sono i tuoi, diceva Jess. Ma le donne? Faceva quella faccia che lo ammoniva a non esserne così sicuro. Loro avrebbero potuto capire: le amiche, la madre, qualunque donna ascoltasse la sua storia con partecipazione. Non l'avrebbero mai ammesso davanti al partner – no, non avrebbero mai fatto una cosa simile, mettendo a rischio la propria famiglia, la propria vita già delineata, Dio mio, che cosa le era passato per la testa? – ma fra di loro? Con loro stesse, nell'intimità dei propri pensieri? Alcune avrebbero simpatizzato con l'eventualità di cedere a una tentazione e viverla fino in fondo. Altre avrebbero ammirato chi di loro, avendo un problema, lo affrontava facendo ciò che riteneva fosse utile per risolverlo.

Quando Malcolm rientrò nel bar, andò dritto al fascicolo che Jess aveva lasciato aperto sul pavimento del seminterrato. Analizzò le cifre con molta attenzione, poi lo chiuse e lo ripose nello schedario. Le polizze assicurative erano tutte opera di Jess. Dopo aver scoperto che Malcolm aveva stretto un accordo privato con Hugh, si era premunita stipulando polizze per ogni evenienza.

Malcolm rabbrividì, anche se non aveva freddo, in realtà. La percepiva là, nella luce in cui era stata poco prima, nei riflessi rossi dei suoi capelli scuri. Pur ripetendo a se stesso che il progetto di Jess era completamente folle, si sentì sfiorare dalla tentazione. Chiuse gli occhi e si figurò il locale in fiamme. Attese che i ricordi gli affollassero la mente come echi lungo un corridoio infinito, invece avvertì soltanto un senso di pace. Un nuovo capitolo. La possibilità di ricominciare tutto daccapo, di svegliarsi al mattino senza avere l'impressione di scalare una montagna ancor prima di aprire gli occhi. Affrontare la giornata senza quel peso opprimente sul petto. Pensò a Tripp. A quello che era riuscito a fare, supponendo che non fosse senza vita in un fosso da qualche parte. Invece di piagnucolare con il barista per i vent'anni successivi come avrebbe fatto la maggior parte delle persone, lui aveva agito. Invece di aspettare che gli agenti dell'FBI venissero ad arrestarlo, si era eclissato. E dove si trovava ora? In un posto così lontano dalla metropoli che finalmente poteva vedere le stelle. Malcolm cercò di immaginare questo villaggio che non aveva mai visto – assolato, tranquillo –, e accanto vi collocò Gillam, con le infinite lotte per accaparrarsi un posto nel parcheggio, le incessanti lamentele sul traffico e le tasse.

Quando la gente gli avesse chiesto cos'era successo all'Half Moon, non avrebbe nemmeno dovuto dire che era fallito. Stava andando bene fino a quel tragico incidente.

A casa, cercò di pensare a tutte le possibilità, a tutti i motivi per cui era una pessima idea. Tirò le tende e si distese sul pavimento. Fissò il soffitto. Stava morendo di fame, ma era troppo stanco per alzarsi e andare alla ricerca di uno snack.

Alle tre in punto Jess bussò due volte alla porta laterale e poi entrò in casa. Le raffiche di neve si erano moltiplicate. Malcolm la osservò mentre notava che il portafrutta ora si trovava sul lato opposto del bancone e poi dava un'occhiata dalla finestra sopra il lavandino. «Quei rami sono caduti vicinissimi alla casa.»

«Lo so» disse lui senza muoversi.

«Sei pronto?»

Malcolm si raddrizzò in tutta la sua altezza. «Come mai sei così tranquilla?»

«Perché non abbiamo altra scelta.»

«Potremmo dichiarare bancarotta.»

«Ci ho pensato, sai? Potrebbe risolvere il debito con la banca. Potrebbe risolvere perfino quello con la clinica. Il nostro grado di solvibilità ne uscirebbe distrutto, ma peggio di così non può andare in ogni caso. Il problema è che non credo che Hugh accetti le clausole del Capitolo 11.»

«Ho anche pensato che probabilmente mia madre ha qualcosa da parte.»

«Smettila» disse lei, guardandolo finalmente come la vecchia Jess. «Non puoi dire sul serio.»

Malcolm si strinse nelle spalle e alzò le mani.

«Tua madre avrà bisogno di ogni singolo centesimo dei suoi risparmi. Ha solo settantadue anni. Guadagna undici dollari all'ora, Malcolm. No, non chiederemo niente alle nostre madri. Ci siamo infilati noi in questa situazione e saremo noi a tirarcene fuori.»

Lui sospirò. Aveva ragione.

«Senti» proseguì Jess. «Non è che dobbiamo correre su per le scale con una palla di fuoco alle calcagna. Stiamo soltanto mettendo le cose una vicina all'altra. Vedila in questo modo. Se da un'ispezione emergono tracce della presenza di benzina o di prodotti chimici, be', ha un senso, è quello che effettivamente era immagazzinato là sotto. Non stiamo cercando di occultarlo. Tutto lo staff sa cosa c'è là sotto. Anzi, quelle cose fanno parte dello sfondo da così tanto tempo che abbiamo smesso di vederle. Tu eri così preoccupato che i tubi potessero scoppiare che hai deciso di piazzare quella vecchia stufa nel punto che ti sembrava più adatto.»

«Ma...» iniziò Malcolm.

Cercò di capire esattamente cosa volesse dire, cercò di individuare l'elemento che lo assillava. Era impossibile fare una cosa del genere senza andare incontro a conseguenze, altrimenti la gente lo avrebbe sempre fatto. Ovunque, in tempi difficili, ci sarebbero edifici che bruciano. Invece non è così. O forse sì? Pensò a quello che era accaduto al bar sulla Vanderbilt. Tre del mattino, un cortocircuito. Avevano dovuto chiudere il locale per qualche mese, ma quando finalmente avevano riaperto, c'era una cucina nuova e all'avanguardia. Avevano anche fatto installare dei bellissimi scaffali su misura nella sala.

Immaginò di essere interrogato. Tutte le sue risposte sarebbero state lì, pronte, verosimili. Erano stati giorni strani, tutte le regole erano saltate finché non era tornata la corrente.

Presero l'auto di Maureen Ryan. Jess guidava con la bocca tesa in una linea dritta. Via via che passavano davanti alle case, Malcolm capì che cosa intendesse Jess quando diceva che la gente si chiudeva a riccio, badando solo a se stessa e alle persone con cui era rimasta bloccata. Nessuno andava oltre il pensiero di spargere il sale sul proprio vialetto d'accesso, di trovare un modo per procurare un pasto caldo ai propri figli. C'era del fumo che usciva dai comignoli di alcune case, ma non molte. Il rombo dei generatori turbava il silenzio. Attraversando la città, Jess passò davanti all'Half Moon come se non significasse nulla per lei e parcheggiò a un isolato di distanza. Entrarono dalla porta che dava sul vicolo, fuori dalla portata della videocamera di sorveglianza puntata sulla porta principale. Una volta dentro, Malcolm si sentì sollevato nel constatare che Jess non si era diretta subito verso le scale.

«Ti va di bere qualcosa?» chiese lei.

«Adesso?»

«Certo. Quindici minuti non fanno grande differenza.»

«Okay.» Un drink e poi avrebbero messo in atto il loro piano. Un drink e poi avrebbe posato un piede davanti all'altro, e poi ancora, e ancora, che andasse come doveva andare. Ma per il momento il bar era ancora in piedi, lui non aveva fatto niente di sbagliato, era semplicemente lì con Jess, una compagnia in una giornata di brutto tempo. Lei si muoveva con disinvoltura mentre preparava un Manhattan per entrambi con le sue mani agili. Sistemò un tovagliolo davanti a lui e vi posò sopra il bicchiere. Sarebbe stata un'ottima barista.

Malcolm bevve lentamente, a piccoli sorsi, con lunghe pause, ma arrivò comunque in fondo. Disse che sarebbe andato a spostare il generatore mentre lei spostava la stufa da basso, ma la invitò a fare con calma, a finire il suo drink. Uscendo, fece una deviazione, salì la scala di servizio e controllò il primo piano per accertarsi che chi vi si era introdotto furtivamente non fosse tornato. Ma la stanza era ancora vuota, e lui indugiò un attimo davanti alla finestra per guardare la strada che si andava coprendo di neve. Quando tornò al piano terra e trasportò il generatore sul retro, bussò alla finestra del seminterrato da fuori. Jess dovette picchiarvi sopra con l'impugnatura di un cacciavite per aprirla. Per un attimo Malcolm pensò che fosse tutto finito; il piano non avrebbe funzionato se non fossero riusciti ad aprire la finestra, e lui non avrebbe saputo dire se era più deluso o sollevato. Ma poi Jess riuscì ad aprire uno spiraglio, quel tanto che bastava per far passare il cavo.

«Che cos'hai intenzione di fare dopo?» chiese Malcolm

quando la raggiunse nel seminterrato. Non sapeva come formulare la domanda se non in modo diretto.

«Andrò da mia madre, credo.»

«No, voglio dire, che cosa farai, Jess? Che cosa farò io?»

Si era fatto più buio fuori, la neve cadeva più fitta.

«Non lo so.»

Si avvicinarono entrambi alla finestra, si alzarono in punta di piedi e guardarono fuori. La seconda tanica di benzina era ai piedi di Malcolm.

«Vuoi farlo tu?» chiese Jess tirando fuori una scatola di fiammiferi.

«Assolutamente no» disse lui. «L'idea è stata tua.»

Lei non parve sorpresa dalla sua reazione. Malcolm la guardò accendere un fiammifero. La guardò accovacciarsi e accostarlo a un angolo dello scatolone in fondo alla pila. Il cuore gli batteva all'impazzata. Avrebbe voluto avvertire qualcuno di quello che stava succedendo, qualcuno che sapesse gestire le fasi successive senza mettere in pericolo nessuno, ma che non avrebbe fatto la spia. Ma chi? La fiamma prese vigore per qualche istante, ma poi si spense lasciando un'esile spirale di fumo. Jess risistemò gli scatoloni di cartone e prese un secondo fiammifero. Ebbe un attimo di esitazione, e Malcolm avvertì una stretta al petto. Pensò al cardigan di Emma appeso nel ripostiglio. Pensò alla foto dei bambini di Scotty attaccata con lo scotch su un lato del microonde. Pensò alla foto incorniciata del Gephardt's che aveva appeso sopra il bancone quando aveva rilevato il locale. Anno 1982, suo padre immortalato sotto l'insegna con una sigaretta che gli pendeva dall'angolo della bocca, la macchia gialla sfocata di un taxi che sfrecciava fuori dall'inquadratura.

«Aspetta» disse, bloccando la mano di Jess. «Aspetta un attimo.»

Si inginocchiò accanto a lei sul pavimento di terra battuta. «Pensiamoci un attimo.»

Jess si rimise la scatola di fiammiferi in tasca e lasciò andare un lungo respiro.

Era sollevata? Lui non avrebbe saputo dirlo. Leggere gli stati d'animo di Jess era più difficile che in passato. Era sempre stata una persona pratica, ed era una delle qualità che amava di lei. Era una lavoratrice, capace di risolvere i problemi. Se qualcuno era stato lasciato, lei gli presentava una persona. Se qualcuno aveva bisogno di un lavoro, lei chiedeva in giro finché non gliene trovava uno. Prestava attenzione a come si facevano le cose, in modo da imparare a farle da sola. Quando avevano comprato casa e non avevano più granché da parte dopo l'anticipo, aveva seguito un corso al negozio di fai-da-te per imparare a piastrellare e a stuccare. Quando erano rimasti a corto di stuzzichini per il baby shower di Siobhán, era stata Jess a portare tutto in cucina, a tagliare a metà quello che c'era e a disporlo su vari piatti, dando così l'impressione che gli antipasti fossero raddoppiati. "È stata come la moltiplicazione dei pani e dei pesci!" aveva detto Siobhán in seguito, raccontando l'episodio a Malcolm. "Un miracolo." Quando si era sentita imprigionata nel suo primo lavoro, l'aveva lasciato. E quando, a quanto pareva, si era sentita imprigionata nel suo matrimonio, aveva lasciato anche quello.

Rimasero in silenzio per un po'.

«Ho esaurito le idee» disse Jess alla fine.

«Lo so. Devo assolutamente parlare con Hugh. Devo convincerlo a parlarmi. Ho chiamato e richiamato, ma...» Malcolm si strinse nelle spalle. «Ascolta, andiamocene di qui, okay? La neve starà facendo sul serio ormai.»

«Questa è la nostra occasione. Non ne avremo un'altra. Devi essere sicuro.»

«Sono sicuro.» Lui staccò il cavo di alimentazione e lo fece passare di nuovo attraverso la finestra. Le disse che avrebbe rimesso il generatore al suo posto e le chiese, per favore, se poteva portare di sopra la stufa.

«Non riesco a muovermi» disse Jess. «Cosa mi succede? Non riesco a muovermi. È come se fossi bloccata.» Era seduta lì, al buio, con le ginocchia strette al petto. Malcolm portò la stufa al piano di sopra e sistemò tutto com'era prima. Riempì il motore di benzina e mise in moto.

«Jess» disse quando tornò nel seminterrato. «È ora di andare. Vieni.» Lei gli porse la mano e lui la prese e la tirò su dolcemente.

Fuori, la neve cadeva copiosa. Malcolm usò la manica del giaccone per pulire i finestrini.

Jess se ne stava là inerte, senza aiutare. Continuava a strofinarsi il viso con la mano arrossata dal freddo. «Jess?» la chiamò Malcolm, e poi le mise la mano in tasca e prese le chiavi dell'auto di sua madre. Aprì la portiera e l'aiutò a salire. Fece il giro, si sedette al posto di guida e avviò il motore.

«Va tutto bene.» Le lanciò un'occhiata. «Non è successo niente. Stiamo bene.»

«Stiamo bene» ripeté lei. Teneva la fronte premuta contro il vetro freddo. Le ruote posteriori slittarono un pochino, ma poi fecero presa sull'asfalto.

«Malcolm, pensi mai a cosa sarebbe successo se non fossi rimasta incinta?»

In qualche modo Malcolm capì che si riferiva alla prima volta. A venticinque anni. Se non si fossero sposati in fretta e furia. Se non fossero stati così euforici mentre chiedevano la licenza di matrimonio senza dirlo ad anima viva: Malcolm, che arrivava da Gillam, bloccato nel traffico, e Jess imperlata di sudore dopo una breve camminata dalla metropolitana, in un maggio insolitamente caldo. Quel giorno lui l'aveva vista attraversare la strada e aveva cercato di stabilire se sembrasse già incinta. Sul modulo di richiesta c'era uno spazio vuoto dove lei doveva scrivere il suo nuovo cognome, se avesse scelto di cambiarlo. "Oh. Devo decidere adesso?" aveva chiesto.

"Può sempre cambiarlo in un secondo momento" aveva risposto la donna dietro la scrivania.

"Non ci avevo pensato" aveva detto Jess, la penna ancora sospesa sullo spazio bianco.

"Mi piace il tuo cognome" aveva detto Malcolm. Era il suo modo di farle sapere che per lui andava bene in ogni caso.

"E a me piace il tuo. E stiamo per sposarci" aveva deciso lei scrivendo Jessica Lee Gephardt con orgoglio sul modulo.

"Sì, cazzo!" aveva esclamato quando la donna aveva ritirato i moduli e detto loro dove attendere. Poi gli aveva gettato le braccia al collo squittendo di gioia.

Dopo erano andati a Gillam insieme, cavalcando quell'onda di slancio, di allegria rumorosa.

Quando finalmente tornarono a casa, con i tergicristalli che a malapena riuscivano a liberare il parabrezza dalla neve che cadeva sempre più fitta, Jess disse: «Vengo dentro con te».

Sembrava la cosa più giusta e naturale successa negli ultimi quattro mesi.

«Okay» disse Malcolm. «Ascolta. Sistemeremo tutto.»

Lei lo guardò. «Come?»

«Non lo so, ma ce la faremo.»

Una volta entrati, lui le ricordò che c'erano ancora molti suoi vestiti di sopra, se voleva cambiarsi.

Lei salì in camera, e Malcolm assaporò il piacere di sentirla muovere sopra di lui. Poco dopo Jess scese con un paio di vecchi leggings e una lunga camicia di flanella che non indossava da anni e che spuntava da sotto un maglione di lana. Si rimise il giaccone.

Si sedettero vicini sul divano per riscaldarsi. Lui coprì entrambi tirandosi in grembo il pesante piumino che aveva portato giù qualche giorno prima.

«Non si era detto che avremmo installato un camino?» chiese Jess.

«Sì, ma...» iniziò lui, e poi pensò che tutti e due sapevano benissimo come terminare la frase. Avevano parlato di un sacco di cose, tutte rimandate a dopo, a dopo, a dopo.

I fiocchi di neve picchiettavano contro i vetri delle finestre.

«Ehi, Malcolm?» disse Jess, con la testa sotto la sua. Lui inalò il profumo dei suoi capelli e si rese conto che il proprio odore, probabilmente, non era altrettanto fresco e gradevole. Non voleva affrontare nessun argomento scottante. Non voleva sviscerarlo. Era stanco, infreddolito, affamato, e desiderava solo riposare un po', con il corpo di Jess appoggiato al suo, nonostante tutti gli indumenti ingombranti che indossavano. Qualunque cosa fosse successa, voleva semplicemente starsene lì tranquillo con lei per qualche ora.

«Sì?»

«So di aver fatto un casino.»

Malcolm non disse nulla, così lei proseguì. «So che quello che ho fatto io non è paragonabile a quello che hai fatto tu quando hai acquistato anche i muri dell'Half Moon.»

Lui pensò a tutte le cose che aveva visto al bar e che aveva preferito ignorare. I piccoli cenni di approvazione e i silenzi perché era quello il suo lavoro, essere affidabile e neutrale. Non avere opinioni. Le avrebbe detto del suo accordo privato con Hugh se lei non avesse capito tutto così in fretta? Probabilmente no.

«Anch'io ho fatto un casino» disse infine.

Jess non replicò, ma Malcolm la sentì muoversi, la sentì abbandonarsi contro di lui.

«Si gela qui dentro» disse.

10

Nel sogno di Malcolm si sentivano delle sirene. Lui e Jess correvano alla finestra per ascoltare e poi cercavano di ricordare le preghiere, come se Dio fosse disposto ad aiutare due come loro, due peccatori che non mettevano piede in una chiesa da quando erano ragazzini, se non per i matrimoni dei loro amici. Nel sogno c'era anche Mr. Sheridan che spingeva uno spartineve con enormi braccia muscolose che turbavano Malcolm. Poi appariva il dottor Hanley con il suo taccuino. A un certo punto spuntava anche Hugh, schiacciato dietro il volante della sua Cadillac. Non mancava nemmeno Emma, che si stringeva la coda di cavallo. Ma in realtà, nei numerosi risvegli durante la notte, Malcolm non udiva nulla se non il sibilo del vento che scuoteva i rami degli alberi. Gli era sembrato opportuno dormire fianco a fianco sul divano, piuttosto che di sopra, in camera da letto. Avevano raggiunto, se non proprio una tregua, una pausa, un'occasione per prendere una boccata d'aria.

Più e più volte, mentre Jess dormiva e lui fissava il soffitto, Malcolm cercò di individuare il momento in cui la parabola in ascesa, un anno dopo l'altro, aveva raggiunto il punto più alto e iniziato a calare. Tutto quel futuro promettente. L'avevano gettato via e non se n'erano nemmeno accorti, finché non era stato troppo tardi.

Finché non era stato *quasi* troppo tardi, avrebbe detto Jess. "Quasi troppo tardi", in sostanza, equivaleva a "per un pelo".

Quando Malcolm riaprì gli occhi, il mondo fuori era più luminoso e Jess stava ancora dormendo, abbandonata contro la sua spalla.

«Ehi» disse lei con voce rauca quando lui si alzò al freddo. Malcolm aveva l'impressione che fosse molto presto. Ciascuno guardò il proprio telefono.

«Il mio è scarico» disse Malcolm.

«Anche il mio.»

Andò alla porta di casa e guardò fuori, ma non c'era nulla se non un bianco tonificante, così luminoso che dovette ripararsi gli occhi. Non nevicava più. La sua pelle era fredda sotto i vestiti. Si chiese come se l'era cavata sua madre da Mr. Sheridan.

«Tua madre sta bene?» domandò Jess, come se gli avesse letto nel pensiero.

«È andata a stare da un suo amico.»

«Oh, bene.»

Quello che Jess evitò di dire a Malcolm fu che aveva invitato la propria madre a casa di Neil, dove c'erano luce e riscaldamento, ma la donna si era rifiutata per senso di lealtà nei confronti del genero. Malcolm ne sarebbe rimasto sorpreso, forse commosso, ma per dirglielo, Jess avrebbe dovuto fare il nome di Neil.

«Manca la luce da troppo tempo» disse lui. «Alcune persone non ce la faranno.»

«È pazzesco. Non ricordo niente di simile.»

«Sto morendo di fame.»

«Anch'io. Abbiamo qualcosa da mangiare?»

«Un vecchio polpettone che avevo intenzione di buttare» disse lui. «Non riesco a trovare i fiammiferi per accendere il fornello.» Il giorno prima aveva avuto un mal di testa atroce, ma ora si sentiva stordito. Neil Bratton probabilmente aveva cinque o sei caricabatterie sempre a portata di mano. Probabilmente possedeva un generatore da 10.000 dollari.

Polpettone a parte, il frigorifero era vuoto, tranne che per un vasetto di sottaceti e un panetto di burro. A quel punto, di solito, la ricerca di Malcolm si sarebbe arenata, ma Jess si mise a frugare nella dispensa, fino in fondo, e ne ricavò del riso e un barattolo di fagioli neri. Rovistò ancora e trovò una lattina di pelati. Poi aprì il cassetto dove buttavano cose a casaccio e si mise alla ricerca di fiammiferi finiti sotto vecchie bollette, menu e biro senza più inchiostro.

«Oh, aspetta» ricordò d'un tratto. Infilò la mano nella tasca del cappotto e tirò fuori la scatoletta di fiammiferi del giorno prima.

Prese il portaspezie e scelse alcuni barattolini. Misurò il riso in un pentolino e lo coprì con l'acqua. Mai nella vita Malcolm, guardando le cose che Jess aveva radunato, sarebbe riuscito a mettere insieme un pasto.

«Questo è più che sufficiente» disse Jess. Malcolm accese il fornello e nel giro di venti minuti avevano del cibo caldo in tavola. Proprio come era successo al baby shower di tanti anni prima, Jess era riuscita a creare qualcosa dal nulla. Quando ebbero finito il primo piatto, mangiando in silenzio, fecero il bis. Era una serie di azioni elementari. Cucinare. Mangiare. Lavare i piatti con l'acqua che Malcolm aveva raccolto come scorta. Due ciotole bianche messe ad asciugare su uno strofinaccio logoro. Un cielo blu cobalto oltre la finestra. Era un lusso pensare soltanto al momento presente. C'era Jess, accanto a lui. D'un tratto il freddo non era più così intenso e il cerchio alla testa stava passando.

«Siamo nei guai» disse Jess. «Che cosa faremo?»

«Non parliamo di questo ora. Non parliamo di niente per il momento, okay? Per questa mattina facciamo finta che non ci sia niente che non va, poi magari ci verrà in mente qualcosa. So che è una cavolata, ma...»

Qualsiasi obiezione avesse avuto in mente, Jess la ricacciò

subito indietro. «Okay» disse. Che male c'era? Malcolm era diverso rispetto a com'era prima che lei se ne andasse. Lo aveva notato quando erano nel seminterrato del bar. Qualcosa nel modo in cui si teneva discosto da lei. Qualcosa nel modo solenne in cui la ascoltava. E ora Jess notava lo stesso atteggiamento. Dov'era finito l'uomo che salutava decine di persone con una pacca sulla spalla quando entrava in una stanza? L'uomo che sembrava fendere l'aria al suo passaggio? Dov'era finito il ragazzino che aveva offerto coni gelato a tutto il vicinato senza avere idea di quanto gli sarebbe venuto a costare? Era sparito, per quanto ne sapeva lei. Umiliato. Schiacciato. Da lei e da ciò che aveva fatto, sì. Si costrinse a riconoscere quella verità. Ma anche il lento, progressivo fallimento di un sogno. Lei aveva previsto quel fallimento, ma lui no. Non l'aveva soltanto negato, non l'aveva proprio visto arrivare. E poi si rese conto che era avvenuta la stessa cosa per quanto riguardava il proprio sogno. Malcolm aveva capito molto prima di Jess che lei non avrebbe mai dato alla luce un bambino. Eppure le era stato accanto, sperando che arrivasse a quella conclusione da sola.

Fuori, presero a lavorare in sincronia. Jess mise in ricarica per primo il telefono di Malcolm perché lei non voleva sentire nessuno. "Nemmeno Neil" aggiunse Malcolm mentalmente. Lui spalava mentre lei usava una scopa per liberare i finestrini dell'auto. "Che cosa faremo?" Malcolm continuava a pensarci. "Che cosa faremo? Che cosa faremo? Che cosa faremo?" Sapeva che anche Jess si stava facendo la stessa domanda. Parlarono del peso e della consistenza della neve caduta nella notte, di come fosse diversa da quella pesante e appiccicosa di venerdì. Era come se recitassero, comportandosi come persone normali, mostrandosi calmi agli occhi del mondo. Jess gli chiese se sapesse che gli Inuit hanno cinquanta parole diverse nel loro vocabolario per indicare la neve, e Malcolm le ricordò che avevano visto quel documentario insieme.

«Ah, sì» disse lei. Quando le auto furono liberate dalla neve, Jess andò a pulire i gradini e i davanzali. Alzò la scopa sopra la testa per arrivare a staccare i ghiaccioli, con una mano che reggeva il manico e l'altra posata sulla testa per ripararsi.

«Perché non dai un'occhiata al mio telefono?» disse Malcolm, trasalendo nel vedere un ghiacciolo che quasi la colpiva in un occhio. Se le avesse semplicemente detto di smettere, lei non lo avrebbe fatto. Si domandò dove Neil pensava che fosse.

«C'è qualcosa?» chiese, quando Jess si sedette in macchina per controllare.

«Emma» disse lei. «Dice: "Come va lì?".» Jess gli lanciò un'occhiata. «Vuoi che le risponda?»

«Nah» disse Malcolm. «C'è altro?»

«Roddy. Vuole sapere se ha lasciato le sue cuffie al bar. Dice che dovrebbero essere vicino alla cassa.»

«Oh, Dio mio, quel ragazzo. Poi?»

«Mary. Vuole sapere dov'è tua madre. Non risponde sul fisso.»

«Puoi scriverle tu? Dille che sta bene. Che è a casa di un vicino. Chiedile se si ricorda di Artie Sheridan. Se si ricorda quando è morta sua moglie.»

«Gail è a casa di Artie Sheridan?» chiese Jess. «Questo sì che è interessante.»

«Davvero?»

«Non credi? Ora che ci penso, una volta sono passata da lei e l'ho trovato in cucina che stava scaldando la minestra. Gail era di sopra e lui l'ha chiamata per dirle che ero lì e la minestra era pronta.» Jess guardò il cielo. «Non ci avevo mai pensato fino a ora.»

«Quando è stato?»

«Due o tre anni fa, credo.»

«Sono amici. Buoni amici.»

«Lui è un uomo attraente per l'età che ha.»

«Non sono un po' vecchi per questo?»

«Gail con il suo vecchio reggiseno che fa le tette a punta. Le sue mutandone.»

«Ma fammi il piacere.»

«No, lo capisco. Dico sul serio. Lo capisco davvero. E sono felice per lei.»

«Ma ultimamente è molto confusa. L'hai notato? L'altro giorno ha detto qualcosa, come se si aspettasse che mio padre tornasse a casa da un momento all'altro.»

«L'ho notato, sì. Ogni tanto. Ma non saprei. La scorsa settimana, per esempio, ho passato cinque minuti buoni a cercare il cellulare e alla fine ce l'avevo in mano.»

«Penso che sia una cosa diversa, e Artie Sheridan non si accollerà una situazione del genere» disse Malcolm. «Perché dovrebbe?»

«Magari la ama. Magari la ama da sempre e noi non l'abbiamo mai saputo.»

Era possibile?, si chiese Malcolm. Il modo in cui lui la guardava, lei e i suoi capelli ribelli che non riusciva mai a domare come facevano le altre mamme. Le camicie che lei comprava nel reparto maschile da Costco. Il modo in cui lui aveva scosso la testa per far capire a Malcolm che sapeva che il camino di Gail non funzionava male, ma andava bene così, perché lui era lì per rimettere le cose a posto.

Dopo circa un'ora, il vialetto era quasi completamente libero. Da lontano arrivava il segnale acustico regolare e sempre più forte di un mezzo che si stava avvicinando.

«È lo spazzaneve» disse Malcolm guardando la strada. Ma dietro quel mezzo così ingombrante, con le luci arancioni lampeggianti, c'era un'auto della polizia. E dietro quella un SUV senza scritte.

«Oh» disse Jess, d'un tratto impallidita. Avevano lasciato un tizzone senza rendersene conto. Il fuoco era divampato anche se avevano cambiato idea. Era tutto incredibilmente stupido. Bastava dare un'occhiata alla loro situazione finanziaria, e chiunque con un minimo di cervello avrebbe avuto dei sospetti. Malcolm pensò immediatamente che sarebbe apparso colpevole: un incendio subito dopo aver scoperto che Tripp viveva al piano di sopra.

Le auto si fermarono in fondo al vialetto. Anche lo spazzaneve si fermò, e Jess fu rasserenata dallo stridente frastuono del mezzo insieme al rombo del generatore dei Coleman. Sembrava una barriera fisica, come se i conducenti di quei veicoli dovessero premersi le mani sulle orecchie per vedere chiaramente lei e Malcolm.

«Come va?» urlò Malcolm quando fu chiaro che era casa loro quella che stavano cercando.

Jess riconobbe la poliziotta. Era seguita a ruota da altri due colleghi, uno dei quali abbastanza giovane da sembrare uno studente universitario. Malcolm urlò qualcosa al conducente dello spazzaneve, e subito dopo quel bip ossessivo cessò. Jess si sentì immediatamente esposta. Mentre gli uomini che erano a bordo del SUV si avvicinavano, udì la poliziotta dire a Malcolm che erano agenti federali.

«Questa è mia moglie» disse Malcolm al gruppetto mentre Jess lo raggiungeva. Le lanciò una rapida occhiata come a dire che, se esisteva un altro vocabolo per definire quello che lei era per lui, lui non lo conosceva.

Avevano delle domande da fargli riguardo a Charles Waggoner, che non era ancora stato rintracciato, e Jess si sentì travolgere da un'ondata di sollievo. «Chi è?» chiese, ma Malcolm le disse che più tardi le avrebbe spiegato tutto.

«Siete riusciti a verificare se era sul secondo volo?» domandò Malcolm. «Quello diretto a Panama?» Gli agenti ignorarono la domanda e i poliziotti locali apparvero un po' imbarazzati, forse perché non avrebbero dovuto dargli quelle informazioni. I due agenti federali gli chiesero con quale frequenza Tripp andava all'Half Moon, con chi parlava, quali argomenti toccava, cosa beveva di solito, se incontrava degli amici, se aveva mai parlato del suo lavoro, se aveva mai accennato a problemi finanziari, se gli aveva mai confidato di essere sotto stress per un motivo particolare o per una decisione da prendere.

«Mi spiace, ma no, niente di tutto questo» disse Malcolm. «Ho già detto ai vostri colleghi» indicò con un cenno del capo i tre poliziotti locali «che Tripp parlava soprattutto di quanto odiasse vivere qui, la solita routine: lavorare, mangiare, dormire e ricominciare, all'infinito, ma chi non si sente così, del resto? E sembrava avere un sogno, quello di vivere in Perú. Ma accenni specifici al lavoro no, nulla.»

Lo guardarono come se potesse aggiungere altro. Alla fine, il più basso dei due fornì un particolare. «Il suo socio è stato arrestato stamattina.»

«Okay.»

«Qualora lei fosse in contatto con Charles...»

«Non sono in contatto con lui. Ogni tanto viene a bere un drink nel mio locale. È venuto venerdì. Tutto qui, non so altro.»

«Be', non dormiva nel suo locale? Al piano di sopra?»

«Sì, abbiamo trovato della roba.» Malcolm guardò Jackie in cerca di aiuto, ma lei gli rispose con un'occhiata: non poteva farlo. «Ma non so se fosse effettivamente sua. Non salgo mai là sopra e suppongo che qualcuno lo sapesse.»

«E poi, scusate se mi permetto» proseguì, «ma non mi sembrava abbastanza sveglio da sparire. Ho sempre avuto l'impressione che fosse molto in gamba nel suo lavoro, il che può sembrare incredibile, visto che siete qui per arrestarlo. Ed era anche un po' saccente su certe cose, sì. Ma questa faccenda del check-in online e del volo diretto a nord per andare verso sud, be', non ci credo. Una volta si è lamentato della durata della batteria del suo telefono, io gli ho consigliato di chiudere tutte le finestre e le applicazioni, e lui mi ha chiesto come si faceva. Quando ho preso in mano il suo telefono, ho scoperto che aveva qualcosa come un miliardo di finestre aperte. Mi ha detto che non le aveva mai chiuse, mai, neppure una volta.»

Malcolm fece una breve pausa, poi proseguì. «In una circostanza simile, un'altra persona si sarebbe messa sulla difensiva, perché a nessuno piace sentirsi stupido o negato per la tecnologia o cose del genere. Soprattutto un dirigente di una grande azienda. La maggior parte dei tipi come lui avrebbe detto: "Oh, le ho tenute aperte di proposito, mi piace avere una caterva di pagine aperte sul telefono".»

Jackie rise.

«Invece Tripp ha ammesso che la tecnologia non era il suo forte e mi ha ringraziato per averlo aiutato a risolvere il problema. E credetemi, che io ne sappia più di lui di telefoni è tutto dire.»

«È stato aiutato» disse l'agente. «Di sicuro è stato aiutato da qualcuno. Ed è questo il motivo per cui siamo qui.»

L'agente andò alla sua auto per prendere qualcosa, e approfittando di un attimo di distrazione dei colleghi, Jackie sussurrò a Malcolm: «Ha cercato di affittare un appartamento a Panama City. Una società ha fatto una verifica di solvibilità. Si è anche informato sull'apertura di un conto presso una banca panamense».

Quando l'agente tornò, mostrò a Malcolm una patente di guida. «Riconosce quest'uomo? Abbiamo ragione di credere che lui e Charles siano entrati in contatto al bar.»

Malcolm prese la patente e la avvicinò agli occhi. L'istinto lo spinse ad assumere un'espressione impenetrabile, quella che faceva impazzire Jess.

«La foto è molto piccola.» Avvertiva la presenza di Jess al suo fianco, anche lei concentrata sulla foto. La patente era intestata a Mark Duro. Il beneficiario dell'assicurazione di Tripp. L'indirizzo indicava una località a circa un'ora di auto da Gillam.

«Duro ha un sacco di account sui social. Cercando il suo nome, si trovano riferimenti ai suoi impieghi passati, a una corsa di beneficenza a cui ha partecipato. Ma non ci sono foto. L'immagine profilo della maggior parte dei suoi account è un famoso tempio giapponese. La cosa interessante è che, tramite uno di questi account – la pagina Facebook – ha messo un like a un post sull'Half Moon di qualche mese fa. Una festa di Halloween.»

«Davvero?» disse Malcolm. Avvicinò ancora di più la patente agli occhi, come se potesse comunicare con il volto della fotografia, come se potesse parlargli mentalmente. Roddy. I capelli pettinati all'indietro. Una camicia elegante. Gli occhiali. Ma era Roddy. Il cuore gli martellava nel petto. Jess si era accostata a lui. Le passò la patente.

«Se è falsa, hanno fatto un ottimo lavoro» disse uno degli agenti. «Era in una cassetta di sicurezza noleggiata all'UPS.»

«Riconoscete l'uomo della foto?» chiese Jackie facendo correre lo sguardo da Malcolm a Jess. «Ricordate di averlo visto ad Halloween?»

«Non credo» rispose Malcolm. Pensò rapidamente. Se avessero scoperto che si trattava di Roddy e che lavorava all'Half Moon, Malcolm avrebbe chiesto come potevano aspettarsi che lui identificasse un volto quando era preoccupato per il locale e quando sua moglie, da cui si era separato, era lì accanto a lui, un fatto che chiunque avrebbe potuto confermare. Aveva cose più importanti cui pensare. E il Roddy che conosceva non assomigliava minimamente a quello della foto. Si era sbagliato.

«Sicuro?»

Malcolm si strinse nelle spalle. «Mi spiace.»

«E lei?» la poliziotta chiese a Jess.

Jess scosse la testa. «No, nemmeno io. Ma non frequento molto il locale.»

Malcolm non osava guardarla.

Pensò a Roddy che prendeva il cellulare e pubblicava il post sulla festa di Halloween su cinque piattaforme social diverse in meno di dieci secondi. Era sempre lì che smanettava, ordinava questo o quello, testava nuove app. Non era affatto uno stupido, suo zio ci teneva a sottolineare. Semplicemente sembrava non sapere come applicarsi. Gli venne in mente Roddy non più tardi di venerdì sera, quando era uscito sotto la bufera di neve con le sue sneakers consumate, rifiutando un passaggio perché preferiva fare quattro passi.

Mrs. Tyrell, che abitava poche case più in là, uscì in accappatoio e stivali da neve per inveire contro l'autista dello spazzaneve, per chiedergli se era consapevole di aver sradicato la sua cassetta delle lettere l'ultima volta che era passato. Disse che l'amministrazione comunale avrebbe dovuto risarcirla per il danno subito, che rottura di scatole, suo marito aveva piantato il palo della cassetta nel cemento, e ora era pieno di schegge e avrebbe dovuto rifare tutto il lavoro.

Nessuno riuscì a sentire la risposta dell'uomo, ma il suo braccio pendeva inerte dal finestrino della cabina, e qualunque cosa avesse detto, rese Mrs. Tyrell ancora più furiosa.

«La preghiamo di chiamarci se dovesse ricordare qualcos'altro» disse il più alto dei due agenti porgendo a Malcolm il biglietto da visita. Mentre il gruppo si scioglieva, gli agenti della polizia locale si accordarono per andare a mangiare un boccone. Fecero il nome di due tavole calde che risultavano aperte quella mattina, e Malcolm prese nota mentalmente di quella dove avevano scelto di andare. Rob declinò l'invito dicendo che doveva fare il punto con la madre e le sorelle su quanto stava succedendo.

Mentre i poliziotti si avviavano verso le auto, Mrs. Tyrell si rivolse a Malcolm e Jess urlando: «Ho ragione o no? È assurdo il modo in cui si muovono questi mezzi pesanti. Voi non avete subito danni?». Quando i suoi figli vivevano ancora a casa, tutto il vicinato la udiva strepitare contro di loro.

Poi si schermò gli occhi con la mano e imboccò il loro vialetto dicendo: «Sei tu, Jess?».

«Oh no, ci siamo» borbottò Jess mentre Malcolm si associava con un'esclamazione di disappunto.

«Come stai, tesoro? È un secolo che non ti vedo!» Sembrava che i suoi lunghi capelli di un rosso fiammante non vedessero una spazzola dalla prima nevicata. «Vuoi venire da me a fare due chiacchiere? Jimmy ha sistemato la stufa in cucina, si sta comodi e al calduccio. Posso offrirti un caffè? Be', è solo un po' di Nescafé nel pentolino, ma almeno è caldo.»

Malcolm si aspettava che Jess dicesse di no, che trovasse una scusa. Aveva l'aria esausta, frastornata, pallida. La rivide all'ospedale quella volta, il momento più brutto, con le gambe nelle staffe, il verde del camice di carta che sbatteva contro la sua pelle cerea. Era profondamente triste, come se non avesse più vita dentro né voglia di lottare. Non parlava. Non piangeva. La rivide notare l'infermiera che arrivava spingendo il carrello, rivide il suo sguardo posarsi ancora una volta sul vassoio degli strumenti medici, quando il primario entrò poco dopo.

Invece, inaspettatamente, disse: «Volentieri. Dammi solo un minuto».

«Fai sul serio?» disse Malcolm senza farsi sentire dalla vicina.

Jess alzò le spalle. «Certo, perché no?»

«Se vado a cercare Roddy» Malcolm pensò al modo migliore per mettere giù la domanda «ti trovo ancora qui quando torno?»

«Credi che sia una mossa intelligente? Andare dritto da Roddy? Mi vuoi spiegare questa faccenda, per favore? E non dirmi che non è nulla.»

«Lo farò, te lo prometto. Ma non adesso.»

Uscendo dal vialetto di casa, si rese conto che Jess non aveva risposto alla sua domanda.

Cercò di ricordare dove vivesse esattamente Roddy. Sapeva che abitava in uno dei caseggiati dove i binari della ferrovia scavalcavano il ruscello, ma quale? Non era una bella zona. La gente accatastava cianfrusaglie sui balconi, e le tegole dei tetti, che probabilmente apparivano nuove di zecca trent'anni prima, ora erano annerite dalle intemperie. Un grosso spacciatore di ossicodone era stato arrestato di recente in questa zona; il suo nome e la foto segnaletica erano stati diffusi tramite il notiziario locale.

Una volta arrivato al parcheggio, Malcolm mandò un messaggio a Roddy chiedendogli di uscire, se era in casa. Apparvero tre puntini, come se Roddy stesse digitando una risposta, ma nel frattempo, alzando lo sguardo, Malcolm vide qualcuno affacciarsi alla finestra del primo piano.

Sei lì?, scrisse, e quella figura indistinta fece un passo indietro scostandosi dalla finestra. Salgo.

Al primo piano il corridoio puzzava di gatti e di muffa. Malcolm bussò alla porta che riteneva quella giusta, ma udì dei rumori provenire dall'appartamento a fianco, così proseguì e bussò di nuovo. Appoggiò l'orecchio alla porta e percepì un respiro dall'altra parte.

«A questo punto tanto vale che apri» disse.

La serratura scattò, la catenella venne tirata e la porta si aprì.

«Oh, ciao, Malcolm» esclamò Roddy, i capelli arruffati come al solito. Aveva indosso un lungo cappotto di lana con una coperta sulle spalle a mo' di scialle. «Non era il caso che venissi a portarmele.»

«Portarti cosa?»

«Le mie cuffie?»

«Non sono qui per questo.»

Roddy lo fissò.

«Hai mangiato?» chiese Malcolm gettando un'occhiata al caos dell'appartamento. «Ho sentito che Slice of Life è aperto. Andiamo a vedere se ci trovano un posto.»

Se Roddy fu sfiorato dall'idea di rifiutare l'invito, dato che Malcolm non era il suo preside né suo padre, non lo diede a vedere. Lo seguì fino alla macchina. Raggiunsero la tavola calda in silenzio e parcheggiarono tra due furgoncini. Fuori c'era un distributore automatico di caffè dove gli operai potevano riempire le loro tazze da asporto, e la coda si allungava fino ai margini del parcheggio. All'interno del locale faceva caldo. Malcolm salutò Sebastian, il titolare, scambiò due chiacchiere con lui e poi chiese se poteva trovargli un tavolo. Una volta seduti, Sebastian fece cenno a una cameriera che girava per la sala con una caraffa di caffè. Ordinarono subito, in modo che non dovesse tornare. Malcolm attese che la ragazza si allontanasse prima di iniziare a parlare.

«Roddy» disse guardando bene in faccia il ragazzo. «Ti ricordi il tizio che ci ha creato problemi venerdì sera?»

«Sì» disse Roddy, e Malcolm vide un'ombra di allarme passargli sul viso, come un animale che avverte la presenza di un predatore che lo accerchia prima di passare all'attacco. «Tripp.»

«È una storia pazzesca. Nessuno l'ha più visto da allora. Ho parlato con la polizia almeno quattro volte nel giro di...» diede un'occhiata all'orologio da polso, «... cinque giorni. È saltato fuori che aveva dei grossi problemi con la Commissione Titoli e Scambi e che probabilmente rischia l'arresto. Sai perché ti sto raccontando tutto questo?»

Roddy posò con cautela il cucchiaino vicino al caffè e allontanò il piattino.

Malcolm proseguì: «La polizia sa che è stato aiutato da qualcuno e ora è entrata in possesso di una patente con la foto di questa persona».

«Davvero?»

«Certo. Me l'hanno mostrata non più tardi di un'ora fa.»

«Avrei dovuto immaginare che non eri venuto fin qui solo per riportarmi le cuffie.»

«Dov'è Tripp? A Panama o da qualche altra parte? E quanto di questo piano è stato concepito all'Half Moon? Devo preoccuparmi? Perché un po' lo sono già.»

Roddy apparve sorpreso. «È lì che pensano sia fuggito? A Panama?»

«Sì. Pare che abbia affittato un appartamento laggiù. Ha cercato di aprire un conto in banca e ha usato il passaporto come documento identificativo. Per essere uno che vuole sparire, non se la cava tanto bene. Ha usato il suo vero nome.»

«Wow» disse Roddy. «Sanno già del conto in banca? Questo è positivo.»

Malcolm aveva già mentito alla polizia una volta, e avrebbe potuto dare una spiegazione per questo, ma con un'altra bugia avrebbe potuto essere accusato di un reato e incorrere in una denuncia. Lo sapeva bene, ma era difficile agire diversamente con Roddy seduto davanti a lui con l'aria di sempre, così disarmante, così sprovveduto. Quando lo aveva assunto, Malcolm aveva promesso a suo zio che lo avrebbe tenuto d'occhio, ma non l'aveva fatto, evidentemente, visto che ora si trovava in questo guaio. Tripp lo aveva trascinato in qualcosa che lui probabilmente non capiva.

«E perché mai dovrebbe essere positivo?»

Roddy esitò. «Prima dimmi come hanno fatto a trovare la patente. Tripp avrebbe dovuto lasciarla nel nostro posto.»

«E quale sarebbe il vostro posto?»

Roddy si strofinò il mento.

La cameriera arrivò con dell'altro caffè e annunciò che i loro piatti sarebbero stati pronti nel giro di qualche minuto. Quando si fu allontanata, Roddy disse: «Penso di poterti dire tutto, dato che hai già visto la patente».

«Sì, credo che sia doveroso.»

«Non arrabbiarti. Il nostro posto è – o meglio, era – l'Half Moon. Al piano di sopra. Non c'è più niente là sopra, non preoccuparti. Non ci sale mai nessuno. Tripp non poteva tenerla in casa per non rischiare che la moglie la trovasse.»

«Di sopra dove?»

«Nella ventola del bagno. Il coperchietto salta via facilmente.»

«Stai scherzando?»

Roddy si strinse nelle spalle. «Mi dispiace.»

«I poliziotti hanno visto la roba di Tripp.»

«Quando? Hanno trovato dei documenti? O un portatile?»

«No, solo un borsone. Abiti. Alcuni libri.» Malcolm aveva così tante domande da fare che non sapeva da dove cominciare. «Hanno trovato la patente nella cassetta di sicurezza di un UPS.»

«Ah» fu il commento di Roddy.

«Cosa prevede il piano ora? Pensavi davvero di riuscire a farla franca con una patente falsa?»

Roddy lo fissò per un istante. La cameriera arrivò con le loro ordinazioni. Uova e bacon per Malcolm. Pancake con gocce di cioccolato per Roddy. «Credi che io sia stupido, vero?» chiese Roddy quando la ragazza si fu allontanata.

«Cosa? No. Perché me lo chiedi?»

Roddy scrollò le spalle. «Glielo hai detto?»

«Detto cosa?»

«Che sono io. Quello della patente.»

Cos'aveva questo ragazzo che irritava tanto Malcolm? "Sì, credo che tu sia stupido" pensò, ma poi gli venne in mente la sensazione che aveva provato quando aveva visto quel sottile ricciolo di fumo salire verso il soffitto del seminterrato mentre Jess cercava un secondo fiammifero.

«No.»

«E glielo dirai?»

Malcolm ebbe un attimo di esitazione. «No.»

«Perché?»

«Non lo so nemmeno io, credimi.»

Roddy abbassò il mento e lasciò andare un lungo sospiro. «Grazie.»

«Allora, raccontami.»

Qualcosa si accese in Roddy, una sicurezza che Malcolm non gli aveva mai visto. «A Mark Duro sono intestate buste paga, dichiarazioni dei redditi risalenti a dieci anni fa, un contratto d'affitto, una società, un fondo pensionistico, un codice fiscale, un passaporto. C'è voluto un sacco di tempo. Tripp ha ritirato la patente dal mio gancio la settimana scorsa. Immagino che l'abbia messa nella cassetta per tenerla al sicuro.»

Malcolm lo guardò a bocca aperta. «Senti, il socio di Tripp è già stato arrestato. Devi trovare il modo di tirarti fuori da questa storia. Com'è iniziata?»

«Tripp mi ha avvicinato qualche settimana dopo che avevo iniziato a lavorare all'Half Moon. Più o meno un anno e mezzo fa, mi pare. Era stata una pessima serata. Hai presente quel cliente abituale che Emma ha soprannominato Limp Bizkit? Mi ha dato del frocio quando gli ho chiesto di pagare il conto. Mi ha gettato in faccia una banconota da cinquanta.»

«Non lo sapevo» disse Malcolm. «Altrimenti gli avrei detto di non farsi più vedere.»

«Lo avresti cacciato dal locale?» disse Roddy in tono sarcastico. «Non penso proprio. Anzi, mi avresti chiesto di essere accomodante.» E Malcolm si rese conto che aveva ragione. Pensò a Bridget, che piangeva regolarmente nel locale dispensa senza che lui glielo facesse mai pesare. Perché a Roddy non era consentito farlo?

«Mi ha buttato i soldi in faccia, ma sono caduti per terra e sono stato costretto a fare il giro del bancone per raccoglierli. È stato imbarazzante.»

Malcolm si sentiva in colpa, ma non sapeva che dire.

«Tripp e io abbiamo cominciato a parlare. Sembrava deluso dal fatto che il suo primogenito fosse diventato un poliziotto. Ci teneva a farmi sapere che guadagnava un mucchio di soldi e che era partito da zero. Io lo ascoltavo volentieri. Mi ha chiesto che cosa volevo fare della mia vita, se avevo intenzione di rimanere a Gillam. Mi ha avvertito del pericolo di rimanere legato a questo posto, mi ha detto che una piccola decisione poteva risultare una vera e propria trappola. Gli ho parlato della mia idea di sviluppare una app. Ma cosa me ne faccio di un'idea? Non è che posso dare un colpo di telefono alla Apple. Devo lavorarci su, ma mia madre non mi aiuterà mai dopo quello che è successo all'università. E mio zio mi ha già aiutato abbastanza.»

Tutt'intorno a loro, poiché il locale era ben riscaldato, i clienti si erano tolti cappotti e giacconi per la prima volta dopo giorni di temperature rigide, e si era diffuso un vago odore di corpi bisognosi di una doccia.

«A ogni modo, io sono bravo a fare ricerche. Tripp voleva sparire per un motivo che aveva a che fare con la sua attività, non amava più la moglie e sosteneva che i figli davano sempre ragione a lei. Ma per sparire dalla circolazione è necessario avere un piano. C'è bisogno di un sistema ben articolato che si chiuda su se stesso dopo ogni mossa. E serve denaro, a meno che tu non sia disposto a vivere a stecchetto per un po'. E Tripp non è il tipo che accetterebbe un lavoro manuale. Non sarà mai disposto a spazzare le strade.»

Lo zio di Roddy aveva ragione. Il ragazzo era intelligente. «Mi auguro vivamente che ti abbia pagato in anticipo, perché stanno per arrestarlo.»

«Conto di ritirare la mia quota prima di trasferire il denaro sul suo nuovo conto. Non può derubarmi di quanto mi deve, perché i soldi passano prima da me.»

Malcolm avvertì una fitta di terrore nelle viscere mentre lentamente si rendeva conto che in realtà le cose non stavano come sembravano.

«Quindi, al momento Tripp si trova a Toronto?»

«No.»

Roddy guardò Malcolm con un'espressione seria e perspicace. «Tripp mi piace, ma non mi fido di lui. Voglio dire, guarda quello che sta facendo alla sua famiglia. Una volta ho incontrato sua moglie. Mi è parsa una signora gentile, a modo. Ha allevato i figli, è rimasta a casa con loro, e lui non le dà atto di nulla di tutto ciò, come se non fosse lavoro anche quello. Non so perché è così arrabbiato con tutti. All'inizio voleva pagarmi solo una quota, metà subito e metà a lavoro finito, ma non credevo che l'avrei mai ottenuta. E questo denaro mi serve per vivere mentre mi dedico a sviluppare la mia app.»

Roddy bevve l'ultimo sorso di caffè dopo averlo fatto girare sul fondo della tazza. Malcolm era sconvolto dalla sconsideratezza di quel piano ma, in fondo, anche positivamente impressionato. Il ragazzo era molto più in gamba di quanto pensasse.

«Com'è l'app?»

«Davvero vuoi saperlo?»

«Sì.»

«Dunque.» Cercò di metterla giù in modo semplice. «Conosce il tuo stato d'animo e predice i tuoi schemi di comportamento prima ancora che tu ti renda conto di essere in un determinato stato d'animo o di avere uno schema di comportamento. Analizza tutte le tue ricerche, le tue interazioni con i social media – tutto, dal tempo passato a scrollare, alle pagine su cui ti soffermi, alla velocità con cui clicchi. Ascolta le tue conversazioni e legge i tuoi messaggi. Può dire quanto tempo sei rimasto seduto o in piedi, o quanto hai camminato in un determinato giorno. Sulla base di tutti questi dati, dopo circa un mese di utilizzo comincerà a inviarti delle notifiche, e con il passare del tempo diventerà sempre più intelligente. Se riesco a realizzare quello che ho in mente facendo tutto per bene, per l'utente sarà come ricevere i consigli di un amico fidato. *Non bere quel drink. Va bene lo stesso se salti la lezione di spinning. Non annullare il pranzo con Becky, hai bisogno di interazioni sociali.* Le persone rimarranno stupite dal fatto che una app sappia quello che stanno pensando prima ancora che se ne siano resi conto loro stessi.»

«Tu sei in grado di creare una cosa del genere?»

«Sì, credo di sì. Ma il problema è che nel frattempo è stata rilasciata sul mercato una app simile. Non proprio uguale, ma abbastanza da rendermi nervoso. E sono sicuro che ce ne sono altre in fase di sviluppo. Devo impegnarmi sul serio. Come ti dicevo, però, ho bisogno di tempo e denaro. È un progetto che porto avanti da tre anni ormai.»

«Ed è qui che entra in gioco Tripp. Quindi si trova a Panama City?» Malcolm si augurava che l'Half Moon non fosse coinvolto in quella storia, ma la sua curiosità era troppo grande. Se doveva mentire, voleva almeno sapere su che cosa stava mentendo.

Roddy esitò. «Non esattamente, ma...»

«Ma?»

«Se le cose vanno come devono andare, fra circa tre giorni ci sarà un incidente stradale vicino a Cabo Verde. La macchina andrà a fuoco. Il corpo di Charles Waggoner sarà così malridotto che dovranno identificarlo dai documenti lasciati nella sua camera d'albergo.»

Malcolm si ricordò di un documentario che aveva visto una volta in seconda serata. Una parte era dedicata al mercato nero dei cadaveri, a come la gente che desiderava far perdere le proprie tracce potesse trattare l'acquisto di un cadavere all'incirca della stessa corporatura, età e sesso, e organizzare tutto in modo da simulare un incidente, per poi ottenere un certificato di morte che una persona di fiducia avrebbe presentato alla compagnia assicurativa.

«Quindi dove si trova realmente?»

«Non credo di potertelo rivelare.»

«Questo me l'hai già detto.»

Mentre osservava Roddy che, combattuto, cercava di prendere una decisione, Malcolm si rese conto che il ragazzo avrebbe voluto dirgli tutto – probabilmente voleva sfogarsi con qualcuno da molto tempo.

«Hai paura che io possa finire nei guai? È questo che ti trattiene? Non preoccuparti per me» disse Malcolm.

«È in Perú.»

Malcolm batté una manata sul tavolo. «Lo sapevo! Adora quel posto. Ne parlava in continuazione.»

«Davvero?» Quella fu la prima cosa che parve allarmare Roddy.

«Sì. E l'ho detto anche alla polizia. Ogni volta che alzava il gomito, parlava di... come si chiama... Ollan...»

«... taytambo. Cazzo. Non lo sapevo.»

«Quindi andrà da Panama al Perú?»

«No. Non è mai stato a Panama. Né a Toronto, se è per questo. È volato direttamente a Lima ieri mattina, poche ore prima della seconda nevicata. Ha usato il suo nuovo passaporto.» Malcolm non fece in tempo a formulare la domanda che aveva sulle labbra che Roddy gli tolse ogni dubbio. «Ha dormito al piano di sopra venerdì notte. Ecco perché nessuno l'ha visto andarsene. È semplicemente salito dalla scala vicino al bagno degli uomini. Sabato, sul tardi, l'ho accompagnato in un albergo a Secaucus. È rimasto lì fino a martedì, quando è andato all'aeroporto.»

«Quindi, chi ha portato via la sua roba dall'Half Moon?»

«Io.»

«Ma il suo nome era sulla lista passeggeri del volo per Toronto.»

«Andiamo, Malcolm. Sai che c'è sempre qualcuno disposto a farti un favore, se hai abbastanza soldi per sdebitarti.»

Malcolm guardò il proprio piatto, il cibo ormai freddo. Prese la forchetta e masticò lentamente un boccone dopo l'altro prima di riprendere a parlare. Fece cenno alla cameriera di portargli dell'altro caffè.

«Roddy, sai bene che non potrai mai mettere le mani sui soldi di quell'assicurazione sulla vita. A questo punto sei soltanto un complice della manovra illegale di Tripp, ma se avanzi dei diritti su quel denaro, sei colpevole quanto lui. Lo capisci questo, vero? Vai da tua madre a Binghamton per un po'. Trovati un lavoro lì. Non sei mai stato Mark Duro. Vuoi un lavoro da barista? Conosco un tizio a Ithaca che è sempre in cerca di aiuto. Preferisci andare a Miami? Un mio amico ha un locale a Coral Gables. Potrei metterci una parola buona. Ma, sinceramente, tu non hai la stoffa del barista. Cercati un posto in un negozio cool o qualcosa di simile. Hai solo ventidue anni.»

«Che cosa sarebbe un negozio cool?» Roddy lo guardò con la stessa espressione che aveva la sera in cui avevano scardinato l'orinatoio. Sopraffatto, come se fosse sul punto di piangere.

«Non saprei. Ma sei un ragazzo intelligente. Perché non riprendi gli studi? Potresti comunque continuare a sviluppare l'app.»

«Che cosa conta essere intelligenti?» chiese Roddy. «È necessario molto più di questo. Mio zio ha pagato il primo semestre di università, dopodiché se ne sarebbe dovuta occupare mia madre; lei invece insisteva perché io chiedessi altri soldi a mio zio, ma lui aveva già fatto tanto per me. Il tizio della segreteria mi chiamava tutti i giorni. Come se avessi avuto – ma certo! – 17.000 dollari arrotolati in un barattolo di caffè o qualcosa del genere. Mi sono trovato un lavoro da un investigatore privato per guadagnare un po' di soldi. Quando ho capito come funzionava, mi sono anche fatto qualche cliente. Mi piaceva. Riuscivo a fare tutto dalla mia stanza. Una volta sono riuscito a scovare un tizio in ritardo con il pagamento degli alimenti tracciando la sua carta fedeltà di un negozio di articoli sportivi. Sua moglie mi aveva detto che era appassionato di pesca. Ma poi...»

«Cosa?»

«Be', c'è il rovescio della medaglia. Ti capita di avere a che fare con dei tipacci che cercano le mogli o le fidanzate, o che vogliono controllarle. E io riuscivo pure a trovarle. Ma sai, vedevo quanta fatica faceva una donna per coprire le proprie tracce, ma per me era fin troppo facile scovarle, e la cosa non mi piaceva. Un tizio, per esempio, sembrava una tale carogna che avrei voluto contattare quella donna e avvertirla che era in pericolo. Avrei voluto aiutarla. Non ho mai detto a quell'uomo che l'avevo trovata.»

Guardarono entrambi fuori dalla finestra lo spazio buio sotto il cavalcavia che sovrastava l'autostrada. Nei mesi caldi quel posto era affollato di ragazzi che bevevano, e c'era una collezione di bottiglie rotte e di lattine schiacciate contro uno dei piloni. Un cardinale rosso si posò sulla lama di uno spazzaneve, e Malcolm lo osservò mentre si guardava intorno per poi spiccare il volo.

«Tutto bene?» chiese Roddy.

Malcolm si sentiva terribilmente stanco.

«Non so, in realtà. E tu?»

Roddy alzò le spalle. «Anch'io, credo. Il locale non sta andando molto bene, vero?»

«No. Ma promettimi che lasci perdere questa cosa, intesi? È una follia.»

«Ha parlato davvero di Ollantaytambo? Che stupido. Non me l'ha mai detto. Io gli avevo suggerito di andare in Cambogia o nel Vietnam, ma lui non ha voluto darmi retta. Ha detto che il suo cuore era in Perú.»

«Già. Anche se ci vorrà un po', sono sicuro che la polizia riuscirà a venire a capo della questione.»

Quando Malcolm tornò a casa, la trovò deserta. Jess aveva lasciato un messaggio per dire che era dalla madre, ma di chiamarla, perché voleva sapere com'era andata con Roddy. Le squadre addette al pronto intervento erano finalmente arrivate nella loro strada per ripristinare i servizi essenziali; i tecnici erano pronti a intervenire sulla linea elettrica. Malcolm non voleva chiedere loro quello che avevano già chiesto tutti gli altri, ma uno di loro urlò il suo nome e si tolse il casco di protezione. Malcolm lo riconobbe come un cliente del bar.

«Luci accese entro un'ora» annunciò.

«Grazie al cielo!» esclamò Malcolm. «Immagino sarete distrutti.»

«Mi piace fare gli straordinari» disse l'operaio. «Mia moglie sta già pensando a una vacanza alle Turks.»

«Perché no?» ribatté Malcolm. «Ve la meritate.»

«Già» disse l'uomo guardando la strada. «Senti, c'era un tizio parcheggiato nel tuo vialetto che ti ha aspettato per un po'. Mi ha chiesto se ti avevo visto.»

«Okay.»

«Non ha detto chi era o cosa voleva.»

Billy, Malcolm lo sapeva.

Quando tornò la corrente, ci fu uno scatto e poi un'impennata di energia, e all'improvviso tutto riprese vita. Il timer del microonde si mise a lampeggiare. Il display del forno mostrò un messaggio d'errore e il frigorifero riprese il suo ronzio. Malcolm si fermò in mezzo alla cucina per qualche istante, poi si girò e se ne andò.

«Ehi, Ma'!» disse davanti alla porta di Mr. Sheridan.

La madre lo invitò a entrare come se si trovasse a casa sua.

«Non posso, ho lasciato il motore acceso. Sono passato solo per vedere se stavi bene.»

«Artie è andato a casa per controllare se è tutto a posto» disse. «Per vedere se c'era del fumo.»

«Oh, bene» disse Malcolm. Gail indossava gli stessi vestiti del giorno prima, ma cosa aveva indossato a letto? Aveva i capelli raccolti, acconciati in modo complicato, ma la frangia spioveva ancora dritta sulla fronte come una tiara.

«Hai l'aria esausta, Malcolm.»

«Ascolta, mamma» iniziò. «Il locale non va molto bene. Tanto vale che tu lo sappia. Mi sento un fallito tremendo e non so perché non te l'ho detto prima. Non so che cosa succederà.»

«Cosa? Vuoi fermarti un attimo, per favore? Dai, entra e non dire così.»

«Devo vedere Jess, mi dispiace. Parleremo poi. Ripasserò. Te lo prometto.»

«Jess è tornata? Okay, ma... Mal? Tesoro? Tu non sarai mai

un fallito. Ho appena detto ad Artie che secondo me c'è qualcosa che non va. So di Jess e di tutto il resto, ma gli ho detto "Dev'esserci qualcos'altro, non è più lui".»

«Salve, Maureen» disse quando arrivò a casa della madre di Jess.

«Malcolm» disse Maureen, solenne come un impresario delle pompe funebri. Lo baciò sulla guancia e poi lo abbracciò, cosa che non faceva mai. «Accomodati. Vuoi qualcosa da mangiare? Hai la corrente a casa? Da noi è appena tornata.»

Quando entrò in cucina, trovò Jess seduta a tavola, intenta a spalmare la marmellata su una fetta di pane tostato. Aveva i capelli bagnati e portava la stessa tuta con la scritta "Gillam High School" che indossava a colazione la prima volta che lui aveva passato la notte a casa sua.

«Malcolm» disse stupita, come se lui avesse percorso migliaia di chilometri e non soltanto la distanza di quattro isolati. Si alzò di scatto per togliere una pila di riviste da una sedia, ma lui rifiutò di sedersi.

«Resti qui stanotte, Jess? O torni a casa? Ho pensato di passare, visto che non hai la macchina.» Aveva un tono burbero. Formale. Lui stesso lo avvertiva nella propria voce, ma non poteva farci niente.

Jess guardò la madre, ma Maureen Ryan si stava avviando verso le scale. Un attimo dopo udirono lo scatto di una porta che si chiudeva.

«Che cosa vuoi che faccia?» chiese Jess.

«Tu che cosa vuoi fare?»

Aveva chiamato Neil? Gli aveva parlato?

«Voglio tornare a casa.»

Malcolm annuì. Bene. Una buona notizia. Si sedette pesantemente. Si chinò fissandosi le ginocchia. Sentì la mano di Jess sulla schiena.

«Malcolm» sussurrò lei. «Mi dispiace tanto.»

«Allora torna a casa» disse lui.

11

Malcolm riuscì ad allestire la festa di compleanno di giovedì già prenotata – la corrente al bar era tornata giusto in tempo –, ma André non poté preparare gli antipasti che il cliente aveva ordinato perché il fornitore era in ritardo con le consegne a causa della doppia nevicata. «Posso fare un salto al Food King» propose. E quando lo staff al completo guardò Malcolm per sentire cosa ne pensava, lui si rese conto che tutti sapevano da tempo quanto fosse precaria la situazione. Se fosse stato solo lui a vivere in quel modo, ma anche loro avevano una famiglia e una vita. «Buona idea» disse mettendo mano al portafogli per tirare fuori due banconote da venti. Quanto potevano costare un paio di scatole di salatini di pasta sfoglia surgelati? Temeva che Billy si facesse vivo, ma non accadde, quindi tutto si risolse in una serata discreta. Ci furono molte risate, in ogni caso, e il gruppo si trattenne fino a tardi. Roddy non si presentò.

«Qualcuno ha sue notizie?» chiese Malcolm, ma nessuno l'aveva più sentito dal venerdì precedente, la sera della prima nevicata. Malcolm sperava che ciò significasse che il ragazzo aveva ascoltato il suo consiglio e se n'era andato.

Mentre stavano per chiudere, disse a Emma che sarebbe stato fuori città per un paio di giorni e che lei doveva occuparsi del locale. Gli dispiaceva piantarla in asso durante il weekend. «Non credo che avrai tutto questo gran daffare» disse. Una battuta, ma priva di allegria.

«Non si sa mai» ribatté lei. Una carineria.

Il piano aveva preso forma nella sua mente nel momento in cui puliva e rassettava dopo il party e cercava di capire che fare. Non poteva stare ad aspettare che Billy si presentasse di nuovo davanti a casa, tanto meno dopo il ritorno di Jess, ora che la situazione fra loro sembrava destinata a migliorare. Di sicuro lui aveva una carta da giocare, se solo fosse riuscito a trovarla. Doveva vedere Hugh faccia a faccia.

«Se salta fuori qualcos'altro per te, per chiunque di voi, io...» aggiunse.

«Ehi» lo interruppe Emma. «Pensi che resterei qui se non lo volessi? Che qualcuno di noi lo farebbe? No.»

La mattina dopo, venerdì, una settimana esatta dopo la prima nevicata, Malcolm accompagnò Jess a New York per ritirare le sue cose da Cobie. Mentre aspettava in macchina, sentì bussare al finestrino. Era Cobie, che voleva salutarlo. Lo aveva visto mentre portava a spasso il cane.

«Ehi» disse lui, leggermente imbarazzato al ricordo dell'ultima volta in cui avevano parlato. «Contenta di rientrare in possesso della tua stanza degli ospiti?» le chiese.

Cobie sorrise. «Avevo dimenticato quanto spazio occupa Jess pur essendo così mingherlina. Quante felpe servono a una donna etero?»

Malcolm si rilassò. Andava tutto bene. Cobie non lo considerava un idiota. Anzi, aggiunse che sarebbe andata a trovarli presto. Malcolm disse che ne sarebbero stati felici, quando voleva, sapeva bene quanto Jess fosse affezionata ai gemellini, senza contare che lui non vedeva Astrid da secoli.

«Ci vorrà un po', probabilmente» disse lei. «Giorno per giorno, giusto?»

«Giusto» disse Malcolm. Era una cosa che aveva notato anche lui. Era così felice di riaverla con sé, così sollevato, che non si spiegava perché avesse la sensazione che qualcosa che intendeva dire fosse stato soffocato. Come se ne avessero passate tante, il periodo peggiore della sua vita, e nel giro di appena ventiquattr'ore stessero già emergendo vecchi schemi di comportamento. Malcolm che rimette la scatola dei cereali vuota nell'armadietto della cucina. Jess che lascia le sneakers sulle scale, dove uno di loro poteva inciampare e rompersi l'osso del collo. Entrambi stavano cercando di chiudere un occhio su quelle trascurabili cattive abitudini, ma nessuno dei due dubitava che presto sarebbero tornate a instaurarsi nella routine domestica. E poi? A cosa era servita tutta quella sofferenza, se non ad acquisire un po' di saggezza? Jess avrebbe voluto chiedergli se l'aveva perdonata, lui lo sapeva. Ma era una domanda a cui Malcolm non avrebbe saputo rispondere, se non dopo molto tempo. E Jess aveva perdonato lui?

Patrick fu scioccato dal ritorno a casa di Jess come quando se n'era andata. «È tornata? Siete di nuovo insieme?» chiese, incredulo. E prima che Malcolm potesse rispondere, aggiunse: «Perché?».

Poi disse che gli dispiaceva, ma la cosa per lui non aveva senso. Non c'erano figli di mezzo, non c'era motivo di stare insieme. E poi si scusò di nuovo.

"Già. Perché?" pensò Malcolm. Era una bella domanda. Un'altra domanda a cui non sapeva rispondere.

«A proposito» aggiunse Patrick. «Io e Siobhán, tutti noi, nessuno parla con Neil. Non avevo idea che...»

«Lo so, lo so» disse Malcolm. Giorno per giorno, come aveva suggerito Cobie. Alla fine, il peso che stavano portando sarebbe diventato più leggero.

«Anch'io ho le mie colpe» disse Malcolm. «Ho fatto cose che hanno ferito Jess.»

«Ma non quello» disse Patrick. «Mai e poi mai tu avresti fatto una cosa del genere.»

Non appena ebbero liberato la sua auto dalla neve, Jess andò direttamente a casa di Neil. Malcolm non si era offerto di accompagnarla, anche se lei si era accorta che il pensiero gli aveva attraversato la mente quando gli aveva detto che si sarebbero visti a casa più tardi. Gli aveva stretto il braccio per ricordargli che non c'era motivo di preoccuparsi.

Neil aprì la porta con un'espressione fredda sul volto, e per un attimo Jess temette che non l'avrebbe fatta entrare. La seguì per casa mentre lei raccoglieva le sue cose e le disse che era stupido tornare da Malcolm, che aveva già fatto la parte più difficile andandosene di casa, che quello che stava facendo non aveva senso, che forse non voleva proprio essere felice – ci aveva mai pensato? –, che stava per commettere un errore madornale. Le disse che forse si era sbagliato su di lei. Pensava che fosse una donna intelligente e con la testa sulle spalle che aveva sposato un uomo inferiore a lei ed era rimasta con lui fin troppo a lungo solo per senso di lealtà e benevolenza, ma in sostanza era una persona fragile, incline a drammatizzare le situazioni, proprio come la sua ex, come tutte le donne, forse, e che probabilmente non le importava nulla di chi poteva ferire nella sua costante ricerca di attenzioni. Era soltanto l'ennesima donna che temeva il passare degli anni e cercava disperatamente di aggrapparsi all'ultimo sprazzo di vitalità, e quel momento era stato vissuto a sue spese. A spese dei suoi figli, che stavano imparando a conoscerla.

E poi le assicurò che non intendeva dire quello che aveva detto, non lo pensava davvero, solo che non capiva. Ma nemmeno lei capiva. Era soltanto una cosa che sentiva. Era ora di tornare a casa. Era veramente, profondamente dispiaciuta.

Neil ribadì che nessuno l'avrebbe mai amata quanto lui. Jess avrebbe voluto dirgli che era d'accordo, ma che non era rilevante: due persone non si amavano mai nello stesso modo. Erano i bambini la cosa che le sarebbe mancata di più, ma non disse neppure quello perché lo avrebbe ferito senza motivo. E non le sarebbero nemmeno mancati quei bambini in particolare, ma piuttosto l'idea di loro. Se fosse rimasta, sarebbe diventata una presenza fissa nelle loro vite.

Neil le disse di andarsene pure, che a lui non importava, di togliersi dai piedi. E poi tentò la mossa di avvicinarsi fisicamente, accostandosi a lei per convincerla a restare. Ma anche l'attrazione fisica aveva perso tutto il suo potere, e Jess avrebbe voluto piangere quando si rese conto di come si era sentita disperata soltanto poche settimane prima. Tutto ciò che in Neil era diverso da Malcolm le procurava un senso di repulsione ora, e questo era accaduto da un giorno all'altro. La corporatura, l'odore, il tipo di pelle. Non era colpa di Neil, ma nemmeno colpa sua. Rimpiangeva Malcolm a tal punto che ne avvertiva la mancanza nei muscoli, nel sangue.

«Ora i rapporti con Patrick saranno difficili» osservò Neil.

«*Ora* saranno difficili con Patrick?» Jess non poté trattenersi: scoppiò a ridere. I piccoli erano tornati a scuola, finalmente, dopo così tanti giorni a casa, e lei prese in considerazione l'idea di lasciare qualcosa alle bambine – un rossetto o una collanina –, ma alla fine decise che sarebbe stato meglio portare via tutto e non lasciare tracce.

Mentre Jess era da Neil, Malcolm andò a casa di Hugh, ma non trovò nessuno. Fermò un vicino di casa e gli chiese se avesse visto Hugh di recente, se conoscesse l'indirizzo dove si era trasferito a sud, ma l'uomo disse che le uniche persone che aveva visto dai Lydon erano i giardinieri, e questo risaliva al novembre scorso. Così Malcolm si recò a casa di Little Hughie – un obbrobrio enorme che sembrava fatto di plastica –, ma nessuno rispose alla porta. Tornato a casa, chiamò alcuni clienti abituali che frequentavano l'Half Moon da quando lui aveva iniziato a lavorarci, ma tutti pensavano che, se c'era qualcuno che poteva conoscere il nuovo recapito di Hugh, quello era Malcolm. Si rese conto di quanto poco sapeva di Hugh, quanto poco aveva mai saputo. Le poche occasioni in cui aveva incontrato Mrs. Lydon erano state a Natale, quando veniva al bar per provvedere agli addobbi natalizi. Non era mai stato a casa loro né aveva mai partecipato alle loro feste di famiglia, e loro non erano mai stati a casa sua. Stava fissando nel vuoto quando udì un movimento fuori. Sua madre. Stava depositando una confezione di ciambelle sul gradino dell'ingresso.

«Oh, ciao, tesoro» disse quando Malcolm aprì la porta. «Non volevo disturbarvi.»

«Tranquilla, Jess non c'è.»

Sua madre gli consegnò la confezione e lui le chiese se per caso conosceva qualcuno che fosse amico dei Lydon. Qualcuno che fosse rimasto in contatto con loro dopo che si erano trasferiti a sud. I Lydon avevano all'incirca la stessa età di sua madre, dopotutto. Dovevano pur avere degli amici che non avevano nulla a che vedere con gli affari di Hugh.

«Una signora nel mio club di giardinaggio è molto amica di Josephine» disse Gail.

«Davvero? Riusciresti a farti dare il loro indirizzo nel South Carolina?»

«Posso provarci. Va tutto bene?»

«Sì, tutto bene. Solo questioni relative al bar.»

«Sei sicuro? L'altro giorno mi hai detto che il bar non naviga in buone acque. Hai detto che saresti tornato e ne avremmo parlato. Invece non sei venuto.»

«Lo so. Mi dispiace. È che sono successe tante cose e...»

«Voglio chiederti una cosa e voglio che tu mi dica la verità. Sono tua madre, Malcolm, perciò capisco subito se mi dici una bugia.»

«D'accordo.»

«Hugh Lydon ti ha fatto firmare una cambiale per l'Half Moon?»

Malcolm non rispose.

«Perché non me l'hai mai detto?»

«Non lo so.»

«Malcolm, tuo padre e Hugh avevano un conto in sospeso. Hugh te ne ha mai parlato? Io non conosco tutti i dettagli, ma so che era una cosa grossa. Tu e Little Hughie eravate bambini. Pensavo che fosse questo il motivo per cui ti aveva preso sotto l'ala quando tuo padre è morto, forse per rimediare a qualcosa, ma ora...» Si strinse nelle spalle.

«Spiegati meglio. Vuoi entrare?»

«Non posso. Ho appuntamento con Artie da Pappy's. Ci offrono un bicchiere di vino gratis con la pasta se siamo seduti entro le cinque.»

In piedi sul gradino freddo, con il berretto di lana calato sulla fronte, il bianco abbagliante della neve faceva apparire i suoi occhi di un azzurro vivido. Le mani erano arrossate.

«Devi metterti un paio di guanti, mamma.»

«Sto bene così» disse lei affondando le mani nelle tasche del cappotto. «Io conosco soltanto una parte della faccenda perché sai com'era fatto tuo padre, e poi è passato tanto tempo. Non ti ho mai detto niente perché era una storia vecchia e tu te la stavi cavando bene all'Half Moon, o perlomeno ti guadagnavi da vivere. E quando l'hai comprato, pensavo che avessi sistemato tutto con Hugh. Da quello che ho capito allora, Hugh aveva fatto una grossa scommessa. Una scommessa davvero stupida, lo sapevano tutti. Una volta ogni tanto si presentava al Gephardt's e beveva come una spugna, non so perché, forse i bambini piccoli a casa lo facevano impazzire. Aveva aperto l'Half Moon, ma non è che ci si possa ubriacare nel proprio locale. Comunque, ha perso la scommessa, ma hanno risolto la cosa. Tuo padre diceva sempre così: "Abbiamo risolto".»

«Quindi papà ha lasciato perdere.»

«Neanche per sogno. No, non poteva! Non funzionava così. Se avesse lasciato perdere, chiunque gli dovesse qualcosa avrebbe pensato di potersi semplicemente sottrarre ai propri obblighi. Non so a quale accordo siano arrivati, so soltanto che, dopo aver risolto la questione, tuo padre ha detto a Hugh di non mettere mai più piede al Gephardt's. E, per quanto ne so, è andata così.»

Malcolm assimilò il racconto della madre, cercando di conciliare questa giovane, stupida versione di Hugh con quella che conosceva lui.

«I Lydon all'epoca vivevano a pochi isolati di distanza da noi. Avevano una casa molto bella e Josephine ne era orgogliosa. Ha invitato un gruppetto di donne per condividere qualche sandwich insieme quando hanno cambiato la carta da parati in cucina. Darren non amava mescolare i due mondi e odiava che Hugh qualche volta andasse al Gephardt's per un drink. Non gli piaceva neppure che Josephine fosse, in un certo senso, mia amica. Mi teneva lontana da certi aspetti dei suoi affari, e a me non dispiaceva troppo, se devo essere sincera. Ma so che non avrebbe mai rovinato una persona così vicina a noi, i cui figli frequentavano la stessa scuola dei nostri. Il nostro matrimonio era diverso dal tuo. Io non ero all'oscuro di tutto come Josephine, ma io e Darren non parlavamo molto di lavoro.»

«Quindi, come avevano risolto la questione? Hugh deve aver saldato il suo debito in qualche modo.»

«Non lo so. Sinceramente. Se lo sapessi, te lo direi.»

Due ore dopo, con la scatola di ciambelle ancora sigillata sul tavolo della cucina, arrivò la telefonata di sua madre. «Ho l'indirizzo. Hai una penna?»

Malcolm se lo appuntò.

«E per favore, mi fai chiamare da Jess non appena arriva a casa? Ho pensato a una cosa e vorrei parlarne con lei.»

«Che cosa?»

«Niente che ti riguardi. Mi è mancata. Vorrei salutarla.»

Jess disse che sarebbe andata con lui. Dapprima Malcolm si oppose, ma al pensiero di lasciarla a casa da sola, con il rischio che Billy si presentasse alla porta, acconsentì. Due biglietti aerei di andata e ritorno sarebbero costati una fortuna così vicini alla partenza, quindi si presero un quarto d'ora per raccogliere un po' di cose e poi si misero in macchina e viaggiarono di notte. Jess doveva sbrigare un po' di lavoro, disse, e collegò qualcosa al suo portatile per ottenere una connessione Internet. Dopo una sosta di cui approfittò per fare alcune telefonate camminando su e giù davanti al banco frigo di un minimarket, si spostò sul sedile posteriore, e ogni volta che Malcolm guardava nello specchietto retrovisore, la sorprendeva intenta a fissare lo schermo del portatile o fuori dal finestrino.

«Va bene se metto un po' di musica?» le chiese.

«Sì, certo, scusami» disse Jess. Scavalcò il bracciolo e passò davanti sul sedile del passeggero. «Sto aspettando una chiamata.»

«A quest'ora?» obiettò Malcolm.

«Un'amica dell'Ufficio del Registro. Mi sta facendo un favore.»

Malcolm stava per chiedere di più, ma proprio in quel momento il cellulare squillò e Jess si mise gli auricolari per rispondere. Disse qualcosa riguardo alla proprietà congiunta e al diritto di successione. Se lei avesse lavorato ancora allo studio legale, Malcolm avrebbe pensato che stessero discutendo di una causa, ma quei discorsi non si conciliavano con il ruolo che lui riteneva rivestisse presso Bloom.

La città in cui vivevano i Lydon si trovava a meno di un'ora da Charleston, un posto che Malcolm aveva sempre desiderato vedere. Fort Sumter, le ville in stile neoclassico tipiche del XIX secolo, la sensazione di essere in un luogo completamente diverso. Dopo quattordici ore di viaggio si fermarono a una stazione di servizio, si lavarono come meglio poterono e indossarono abiti freschi.

«Che cosa dirai?» chiese Jess.

«Non lo so» disse Malcolm.

La casa era più modesta di quanto si aspettassero. Erano

le nove di sabato mattina e la Cadillac di Hugh era nel vialetto, con un gatto seduto all'ombra del paraurti. Quando Malcolm spense il motore, Hugh era già in piedi sulla porta. Da una decina di metri di distanza, sembrava un qualunque anziano sovrappeso. Com'erano arrivati a questo punto?, si domandò Malcolm sentendo accendersi la lunga miccia della rabbia. Hugh avrebbe potuto semplicemente rispondere al telefono, oppure richiamare. Sarebbero potuti arrivare a un accordo. Invece Hugh voleva che lui lo implorasse, e Malcolm l'aveva capito. Voleva che Malcolm si mettesse in ridicolo. Forse era quello che aveva sempre voluto, far aspettare Malcolm così a lungo per avere la chance di diventare proprietario del locale. Quanto tempo era passato da quando Hugh aveva accennato per la prima volta alla possibilità di cedergli il bar e il momento in cui se n'era effettivamente andato? Dodici anni trascorsi a sperare e ad attendere che accadesse da un giorno all'altro. Un posto che significava così tanto per lui da non rendersi nemmeno conto che era allo stremo.

«Tu aspetta qui» disse Malcolm.

«Non se ne parla!» ribatté Jess.

«Malcolm» disse Hugh tenendo la porta aperta per farli entrare. Si voltò per chiamare qualcuno. «Josephine, guarda chi è venuto a trovarci.» Nessuno dei due sembrava minimamente sorpreso.

«Hai il telefono rotto, Hugh?» esordì Malcolm, e sentì la pressione della mano di Jess sul braccio.

Josephine Lydon li guidò verso una veranda sul retro dove c'erano alcuni posacenere traboccanti di mozziconi. La temperatura sfiorava i 20 °C e l'afa si faceva sentire. Hugh si sistemò su una poltrona e Josephine chiese se gradivano una tazza di tè. Hugh sembrava più appesantito che a New York e aveva un bel colorito roseo. Malcolm non l'aveva mai visto in pantaloncini corti e T-shirt, con le sue ginocchia grassocce e i ruvidi peli color ruggine sulle gambe.

«Bene» disse Josephine dopo aver sistemato le tazze e i muffin. Guardò Jess. «Li lasciamo alle loro faccende?»

«Grazie, ma sto bene qui» disse Jess.

«Oh» esclamò Josephine lanciando un'occhiata al marito.

«Jess» disse Malcolm.

«Malcolm» rispose Jess.

«Va bene così» concluse Hugh, e Josephine sparì da qualche parte rientrando in casa. «Ho sentito che c'è stato un tempaccio dalle vostre parti.»

«Tutta la città è rimasta al buio per quasi una settimana e fa un freddo pazzesco, siamo ben sotto lo zero. È tutto chiuso. È perfino crollata una parte del tetto del liceo.»

Jess fece correre lo sguardo da uno all'altro, come per chiedere se davvero intendevano parlare del tempo.

«Ma l'Half Moon non ha subito danni, vero? Te l'avevo detto che quell'edificio ha una struttura solida.»

Malcolm annuì e prese fiato.

«Presumo che tu sia qui perché non riesci a rispettare l'accordo. Sono in contatto con Billy. Non capisco. Quando mi sono ritirato, il locale andava alla grande.»

«Non sto cercando di tirarmi indietro. Mi conosci, sai che non lo farei mai» disse Malcolm. «Pensavo... dato che ci conosciamo da tempo, se potessi ridurre l'ammontare dei pagamenti mensili, o se potessimo almeno rinegoziare gli interessi... Mi avevi detto che sarei subentrato nei tuoi contratti con i fornitori mantenendo le stesse condizioni, e io ti ho creduto sulla parola. Ma sapevi che questo non sarebbe stato possibile.»

«E tu non fai qualche ricerca prima di imbarcarti in un investimento così importante?» ribatté Hugh. «È colpa mia se non l'hai fatto? Ho sentito che ti sei sbarazzato del tavolo da biliardo. La gente lo adorava.»

«Era uno schifo» disse Malcolm. «E occupava troppo spazio.»

E a quel punto Hugh rivolse la sua attenzione a Jess per

la prima volta da quando erano arrivati. «Sono sorpreso di vederti qui, Jess. Non abiti ad Azalea Estates ora?»

Jess restò allibita e avvampò. Malcolm intervenne immediatamente. «Pensavo che potremmo accordarci su una percentuale dell'incasso mensile. Nei mesi fiacchi prenderesti meno, d'accordo, e nei mesi buoni di più, ma ricaveresti comunque una certa somma regolarmente, e io potrei estinguere il mio debito poco alla volta. Per come è strutturato ora, non ce la faccio. Ho bisogno di tempo per trovare una strategia per attirare clienti e creare un po' di rumore, fare pubblicità. Le solite iniziative non stanno funzionando.»

«Nei mesi fiacchi non otterrei nulla, è questo che vuoi dire.»

«Ci sto provando, Hugh. Avrai tutto ciò che ti spetta, solo che ci vorrà più tempo di quanto pensassi.»

«Oppure potresti vendere la casa» disse Hugh. «Da quanto tempo è tua? Tredici anni? Si sarà rivalutata nel frattempo. Dovrebbe costituire una garanzia solida. Questo risolverebbe il problema.»

«La mia casa?» ripeté Malcolm. La sua casa non faceva parte del mondo di Hugh. La sua casa era il regno di Jess, con tutte le sue coperte fantasia, i vasi e le ciotole colorate, le candele che metteva dappertutto per rendere l'ambiente più accogliente e intimo. Le sue pile di libri. I suoi leggings da corsa sullo stendino. Si alzò mentre prendeva coscienza di ciò che stava accadendo, mentre si rendeva conto di essere impotente in quella situazione, e che qualunque cosa avesse suggerito sarebbe stata accolta con totale noncuranza, come se nessuno avesse mai fatto una proposta. A Hugh non importava nulla. Né la loro lunga conoscenza, né il fatto che lui fosse stato il suo migliore dipendente, il più leale, per così tanti anni.

«Sei uno stronzo, Hugh, lo sai? Non capisco che senso abbia tutto questo.»

«Mi dispiace, ma la casa è l'unico bene che possiedi. Non ti avrei mai prestato quei soldi se non l'avessi avuta.»

«Hugh?» intervenne Jess, ma i due uomini la ignorarono.

«E io sarei lo stronzo?» insistette Hugh. «Pensi di meritare qualcosa di meglio rispetto a quello che hai avuto? Sei arrogante come tuo padre, in tutto e per tutto. Quanti anni hai? Quarantacinque? Te la prendi con me perché non hai il controllo della tua vita? Hughie dice che sei sempre stato corretto con lui quando eravate a scuola insieme, e lo apprezzo. Ma se uno dei miei ragazzi fallisse miseramente come hai fatto tu con l'Half Moon, mi vergognerei di riconoscerlo come figlio. Almeno, tuo padre sapeva come si gestisce un locale.»

«Hugh» ripeté Jess con maggior fermezza. Si alzò e si piazzò davanti a Malcolm. Hugh la guardò come si potrebbe guardare una bambina che entra in una stanza e interrompe un discorso tra adulti. «Sei proprio sicuro che fosse un tuo diritto vendere l'Half Moon, tanto per cominciare?»

«Cosa?» disse Hugh.

Malcolm sentì la tensione accumulata subire un'improvvisa battuta d'arresto. Fu percorso da un brivido, come se un fantasma gli fosse passato davanti a grandi passi.

«Se dovessi tirare fuori gli atti di proprietà, sei sicuro che non troverei altri nomi oltre al tuo e a quello di Malcolm?»

Per un attimo sembrò che Hugh stesse per alzare il suo corpo ingombrante dalla poltrona per rimettersi in piedi, invece restò seduto e guardò Jess. «Di cosa stai parlando?»

«Del terreno su cui sorge l'edificio.»

"Il terreno" si ripeté Malcolm mentalmente, e le parole divennero qualcosa di concreto che quasi poteva toccare.

«Che c'entra?» chiese Hugh, ma Malcolm conosceva quel ghigno. Le parole di Jess lo avevano innervosito.

«Hai ceduto il terreno a Darren Gephardt nel 1975 per saldare un debito.»

«Che cosa?» esclamò Hugh proprio mentre Malcolm era attraversato dallo stesso pensiero. *Che cosa?*

Malcolm desiderava con tutte le forze che Jess lo guardasse, ma i suoi occhi erano fissi su Hugh.

«Non ho idea di cosa tu stia parlando» disse Hugh, guardando la porta scorrevole per capire se Josephine fosse in ascolto.

«Non è emerso all'atto della vendita probabilmente perché Malcolm non aveva coinvolto un avvocato. Le cose sfuggono, soprattutto se è difficile ricostruire un assetto proprietario, come per l'Half Moon. Proprio ieri ho scoperto l'esistenza di un caso analogo a Manhattan. L'attuale proprietario di un pub chiamato Bluebird aveva effettuato un sacco di lavori di ristrutturazione dopo aver acquistato il locale, e il risultato era fantastico. Ma una sera ha sbattuto fuori un cretino che stava creando problemi, e naturalmente quel tipo ha reagito come una furia. Si dà il caso, però – ed è stata questa la sfortuna del proprietario –, che fosse un avvocato specializzato in diritto immobiliare, il quale ha deciso di spulciare i vecchi registri comunali per metterlo in difficoltà. E... bingo! Il proprietario, a sua totale insaputa, non possedeva il terreno su cui sorgeva il locale. La cosa non era emersa all'atto dell'acquisto. Il terreno era stato liquidato negli anni Ottanta con un atto specifico. Così il nuovo proprietario è andato nel panico e si è affidato a un legale. Era furioso perché sentiva di essere stato truffato, e in un certo senso lo era stato davvero. Ha incaricato il suo avvocato di ripercorrere i vari passaggi fino a rintracciare il proprietario del terreno per sistemare la faccenda. Purtroppo, però, l'uomo da cui aveva acquistato il locale era deceduto, e il proprietario del terreno è morto prima che l'iter legale giungesse a conclusione.»

«Bluebird» disse Malcolm. «Ci sono stato.»

«Volete sapere chi era il proprietario?» chiese Jess. Hugh la fissò. «Darren Gephardt.»

«Aspetta» disse Malcolm. «Ricordo di esserci andato con lui.»

«Esatto» disse Jess rivolgendosi di nuovo a Hugh. «Darren ha offerto al proprietario del Bluebird lo stesso accordo che ha offerto a te negli anni Settanta. Non poteva esonerarti dal debito perché tutti erano al corrente della situazione, così ha cercato una soluzione che non ti rovinasse né ti umiliasse. Gail ha scoperto la faccenda del Bluebird solo di recente. L'avvocato del nuovo proprietario l'ha contattata, perché stavano cercando di rintracciare il parente più prossimo di Darren. Gail probabilmente era dispiaciuta per la posizione in cui era venuto a trovarsi il nuovo proprietario, così non ha creato problemi. Avrei preferito che ne parlasse con noi, ma ha detto che non le andava di discutere di certi aspetti degli affari di tuo padre. Parlare con Malcolm ieri l'ha fatta riflettere, e così mi ha chiesto di indagare.»

Jess si rivolse a Malcolm. «Non voleva illuderti.» Poi disse a Hugh: «Hai scorporato legalmente il terreno dall'immobile nel 1975».

«E allora?» ribatté lui. Cercò di fare appello alla sua consueta spavalderia, ma Malcolm capì che stavolta non funzionava.

«E allora faremo così» disse Jess facendo correre lo sguardo da uno all'altro. «Malcolm ti cederà quel terreno e tu ti riprenderai tutto. Terreno, edificio, attività. È tutto tuo. Ma noi saremo liberi da ogni impegno. Quel terreno vale come minimo quanto ti deve Malcolm.»

«Aspetta, Jess» disse Malcolm alzando la spalla. Questo non significava che avrebbe potuto tenere l'Half Moon in qualche modo? Ma l'occhiata che lei gli lanciò era un chiaro invito a pensare, a sbrogliare la matassa fino in fondo.

«Stai scherzando» disse Hugh.

«Riavrai il tuo bar senza quella condizione che hai tenuto nascosta per tutti questi anni. Se avessi venduto a qualcun altro, probabilmente l'inganno sarebbe venuto fuori. È un buon affare. Puoi tenerlo o rivenderlo, puoi farne quello che ti pare.»

Malcolm aveva la sensazione di assimilare tutto in ritardo, due istanti dopo rispetto all'azione. Cedere l'Half Moon? Hugh sembrò riflettere su quella possibilità.

«Stai dicendo che, in questo modo, cancellerei il vostro debito ed entrerei in possesso del terreno.»

«Esatto.»

«Il mio avvocato provvederà a redigere il documento.»

«Certo» disse Jess. Era pronta ad affrontare qualsiasi giochetto. «Malcolm?»

Lui ne sarebbe uscito senza niente in mano. Né l'Half Moon né il tempo e l'energia che vi aveva investito. Poco prima della nevicata aveva scattato una foto dello schermo del televisore di casa mentre guardava un film. Il film in sé era stupido, ma la scena mostrava i personaggi seduti in una terrazza, proprio come quella che lui immaginava per il suo locale. Aveva bisogno di qualche giorno per riflettere. Voleva parlare con sua madre e capire cos'altro ricordava del padre e dell'affare che aveva concluso con Hugh. Ma l'espressione di Jess quando si voltò a guardarlo sembrava una supplica.

«Malcolm» disse, e stavolta non in tono interrogativo.

«Dammi un attimo per pensare.»

«Mal, per favore.»

«Sì, va bene.» Malcolm si arrese.

Hugh disse che avrebbero trovato i documenti pronti ad attenderli al loro ritorno a New York. Le tasse avrebbero costituito una complicazione, ma Jess avrebbe sistemato tutto. Quando si avvicinarono all'uscita per Charleston centro, Malcolm le ricordò che era sabato e che comunque non potevano fare tutta una tirata fino a casa senza riposare un po', perciò, perché non fermarsi una notte lì? Mentre guidava, chiese a Jess come diavolo aveva fatto ad architettare quella soluzione, ma lei attribuì tutto il merito a Gail. Lei si era documentata, sì, aveva sfruttato i propri contatti, ma era stata Gail ad avere l'intuizione.

E la cosa assurda, precisò, era che non aveva dati certi su cui basarsi. Il suo contatto all'Ufficio del Registro della contea non aveva ancora trovato il documento che le serviva quando erano entrati in casa di Hugh. I documenti degli anni '70 erano conservati in un archivio esterno e non erano stati convertiti in formato elettronico. L'unica cosa che la sua amica era stata in grado di trovare era un'annotazione datata 1975 e un codice che indicava in quale faldone si trovavano gli atti. Perciò si era limitata a presumere che nel 1975 fosse avvenuta una transazione di qualche tipo.

«Stavi bluffando, quindi» disse Malcolm, stupefatto.

«Ma ci avevo visto giusto!» Jess fece un ampio sorriso.

«Jessica Ryan!» esclamò lui prendendole la mano mentre si immetteva in autostrada. Le baciò le nocche. Aveva perso l'Half Moon, ma aveva riconquistato Jess, e tutto questo era avvenuto nel giro di pochi giorni. La rapidità con cui le situazioni potevano cambiare era quasi eccessiva. Avrebbe voluto trascorrere un giorno fuori dalla propria vita per elaborare tutto, un giorno per gironzolare in un posto di cui non conosceva le strade o il nome delle persone. Jess non doveva tornare in ufficio fino a lunedì e Malcolm non doveva essere da nessuna parte, a quanto pareva. Cercò di assimilare questa novità, ma era impossibile. Fecero colazione mentre aspettavano che si liberasse la loro stanza – erano solo le undici del mattino, dopotutto – e riuscirono a stento a tenere gli occhi aperti. Quando finalmente poterono fare il check-in, andarono subito in camera. Non vedevano l'ora di dormire.

Jess si svegliò per prima, senza capire bene dove si trovava poiché fuori era ancora giorno; poi si voltò e vide Malcolm che dormiva sul fianco, rivolto verso di lei, la bocca semiaperta, le mani sotto la guancia come un bambino. Osservò i capelli brizzolati sulle tempie, l'ampia cassa toracica che si alzava e si abbassava ritmicamente a ogni respiro pesante. Cercò di capire se avesse mai davvero smesso di amarlo, o se si fosse soltanto convinta di averlo fatto. Credeva che il suo amore si fosse esaurito perché era così che le sembrava – un languire per molto, molto tempo, una stanchezza che si sedimentava nello spazio prima occupato dalla gioia, e poi, un giorno, la scoperta che il pensiero di Malcolm non suscitava più nulla in lei, nemmeno la rabbia. Chi diceva che il contrario dell'amore non era l'odio, bensì l'indifferenza?

Eppure era lì, di nuovo accanto a lui. Pensò a quello che aveva suggerito Cobie a proposito dell'esistenza di una terza scelta, cioè stare da sola per un po'. Che c'erano altre opzioni rispetto a quelle che si era prefissata. Fino a una settimana prima non aveva idea di quando l'avrebbe rivisto, e ora eccola lì che lo guardava dormire, in una stanza d'albergo a 1200 chilometri da casa.

Andò a fare una doccia, e quando uscì dal bagno, Malcolm era sveglio. «Ehi» disse lui, e tirò l'orlo del suo asciugamano finché Jess non lo lasciò cadere. Mentre si muovevano impacciati nella stanza, lei cercò di capire cosa ci fosse di diverso, cosa le stesse nascondendo Malcolm che non aveva mai nascosto prima, ma non sembrava esserci nulla, se non forse una nuova serietà, la sensazione di essere arrivati molto, molto vicini a perdersi, e anche, sotto sotto, la sensazione che poteva succedere di nuovo, che nulla era garantito.

Una volta vestiti, vagarono finché non trovarono un ristorante con una bella atmosfera, come diceva Malcolm, e come al solito si mise a chiacchierare con il barista. Una band iniziò a suonare non appena si sedettero al tavolo, perciò non ci fu bisogno di parlare per riempire il silenzio. Dopo cena rientrarono in albergo, guardarono un film e si addormentarono. Il giorno dopo Jess trascorse il lungo viaggio verso casa cercando di convincere Malcolm a vedere quell'epilogo come un colpo vincente. Aveva avuto un lavoro per ventisei anni e ora stava per lasciarlo, tutto qui. Un sacco di gente cambiava lavoro dopo ventisei anni senza portarsi dietro nulla del posto in cui aveva trascorso una parte così importante della vita. Avrebbe trovato qualcos'altro. Senza tutta quella pressione addosso, potevano saldare i debiti con la clinica, le carte di credito, i prestiti studenteschi di Jess.

«Potremmo vendere la casa» disse Malcolm. «Se vuoi davvero parlare di ricominciare daccapo. Hugh non ha tutti i torti. Qualcosa vale.»

Anche Jess aveva avuto lo stesso pensiero.

I documenti li stavano aspettando, come promesso. Quando Malcolm comunicò al proprio staff che Hugh sarebbe di nuovo subentrato come proprietario, e che probabilmente l'Half Moon sarebbe rimasto chiuso per un po', pensava che se la sarebbero presa con lui, invece lo consolarono. Gli dissero di avvisarli se avesse aperto un nuovo locale. Malcolm prese alcune foto incorniciate che significavano qualcosa per lui e disse agli altri di prendere ciò che desideravano.

«Che cosa farai?» chiese Emma.

«Non lo so» rispose Malcolm.

La neve si sciolse, ma enormi cumuli misti a terra resistettero nei parcheggi fino ad aprile inoltrato, sottraendo spazi cruciali al Food King e al centro commerciale. Gail raccontò a Malcolm altri particolari della storia quando lui tornò dal South Carolina. «All'epoca giocavi ancora nel box» disse. Lo ricordava premere la guancia grassottella contro la rete mentre Darren le diceva che razza di pallone gonfiato fosse Hugh e di come si fosse cacciato in una situazione critica. Secondo Gail, a Hugh non era mai piaciuto Darren, e per qualche motivo, quando si trovava davanti a lui, si comportava come se avesse qualcosa da dimostrare.

«E a papà piaceva Hugh? Voglio dire, prima di quella stupida scommessa.»

«Sinceramente, credo che non lo considerasse proprio.»

Malcolm evitava di passare in Seneca Street, ma una mattina vi svoltò per abitudine. I lavori erano già in pieno svolgimento – un grosso intervento di ristrutturazione, a quanto pareva – e il cantiere era circondato da una rete metallica. Pensava che firmare la cessione di proprietà dell'Half Moon sarebbe stato doloroso come l'amputazione di un arto, ma alla fine tutto si era risolto in cinque minuti e qualche scarabocchio sulle carte. La cessione del terreno fu un po' più complicata. Il parente più prossimo di Darren era Gail, quindi era lei che doveva firmare. Quando Malcolm si scusò e le promise che si sarebbe fatto perdonare, lei lo zittì e disse che se solo l'avesse messa al corrente delle sue difficoltà, avrebbe pensato molto prima a certi dettagli.

Ora, a distanza di alcune settimane dalla conclusione delle pratiche, accostò l'auto alla recinzione per guardare meglio e, senza rendersi conto di quello che stava facendo, strinse le mani intorno al volante. Lui era ancora lì, ed era ancora Malcolm, a prescindere da quello che sarebbe successo all'Half Moon. Come aveva potuto Hugh far elaborare dei progetti tanto in fretta? Si costrinse a pensare alla decina di trappole per topi nel seminterrato – quelle che puzzavano di carne putrefatta se non le trovava subito, e a quegli animali schifosi che strillavano per ore prima di morire – e poi si impose di provare un po' di gratitudine al pensiero che non si sarebbe mai più dovuto occupare di loro.

Siobhán disse a ciascuno di loro due, separatamente, che era felice che avessero sistemato le cose. Lo ripeté a entrambi una sera, mentre chiacchieravano nel giardino di Jess e Malcolm. Un incontro, o meglio, una prova, come la definì Jess, per vedere come si sarebbero comportati gli amici di sempre. Si era imbattuta in alcune delle sue amiche, e perlopiù avevano mostrato una reazione tra il nervoso e il solidale. Una mattina andò a correre, e una coppia che conosceva attraversò la strada quando la vide, fingendo di osservare attentamente un albero per non dover guardare nella sua direzione. La sera in cui andarono a trovarli, Siobhán e Patrick lasciarono i bambini a casa con la raccomandazione di correre da Malcolm e Jess in caso di emergenza. Siobhán scherzò dicendo che probabilmente c'era già del sangue sui muri. Jess preparò *jalapeños* ripieni e datteri avvolti nella pancetta e continuò a scattare in piedi per tutta la sera per mettere al fresco le bevande. Chiacchierarono. Risero. Ma Patrick non si rivolse mai direttamente a Jess.

«Non mi guarda nemmeno in faccia» disse Jess quando incrociò Malcolm in cucina.

«Be'» disse lui, e si strinse nelle spalle come per chiederle se potesse biasimarlo per questo.

«Avevi detto che non l'avresti fatto.»

«Scusami. È difficile.»

Più tardi si ritrovarono a lavare i piatti fianco a fianco davanti al lavandino della cucina. Avevano trascorso una serata piacevole con i loro vecchi amici, si erano fatti qualche risata, ma Jess aveva sentito il dolore aleggiare nell'aria. Malcolm insisteva che alla fine la loro cerchia più ampia si sarebbe ricomposta, ma Jess non ne era così sicura. Alcune amiche – due per l'esattezza – si erano fatte vive per dirle che speravano stesse bene e che volevano parlarle. Jenny, di cui si festeggiava il compleanno la sera in cui Jess e Malcolm si erano conosciuti tanti anni prima, era una di loro. Ora era divorziata e viveva a Toms River, e le aveva mandato una mail per dirle che la parte più difficile sarebbe stata affrontare le persone che volevano dire la loro sull'accaduto, pur non avendo la minima idea di come stavano le cose in realtà, ma Jess doveva ricordare che quella gente non sapeva nulla e che erano affari suoi e di nessun altro.

"Jenny" aveva mormorato Jess leggendo quella mail, e le era mancato il respiro al pensiero di quello che doveva aver passato per acquisire tanta saggezza. E dove era stata Jess per lei? Da nessuna parte. Jenny era rimasta incinta molto giovane. Si erano allontanate.

Quando ebbero finito di asciugare i piatti, Malcolm si appoggiò al bancone e la guardò. Negli ultimi tempi prestavano più attenzione uno all'altro, come se tutti i presupposti del passato potessero essere messi in discussione.

«Che c'è?» chiese lei. Erano passate sei settimane da quando era tornata a vivere con lui, sei settimane dal loro viaggio nel South Carolina.

Il telefono di Malcolm squillò, e lui diede una rapida occhiata al numero prima di rifiutare la chiamata.

«Chi è? È un po' tardi, no?»

«Ti ricordi di Adrian? Ha chiamato un paio di volte.»

«Che cosa vuole?»

«Sapere come va, ne sono sicuro. Ha un locale giù a St. John. A quanto pare, se la passa piuttosto bene.»

Jess piegò la testa di lato e guardò in lontananza, come faceva quando rifletteva.

«Sai che ti dico? Dovresti richiamarlo.»

Malcolm si adattò a lavorare a chiamata in qualche cantiere. Era un po' in là con gli anni, ma aveva un gancio, e la paga non era affatto male. Gli piaceva il clima amichevole con i colleghi, ma era un lavoro completamente diverso da quello a cui era abituato. Non comportava prestazioni. Non comportava consumo di energia elettrica. Si trattava solo di arrivare alla fine delle otto ore e rifare la stessa cosa il giorno dopo. I titolari di altri pub, sapendo che era libero, lo chiamarono e gli fecero delle proposte, ma lui non si sentiva ancora pronto a spillare drink in un locale che non era il suo, a spartire di nuovo le mance con i colleghi come se non avesse mai avuto il suo sogno tra le mani. Nei giorni in cui non lavorava, andava in palestra, prendeva il solito giornale e il caffè, e poi faceva un salto all'Half Moon per vedere come procedeva la ristrutturazione. Emma aveva trovato lavoro in un locale di Upper Manhattan e usciva con un sommelier. André era stato assunto come aiuto cuoco in un posto molto più bello dell'Half Moon. Nessuno aveva più sentito Roddy, e Malcolm decise che era meglio così: nessuna nuova, buona nuova.

A volte, all'improvviso, pensava alla domanda di Patrick e alla sua reazione stupita quando Malcolm gli aveva detto che Jess era tornata a casa, che si erano rimessi insieme: *Perché?*

Vennero a sapere che Neil aveva messo in vendita la casa. I bambini avrebbero completato l'anno scolastico a Gillam, dopodiché si sarebbe trasferito a Westchester per stare vicino alla madre, che si sarebbe occupata di loro dopo la scuola. Jess l'aveva saputo da Siobhán, che a sua volta l'aveva saputo da altri genitori. Siobhán aggiunse che non salutava mai Neil, se per caso lo incrociava all'uscita da scuola quando prelevava i bambini. Aveva notato che altri genitori, forse percependo la sua antipatia per lui, avevano adottato lo stesso atteggiamento.

«Non farlo» disse Jess sentendosi sopraffare da un'ondata di vergogna. «Non mettergli contro gli altri genitori.» Queste ondate arrivavano in momenti in cui se lo aspettava, ma anche dal nulla, e talvolta la lasciavano paralizzata per qualche istante. Una mattina stava prendendo un sacchetto di caffè in grani al supermercato, quando le era passata accanto una donna che spingeva un carrello con un bambino, più o meno dell'età di Ethan, seduto sul seggiolino. In quel momento si era resa conto di ciò che aveva fatto e aveva staccato la mano dal caffè come se il pacchetto scottasse. Gli effetti di quella presa di consapevolezza si erano riverberati sul suo umore per giorni e giorni.

«Grazie a Dio ha deciso di andarsene. Non dovrai temere di incontrarlo» disse Patrick a Malcolm.

«È lui che dovrebbe preoccuparsi» disse Malcolm, ma quasi ogni volta che andava al Dunkin' Donuts o in gastronomia, o in uno dei suoi soliti posti, si scopriva a cercare un SUV bianco nel parcheggio. E se ne scorgeva uno, tirava dritto senza fermarsi.

Una mattina, a fine maggio, Malcolm incontrò Jackie Becker in paninoteca. Era in borghese, nel suo giorno libero, e lui non la riconobbe finché non si mise in fila dietro di lei e lei si voltò.

«Oh, ciao, Malcolm» disse. «Pensavo a te proprio l'altro giorno.»

«Davvero? Come vanno le indagini? Sono curioso.»

Jackie si girò per guardarlo bene in faccia. «Non l'hai saputo? Charles Waggoner è morto qualche settimana fa. Un incidente a Panama City. Era in un taxi.»

Malcolm avvertì una stretta allo stomaco. «Pazzesco! Dopo aver messo in piedi quel piano?»

«Già. L'FBI in realtà ha dei dubbi. Credo che li abbia anche Rob, ma la famiglia sta lottando per riscuotere i soldi dell'assicurazione, quindi avere un vero certificato di morte rende tutto molto più facile.»

«Ah» disse Malcolm. «Logico. Dovrebbe essere una battaglia facile, no? Date tutte le prove di un tentativo di frode.»

«Si direbbe di sì, ma...» Jackie alzò le spalle mentre dava un'occhiata alla lista dei panini «ora è tutto nelle mani dei federali, quindi non sono molto aggiornata, ma credo che la faccenda si sia complicata quando è entrato in gioco Mark Duro. C'era una piccola finestra temporale – se avesse aspettato qualche altro giorno il caso sarebbe stato segnalato –, ma lui ha presentato richiesta di indennità nei termini e ha ottenuto un pagamento parziale. A quanto pare, quando una polizza supera un determinato importo, ne liquidano una parte immediatamente e il saldo un mese dopo. Perciò il resto è stato trattenuto, ma, caspita, si è comunque preso una bella fetta.»

«Che cosa, scusa?»

«Come che cosa?»

«Che cos'ha fatto Mark Duro?»

«Ha presentato richiesta di liquidazione. Ha ottenuto un pagamento parziale.»

«Sono confuso.»

Jackie lo guardò attentamente. «Presumo che abbia lasciato il Paese a questo punto.»

Si sporse sul bancone per ordinare il panino. Malcolm cercò di ricordare se qualcuno gli avesse detto che Roddy viveva con la madre o se era una cosa che aveva deciso da solo, nella sua testa.

«Ma il motivo per cui ti ho pensato è che lo scorso fine settimana sono stata in un rooftop bar. C'era una parete di edera, e quando ho provato a sbirciare per vedere cosa nascondeva, ho scoperto che al di là c'era un parcheggio davvero orribile. Mi è venuto in mente quello che avevi detto a proposito dell'idea di realizzare una terrazza all'Half Moon. Ho visto che ci sono dei lavori in corso. Hai deciso di provarci?»

«Oh» disse lui. Ultimamente succedeva spesso. «L'ho venduto, in realtà.»

«Aprirai un nuovo locale?»

«Devo ammettere che ci sto ancora pensando» disse Malcolm, facendosi avanti per ritirare l'ordinazione quando chiamarono il suo nome.

Ma mentre Jackie si apprestava ad andarsene, la fermò. «Lo prenderanno?»

«Intendi Mark Duro?»

«Sì.»

«Sinceramente? Ne dubito. Erano interessati a Duro solo nella misura in cui poteva condurli da Waggoner, ma da quello che ho capito, per la compagnia assicurativa è più conveniente accollarsi una richiesta di liquidazione, ancorché fraudolenta, che sguinzagliare un investigatore per inseguire un fantasma in tutto il mondo. L'ex socio di Waggoner è in prigione. Sostiene che Waggoner è vivo e probabilmente si trova in Perú. Sembrano di gran lunga più interessati a questo.»

Poco dopo, dirigendosi verso la macchina, con il caffè che

gli scaldava la mano, fece scorrere la rubrica del telefono per chiamare lo zio di Roddy.

«È in viaggio» disse l'uomo, e Malcolm avvertì un velo di frustrazione nella sua voce. «È in giro per l'Asia con lo zaino in spalla. Pare che stia seguendo un itinerario famoso. Sinceramente non so più che fare con questo ragazzo, Mal. Cosa sta facendo della sua vita? Si è perso. Ho provato ad aiutarlo, ma non vuole ascoltarmi. Ci ha avvertito che non avremo sue notizie per un po', ma vuoi che gli riferisca qualcosa quando lo sentiremo?»

«No» disse Malcolm. «Non ti preoccupare.»

Gli arrivarono diverse proposte di gestione di locali, ma Malcolm le rifiutò. Si occupò del servizio catering per il matrimonio di un amico di un amico, e alla fine della serata gli consegnarono una bella somma di denaro, così accettò di lavorare ad altri due matrimoni. Andò a vedere un locale in vendita a Yonkers. Un altro a Riverside. Entrambi erano completamente in rovina. Non sapeva nemmeno perché fosse andato a vederli. C'era ancora molta strada da fare prima di spiccare di nuovo quel salto. Tornando a casa da Riverside, si fermò a guardare una partita della Little League nel campo dove giocava da ragazzino. I giocatori erano giovani, forse nove o dieci anni. In un'altra vita si sarebbe trovato in mezzo ad altri papà a spronare la prima base, forse a tenere il registro dei punti. In un'altra vita avrebbe guardato suo figlio dirigersi verso la casa base sperando che si ricordasse del discorso che gli aveva fatto sul coraggio, la forza d'animo e la resistenza psicologica necessari per continuare a dare il meglio di sé. Ricordò che si era posizionato in casa base da bambino, con due tiri sbagliati alle spalle, e che si era chiesto cosa diavolo stesse facendo, era imbarazzante starsene lì in piedi da solo, soltanto perché venti ragazzini potessero vederlo sbagliare di nuovo. E poi, un attimo dopo, la connessione, il colpo perfetto della mazza alla palla, la sensazione di avere tutto sotto controllo nel palmo delle sue mani, di aver fatto la mossa giusta mentre la palla volava lungo la linea della terza base.

«Sei felice?» chiese a Jess una sera, dopo che era tornata a casa dal lavoro e aveva indossato dei leggings e una felpa. Malcolm aveva preparato pollo e insalata. Era il weekend del Memorial Day; faceva caldo e decisero di mangiare all'aperto. Era la stessa domanda che lei gli aveva fatto anni prima, e lui non aveva capito cosa intendesse dire. Il giorno in cui Jess era tornata a casa, Malcolm aveva giurato a se stesso che, ogni volta che avesse avuto dei dubbi, glielo avrebbe chiesto.

«Credo di sì» rispose lei. «Ci sto lavorando. Ma non mi pento di essere qui, se è questo che intendi.»

Ma non era esattamente quello che intendeva dire lui.

«Pensi mai a quello che ha fatto Tripp?»

Malcolm aveva tenuto d'occhio i giornali per vedere se c'erano notizie sul suo arresto. Quasi ogni giorno digitava su Google i nomi di Charles Waggoner, Mark Duro e Roddy Horan. Cercò Tripp Waggoner e Roderick Horan, e anche Rodney, perché non aveva mai chiesto di quale nome fosse il diminutivo Roddy. Cercò informazioni sulla società di Tripp. Cercò di capire di quali reati fosse accusato.

Jess parve sorpresa. «No. E tu?»

«In continuazione. In pratica, da quando apro gli occhi al mattino a quando mi addormento. Ovunque sia, ha una vita totalmente diversa ora. Se fosse stato arrestato l'avremmo saputo.» Si aspettava sempre di vedere la faccia di Roddy al telegiornale. Le sue stupide magliette. Continuava a pensare alla delusione di suo zio, a come avrebbe concluso che, dopotutto, il padre del ragazzo aveva ragione su di lui.

«Davvero?»

«Sì.»

«Devi andarci piano.»

«Lo so. Credo che farò così.»

E poi, la prima settimana di giugno, Malcolm era da sua madre, intento a rimuovere dal giardino alcune ostinate piante rampicanti quando, senza motivo, pensò a Adrian Walsh. Entrò in casa per prendere un bicchiere d'acqua e, mentre beveva, fece scorrere il registro delle chiamate del cellulare finché non trovò il numero che stava cercando.

«Malcolm?» disse Adrian quando rispose. «Era ora! È da un bel po' che provo a contattarti.»

A Malcolm piaceva Adrian, lo trovava simpatico e non si spiegava perché ci avesse messo tanto tempo per richiamarlo. «Lo so. Scusami. Gli ultimi mesi sono stati un delirio. Ma ho visto il tuo locale su "Neat" e volevo farti i complimenti. È fantastico!»

«Proprio per questo ti chiamavo. Ma ora potrebbe essere troppo tardi.»

«Troppo tardi per cosa?» chiese Malcolm. Dalla finestra vide sua madre scavare una piccola buca nel terreno con il trapiantatore manuale. La guardò deporvi una zinnia con il suo cubo perfetto di radici e terriccio. La osservò picchiettare la terra smossa intorno alla piantina come se le rimboccasse le coperte. Era stato Mr. Sheridan a depositare le cassette di fiori sotto il portico sul retro.

"Come fa a sapere quali prendere?" aveva chiesto Malcolm vedendo le piantine. Erano perlopiù zinnie e impatiens. Qualche calendula. "Come fa a sapere quali colori ti piacciono?"

"Metto gli stessi ogni anno!" aveva risposto lei. "È chiaro che lo sa!"

«Ho una possibile opportunità per te» disse Adrian. «So che sei legato all'Half Moon, ma penso che potrebbe valere la pena di incontrarci. Mal che vada, avremo fatto due chiacchiere. In questo momento sono a New York per il matrimonio di mio cugino.»

«In realtà non sono più legato all'Half Moon. L'ho venduto. Non lo sapevi?»

«No. Sapevo che non... che era in difficoltà, a dire il vero. Ecco perché avevo pensato a te per questo lavoro. Se l'hai venduto, ancora meglio. Hai un paio di ore oggi? Ma deve essere oggi.»

«Certo» disse Malcolm. «Perché no?» Jess non sarebbe rientrata prima dell'ora di cena.

«Perfetto. Ci vediamo... dove? All'Alibi Lounge?»

«Sono in tenuta da giardinaggio. Facciamo un posto più informale. Che ne dici di Stella's?» Malcolm aveva un debole per il loro formaggio alla griglia con i pomodori.

Non appena vide Adrian, si domandò di nuovo perché non l'avesse richiamato prima. Era un bravo ragazzo, andava d'accordo con tutti. Era intelligente, aveva frequentato la Fordham e aveva iniziato a fare il barista per arrotondare. Come amava pontificare Hugh, il denaro era un canto di sirena troppo seducente per i mortali, e Adrian ne era caduto preda. Dopo la laurea aveva trovato un lavoro sicuro in una grande agenzia pubblicitaria, ma ben presto si era reso conto che avrebbe perso un terzo del suo stipendio in tasse. Sarebbe stato più redditizio fare il barista a tempo pieno. Malcolm non ricordava perché fosse finito a Gillam, ma era rimasto all'Half Moon per circa quattro anni.

Adrian gli mostrò una foto della sua bambina sul cellulare. «È bellissima» disse Malcolm.

«Tu e Jess?» chiese Adrian. «Niente bambini, giusto?»

«Giusto» disse Malcolm. «Jess sta bene, però. Le cose vanno bene.» Se Adrian aveva sentito che l'Half Moon era in difficoltà, probabilmente aveva saputo anche della crisi con Jess. Come tutti i bravi baristi, però, gestiva al meglio la sua espressione imperturbabile.

«Questo in un certo senso rende tutto più facile» disse Adrian.

«Rende più facile cosa?»

«Vado subito al sodo. Sei mai stato a St. John?»

L'isola si stava ancora riprendendo dalla devastazione provocata da due uragani di categoria 5 – prima Irma e poi Maria – che l'avevano colpita uno di seguito all'altro nel settembre 2017. Adrian gli mostrò le foto di com'era ridotta la sua proprietà quando aveva iniziato i lavori di ripristino. Naturalmente Malcolm aveva già visto il risultato finale su "Neat".

Il locale stava andando alla grande, Malcolm raccontò a Jess più tardi. Jess gli lanciò un'occhiata eloquente, come per dire che aveva già sentito quella storia. Adrian non era il proprietario, ma solo il gestore, e ora il proprietario voleva il suo aiuto per aprire una nuova attività sull'isola di Maui. Aveva già dei bar ad Anguilla e alle Turks e puntava ad aprirne uno alle Maldive. Stava valutando una proprietà sulle rive di un famoso lago del Guatemala. L'ecoturismo era in piena espansione. Questo tizio era l'amministratore delegato di un'azienda tecnologica della Bay Area. Non era interessato alla gestione quotidiana dei bar, ma amava l'idea di possederli, un antidoto per il resto della sua vita. Sapeva che l'assenza del titolare in un'attività che fruttava incassi perlopiù in contanti poteva essere fonte di guai, perciò era molto attento alla scelta dei collaboratori. Gestiva i locali come gestiva l'azienda, offrendo contratti e benefit, e un alloggio per i dipendenti stipendiati che avrebbero dovuto affrontare un trasferimento. Organizzava riunioni annuali durante le quali i manager di tutte le sedi si ritrovavano per qualche giorno per scambiarsi idee ed esperienze. Contava su persone di cui si fidava.

«Quindi io prenderei il posto di Adrian a St. John, ora che il locale è ben avviato» disse Malcolm. «Saremmo tutelati da un contratto, visto che dovremmo cambiare radicalmente vita. Se non dovesse funzionare e volesse licenziarmi entro sei mesi, mi verrebbe garantito un anno di stipendio. Potremmo contare su un alloggio gratuito per un anno. Se invece dovesse funzionare, potrebbero chiedermi di restare o di supervisionare l'apertura di nuovi locali. Che è quello che sta facendo Adrian.»

«Oppure» aggiunse, visto che Jess non diceva nulla «potrei finire alla scadenza del contratto.»

«Quindi, se decidessi di provarci...»

«Verresti anche tu.» Malcolm esitò mentre cercava le parole giuste. «Voglio dire, spero che verresti. Tu odi il tuo lavoro, Jess. So che è così.»

«Odio fare la pendolare, non tanto il lavoro in sé. E poi non posso licenziarmi. Non possiamo permettercelo.»

«Non possiamo permettercelo se restiamo qui, vuoi dire. Ma laggiù? Potremmo vendere questa casa. Vivere gratis per un anno intero. Dopodiché, sì, d'accordo, a St. John la vita è costosa, quindi magari resteremo, oppure andremo da qualche altra parte. Gli avvocati servono dappertutto, no?»

«Mi sembra una follia.»

«Può darsi. Ma non più folle delle idee che abbiamo avuto ultimamente, ti pare?»

Jess fece un sorriso tirato e finse di guardare dietro di sé, come se lui stesse parlando con qualcun altro.

«Voglio dire, tutti qui si sentono in gabbia. Lo sento dire in continuazione, tutti i giorni. Ma noi? Noi non siamo in gabbia come loro. Allora perché restare qui?»

Jess si accigliò. «E tua madre?»

«Lo so. Ci ho già pensato. Sto solo dicendo che non voglio affrontare la stessa routine per i prossimi quarant'anni, ammesso che ci arriviamo. E so che non lo vuoi nemmeno tu.»

«Tu ami la tua routine. Non ho mai conosciuto nessuno che si diverte ad andare al supermercato tutte le domeniche pomeriggio come te.»

Malcolm si alzò e prese a camminare su e giù per la stanza. «Sì, mi piace, hai ragione. Ma non mi dispiacerebbe farne a meno per un po'. Una persona non può desiderare due cose contemporaneamente? Ho bisogno di vedere altro. Ho bisogno di andare in un posto dove nessuno ci conosce. E poi, con tutto quello che è successo, devo andarmene da qui. Devo fare qualcosa di interessante. Devo premere il tasto reset.»

«Lo capisco» disse Jess appoggiandosi allo schienale per riflettere. Era chiaro che Malcolm si immaginava già in infradito, con la sabbia sotto i piedi. Se avessero lasciato New York per un anno, lei non avrebbe mai riavuto il proprio posto di lavoro. Ma anche per lei era facile abbandonarsi a una piacevole fantasia: camminare lungo una strada assolata in un posto che aveva intravisto solo una volta, nella tappa di una crociera di tre giorni per l'addio al nubilato di qualcuno. Un posto dove nessuno li conosceva.

«E quindi? La decisione dipende solo da te? Questa fantastica offerta di lavoro sarebbe già pronta per essere colta?»

«Be', prima devo incontrare il tipo. Devo fare un colloquio. Ma sono sicuro che lo passerò.» Jess lo fissò per un attimo e poi scoppiò a ridere. «Certo che hai una faccia tosta incredibile. Questo lo sai, vero?»

Una volta raccolte tutte le informazioni, Jess cercò il nome del proprietario su Internet e davanti al primo risultato fece un fischio. «È un vero e proprio nerd» disse, ma poi il suo sguardo si soffermò su qualcosa. «Oh, viene dal Bronx. Suo padre era un autista di autobus. Sua madre è morta quando era piccolo.»

«È come noi» osservò Malcolm.

«Sì, milione più, milione meno» disse lei, anche se aveva capito quello che intendeva dire Malcolm.

Il proprietario si chiamava Noah Grayson, e insieme al suo assistente aveva fatto quattro colloqui, convocando ciascun candidato a Key West per un giorno. Malcolm sarebbe stato il quinto. Gli sembrava di essere andato abbastanza bene. Aveva risposto alle domande sulla tenuta dei conti, le negoziazioni con i fornitori e la capacità di tenere in riga il personale. Li aveva divertiti con il racconto delle serate più memorabili all'Half Moon. Se l'era cavata meno bene con le domande relative al marketing e alla promozione. Non aveva molta dimestichezza con i social, ma quantomeno aveva fatto ridere i selezionatori. Gli chiesero di preparare tre drink: due secondo indicazioni specifiche, uno da improvvisare a piacere. Fecero una passeggiata al porticciolo, e Noah gli chiese se sapeva qualcosa di nautica. Guardando le barche che beccheggiavano sull'acqua, Malcolm ammise di non saperne nulla. Poi Noah gli chiese quale fosse la sua spiaggia preferita. «Beach Haven, New Jersey» rispose Malcolm.

«Conosco Beach Haven. Di solito andavamo a Long Beach Island» disse Noah.

Ma Malcolm aveva menzionato Beach Haven perché la indicavano quasi tutti coloro che parlavano della spiaggia più bella della Jersey Shore. Era una risposta che gli permetteva di andare sul sicuro. E non voleva rischiare di mentire fingendo di essere stato in un posto che non aveva mai visto.

«No, mi scusi. Non è vero. In realtà la mia spiaggia preferita si chiama Sunset Cove. Il mio amico Patrick l'ha ribattezzata Cigarette Cove. È su un lago, circa tre ore a nord da New York. La spiaggia in sé non è bella, sinceramente, ma mi piace molto. Forse ora è più pulita. Non ci vado da tempo.»

Noah si appoggiò allo schienale. «Non ne ho mai sentito parlare.»

«No, sarebbe decisamente improbabile.»

«Perché la ama così tanto?»

Ma come poteva Malcolm spiegare l'amore?

«Per lei è più importante la compagna con cui si condivide un determinato luogo, vero?» disse Noah.

«Certo. Che risposta hanno dato gli altri?»

Ricevette la chiamata dell'assistente di Noah Grayson la mattina dopo, sul presto. Volevano che iniziasse nel giro di tre settimane. Non appena Malcolm chiuse la telefonata, la sua mente si trasformò in una lavagna a cavalletto piena di tutte le cose che doveva fare. Smise di girare i fogli quando si soffermò su sua madre, su come l'avrebbe lasciata, se avesse potuto davvero farlo. Doveva parlarne con sua sorella Mary. Doveva fare un discorso serio con Mr. Sheridan. Chiese all'assistente di Noah se fosse prevista una certa flessibilità sui tempi, ma avevano già rimandato la decisione perché Adrian ci aveva impiegato una vita a mettersi in contatto con lui.

«Capisco benissimo» disse Malcolm. «Tre settimane sono tante. Mi serve solo un giorno per pensarci, d'accordo?»

«Si prenda pure il fine settimana» disse l'uomo.

Stava per chiamare Jess per darle la bella notizia, ma decise di raggiungerla a Midtown e di farle una sorpresa. Non aveva mai visto il suo ufficio, benché lavorasse lì da tre anni.

«Dove sei?» chiese Jess quando lui la chiamò dall'atrio. Gli disse di avvicinarsi al bancone e di farsi registrare dall'addetto alla sicurezza. Quando ottenne il badge e raggiunse il piano di Jess, la trovò lì, davanti all'ascensore, in attesa di condurlo lungo un ampio e lucente corridoio di legno massiccio su cui si aprivano enormi porte di vetro prima del suo ufficio. Mentre passavano, Jess notò che tutti si drizzarono sulle sedie. Malcolm era abbronzato grazie ai lavori in giardino e all'unico giorno trascorso in Florida. Non era così in forma da anni.

Sorrise quando lei gli lanciò un'occhiata, e d'un tratto tutti gli altri uomini dell'ufficio apparvero pallidi e malaticci per essere rimasti seduti troppo a lungo sotto le luci al neon.

«Indovina un po'?» disse non appena arrivarono alla porta dell'ufficio di Jess. La afferrò per la vita e la segretaria ridacchiò.

«È come la storia della barca, Jessie. Ricordi? Quando ho cercato di raggiungere il molo a nuoto e la barca mi ha tratto in salvo.»

«In che senso? Intendi il lavoro? Ce l'hai fatta?»

«Era destino che andasse così.»

Maureen Ryan pensava che fosse un buon piano, valido come un altro, e disse che si sarebbe occupata volentieri della loro casa finché non l'avessero venduta. Aggiunse che probabilmente anche lei avrebbe lasciato Gillam molto presto. Tutte le sue amiche si stavano trasferendo nei Villages, in Florida, una comunità di over cinquanta così grande da avere un proprio codice postale. Bevevano Bloody Mary fin dalle undici del mattino e se ne andavano in giro tutto il giorno sulle golf cart. A cena si scambiavano inviti a rotazione dove ciascuno portava qualcosa da mangiare. Nessuno voleva mai rimanere a casa.

«Non pensavo di trasferirmi là. Se aveste...» Si fermò in tempo, evitando di specificare il resto. Se avessero avuto dei bambini. Se avesse avuto una nipotina a pochi isolati di distanza da accompagnare a scuola. E invece...

Quanto a Gail Gephardt, fu colta di sorpresa. Sembrava molto meno sicura che fosse la cosa giusta da fare.

«Sì?» disse quando Malcolm le raccontò tutto. «Be', questo sì che è un fulmine a ciel sereno.»

Lei e Malcolm erano soli nella sua cucina, la radio sintonizzata sulla stazione della Fordham University. Le piaceva il programma di musica irlandese della domenica. «Ma mi sembra un piano entusiasmante» disse, sebbene con una certa esitazione. «E Jess verrà con te?»

Malcolm vide la preoccupazione sul viso della madre. Vide quanti suoi pensieri erano rivolti a lui, il suo bambino. Ecco cosa significava avere dei figli, avrebbe voluto dire a Jess. Preoccuparsi per tuo figlio fino a star male, anche se il figlio in questione ha quarantacinque anni.

«Sì» disse, e Gail apparve sollevata.

«Oh, bene» disse lei prendendogli il viso fra le mani. Era il loro rito fin da quando era piccolo. «Siete sempre stati molto affiatati, tu e Jess. Stavate sotto il portico a chiacchierare fino a notte fonda. Ricordi? Mi piaceva ascoltarvi. Sono così felice che abbiate sistemato tutto.»

La domanda di Patrick attraversò la mente di Malcolm, come succedeva spesso di recente: *Perché?*

«E tu, invece? Starai bene qui?»

«Io?» Gail rise.

«Hai dei momenti di confusione a volte. Lo sai che è così. Come farai se non ci sarò io nei paraggi?»

«Credo siano momenti che capitano a tutti, prima o poi. E se dovessi sentirmi un po' disorientata, chiamerò Artie. È lui che chiamo di solito. Chiamo te solo se lui non risponde. Tu sei sempre impegnato, mentre Artie è sempre in giro. Un anno non è niente. Alla mia età un anno passa in un batter d'occhio. Non cambierà nulla. E se dovessi decidere di rimanere più a lungo...»

Lasciò che il pensiero restasse inespresso.

«Non voglio che tu rimanga qui per me, tesoro. Non lo sopporterei.»

«Chiami prima Artie?» Malcolm aveva l'impressione di essere entrato in un banco di nebbia. «Mamma, c'è qualcosa fra te e il signor Sheridan? Cioè, *qualcosa* di... hai capito, no?»

«*Qualcosa*?» disse lei scuotendo le spalle. Non si era messa il ponte dell'arcata inferiore, perciò si coprì la bocca con la mano quando scoppiò a ridere.

Malcolm chiamò l'assistente di Noah per comunicare che accettava la proposta, e lui gli fissò subito una telefonata con il coordinatore del trasferimento. Più tardi, nel pomeriggio, si stava preparando un panino in cucina con la tv a tutto volume quando udì il nome di Charles Waggoner. Con una fetta di prosciutto in mano, si spostò lentamente in soggiorno ed ecco Tripp, condotto lungo un marciapiede buio verso un'auto in attesa, le manette ai polsi, la barba grigia lunga fino allo sterno. Il giornalista disse che gli erano stati imputati otto capi d'accusa per frode, riciclaggio di denaro, falsa testimonianza e furto. Le autorità lo avevano trovato in un'azienda agricola biologica dedita alla coltivazione della quinoa nella Valle Sacra degli Incas, dove viveva sotto falso nome e lavorava come grossista. Lo avevano già cercato in zona senza esito, ma erano tornati nei paraggi poiché avevano scoperto che in un Internet café vicino a Pisac erano state effettuate diverse ricerche riguardanti Charles Waggoner e ciascuno dei suoi figli.

Era stato estradato dal Perú durante la notte e avrebbe affrontato un processo a New York entro sei mesi. Non si parlava di Roddy.

Nel giro di pochi minuti il cellulare di Malcolm fu bersagliato da una scarica di messaggi: Emma e lo staff dell'Half Moon. Si scambiarono frammenti di notizie, eccitati all'idea di essersi trovati così vicini a un reato importante, a una notizia da telegiornale. Avevano incluso il vecchio numero di Roddy nella chat, ma Malcolm notò che non rispondeva.

Porca miseria, gli scrisse Jess subito dopo. Hai visto?

Attese quattro giorni interi, il massimo che poteva sopportare, poi mandò un messaggio allo zio di Roddy: aveva della roba che apparteneva a suo nipote, ma lui non rispondeva alle chiamate. Aveva cambiato numero? Era tornato dal suo viaggio?

L'uomo richiamò immediatamente. Sospirando, disse che Roddy, a quanto pareva, aveva incontrato una persona e non sarebbe tornato per un po'. Così aveva scritto in una cartolina indirizzata alla madre. Non aveva nemmeno avuto la decenza di prendere in mano il telefono, e questo, per quanto lo riguardava, era un comportamento vergognoso.

«Perciò butta pure la sua roba» disse lo zio. «Qualunque cosa sia.»

«Sì, va bene, certo.»

Malcolm rimase perfettamente immobile per diversi minuti dopo aver chiuso la chiamata. Santiddio. L'avrebbe fatta franca.

Impacchettarono tutto quello che potevano per rendere la casa il più ordinata possibile per le visite di eventuali acquirenti. Il sabato e la domenica prendevano la macchina e andavano a nord per fare un giretto e una colazione, mentre degli estranei gironzolavano in casa loro notando quanto fossero piccoli gli armadi, o quanto la cucina avesse bisogno di essere rinnovata. Finora erano tutti sposi novelli o coppie con un figlio piccolo e un altro in cantiere. Malcolm chiese a Jess se voleva che fosse lui a sgombrare la soffitta, liberandosi delle cose raccolte da lei in tutti quegli anni dolorosi, ma Jess rispose di no, l'avrebbero fatto insieme. Gli disse di non preoccuparsi per lei. Era tutto a posto, stava bene. E lui?

Una volta saliti in soffitta, trasferirono il contenuto di tutte le piccole borse di vestiti usati in due scatoloni enormi. Poi passarono ai giocattoli, ai seggiolini, ai tappetini da gioco, agli oggetti che sfuggivano a ogni classificazione. Decisero di dare tutto in beneficenza, piuttosto che lasciarlo sul marciapiede e guardare i vicini che curiosavano alla ricerca di qualcosa di utile. Jess aveva trovato un centro di accoglienza per donne in difficoltà che avrebbe accettato volentieri la donazione.

«Da piccola avevo una cosa del genere» disse Jess facendo ruotare una palla dai motivi chiassosi fissata a una sorta di girello. Serviva per imparare a camminare. Uno dei suoi primi ricordi era quello del padre che, prima che lei ruzzolasse giù dai gradini, afferrava il bordo di quel coso e poi le dava uno schiaffetto sulla coscia, raccomandandole di non avvicinarsi mai più alla scala.

«Ne avevo uno anch'io» disse Malcolm. Il seggiolino aveva un complicato sistema di cinghie e fibbie. Non riusciva a immaginare una vita in cui avrebbe capito istintivamente come funzionavano queste cose.

«È buffo» disse.

«Che cosa?»

Ma cosa stava per dire? Era difficile catturare una sensazione e renderla comprensibile, anche a Jess, perfino a se stesso, a volte. Ricordò quand'era ragazzino, tutte le cose di cui si sentiva capace, tutte le strade e i viali che si diramavano dal suo corpo, tutte le possibilità. Ma alla fine la vita che puoi vivere è soltanto una. Una alla volta, almeno. Puoi svoltare, puoi fermarti per un po', ma non puoi percorrere due strade contemporaneamente. Le cose che avevano deciso di non fare, i luoghi e le persone a cui avevano rinunciato, li definivano come tutto il resto, nel modo in cui lo spazio negativo definisce una foto, o una canzone. Anche le vite che non avevano condotto erano lì, sempre con loro. Solo di recente Malcolm aveva iniziato a vedere la forma che avevano preso quelle scelte.

Mentre Malcolm si ambientava a St. John, Jess avrebbe provveduto a sistemare quello che era rimasto in sospeso a Gillam e nel suo lavoro, per seguirlo qualche settimana dopo. Mr. Sheridan passò da loro una sera e parlò con Malcolm nel patio. Si limitò alle questioni pratiche: Gail aveva bisogno di una pompa per i pozzetti di scarico, era pericoloso per lei salire su una scala da sola e tagliare le siepi... ma entrambi sapevano che non c'era modo di impedirglielo. Si augurava che Gail gli avrebbe permesso di sostituire la vasca da bagno con una doccia di facile accesso per evitare eventuali cadute. Lui aveva reso la sua casa a misura di anziano anni prima, non aveva senso fingere che la vita non stesse procedendo a tutta velocità verso l'inevitabile. Ripeté ciò che Malcolm si era già sentito dire dalla madre, ossia che un anno sarebbe volato, che non era escluso che lui e Jess non avrebbero fatto avanti e indietro – vacanze, altre visite – e che, se a Malcolm non dispiaceva, lui e Gail sarebbero andati volentieri a St. John a trovarli. Nessuno dei due c'era mai stato.

«A ogni modo, il vero motivo per cui sono passato è per

dirti che non devi preoccuparti. Mi occuperò io di tua madre» disse Artie. «L'ho sempre fatto. Ultimamente, quando prendo appuntamento per le visite mediche, lo prendo anche per lei, così possiamo andarci insieme.»

«Si è preso cura di lei da quando è morto mio padre» disse Malcolm. «Mi dispiace di non averlo capito prima.»

«Anche da prima» osservò Mr. Sheridan, e Malcolm decise di non fare commenti, ma di tenere quella rivelazione fra le mani per riportarla a Jess e discuterne più tardi.

«Sono contento per te e Jess» aggiunse. «Anche tua madre lo è.»

«Sì, anch'io» si limitò a dire Malcolm, non volendo approfondire l'argomento. «La vita è complicata, no?»

«Strano» disse Mr. Sheridan. «Stavo per dire esattamente il contrario. Stavo per dire quanto è semplice in realtà. La vita è davvero molto semplice, tirando le somme.»

Perché?

Perché l'amava.

Il volo di Malcolm era di buon'ora, alle 7.10 del mattino. Si era offerto di prendere l'autobus per andare all'aeroporto, ma Jess era un tipo mattiniero e voleva accompagnarlo, anche perché non si sarebbero visti per qualche settimana. Decisero che le 5.15 era un'ora giusta per partire da casa: un venerdì d'estate, poco traffico. Ma alle 5.30 erano ancora a casa, intontiti dal sonno, l'aeroporto a quaranta minuti di distanza, così fecero una corsa disperata e poi si persero nei Queens – lavori stradali, una deviazione –, mentre Jess non smetteva di dire che era assurdo perdersi a due passi da casa per andare in un posto dove erano stati tante volte. Malcolm sentiva crescere il panico nella sua voce. Era rimasta sveglia fino a tardi a leggere come veniva evacuata l'isola in caso di emergenza. Aveva guardato centinaia di immagini della distruzione causata dall'ultimo uragano. Ora continuava a piegarsi sul volante per guardare il cielo e cercare di individuare degli aerei, come se potessero guidarla a destinazione.

Un tempo non si preoccupava così tanto.

«Non ci siamo persi» disse Malcolm. Lesse a voce alta le indicazioni per strade laterali, strette vie a senso unico e ampi viali. In breve tornarono sulla strada giusta.

Quando arrivarono all'aeroporto c'era un silenzio perfetto, come se non fosse ancora operativo, le caraffe di caffè fredde nei bar del terminal, gli aerei fermi negli hangar. Jess accostò al marciapiede e nessun poliziotto le gridò che era vietato fermarsi.

«Hai tutto?» chiese.

«Credo di sì» rispose Malcolm. Guardò davanti a sé la passerella pedonale che collegava il terminal all'autosilo, e poi alzò lo sguardo verso il luminoso cielo cobalto sopra di loro. Un uomo anziano stava attraversando al semaforo tirandosi dietro il trolley con un'espressione distesa sul viso. «Buongiorno!» gli disse Malcolm quando scese dall'auto.

Jess scosse la testa. Tipico di Malcolm. Lo aspettava una corsa precipitosa al gate, ma probabilmente avrebbe salutato tutti quelli che avrebbe incrociato sulla sua strada.

Scese anche lei e fece il giro dell'auto per andare ad abbracciarlo.

«Tutto bene, Jess?»

«Sto solo pensando a cosa succederà se non dovesse funzionare. Quel "tasto reset", come lo chiami tu.»

All'improvviso, o almeno così sembrava, la corsia si riempì di macchine, i poliziotti trovarono i loro fischietti, gli addetti delle compagnie aeree si misero ad applicare le etichette sui bagagli e a indirizzare i viaggiatori verso i gate giusti. Era come assistere al risveglio di un nuovo giorno che si spalancava per far entrare tutti. Malcolm si tastò la tasca per accertarsi che il portafoglio fosse al suo posto. Controllò di avere il cellulare. L'autista di un enorme furgone nero suonò il clacson, mentre un aereo con la pancia bianca passava a bassa quota sopra le loro teste, e Malcolm immaginò se stesso e tutte le persone intorno a lui rimpicciolirsi sempre di più, via via che l'aereo saliva, trasportando qualsiasi cosa trasportasse nell'azzurro più profondo.

«Non siamo ancora arrivati. Perché ti preoccupi così tanto?»

«Perché non ne abbiamo parlato veramente. Che cosa faremo se non ci piace, o se non trovo lavoro, o se non ti rinnovano il contratto o...»

Mentre parlava, fece scorrere le mani sulle braccia di Malcolm fino alle spalle. Gli allacciò le dita intorno alla nuca e lo strinse forte. Per un attimo lui si sentì sopraffatto da tutto quello che avevano passato, da tutto quello che li aspettava. Le posò un bacio sulla scriminatura dei capelli.

«Che cosa faremo? Torneremo a casa. Tutto qui. Prenderemo le nostre cose e ce ne torneremo a casa.»

Ringraziamenti

Grazie con tutto il cuore ai miei primi lettori, nonché i migliori che potessi desiderare: Eleanor Henderson, Brendan Mathews e Callie Wright. Non riuscirei davvero a scrivere nulla senza i vostri suggerimenti su come migliorare.

I miei più sentiti ringraziamenti a Jeanine Cummins, Catherine Keane, Annette Keane e Anna Solomon per il feedback sulle bozze successive. Il vostro entusiasmo mi ha aiutato a credere che questa storia avesse del potenziale.

Grazie a Seamus Keane, Danny Keane e Jimmy McMorrow per aver risposto alle mie mille domande sul mestiere di barman.

Un ringraziamento particolare a Taylor Duck e Callie Wright, e alle numerose donne anonime dei vari gruppi di sostegno alla fertilità online, per avermi parlato delle loro battaglie più intime.

Grazie alla mia brillante editor, Kara Watson, le cui domande puntuali hanno dato forza a questo romanzo. Al mio agente, Chris Calhoun, e a tutti coloro che alla Scribner e alla Simon & Schuster hanno contribuito alla nascita di *Piccoli momenti che contano*: Jon Karp, Nan Graham, Brian Belfiglio, Wendy Sheanin, Stu Smith, Jaya Miceli, Emily Polson, Ashley Gilliam e molti altri. Apprezzo tantissimo l'impegno che ci avete messo.

Grazie a Jess Leeke della Penguin Michael Joseph (UK) e a Jenny Meyer della Jenny Meyer Literary Agency. Con questo siamo a quattro libri insieme, e non finisce qui!

Grazie ai miei genitori per aver sempre fatto il tifo per me. E soprattutto grazie a Marty e ai nostri ragazzi per aver sopportato la mia preoccupazione per questo libro, quando eravamo in un isolamento reale. La strana e informe solitudine delle prime fasi della pandemia di Covid è presente in questa storia. Non vorrei rimanere bloccata in casa con nessun altro se non con voi tre. E non vedrò mai più un tabellone del Monopoli senza pensare a voi, sporchi imbroglioni.

PEFC
PEFC/18-32-03

Certificato PEFC
Questo prodotto è realizzato con materia prima da foreste gestite in maniera sostenibile e da fonti controllate
www.pefc.it

Mondadori Libri S.p.A.

Questo volume è stato stampato
su carta HOLMEN
con fibra vergine proveniente da foreste sostenibili holmen.com/paper
presso ELCOGRAF S.p.A.
Stabilimento - Cles (TN)

Stampato in Italia - Printed in Italy